권태로운 자들, 소파 씨의 아파트에 모이다

권태로운 자들, 소파 씨의 아파트에 모이다

이치은 장편소설

소파 씨의 아파트

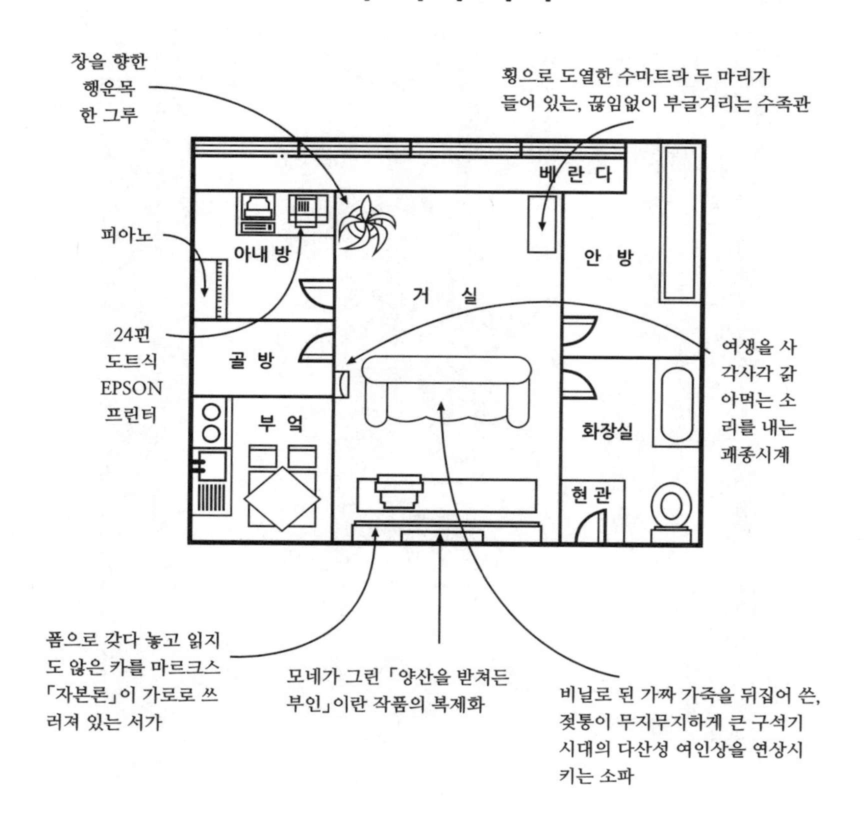

창을 향한
행운목
한 그루
횡으로 도열한 수마트라 두 마리가
들어 있는, 끊임없이 부글거리는 수족관
베 란 다
피아노
아내 방
안 방
거 실
24핀
도트식
EPSON
프린터
골 방
여생을 사
각사각 갉
아먹는 소
리를 내는
괘종시계
부 엌
화장실
현 관
폼으로 갖다 놓고 읽지
도 않은 카를 마르크스
「자본론」이 가로로 쓰
러져 있는 서가
모네가 그린 「양산을 받쳐든
부인」이란 작품의 복제화
비닐로 된 가짜 가죽을 뒤집어 쓴,
젖통이 무지무지하게 큰 구석기
시대의 다산성 여인상을 연상시
키는 소파

차례

일러두기

• 이 소설의 초판은 1998년 5월 15일 민음사에서 간행되었다.

• 이 소설의 주인공인 소파 씨는 황지우의 시 「살찐 소파에 대한 일기」의 화자에 이름을 붙인 것이다. 이처럼 이 소설에 등장하는 인물들은 기사(騎士)를 제외하고 모두 다른 소설이나 시에서 따온 인물들이다. 각각의 인물이 등장했던 원전과 원작자는 인물들이 처음 등장하는 시점에 각주를 달아 밝혀놓았다.

• 이 글의 중간에서 볼 수 있는 고딕체의 글씨는 모두 등장인물과 연관이 있는 소설이나 시 혹은 그 원작자의 다른 작품에서 인용한 부분이다. 인용 부분마다 각주를 달고 원전을 밝히지는 않았다. 대신 각 장에서 인용된 원전들의 목록은 책 뒷부분에 따로 실었다.

• 인용된 글들은 되도록 작가가 갖고 있는 판/쇄의 경우를 기준으로 삼되, 기본적인 맞춤법과 띄어쓰기는 현재의 방식에 따랐다. 표현의 효과를 위해 한자, 옛 표기, 띄어쓰기를 그대로 둔 것도 있다.

• 몇몇 부분에서 발견되는 이탤릭체 글씨는 시점의 변화를 나타내거나 메모 또는 편지글을 표현하기 위해 사용했다. 고딕체의 글씨가 아니면 작가의 창작된 글이라 보면 된다. 따라서 인용한 것이 아니다.

1장

로캉탱, 퇴장하다

밤이다. 하늘에는 별이 없다. 대신, 거리는 사람들로 붐빈다. 기사(騎士)는 신림사거리가 바로 눈앞에 보이는 대로의 오른편, 교회니, 술집이니, 어딘가 수상쩍어 보이는 카페니, 화장품 가게니, 토큰을 파는 작은 임시 가설물이니, 레코드 가게니, 환한 진열장이 구비되어 있는 빵집 등을 지나친다. 그의 발걸음은 지나치게 고르고 정확하다. 때로는 하릴없이 멀뚱멀뚱 서 있는 젊은이나 반대편에서 저돌적으로 다가오는 뚱뚱한 사람들 때문에 그 정확함이 제지받기도 하지만, 그 반응 양식마저 더없이 철저하고 일관된 것이다. 차들이 지나다니는 길 한가운데에 수많은 타이어들의 궤적과는 수직으로 굵은 하얀 선이 그어져 있다. 횡단보도다, 기사는 하얀 줄의 한쪽 끝에 멈추어 선다. 그와 함께 무리를 이룬 사람들은 끊임없이 혓바닥을 놀린다. **"안녕하십니까?— 안녕하세요? 어떻게**

지내십니까?— 모자를 도로 쓰시구려. 감기 드시겠어요.— 고맙습니다, 부인. 춥긴 춥군요.— 여보, 이분이 XX 의사 선생님이시랍니다.— 의사 선생님, 처음 뵙겠습니다. 우리 주인이 늘 병을 잘 고쳐주시는 XX 의사 선생님 말씀을 한답니다.— 아니, 모자를 쓰시지 않구요. 선생님, 날씨가 추워서 병환 드시겠어요. 하긴 의사 선생님이라서 병이 곧 나을 테지만요.— 천만에요, 부인. 의사가 병이 나면 가장 힘들답니다.— 의사 선생님은 유명한 음악가이십니다.— 저런, 선생님, 저는 전혀 몰랐었군요. 바이올린을 하십니까? 의사 선생님은 재주가 좋으십니다.” 기사는 비대해 보이는 목을 오른쪽 위로 들어 정지시킨다. 그의 눈이 향하는 쪽에는 회색 나뭇가지에 간당간당 달라붙은 마른 잎사귀들이 있고, 세 개의 눈을 가진 신호등이 있고 그 뒤로는 하늘이 있다. 하늘은 검고 별은 없다. 별은 보이지 않는다. ‘나는 생각한다. 나는, 어느 편이어도 그다지 상관은 없지만, 즐거운 편이다. 이 일은 하나의 모험인 셈이다. 새 옷을 입는 것 같은. 처음 입는 옷. 성(城)이 TV나 영화만을 고집하지 않고 이렇게 그들의 뒤통수를 대놓고 치려는 것은 참으로 놀라운, 흥분되는 일이 아닐 수 없다. 성(城)은 진정으로 믿을 수 없는 일을 꾸미고 또 한 치의 오차도 없이 실행시킨다. 내가 생각하기에는, 알지도 못하는 사이에 이 놀라운 모험에 끼어들게 된 〈그〉도 틀림없이 즐거울 것이다. 〈그〉는 결국 줄로 조정하는 인형극에 출연하는 빨간 머플러와 금색 단추를 곱게 단 왕자 인형에 불과하지만, 보이지 않는 실의 교묘한 움직임과 자신의 섬세한 몸짓, 손짓, 발짓에 탄복하고 기꺼이 이 시나리오의 일부가 되려 할 것이다.' 노란 불이 들어오고 녹색 불이 들어오고 기사는 변함없는 걸음걸이로 가로로 늘어선 하얀 선을 밟고 지나간다. 기사는 이쪽 편에서 저쪽 편으로 건너는 한 떼의 사람들 속에 아무 특징 없이 휩쓸린다. 그 중간에 위치한다. 이쪽 편에서 저쪽 편으로 건너는 사람들의 무리와 저쪽 편에서 이쪽 편으로 건너는 사람들의 무리가 섞인다. 차도의 중앙, 횡단보도 위는 혼잡스러워진다. **시네 엘도라도 영화관의 종소리가 더러운 공기를 뚫고 울려오고 있다.** 다시, 이쪽 편의 사람과 저쪽 편의 사람이 아무 문제 없이 교환되고 금세 차들의 날카로운 선들이 길을 가른다. 기사는 키가 크고 몸집이 좋다. 발목 근처까지 내려오는 쥐색의 바바리코트를 입고 있으며 왼손에는 합성섬유로 만든 직사각형의 납작한 가방이 들려 있다. 그것의 색은 검고 중앙에는 멋을 한껏 부린 필체로 영문자 C가 쓰여 있다. 기사는 만두 가게와 햄버거 가게와 커피 전문점 앞에 있는 전신주를 바라본다. 그 전신주의 키는 어른 서너 명을 길이로 차곡차곡 쌓아놓은 정도의 높이이다. 전체 높이의 사분의 일 정도 되는 곳에 웨이트리스를 모집하는 선전지가 붙어 있다.

카페 **흰부엉이**

- 침식 제공

- 미경험자 우대

- 월수 150~200만 원 보장

Tel. 8XX- XXXX

'나는 생각한다. **흰부엉이**라니, 정말 일이 우습게 돌아가는군. 아니야, 아니야, 내가 실언을 했어. 기막혀, 놀라운 일이라니깐. 악마가 수하들을 총동원해서 못된 짓을 꾸민다고 해도 이보다 더 악마적일 수는 없을 거야. **흰부엉이**라니? 나는 천천히 말해 본다. 카페 **흰부엉이**. 〈그〉가 보아야 할 텐데. 〈그〉의 사팔뜨기 눈알이 튀어나오고 하악이 벌어지고 혓바닥이 배배 꼬이고 급기야 눈물을 펑펑 쏟을 만큼 놀라는 모습을 꼭 보고 싶은데 말이지. 꼭 말이야.' 그 **선전지는 화상을 입은 손처럼 물집과 기포투성이이다. 여백의 붉은 선이 분홍빛 수증기처럼 지워지고 사방에 잉크가 번져 있다. 아래쪽은 진흙덩이**가 엉겨 붙어 그나마 선명한 글자들을 흐리멍덩하게 만들고 있다. 기사는 몸을 굽혀 얼굴을 바짝 들이대고 들여다본다. 눈은 뜬 채이다. 삼십 초 정도 그대로 있다가 축농증 환자처럼 코를 한 번 씰룩거리고는 일어난다. 기사는 신림사거리를 향해 횡단보도를 건너오기 전보다 훨씬 느려진 걸음걸이로 만두 가게, 햄버거 가게, 커피 전문점, 책방, 속옷 가게, 어묵과 떡볶이를 파는 노점 등을 지나친다. 옆에서 보기에 기사의 코는 두 개의 직선으로 이루어져 있다. 하나는 위에서 아래로, 다른 하나는 아래에서 위로 달음질치다가는 중간에서 만나 일종의 턱을 형성한다. 기사의 코는 아랫부분으로 갈수록 다른 사람에 비해 크고, 높다. 또 지나치게 붉다. 코와 비교할 때, 입과 눈은 작다. 그나마 크기에 있어서 균형을 이루는 귀는 뒤로 찰싹 달라붙어 그리 길지 않은 얼굴을 유난히 길어 보이게 한다.

Some of these days
You'll miss me, honey.
머지않아 사랑하는 당신은
내가 없어서 외로우리.

내부에 별로 사람이 없어 썰렁해 보이는 국숫집을 끼고 돌면 갖가지 공들이 다양한 그물에 넣어진 채로 문 앞에 아무렇게나 매달려 있는 운동용품점이 있고, 그 앞에서 두 명의 청년이 리어카 하나 가득 불법 복제 테이프를 싣고는 시끄러운 노래를 틀어놓고 있다. 똑같은 음성이 반복된다.

Some of these days
You'll miss me, honey.
머지않아 사랑하는 당신은
내가 없어서 외로우리.

그 목소리는 굵고 힘이 꽉 차 있다. 하지만 분명, 여자의 것이다.

'나는 생각한다. 〈그〉도 역시 닳을 대로 닳아빠진 이 노래를, 납작하고 야들야들한 밤색 테이프가 만들어내는 싸구려 음성을 듣게 될 것이다. 일요일 저녁, 〈그〉는 성이 만들어놓은 구역질의 늪에 철모르는 아이처럼 한 발씩 한 발씩 발을 들여놓게 될 것이다. 역(逆)의 상황이 존재할 확률은 그야말로 제로인 것이다. 존재의 무상성이 단지 불쾌할 뿐인 헛구역질이나 당혹함이 아니라, 기묘한 얼굴들이 연속적으로 튀어나와 보는 사람을 놀라게 하는 만화경의 징그러운 눈알로 다가올 때, 〈그〉는 우습게도 삶의 비밀을, 존재의 나신을 엿본 것 같은 기분이 될 것이다. 그것은 〈그〉라는 하찮은 인간이 세계에 대해, 존재에 대해 패배하기 바로 직전, 하늘에 날리는 눈발 같은 것이다. 박자가 맞지 않는 엉터리 팡파르. 하지만 어떤가? 〈그〉가 좋아하기만 하면 그만이지 않은가? 하하하. 나는 묻는다. 그는 그 자신의 죽음을 어떻게 받아들일 것인가? 존재에 대한 싫증과 구역질 후의 미지근한 기분과의 접점? 둥그렇게 부풀어 오른 납땜 자국? 자세히 들여다보면 작은 이름이 새겨져 있는? 그러나, 그러나이다. 정말로 그러나이다. 그것은 나다. 그것을 잘 포장해서 그의 손에 안겨주는 사람은 나다. 웃기지도 않는 이야기만 가득 들어 있는 〈그〉의 일기장에 장엄한 필체로 〈*MORT*〉라고 써넣을 사람은. 그것이 마지막이다. 쓸데없는 절망도, 절망한 척하기도 끝이다. 감각도, 낯선 악수도, 녹색인지 검정색인지 빨간색인지 모를 멜빵도, 박물관의 초상화도, **철도원들의 랑데부도 『으제니 그랑데』**도, 모두, 완전히, 〈그〉에게서 떠나갈 것이다. 〈그〉가 떠나는 것이 아니다. 나의 그리고 성(城)의 의지에 따라 세상이, 모든 것들이, 존재를 투영하는 전 감각이 〈그〉에게서 떠나갈 것이다.'

사거리에 도달하기 전, 대로의 옆구리에 나 있는 길로 들어가면 얼마 걷지 않아 극장이 나온다. 극장이 있다. 기사는 극장 맞은편에 있는 파출소 앞에 서서 극장을 바라본다. 기사는 헐렁헐렁한 바바리코트 주머니에 손을 꼬나지른 채로 거의 눈도 깜박거리지 않고 그대로 서 있다. 극장의 입구 위에는 간판이 있다. 간판은 가로로 죽 잡아당긴 직사각형 모양이다. 그것은 왼쪽과 오른쪽으로 나누어져 있다. 왼쪽에는 하반신에만 아슬아슬하게 하얀 천을 두른 여자가 고개를 기사가 서 있는 쪽으로 돌리고 있다. 하지만 그녀의 시선은 기사의 머리보다 훨씬 높은 곳을 향한다. 그녀의 살은 밤색에 가깝다. 하얀 천은 도대체 질감에 대한 고려가 되어 있지 않아서 천 뒤에 커다란 쇳덩어리나 콘크리트 벽을 숨겼다 해도 놀라지 않을 정도이다. 그녀의 가슴은 부드러운 곡선이 아니다. 직선과 직선으로 만들어진 이등변삼각형이다. 이등변삼각형의 밑변의 대각의 정점, 꼭짓점은 그녀의 오른손에 의해 기술적으로 가려져 있다. '나는 생각한다. 〈그〉가 여기 이곳에 올 것이다. 여느 일요일 저녁과 마찬가지로. 그러고는 이 앞에 서서 칠이 벗겨진 벤치처럼 보이는 저 여자를 보게 될 것이다. 흔히 볼 수 있는 것도 아니지만 그렇다고 특별한 매력이 있는 것도 아닌 가슴을 보게 될 것이다. 일요일 저녁, 거리를 가득 메운 사람들 사이로, 외계로부터 온 비행접시 내부의 특수유리관에서 배양된 별종인 양, 애써 그들과 자신을 구분지으며, 온통 낯설어 하며, 줄곧 음험한 조롱의 속삭임을 숨기며, 아파하며, 여기까지 와서는 이 영화관으로, 삼류 여배우의 자궁 속으로 들어갈 것이다. 발밑에 하얗게 묻어나는 거미줄은 보지도 못한 채로 말이다. 이 거미줄이 〈그〉가 부정하는 신의 얼굴이다. 내가, 그리고 성(城)이 바로 〈그〉가 부정하는 신이다.' 기사는 파출소와 극장 사이에 있는 차도를 성큼성큼 건넌다. 그 길 위에는 사람들이 안전하게 건널 수 있도록 배려된 하얀 선의 횡단보도도 없고 노랗고 납작한 차선도 없다. 차도와 인도의 구분도 모호하다. 극장 앞은 작은 광장이나 마당이다. 군데군데 노란색 검은색 띠가 둘러진 바리케이드들이 있다. 나트륨등의 주황색 조명 덕택에 축제 분위기가 난다. 그러나 유난히 혼자 있는 사람이 많다. 극장 쪽을 멍하니 바라보고 있는 사람, 사거리를 향한 대로 쪽으로 고개를 돌리고 있는 사람, 대로의 반대편에 있는 시장 쪽으로 까치발을 하고 있는 사람, 파출소를 바라보고 있는 사람이 있다. 그리고, 네 개의 정적인 십자가 사이, 방향과 방향 사이를 보고 있는 사람, 방향과 방향 사이와 바로 인접한 방향 사이를 지시하고 있는 사람, 방향과 방향 사이와 바로 인접한 방향 사이와 또 단 하나뿐인 바로 인접한 방향 사이를 찢어내고 있는 사람. 수없이 쪼개진 좌표 없는 방향과 방향 사이를 수없이 많은 혼자 서 있는 사람들이 바라보고 있다. 고개를 숙이고 있는 사람도 더러 있다. 하지만 고개를 젖히고 하늘을 바라보는 사람은 없다. 기사는 극장의 더러운 옥색 벽에 기대어 있는 둥글고 납작한 돌을 본다. 몸을 굽히고는 조심스레 집어든다. 아무도 그를 주의하지 않는다. 그는 상영되고 있는 프로그램과 상영 시간을 적은 플라스틱 판을 바라보지도 않고, 안이 들여다보이지 않는 검은 유리와 반원형의 작은 구멍만이 전부인 매표소 앞에 선다. '나는 생각한다. 이것은 조약돌이다. 어딘가 강이나 호수에서, 아니면 작은 개울가에서 수면을 경쾌하게 통통 퉁기며 날아올랐을지도 모르는 작은 조약돌이다. 이제는 내 바바리코트 주머니의 한쪽에 쑤셔 박혀 있는, 나의, 나의 오른손에 쥐어진, 차갑고 까실까실하고, 부분부분 민들민들하기도 한, 나의 손바닥이, 나의 다섯 손가락이 감각하는 이것의 이름은 조약돌이다. 이것은 딱딱하다. 어디 한 군데 누르면 들어갈 만큼 물렁물렁한 곳이라고는 없는.' 표를 사려는 사람은 기사 이외에는 아무도 없다. 단지 사람들은 방향과 방향을 수만 가지로 나누어 지시하고 있다. 기사는 조약돌을 쥐고 있는 오른손을 꺼내서 안주머니를 뒤적뒤적거린다. 파란 지폐가 미끄러지듯 작은 반달형의 구멍으로 사라진다. 그러고는 영화표를 쥐어든다. '나는 생각한다. 일요일 저녁, 〈그〉도 똑같은 행동을 하게 될 것이다. 똑같이 지갑을 뒤져서 빳빳한 지폐를 꺼내고 반달 속으로 손을 넣고는 얇고 하늘하늘거리는 영화표를 받아쥘 것이다. 〈그〉는 말한다. **〈나는 특히 종잇장 줍기를 몹시 좋아한다. 그것을 줍고 손아귀에 쥐는 일은 기쁘다. 하마터면, 어린애들이 그러듯이 그것을 입으로 가져갈 뻔도 한다. 내가 묵직하고 호화찬란한 종이 뭉치를, 그러나 어쩌면 똥이 묻었을지도 모르는 종이 뭉치를 한쪽 귀퉁이를 잡고 주워올릴 때, 앙니는 화가 나서 파랗게 질리곤 했었다. 여름이나 초가을에는, 햇볕에 타서 바삭바삭하고 흡사 낙엽처럼 바스러지기 쉬운 신문지 조각을 공원 따위에서 볼 수 있다. 그런 신문지는 마치 피크린산을 칠한 것처럼 보인다. 겨울에는 다른 종잇장들이 짓밟히고 찌그러지고 더럽혀져 있다. 그것들은 흙으로 되돌아가고 있다. 또 다른 종이들은 아주 새것으로서 반질반질하고, 아주 하얗**

고, 아주 빳빳하여 흡사 백조처럼 굴러떨어져 있지만, 이미 그 밑에서는 대지가 그것들을 집어삼키고 있다.〉 어쨌든, 〈그〉가 문학적이든 비문학적이든, 여름의 종이 뭉치를 좋아하든 겨울의 밑씻개를 좋아하든, 〈그〉는 〈그〉가 앉아야 할 자리가 정중히 지시된 이 영화표를 받아쥐고는 순간, 당황해서 시선을 거둘 곳을 찾지 못하고 애태울 것이다. 의자의 등받이에 적혀 있을 그 숫자는 〈그〉의 머릿속을 떠나지 않고 천장에 매달린 박쥐처럼 아니면 해파리나 거머리처럼 〈그〉를, 〈그〉의 시선을 괴롭힐 것이다. 그리고 필연적으로 그 시선은 뒷판에 검은색 비닐이 발라져 거울과도 같이 자신의 앞에 서 있는 물체를 되새김질하는 반들반들한 극장 문을 발견할 것이다. 나는 잘 알면서도 나에게 다시 한 번 묻는다. 그 시선은 무엇을 볼 것인가? 아니, 더 정확히 말하면 그 물체를—나는 그의 시선이 발견할 그 무엇을 편의상 물체라고밖에는 부를 수 없다—무엇이라고 인지할 것인가? 순식간에 윤곽과 윤곽은 짓물러지고, 흐늘거리는 윤곽 사이 뾰족한 날카로움 대신 더럽고 찐득찐득거리는 구정물이 일정한 점도를 가지고 흘러내리고, 더러운 살결에다 추악한 흔적의 호를 파고, 〈그〉의 얼굴은 황금색 두개골에서 빨간 카드를 쥐고 무엇인가 열심히 들여다보는 빨간 털의 원숭이로, 빨간 털의 원숭이에서 문어로, 문어에서 핏기 없는 고깃덩어리로, 마지막에는 모자를 삐뚜름하게 쓴 장님의 모습으로 변해 갈 것이다. 말하자면 〈그〉는 죽을 것이다. 죽게끔 되어 있는 것이다. 일요일 저녁, 주머니 속에는 한 번도 감히 접어지거나 구겨지지 못한 따끈따끈한 영화표를 넣은 채로. 이유도 없이. 〈그〉에게는 이유가 없을 수밖에. 나는 묻는다. 나는, 나는 어떨 것인가? 나의 기분은 어떨 것인가? 자신의 얼굴에서 그야말로 아무런 역사도, 그 어떤 당위성도, 아니, 최소한의 정체성도 발견할 수 없는 인간의 옆구리에 나이프를 박아넣어야 할 나는 어떤 느낌을 받게 될 것인가? 그것은 알 수 없다. 확실한 것은 단 하나뿐이다. 내가, 이 내가, 필요에 따라서 악수를 하고, 수표책에 사인을 하는 나의 오른손이, 경계를 지워가며 한없이 변해 가는 〈그〉의 얼굴에 최후의 붓질을 할 것이다. 나는 나의 방식대로, 유려하게, 튀어올라야 할 부분에서는 확실히 튀어오르고, 가라앉아야 할 때는 차분히 가라앉을 줄 아는 침착한 필체로 그의 얼굴에 쓸 것이다. 〈*MORT*〉'

실내로 들어가기 전에 작은 휴게실이 있다. 휴게실의 조명은 전적으로 형광등에 의존하고 있다. 빛이 들어올 만한 창은 보이지 않는다. 유리문에도 검은 비닐이 발라져 있다. 충분하지 못한 조명으로 휴게실은 어둡다. 한쪽 귀퉁이에는 두 명 정도가 앉을 수 있는, 색깔을 알아볼 수 없을 만큼 닳아버린 소파가 있다. 휴게실은 어둡고, 일회용 커피 잔에 남아 있는 찌꺼기의 고약한 냄새, 담뱃가루 냄새, 싸구려 방향제의 독한 냄새, 들척지근하고 메스꺼운 팝콘 냄새 등이 섞여 있다. 어디에도 이 냄새가 들러붙어 있다. '나는 느낀다. 정말로 구역질이 날 것 같다. 입을 통해서 더러운 것이, 마구 몸부림치며, 꼬물대며, 나올 것만 같다.' 기사는 벽에 붙어 있는 좌석

배치표를 바라보고 있다. 휴게실의 가운데에는 커다란 밤색 문이 있다. 그것은 스크린과 수많은 의자의 행과 열과 등받이의 숫자가 있는 방으로 통하는 문이다. 그 문의 오른편에는 이층으로 통하는 계단이 있고, 왼쪽에는 화장실로 통하는 좁고 어두워 보이는 복도가 있다. 기사는 좌석배치표 들여다보기를 마치고 계단으로 간다. 계단은 정확히 폭이 좁고 더러운 26개의 발판으로 이루어져 있다. 계단의 중간참 같은 것은 없다. 그 형태가 실내를 둘러싸는 모양을 하며 활처럼 휘었기 때문에 계단이 시작되는 곳에서 계단의 끝, 이층은 볼 수가 없다. 기사는 계단 앞에 멈추어 선다. 아래에서 다섯 번째 단에는 반쯤 뜯긴 새우깡 봉지가 아가리를 사정없이 벌린 채 누워 있고, 스물한 번째 단에는 쭈그러진 코카콜라 캔이 버려져 있고, 바로 윗단의 구석탱이에는 먼지를 온통 뒤집어쓴 검은 고무신 한 짝이 뒤집어져 있다. 그리고 한 단 건너 하나 꼴로 여러 가지 상표의 담배꽁초가 여러 가지 모습으로 버려져 있다. 기사는 오른손으로 시멘트 난간을 짚고 한 단씩 한 단씩 쉬엄쉬엄 올라간다. 뚱뚱한 사나이가 한 명 계단 위, 이층에서 아래쪽으로 내려온다. 그의 얼굴은 시뻘겋게 상기되어 있고, 연방 거친 숨을 쌕쌕 뱉어내고 있다. 그의 옷이 그다지 더워 보인다고 말할 수 없지만 이마와 콧잔등에는 커다란 땀방울이 송글송글 맺혀 있다. 계단의 중간쯤에서 기사는 뚱보를 쳐다본다. 하지만 뚱보는 두세 겹이 된 턱을 가슴에 바짝 갖다 붙이고는 자신이 밟아야 할 계단을 살피느라 고개를 들 겨를도 없어 보인다. 멍하니 기사는 뚱보를 바라보고 뚱보는 한 단 한 단 내려가는 데에만 온 신경을 집중한 채, 기사를 지나친다. 그러나 뚱보가 기사의 존재를, 지나침을 눈치채지 못했다고 말할 수는 없다. 이제 계단에는 기사 이외에 아무도 없다. 다양한 상표의 담배꽁초와 일회용 종이컵과 새우깡과 버려진 고무신 한 짝만이 있을 뿐이다. 기사는 두 단씩 겅중겅중 계단을 오르기 시작한다. 이층의 휴게실은 더 어둡고 더 더럽고 더 좁다. 거기 역시 아무도 없다. 등받이가 없는 주황색 플라스틱 의자가 한 켠에 잠자코 있을 뿐이다. 구석빼기에는 조명도 닿지 못한다. 무엇이 있는지, 누가 숨어 있는지, 과연 각이 제대로 선 구석이라는 것이 존재하기나 하는지조차 알 수 없다. 이층의 휴게실에는 또 일층의 냄새와 비슷하지만 그것보다 열 배는 더 독한 냄새가 난다. 역시 창문이 없다. 이층의 바닥과 천장은 같은 모양이다: 오각형이다. 오각형 천장의 중앙에는 두 개의 형광등이 달려 있는데 그나마 한쪽은 불이 들어오지도 않는 형편이다. 불이 켜져 있는 형광등의 사정도 별반 다를 것이 없다. 양쪽 끝이 라이터 불에 그슬린 것처럼 기다랗게 새까만 자국이 나 있다. 형광등 주위로 먼지가 달라붙어 검정에 가까운 진한 회색이 된 거미줄이 주인을 잃고 너덜거린다. '나는 중얼댄다. 이것은 형광등이야, 형광등이라고 불리는 그것이지.' 역시 계단 위에서도 계단의 아래편, 일층은 보이지 않는다. 갑자기 높아진 시멘트 난간이 일층의 전경을 가리고 있다. '나는 생각한다. 존재에 대해 갈팡질팡하는 자, 사물에 당연히 붙어야 할 이름표를 들고 자신없어 하는 자, 자신이 진정한 자기인지 아니면 마로니에 뿌리인지도 구분하지 못하는 자, 자기 이전의 존재에 대해, 막 뒤에 아로새겨 있는 간섭무늬의 찬란함에 대해 회의를 품는 자, 불신만이 그의 입에서 간질병자의 그것처럼 부글부글 끓으며 살아 있음을 증명해 주는 자, 어떻게 이런 자를 화난 눈빛으로 노려보고 증오를 품을 수 있겠는가? 그 누가? 어떻게? 나는 될 수 있는 대로 뭉뚱그려서 사람이라고 불리는 족속이나 인류라는 거창하면서도 어딘지 우스꽝스럽고 서글픈 고리가 아닌, 한 마리 고삐 풀린 망아지로서의 사람을 증오하지 않기로 하고 있다. 이것은 단순한 그때그때의 기분에서 우러나오는 헛된 고집이나 한 가지쯤은 가지고 있어야 대접을 받는 취향이 아니다. 전혀 예술적이지도 않다. 이것은 쑥스럽지만 직업정신이라고 불릴 만한 것이다. 살인을 앞두고서는, 본능적으로, 나는 곧 죽을 사람에 대해서 어떤 증오도 품지 않는다. 모든 감정을 없앨 수는 없는 노릇이다. 경멸할 수도, 존경할 수도, 부러워할 수도, 역겨워할 수도, 분노할 수도, 무시할 수도, 심지어 사랑할 수도 있다. 하지만 증오해서는 안 된다. 암살이라는 작업에 있어서 증오란 가장 위험한, 일을 망치기 쉬운 상태인 것이다. 권태로움은 차라리 낫다. 하기 싫은데도 억지로 하는 편이 오히려 낫다. 그만큼 증오란 가장 위험한 기분이다. 어쨌든 〈그〉는 뭉뚱그려 수프로 만든 인간 요리의 가장 기본적인 맛인 〈귀여움〉을 가지고 있다. 그는 단지 귀여울 뿐이다. 일요일 저녁, 귀여운 〈그〉는 죽음을 맞이하게 될 것이다. 어린애같이 〈그〉는 세상과 그 위에 펼쳐진 사물들에 대해 지나치게 소심하다. 이 말은 겸손과는 또 다른 의미의 얼개를 지닌다. 소심이라 함은, 귀여운 〈그〉는, 이쪽 봉우리에서 훌쩍 도약을 해서 저쪽 봉우리로 건너가기를 두려워하는 것이다. 무서움증, 고소공포증, 비행기를 타면 괜히 우울해지거나, 버스나 배를 타면 멀쩡하던 배가 사정없이 뒤집히는. 하지만, 나는 어느 곳에서도, 어떤 상황에서도, 어떤 사물도 두려워하지 않는다. 사물은 그 사물을 보고 또 만지는 사람에게 즐거움을 주기 위해 존재하는 것이다. 목표를 위해서 그 원리를 완전히 이해하고 또 즐기는 것, 이것이 사물에게 우리가 주어야 할 사랑의 올바른 표현법인 것이다. 말 그대로 철저히 사물을 즐겨야 하는 것이다. 사물에 대해 지레 겁을 집어먹거나, 아니면 〈그〉처럼 부러 겁을 집어먹은 체하는 유(類)의 사람들은 절대로 사물을 즐길 수 없다. 그들은 으레 사물이 지나치게 딱딱하다고 느낀다. 날카롭다고 느낀다. 그러나 결코 사물은 딱딱하다거나 날카롭지 않다. 사물은 딱딱하지도 날카롭지도 않으며, 그렇다고 물렁물렁하지도 않다. 사물은 단지 사물일 뿐이다.' 기사는 오른쪽 주머니에서 조약돌을 꺼낸다. '나는 보고 있다. 그리고 나는 엄연히 조약돌이라고 불리는 이 사물에 대해 생각한다.' 기사는 천천히 계단을 내려가기 시작한다. '나는 생각한다. 그는 말했다. **〈이제 알겠다. 지난날 내가 바닷가에서 조약돌을 손에 쥐고 있을 때, 느꼈던 것을. 이젠 훨씬 잘 기억한다. 그것은 들척지근한 일종의 구토증이었다. 그 얼마나 불쾌한 것이었던가! 그런데 그것은 조약돌로부터 왔다. 틀림없다. 그것은 손아귀 위 조약돌로부터 생겨난 것이었다. 그래, 그것이다, 바로 그것이란 말이다. 손아귀 안에**

서의 일종의 구토증〉이 얼마나 순진한 생각이냔 말이다. 나는 도저히 〈그〉를 동정하지 않고 배겨낼 수가 없다. 〈그〉의 사물들은 〈그〉가 비밀히 내미는 손에 의해,—〈그〉가 그것을 의식하고 있는지 아닌지는 별개의 문제다. 사람은 자신도 모르는 사이에 자신의 의도대로 무언가를 꾸며놓고는 하니깐,—배배 꼬이고, 줄을 제대로 맞추라는 교련 선생님의 말을 도무지 들으려 하지 않는다. 〈거기에 존재한다(혹은 존재하고 있었다)〉라는 말조차 붙이기 두려운 사물들. 그 사물들, 을 만드는 눈. 그들은 〈그〉의 명령과 조직적인 훈련에 따라 더 기승을 부리는 것이다. 하지만 이 조약돌은 분명히 〈내 손아귀 안에 얌전히 있다〉, 뿐만 아니라, 그것은 나의 손바닥보다 작다. 타원형이다. 많이 짜부라진. 고운 건 사실이지만. 납작하다. 만들만들한 부분도 있고, 흙이 묻어 까끔까끔한 부분도 있다. 전체적으로 봄이나 자유를 연상케 하는 노란색도 아니고, 동물 도감에나 나오는 바다표범의 등에서나 볼 수 있는 금속성의 은빛도 아니고, 평범한 회색이다. 신경질 나게도 이 조약돌은 내 손에 꼭 맞다. 작은 홈이 있다. 누군가 못으로 긁었나 보다. 구석기도 신석기도 그렇다고 더더구나 청동기도 아니다. 납작하고 타원이다. 회색의. 조약돌이다. 납작하다. 타원이다. 부분부분 흙이 묻은 부분도 있다. 타원이다. 못으로 누군가가 긁은. 회색이다. 납작하다. 타원이다. 납작하다. 납작하다. 신경질 나게도 이것은 회색이다. 평범한 회색이란 말이다. 바보야, 구역질이 아니다. 회색이란 말이다. 이 회색은 자세히 살펴보면, 그것은 분석이다: 이용 목적과 수단으로서의 요구 사향에 합치하는가 합치하지 않는가, 검은색 점과 육각형의 흰색 점이 드문드문 박혀 있는 회색이다. 약간의 상상력만 가미한다면 이 조약돌에서 만 사천이백스물아홉 가지 색깔의 다양한 점들을 볼 수도 있다. 어찌 되었건 간에 이 조약돌은 회색이란 말이다. 구역질이 아니다. 무엇보다도 중요한 것은 이것, 내 손아귀에 잡혀서 꿈쩍도 않고 있는 이것의 이름이 조약돌이라는 것이다. 그리하여, 나는 조약돌을 쥐고 있다. 아이들의 조롱을 받아가며 한적한 해변가에서 물수제비를 뜨려는 것이 아니다. 이것을 어디에 써야 하는지, 그리고 어떤 식으로 장치를 해두어야 내가 원하는 효과를 낼 수 있는지 나는 너무나 잘 알고 있다. 물론, 성(城)은 있다. 성(城)은 존재하고 있고, 이 모든 것을 안다. 이 모든 것을 기획하고 지시를 내리는 존재가 바로 그들이니까. 이것은 놀라운 일이 아니다. 너무나 당연한 일이다. 베개가 머리맡에 있고 그 위 책상에는 따르릉 소리를 내며 시간에 맞춰 울어줄 자명종 시계가 있는 것처럼.'

기사는 계단의 맨 밑까지 내려온다. 시멘트 난간은 일정한 기울기를 가지고 호를 그리다가 일층의 밑바닥까지 와서는 국자의 주둥아리처럼 꺾여 편평한 면을 갖는다. 그 편평한 면은 30센티미터쯤 계속되다가 갑자기 중단된다. 그 다음은 1미터 높이의 깎아지른 절벽이다. 기사는 시멘트 난간의 편평한 면 위에다 오른쪽 주머니에서 꺼낸 조약돌을 올려놓는다. '나는 행동한다. 나는 이 조약돌을 난간에 놓는다. 〈그〉는 볼 것이다. 회색이고, 자세히 보면 검은 점, 육각형의 흰색 점, 누르스름한 점, 누리끼리한 점, 파르스름한 점, 애기 궁뎅이 같은 분홍색 점, 보랏빛 점들이 섞여 있는 이 조약돌을 볼 것이다. 여기 난간에서. 성(城)은 천사들의 열띤 토론과 공방을 거쳐 그의 죽음에 합당한 문상객으로 조약돌을 선택했고, 나는 그들의 이름으로 그것을 이 자리에 놓는다. 여기 난간에. 그는 너무나 놀라 기절할 지경이 될 것이다. 한동안은 너무 놀라 입을 떼고 단 한마디의 감탄사도 내뱉지 못할 것이다. 숨을 들이쉬고 내뱉는 극히 자연스러운 행동마저도 지층 속의 화석처럼 얼어붙어 버리고 말 것이다. 마른 입은 침조차 삼킬 수 없게 될 것이다. 손을 내밀어 무언가를 감히 잡아보려 하지도 못할 것이다. 하지만 이 조약돌이 구역질이 아니듯이 분명 살인 무기가 될 수도 없다. 〈그〉는 종종 어린애 같은 장난을 친다. '**나의 나이프가 탁자 위에 있다. 그것을 편다. 왜 안 돼? 하여간 그것은 작으나마 변화를 가져올 게다. 나는 왼손을 종이 더미 위에 얹고 손바닥을 나이프로 찌른다.**—푸하하하—**동작이 너무 신경질적이다. 칼날이 미끄러져서 상처는 가볍다.**—웃기는군, 정말로 웃기는군, 이보다 더 심한 우스개는 없을 거야, 정말로—**피가 흐른다. 그래서 무슨 변화가 생겼나?**—글쎄요, 샌님 나으리, 소인은 아무리 봐도 잘 모르겠는뎁쇼.—**결국 나는 백지 위에 조금 전 내가 써놓은 글씨 곁에 마침내 나 자신이기를 중지한 약간의 핏방울을 만족스럽게 바라본다.**—하지만 이번에는 약간의 핏방울로만은 끝나지 않을 거야.—**백지 위에 있는 네 줄의 글씨와 핏방울, 그것은 좋은 추억이 될 것이다.**—문상객에게 말이지, 시체로 변해 있는 너의 손에 꼭 쥐어 있을 사랑스러운 조약돌에게 말이지.' 그렇다. 조약돌은 살인 무기가 아니다. 날이 잘 선 나이프. 준비가 잘 된, 수첩을 들춰보지 않고서는 몇 명의 피를 삼켰는지 일일이 확인할 수도 없는. 와이셔츠 옆구리 비밀 주머니에 가죽 집과 함께 고이 모셔져 있는 나이프. 나는 나이프를 사용한 지 꽤 오래되었기 때문에 난색을 표했지만 성(城)은 나이프를 고집했다. 하긴 매일 도서관이나 삼류 영화관에서 파리나 잡고 있을 놈을 죽이는 데 솜방망이를 드나 살충제가 든 분무기를 드나 마찬가지일 테지만 말이다. 하여간 성(城)의 결정은 그지없이 자연스럽다. 〈그〉의 장난은 호된 대가를 받을 것이다. 옆구리에 한 방, 피가 새어나올 틈도 없이 재빨리, 예쁘게 뽑아서는, 심장에 한 방, 피가 흐를 것이다. 방울방울, 그러다 차츰차츰 수도꼭지에서 새는 물줄기처럼 뚝뚝, 마침내는 주체할 수 없을 정도로 철철, 그러고는 장마 때 빗물받이를 타고 내리는 빗방울처럼 콸콸. 하하하, '**백지 위에 네 줄의 글씨와 핏방울**', 이런 것이 아니다. 저질 코미디 노름이 아니다. 진지한 것이다. 진지한 흐름, 파란색 바스켓 한 통 가득, 지나간 존재의 증명으로, 그보다 덜 엄숙하게 말하자면, 흘러간 짝사랑을 노래하는 구태의연한 유행가의 말장난으로, 〈그〉의 피가 흐를 것이다. 극장 바닥은 온통 〈그〉의 피로 장관을 이룰 것이고, 문 틈을 통해 길바닥으로 하수구로 더러운 생활 하수와 함께 강으로 강으로 찢겨지며 찢겨지며 그의 피가 흘러갈 것이다. 나는 생각한다. 나는 묻는다. 또 나는 행동한다. 나는 난간에 내려놓았던 조약돌을 집어 본다. 나는 느낀다. 조약돌을 집는 순간 〈그〉는 무엇을 생각할까?

부드러운 칼날이 하얀 눈 위를 질주하는 스키 선수처럼 그의 옆구리로 부드럽게 미끄러져 들어가기 전, 조약돌을 집고 바라보는, 마지막 그 짧은 순간에, 〈그〉의 머릿속에는 어떤 일기가 그려질까? 솔직히 나는 몹시도 그 비밀을 들여다보고 싶다. 미칠 지경이다. 알고 싶다. 아마도 그는 이렇게 말하지 않을까? 〈정말…… 고맙네, 친구……정말, 고마……〉 그것은 정말로 아주 짧은 시간일 것이다. 〈그〉가 살아온 삶을 양적으로 표현하기 위해 직경 1미터, 높이 1킬로미터의 배설물 기둥을 만든다고 할 때, 그것은 그 속에 파묻혀 있는 구더기 눈알의 크기만큼도 안 되는 시간일 것이다. 하지만, 그것은 〈그〉의 삶에서 가장 중요했던 부분의 행적을 표시할 일종의 타임캡슐 같은 것이다. 나는 그 비밀을 듣기 위해서라면 〈그〉의 머리통이라도 짜개보고 싶은 심정이다. 물론 나는 〈그〉라는 사물을 완전히 이해하고 있다. 〈그〉의 비밀의 대략적인 얼개도 손아귀에 넣고 있는 셈이다. 나는 단지 나비 수집가의 광적인 편집열에 휩싸인 것이다. 말하자면, 직접 내 눈으로 보고 귀로 듣고 손으로 만지고 싶은 것이다. 〈그〉가 사물들을 잡을 수 없는, 매어 둘 수 없는, 이름 붙일 수 없는 그 무엇으로 상정한 것은 사물에 대한 근원적인 두려움뿐만 아니라, 그 기저에는 입구에서 출구까지 가는, 입에서 항문까지 가는 가장 쉬운 길을 〈그〉가 전혀 알고 있지 못하다는 데에 있다. 돈을 버는 법, 예쁜 여자의 시선을 끄는 법, 차를 모는 법, 성당에서 미사를 드리는 법, 사람을 죽이는 법, 등등등. 적어도 〈그〉에게는 우연이라는 마른벼락이 개입되어야 한다. 죽음 바로 직전이라는 것이 〈그〉에게 좀 안됐기는 하지만, 사람들이 얼기설기 그은 그 인공의 거미줄이 낯설고, 발목에 걸리기만 하고 허벅다리에 생채기만 내는, 정말로 귀찮기만 한 것이 아니라, 신비롭고 짜릿짜릿한 것이라는 걸 느끼게끔 해주어야 한다. **〈흰 부엉이〉**와 **〈조약돌〉**은 그를 충분히 놀라게 할 것이다. 우연이라는 외마디 비명이 삶과 삶을, 낯선 사물과 사물을 연결시키는 최신판 여행지도를 보여줄 것이다. 〈그〉가 조약돌에 손에 대는 순간 일차적으로 느끼는 감정은 계산에 전혀 넣지 않은 변수, 성(性)이 아닐까? 그 나른하면서도 온몸을 든든히 감싸주는 느낌. 필사적으로, 필사적인 구멍. 〈그〉는 필사적으로 구멍을, 세상으로 통하는 길을 찾으려 할 것이다. 될 수 있는 대로 빨리 찾아야 할 것이다. 십중팔구, 그 길보다는 피의 길이 더 빨리 그의 이심방 이심실을 향해 돌진할 것이다. 일요일 저녁, 〈그〉는 난간에 놓여 있는 조약돌을 손에 쥐고, 심장의 더운 피를, 성(性)과 구멍과 세상을 향한 길을 보기도 전에, 심장의 더운 피를, 장난이 아니라 진지하게 몸 밖으로, 헐거워진 껍데기 밖으로 내보내야 할 것이다. 나라는 신이 창조한 우연의 호수에서 허우적대며. 〈그〉의 웃는 모습이, 진정으로 고마워하는 표정이 보인다. 〈그〉, 〈그〉는 사라진다. 성(城)의 명령에 의해, 나의 오른손에 들린 나이프에 의해, 〈그〉, 〈그〉는 죽는다. 모든 것에서 자유다. 진정한 의미에서의, 단 하나의, 유일무이한 자유. 로캉탱*은 죽는다. 로캉탱, 너는 죽는

* 장폴 사르트르의 『구토』에 나오는 인물. 죄송합니다.

다. 나의 이 말에는 아무 울림도 들어 있지 않다. 일요일 저녁, 그, 너, 로캉탱, 너는 죽는다. 아무 구역질도 없이, 아니, 모든 구역질에서 해방된 채로. 앙트완 로캉탱 씨여, 안녕.'

기사는 조약돌을 다시 오른쪽 주머니에 집어넣는다. 그는 씨익 웃는다. 그는 다시 움직이기 시작한다.

2장

소파 씨, 오리나무, 등장하다

소파 씨*는 막, 낮잠에서 깨어나는 중이었다. 실팍한 오후의 햇살이 널찍한 창문을 통해 거실에 긴 발을 염치없이 늘어뜨리고 있었다. 소파 씨는 자신이 누워 있는 소파에서 억지로 몸을 떼어내기 위해 허리에 힘을 주었다. "끄응." 소파 씨는 며칠째 갈아입지 않아 때기름이 좌르르 흐르는 붉은 와이셔츠를 두르고 그의 눈앞에 육중하게 솟아 있는 자신의 배를 보며 낮잠 자는 시간과 똥배의 높이는 정비례한다는 아내의 농 섞인 핀잔을 기억해 내었다.

'그 말이 맞을지도 몰라, 하지만 뭐, 어떠랴, 이 몸은 어차피 하루 종일 소파에 누워 격조 있게 시간을 죽일 궁리만 하면 되는 몸인걸. 문자 그대로 세련된 **무위도식배**인 셈이지.'

---

* 황지우, 「살찐 소파에 대한 日記」에서 인용. 죄송합니다.

"털썩."

소파 씨의 몸이 무너지듯, **비닐로 된 가짜 가죽을 뒤집어** 쓴, **젖통이 무지무지하게 큰 구석기 시대의 다산성 여인상**을 연상시키는 소파에 푹 파묻혔다. 매운 내가 나는 먼지들이 풀썩, 오후의 민감한 햇살들 속으로 떠올랐다. 그것들이 이유 없이 만들어내는 황홀한 춤을 소파 씨는 잠시 바라보고 있었다. 소파 씨는 끈질기게 사람 좋아 보이는 눈으로 한 놈 한 놈을 추적하고 있었다. 소파 씨는 그 춤 속에 녹아 있을 액체상의 어떤 비밀을 찾으려다 이내 포기하고, 다음에는 단순히 그들이 만들어내는 엉키지 않는 자유로운 곡선들의 방정식을 풀어내기 위해 바람과 햇살과 소파 씨 자신의 사소한 움직임 등의 변수를 찾아내려 했지만 그도 쉽게 시들해졌다. 눈이 아파 오기 시작했기 때문이다. 소파 씨는 가느다란 실핏줄이 서 있는 두 눈을 깜박거렸다.

'감아서는 안 돼, 끝까지, 눈이라도 뜨고 있어보는 거지 뭐. 혹시 알아? 눈부신 창공의 사상을 내 무뎌진 머리빡에 다시 쏟아부어 줄 허깨비라도 나타날지, 하지만, 눈을 부릅뜨고 정신을 집중해서 먼지나 시계나 벽에 걸린 그림 따위를 계속 쳐다보는 것도 쉬운 일만은 아니거든. 자칫 잘못하면 사물을 둘러싼 윤곽들이 지나치게 선명해지는 경우가 왕왕 생기니까. 그렇게 되면 내 작은 가슴이 터무니없이 놀란단 말이야.'

"푸훗."

이런 생각을 하면서 소파 씨는 두툼한 입술을 오므리고는 입술 사이로 헛바람을 터뜨리면서 웃었다. 벌어진 입술이 조금씩 움직거렸다.

'작은 가슴? 작은 가슴…… 작은 손…… 작은 키…… 작은 키, 그래, 그때가 생각나는 거야, 그때…… 나는, 그때…… 굉장히 작았었어.'

소파 씨는 자신이 예전에 했던 말을 생각해 내고 있었다.

나는 스크람을 짜기엔 키가 너무 작아서 대열에서 빠져나와야만 했지요. 대열은 그대로 경찰 저지선을 밀어버렸지요. 나는, 곤봉으로 맞아 이마에 피가 주르륵 흐르는데도 손으로 그것을 싸매고 교복 단추가 모조리 떨어져 나간 채 그대로 앞으로 나아가는 광주고생 · 광주상고생 · 사레지오생들을 보았지요. 싸움은 어린이들만 하는 것이 아니라는 것을 보았으나 어른들이 왜 싸우는지는 알지 못했지요, 전남여고의 프러시아식 지붕에서 놀던 비둘기 떼가 일제히, 화다다닥 날개를 부채질하며 히말라야 소나무숲 위를 날아갔지요.

천천히 소파 씨의 눈은 찌푸려지고 두 겹으로 된 턱살이 아랫입술 밑으로 몰려들어 오리 주둥이를 만들기 시작했다. 소파 씨는 자신이 예전에 했던 말들을 다시 머릿속으로 끼워넣고 끼워넣고 하는, 혼자 중얼거리는 자신의 나쁜 버릇을 저주했다.

'아아아학. 신경질 나 쓰발. 요는 예전의 나와 지금의 내가 완전히 다르게 생겨먹었다는 거지. 이제는 전혀 위험하지 않다는 거야, 빌어먹을 세상 같으니라구. 누군가에게, 아니면 세상에 대해 위험하다는 건, 맨 먼저 자신에게 위험이, 한 트럭의 폭탄 꾸러미가 배달된다는 얘기니깐. 너무 잘 알고 있는 얘기잖아. 그래 난 위험하지 않아, 전혀. 하다못해 곤충에게도 벌레에게도 파충류에게도 말야. 눈을 감건 뜨건 난, 전혀 위험하지 않아. 쓰발. 차라리 중얼거리는 짓따윈 제발 좀 그만두자구. 그만 좀.'

소파 씨는 오므락조므락대던 입술을 한일자로 꾹 다물고 다시 눈을 감았다. 거실에 잠복해 있던 엷은 햇빛 때문에, 소파 씨는 눈을 감았는데도 불구하고 빨강, 노랑, 파랑, 초록 작은 원들이 눈꺼풀 뒷면에서 뺑뺑 맴돌이를 하며 쉴 새 없이 깜박거리는 것을 볼 수 있었다. 갑자기 자신이 너무나 한심하다는 생각이, 눈을 감고 그 색색깔의 유희에 푹 빠져 있던 소파 씨에게 들었다. 소파 씨는 방금 전에 자신에게 했던 다짐을 까맣게 잊고 다시 중얼거리기 시작했다.

'난 정말 한심한 놈이야, 하루 종일 누워서 아무 짓도 하지 않고 잡생각만 하면서 하루를 그냥 보내다니. 아무 쓸데도 없는 곳에 정신이 팔려 허우적대는 꼴 좀 보라지. 정말이지 한심하군, 한심해.'

반사적으로 소파 씨는 그럼 과연 누가 한심하지 않은가 하는 질문을 자신에게 던졌다. 한 사람 한 사람 그에게서 가까운 사람들로부터 시작해서 그가 글이나 사진으로만 접했던 사람들까지, 소파 씨는 그 대강의 생김생김부터 시작해서, 그들의 더러운 성격, 팔십 퍼센트 정도는 거짓말일 것이 뻔한 시중에 떠도는 험담, 나쁜 버릇, 이를테면 돈 문제만 생기면 몸을 비비 꼬며 카멜레온처럼 숫없어지는 수전노 기질이나 처치 곤란한 술버릇, 멀쩡한 지 마누라 놔두고 '영계'만 찾으려 하는 플레이보이 기질 등과 같은 온갖 나쁜 점만을 들춰내려고 혈안이 되었다.

'이놈도 아니구, 이놈도 아냐, 이 새낄 떠올리다니, 말도 안 되는 소리야, 이 새낀 가장 한심한 사람 열 명을 추려낸다고 해도 빠지지 않고 얼굴을 내밀고 있을 화상인걸, 얘는 더 한심하고, 그 가시나도 아냐, 걘 지처럼 얼굴만 반지르르하고 몸매만 항아리처럼 쑥 빠지면 만사가 오케이인 줄 알고 있다니깐, 얘도 아냐, 이 자식도 아니구, 말만 싹둑싹둑 잘 뱉어내면 뭘 해, 자고로 말 잘하는 놈하구는, 술자리 잠자리는 절대 같이하지 말라는 말도 있잖아.'

소파 씨는 조금 통쾌해졌다.

'모두 다 한심할 뿐야, 더 나쁜 건, 그러면서도 자신의 한심함을 조금도 인정하지 않고 어딜 가건 고개를 살모사 대가리처럼 바짝 치켜세우고는 잘난 체하기를 좋아한다는 점이야. 정말로 한심한 자식들이라니깐. 내 주위엔 온통 이런 새끼들뿐이야, 쓰발.'

소파 씨는 씁쓸한 표정으로 찢어져라 입을 벌리고는 긴 하품을 하였다. 눈가에 주름이 모이더니 급기야 작은 점이 되고 말았다. 그 작은 점에서 눈물 몇 방울이 빠끔 고개를 내밀었다. 눈물이 고여 있는 눈으로 거실을 둘러보며 소파 씨는 사물들이 더욱 선명해졌다고, 그저께보다는 어저께가, 어저께보다는 오늘이 더 날카로워진 것 같다고 느꼈다. 소파 씨는 뒤통수 꼭지만을 소파에 닿게 하는 자세를 취하고 고개를 젖혀 벽에 걸려 있는 괘종시계를 바라보았다. 시침과 분침이 두시 반을 알리고 있었다. 하지만 괘종시계의 초침은 소파 씨의 짜증을 한층 부채질하려는지 뻔뻔스럽게도 전혀 움직이지 않았다.

'저 빌어먹을 놈의 시계, 시간도 맞지 않고, 뗑뗑거리지도 않고, 하루 죙일 당최 꿈쩍도 하려 하지 않고, 밥값도 못하는 새끼 같으니라구, 나가 뒈져라, 똥통에나 처박혀라, 개새끼, 머저리 같은 자식. 뙤놈하고 붙어먹을 놈.'

소파 씨는 그가 알고 있는 최악의 욕을 총동원하기는 했지만 주위에 있는 두루마리 화장지나 반쯤 망그러진 펜꽂이를 던질 생각을 한 것도 아니었고, 손으로 등받이를 쥐어뜯거나, 발로 쿠션을 마구 차며 자신이 화가 나 있음을 애써 표현하려 하지도 않았다. 그저 고개를 젖힌 그 자세를 그대로 유지하며 먹통이 된 괘종시계를 쳐다볼 뿐이었다. 바뀐 것이 있다면 가는 눈이 조금 더 짜부러졌다는 정도밖에는. 소파 씨는 예전에 그가 했던 말을 또다시 기억해 내었다.

14시 30분 현재

가상 적기 수대가 우리의 대도시로 오고 있습니다. 국민 여러분은 대피호로 안전하게 대피해 주십시오. 뚜우— 뚜우— 시청 앞 나오십시오. 네. 여기는 시청 앞입니다. 시민들은 차에서 내려

질서 있게 지하도를 달려가고 있습니다.

찬아, 옛날옛날에 양치기 소년이 살았단다. 걔가 마을 사람들을 미워하는 것은 아니었단다. 늑대가 오지 않는다고도 생각ㅎ지 않았단다. 겁주려고 그런 것은 더더욱 아니었단다. 단순히 경보였단다.

여기는 부산입니다. 여기는 대굽니다.
여기는 광줍니다. 여기는 목폽니다.
여기는 대전입니다. 여기는 인천입니다.

찬아, 저기 손바닥만한 땅이 우리나라 땅이란다. 내려다보이니, 산천초목, 개미 새끼의 그림자 하나 꼼짝 않는 이 순간의 저 땅이 우리나라란다. 저기다가 무얼 던지겠니? 눈물 한 방울? 피 한 방울? 점점이 박힌 학교와 교회, 외국 대사관과 세무서와 파출소, 시장과 골목에서 네가 『사회생활』과 『국민윤리』를 배우며 자라날 우리나라. 울고 들어오는 너에게 싸우지 마라고 꾸짖는 너의 엄마가 물려준 너의 모국. 14시 30분 현재.

기억의 끄트머리 즈음에, 소파 씨의 신경질은 점점 더 참을 수 없는 성질의 것으로 변하고 말았고, 소파 씨는 화가 머리 꼭대기까지 치밀었다는 표현으로 시계에 대고 불끈 쥔 주먹으로 감자를 먹였다. 그래도 화가 덜 풀렸는지 연신 '푸우'나 '끄응' 같은 뜻도 없는 소리를 내며 고개를 이리 끄덕 저리 끄덕 연신 휘둘렀다.

'요컨대, 이제 나는 전혀 위험하지 않다는 거야, 뭐, 건덕지가 있어야지 뭐. 건덕지를 다오, 건덕지를. 끄응, 위험하다구? 피유, 위험하긴커녕, 이제는 마누라가 장바구니를 들고 집으로 돌아와선 입에다 김을 얹은 밥숟갈을 디밀어주기만 기다리는 신세인걸.'

소파 씨는 불만의 표시로 소파의 등받이 쪽으로 등을 돌려대고 맞은편 벽을 바라보는 그런 자세를 취했다. 그렇게 옆으로 누운 자세에서 소파 씨가 깨달았던 것은 자신이 옛날에 했던 말들을 기억해 낼 때마다 사물들은 더욱 뚜렷해지고, 그 모서리들은 뜨거운 빛다발처럼 일어서며 자신의 모습을 끊임없이 왜곡해 낸다는 것이었다. 베란다 옆에 서 있는 행운목은 소파 씨의 눈에 마치 건너편 아파트 건물을 공격하기 위해 설치한 나폴레옹 시대의 대포처럼 보였고, 꺼져 있는 TV는 공업용 폐수가 뒷돈 먹은 공무원의 똥오줌과 함께 사이좋게 흘러가는 지하수로의 입구처럼 보였고, **폼으로 갖다 놓고 읽지도 않은 카를 마르크스의 『자본론』(모스크바, 프로그레스 출판사), 양장본 3권**은 금속으로 만든 칼촉이 들어 있는 골동품 칼집처럼 보였다.

그러나 소파 씨는 여전히 꿈쩍도 않고 있었다. 마침내 희멀건 눈알이 이리저리 두리번대다 벽에 딸린 서가 바로 위에 붙어 있는 모네의 그림에 가 멈추었다. 그 그림은 한눈에 가짜임에는 틀림없는 것이었으나, 제법 고풍스러운 액자에 넣어진 채로 햇살의 보드라운 애무를 받으며 번쩍이는 태가 가끔 찾아오는 손님들의 칭찬을 받기에는 충분한 것이었다.

'암, 꼭 진짜를 들여다 놓아야 맛인가. 돈독이 올라 미친놈들이야 기억(億)씩 갖다 바치고 누구의 진품이네, 몇 년도에 누가 어디서 그렸던 거네 하구 지랄들이지만, 그 치들에게 그 그림이야말로, 돼지한테 진주를 던져다 준 격이지.'

당장이라도 폭발할 것같이 보였던 소파 씨의 화가 조금 누그러진 것처럼 보였다. 꾹 다물린 채로 앞으로 삐죽 튀어나와 있던 소파 씨의 입술이 양 옆으로 조금 찢어졌다. 소파 씨가 감탄해 마지않는 그 그림은 모네가 그린 「양산을 받쳐든 부인」이란 작품의 복제화였다. 발목까지 덮은 하얀 긴치마를 입은 여자가 불이 잘 옮겨붙게 생긴 누런 풀밭 위에 연두색과 노란색의 중간쯤 되는 애매모호한 색깔의 양산을 받쳐들고 서 있는 그림이었다.

'그래, 차라리, 그림을 보는 것이 낫겠어, 다른 사물들은 안 돼. 왜냐면. 으으으응, 그건 말이지, 그림이란 건 단지 그림이기 때문이야. 그림은 살아 있는 무엇이 아니란 말이지. 저 그림이 갑자기 일어나 내 목을 조를 수 있다고 생각해? 칼처럼 날카로워지고 무처럼 길어져서 내 망막을 헤집고 들어와 쑤실 거라고? 상상도 못할 일이지. 상상도 못할 일이야. 봐, 보란 말이야. 저 따위 기집이, 한낮에 한가롭게 양산이나 받쳐들고 있는 가시나가 날 어떻게 할 수 있다고 믿는 거야? 그래 설령 그렇다고 쳐. 도대체 어떻게 하겠다는 거야. 도대체 어떻게?'

소파 씨는 이따위 말도 안 되는 질문들을 마치 온갖 흉허물쯤은 익히 서로 잘 알고 있는 친구라도 옆에 있는 것처럼 혼자 묻고 답하고 하면서 시간을 보내고 있었다. 소파 씨는 '도대체 어떻게 하겠다는 거야'라는 자신의 말이 뚫어놓은 음흉한 구멍으로 빠져들기 위해 입술을 더 능글맞게 이죽거렸다. 속눈썹이 짙은 소파 씨의 시선은, 햇빛을 받아 치마의 다른 부분에 비해 훨씬 더 하얗게 처리된 여자의 엉덩이께에 박혔고 살집이 탱탱이 올라 축 늘어진 눈꺼풀은 무거운 짐을 진 지게꾼처럼 저 혼자 씰룩거렸다. 소파 씨는 엉덩이께에서 둔덕을 그리다 미끄러지듯 가늘어지는 여자의 허리선을 보며 무심코 여자의 벗은 모습을, 특히 잘록하게 빠졌음직한 허리를 상상했다. 한편으로 소파 씨의 무의식 중 다른 부분이 이 일상적인 것이 돼버린 일탈에 제동을 걸려 노력했지만 하릴없는 일이었다.

'저걸 그린 새끼는 저 그림을 다 그린 다음 저년을 고이 집까지 모셔다 주고 빠이빠이 했을까? 아니, 아니야. 어디 손바닥으로 하늘을 가릴려구. 내 훌륭한 직감과 건전한 상식에 비추어 보건대 그랬을 리는 없어. 그럴 확률은 그야말로 제로라구. 저 개미허리와 엉덩이를 집으로 그냥 보내? 말도 안 되는 소리지. 그 다음은 뻔한 레퍼토리 아니겠어. 남편이 없는 틈을 타서 그림이 어떻고 저떻고 하면서 차나 한 잔, 아니, 아니지, 예나 지금이나 무드를 잡는 데는 역시 술이 최고니깐, 술을 홀짝대면서, 이런 나쁜 새끼들. 아무도 없는 집에서 기회를 노린다? 화가하고 모델하고? 이런 천하에. 아니지, 아니야, 뭣 하러 가정부 눈치 살피게 집에까지 가, 물감이 마르기도 전에 풀밭에 누이고? 이런 죽일, 이런 떡을 할.'

소파 씨는 더욱 유쾌해져서 오른손으로 수염이 까칠까칠 돋아 있는 턱을 만지작만지작거렸다.

'근데 왜 저년은 눈, 코, 입도 없는 거지? 몸매와 달리 얼굴은 말도 아니라서 화가가 그냥 생략했나?'

소파 씨는 그림을 보며 딴생각을 하는 짓이, 사물의 모서리를 날카롭게 달아오르게 하지도 않고 자신이 옛날에 했던 말을 되떠올리게 하지도 않는다는 점에서 시간을 때우는 데에는 여러모로 좋은 장난거리라고 생각했다. 그러나 하얀 머리칼이 찰랑거리는 얼굴의 바로 윗부분, 양산을 보며 또다시 자신이 옛날에 했던 말을 소파 씨는 기억해 내었다.

'맞아, 그 비닐 우산이 저년이 쓰고 있는 것과 꼭 같았어. 아니야, 달라, 그건 비닐 우산이었어. 아닌걸, 양산은 아니었지만. 자세히 보면 저것과 비슷해. 양산이 아니었다는 건 확실하지만 말이야.

소년은 비 맞으면서 비닐 우산을 팔고

비닐 우산 아래서

비닐 우산과 함께

더 큰 줄기로 비맞는 成年

그 비닐 우산 속으로 20년 전 어린 느티나무가 들어와

후두둑 후두둑 몸 떨며 이상한 低音으로 울고

나는 여전히 저문 운동장 가에 혼자 남아 있고

소파 씨의 얼굴이 다시 일그러지기 시작했다. 코와 볼 사이의 선은 더욱 짙어지며 입꼬리로 흘러내렸고, 눈썹과 눈썹 사이에는 세 개의 두꺼운 주름이 잡혔다. 소파 씨는 왜 오늘따라 자신이 예전에 했던 말들이 가만히 있는 자기를 괴롭히는지 알 수 없었다. 게다가 이번에는 그림 속에서 양산을 들고 있던 여자의 오른팔과 하얀 옷 사이에 얇고 검은 경계가 참을 수 없을 정도로 굵어지더니 급기야 진한 살색의 팔이 그녀에게서 떨어져나가 하얀 구름이 빽빽한 대기 중으로 날아가는 것처럼 보였다. 소파 씨가 보기에 알맞을 정도로 가늘다고 생각했던 그 여자의 오른팔은 점점 그 부피를 팽창시키더니만 마침내, 그녀의 얼굴 앞에서 주먹을 쥐고 위협을 하는 깡패나 경찰의 오른팔로 변해 갔고, 소파 씨는 그녀의 얼굴에서 술 취한 채로 순교한 정신병자의 표정을 읽어낼 수가 있었다. 그것은 악몽이었다. 어린아이가 서투르게 검정색 크레파스를 쥐고 그리는 아버지의 얼굴마냥, 천천히 그녀의 얼굴에 지나치게 둥그렇고 악마적인 눈이 나타나고, 부피가 없는 직선으로만 된 눈썹 두 개가 눈 위에 새겨지고, 삼각형으로만 된 투박한 코가 나타나고, 뒤집어 놓은 삼각형 모양의 입이 나타나고, 그 안에 촘촘히 직선과 직선으로 간신히 경계만 드러난 이빨이 만들어지고, 지그재그로 된 수염이 입 위에 그려지고, 입을, 이빨을 침범하고, 마지막으로, 옆으로 길쭉하게 늘어진 두 눈의 중앙에 아래로 길쭉한 타원인, 눈알이, 눈동자가 까맣게 색칠되기 시작했다. 소파 씨는 더는 참을 수가 없었다. 소파 씨는 믿을 수 없을 만큼 빠른 속도로 누워 있던 소파에서 벌떡 일어나 맨발로 허겁지겁 목욕탕 문을 열고 오전에 사용하고는 불을 끄지 않아 실내가 환한 목욕탕으로 들어섰다.

목욕탕 안에서 소파 씨는 아무 짓도 할 수가 없었다. 두 무릎에다 손을 짚고는 엉거주춤 허리를 굽힌 자세로 소파 씨는 헉헉 숨을 몰아쉬었다.

"아무것도 바라볼 수 없다니. 허어허어헉, 참 이건 가혹한 형벌이야, 왜 이런 일이, 세상에 아무 해 한 점 끼치는 일 없이 살아가는 나에게, 흐어헉, 벌어지는 거지? 왜 가만히 내버려두지 않는 거야? 먹고, 자고, 허허헉, 그래, 깨서도 소파에 누워 있기만 하고, 다시 밥 먹고, 자다가 잠깐 변소도 가고, 그래, 난 이렇게 산다. 어쩔래? 왜? 이렇게 산다 해서 뭐 잘못된 게 있냔 말이야. 있음 말해봐. 있음 말해 보라고."

소파 씨는 정말로 목청을 세우고는 고래고래 소리를 질렀다. 상반신 전체를 목욕탕 타일 바닥을 향해 숙이고 있었기 때문에 얼굴로 피가 몰린지라, 또, 목이 터져라 악을 쓴지라, 소파 씨의 얼굴은 시뻘겋게 달아올라 있었다. 단추가 끌러져 불빛에 훤히 드러난 소파 씨의 목 위로 굵은 핏줄이 Y 자를 그리며 선명하게 도드라져 있었다. 소파 씨는 목이 너무 아파서 침을 뱉었는데 그나마 기분이라도 풀리게 바닥에 딱 소리를 내며 찰싹 달라붙지는 못할망정, 소파 씨의 입 언저리에 묻은 채로 대롱대롱 매달려 영 떨어질 생각을 하지 않는 것이었다.

"퉤. 퉤에에에엑."

소파 씨는 다시 한 번 온 힘을 써서, 오만상을 찡그려 가며, 도래질을 해가며, 끈적끈적 늘어지는 침을 바닥으로 떨어뜨렸다.

표면에 물이 한 층 묻어 있는 타일 바닥이 백열등 불빛에, 시선을 달리할 때마다 이상한 모양의 빛그림을 만들어내는 걸 보며 소파 씨는 조금 진정하는 편이 좋겠다고 생각했다. 소파 씨는 흥분된 상태에서도 또 무엇이 어떻게 닥칠지 모른다는 두려움 때문에 천천히 아주 천천히 몸을 일으켰다.

일어선 소파 씨의 눈에 들어온 것은, 잘 닦은 조개껍데기의 속마냥 허옇게 번들거리는 타일 벽과 네모나고 작은 세면대와 그리고 징그럽게 그 풍경의 중앙을 가르는 그, 바로 소파 씨를 담은 거울이었다. 소파 씨의 눈에는 자신이 하나의 괴물 정도로밖에, 상체만 요란스럽게 비대한 돌연변이 야수로밖에는 보이지 않았다. 거울 속의 소파 씨는 아무 생각도 없어 보였고, 아무 의욕도 없어 보였다. 서 있다는 것마저 거울 속의 소파 씨에게는 커다란 짐이 되는 것처럼 보였다. 소파 씨는 거울 속의 자신을 보며 서서히 얼굴을 찡그려 보았다. 숨어 있던 온갖 주름살들이 소파 씨의 우둘투둘한 얼굴 겉면 위에 태어났고, 짜부라진 입 사이로 담뱃진이 몇 년째 기생하고 있는 누우런 치아열이 드러났다. 소파 씨는, 거울 속의 그 괴물은 위턱과 아래턱을 벌렸다 닫았다 하면서 윗니와 아랫니를 부닥뜨렸다.

'아니야, 저건 괴물이 아냐, 한 마리 똥개일 뿐이라고, 우린 언젠가 만난 적이 있지? 그렇지 않나? 우리 똥개. 우리 똥개. 똥개의 아

름다운 갈색 눈동자여.'

똥개 한 마리와 눈이 마주쳤다. 그 똥개의 눈이 하두 맑고 슬퍼서 나는, 고개를 갸우뚱하고 그놈을 눈깔이 뚫어져라 들여다보았다. 아 그랬더니 그놈도 고개를 갸우뚱하고 나를, 눈깔이 뚫어져라 바라본다. 우리나라 봄하늘같이 보도랍고 묽은, 똥개의 그 천진난만-천진무후한 角膜→水晶體→網膜 속에, 노란 봉투 하나 들고서 있는, LONDON FOG表 ポリエステル 100% 바바리 차림의, 나의 全身이, 나의 全貌가 나의 全生涯가 들어가 있다.

그 똥개의 角膜→水晶體→網膜 속의, 나의 이 全身, 이 全貌, 이 全生涯의 바깥, 어디선가, 언젠가 우리가 꼭 한 번 만났던 생각도 들고, 그렇지 않았던 것도 같고 긴가민가 하는데 그 똥개,

소파 씨는 또다시 옛날에 했던 말을 기억했다.

'아니야, 난 똥개를 보고 싶었던 것이 아냐. 똥개 속의, 그 묽은 눈 속의 나를, 거기에 고이 담겨 있는 나를, 어쩔 수 없는 나의 모습을 확인하고 싶었던 거야. 살아간다는 것 자체에 대해 모든 의미를 잃어버린 이상…… 아니야, 자초해서 함정에 빠져들진 말자구, 그런 뻔한 질문은 관두기로 했잖아, 그건 젊은 사람들한테나 어울리는 게지. 그런 걸 나처럼 아주 빨리 늙어버린 사람에게 묻는다는 건, 원하지도 않는 피로를 선물한다는 것 이외엔 아무 의의가 없어. 의미는 무슨 의미야, 빌어먹을.'

"빌어먹을."

소파 씨는 다시 한 번 소리를 내서, 그러나 전보다는 작고 침착하게 말했다. 입에서 나온 것은 모두 딱딱해지는 법이라고 쓸쓸히 말하던 친구의 얼굴이 퍼뜩 소파 씨의 헝클어진 머릿속을 후볐으나, 이미 엎질러진 물이었다. 잘못을 저지른 것이 확실하다면 이왕에 갈 때까지 가보자는 심리로 소파 씨는 한 번 더 신중하게 또박또박 말했다.

"빌어먹을."

어쨌든 이런 생각이 들었다는 자체가 약간이나마, 냉정이라는 집으로 돌아가는 선장의 안전신호 같은 것이라고 소파 씨는 생각했다.

'후유.'

조심조심 소파 씨는 긴 한숨을 쏟아내었다. 쉬어빠진 김치 냄새와 오래오래 자고 나면 어김없이 안방을 차지하고 마는 구린 단내가 버무려진 역겨운 냄새가 흐늘흐늘 보이지 않는 기둥을 이루며 소파 씨의 입에서 천천히 빠져나왔다. 소파 씨는 아내가 밥 먹기 전에는 늘 먼저 이빨을 깨끗이 닦고 식탁 앞에 앉아야 한다며 목욕탕 문 쪽으로 자신의 등을 떠밀던 아침녘의 광경을 생각했다. 하지만 그것은 그때나 지금이나 소파 씨에게는 참으로 납득이 가지 않는 요구였다. 아내와 같은 방을 쓰게 되기 전까지 소파 씨는 이빨 닦는 것을 어쩌다 거른 적은 있을지언정, 이빨을 닦고 나서 아침밥을 먹은 적은 없었기 때문이다. 반대로, 밥을 먹고 이빨을 닦는 것이 식사 후 입 안 어딘가에 빨간 머리를 움츠리고 꼭꼭 숨어 있을 음식 찌꺼기를 없애는 데에도 훨씬 유리하다는 것이 소파 씨의 지론이었던 것이다.

'관두자고, 그런 쓸데없는 생각은. 그런 시시콜콜한 불평 따위나 하고 있을 때가 아니지…… 때가 아니라니? 그럼 대체 뭣을 해야 할 때라는 거냐?…… 모름지기 모든 일은 정해진 때가 있는 법이야. 무엇이라는 건 할 수 있는 때가 정해져 있단 말씀이지…… 도대체 무엇을? 그래 무엇을? 무엇을 할 수 있단 말이냐? 무엇을? 응? 청와대 앞에 가서 화염병이라도 던지라는 말이냐? 신경질 나는데 마누라 돈, 내 돈, 푼푼이 모아 산 이 집에다 불이라도 싸지르란 말이냐?…… 앙금이 채 가시지 않은 건가?…… 앙금이라니? 무슨 앙금? 이봐, 앙금 따윈 애초부터 없었어…… 때라고 했잖아, 무엇인가 해야 한다고. 당장…… 뭘 원하는지 모르겠지만, 난 지금 아무것도 할 수 없단 말이야. 이 집도 내 집이 아니란 말이야. 도대체 무얼 하란 말이냐? 이 천치 바보야…… 때라는 거지, 때라는 거야…… 그렇다면 마누라가 시키는 대로 이빨이라도 닦아볼까?'

소파 씨는 처음으로 자신의 중얼거리는 버릇에 대해 감사했다. 무언가 해야 될 것을 정해 주었기 때문이다. 소파 씨는 거울 왼편 구멍이 숭숭 뚫린 남색 플라스틱 컵에 들어 있는 빨간 칫솔을 들고는 퍼어런 치약을 한 뭉텡이 처바르고 수돗물을 조금 틀어 적신 후에 입으로 가져갔다. 소파 씨는 칫솔질을 마치 생의 전부라도 되는 양 맹렬하게 손을 놀렸다. 금세 맥없이 벌어진 입술 사이로 허연 거품이 부글부글 부풀어올랐다.

'그렇지, 바로 이것이 나의 일이야. 거울 속 내 모습을 봐, 얼마나 열중하고 있는지, 얼마나 즐거워하고 있는지. 내 생의 전부란 말이야. 바로 이 모습, 그래, 난 이빨을 닦고 있어. 이것밖에는…… 이것밖에는 달리 마땅히 할 일이 없는 거야. 그래, 이러면서 단념하는 거지. 아무리 바둥바둥해도, 반대로 늘어질 대로 늘어져 세월아 네월아 하며 시간이나 잡아먹는다 해도, 난 위험하지 않아. 어쩔 수 없는 거야, 어이, 거울 속에 있는 작자, 자네도 너무 잘 알고 있지 않나?'

소파 씨는 전쟁 통에 찌그러진 우물의 입구 같은 자신의 눈이 이 많은 세상을 창조하고 있다는 사실에 새삼 놀라워하다가 허연 치약 거품 사이 발그스름한 점이 점점 퍼져나가는 것을 보았다. 소파 씨는 칫솔질을 멈추었다.

피다, 피, 피란 말이다, 저 바알간 것, 보이지 않나? 피, 피란 말이다, 봐, 보란 말야, 피, 빠알간, 뭉쳐 있는 빨간 점, 눈을 크게 뜨고 봐, 보란 말이다, 눈을 크게 떠, 이 바보야, 축구야, 멍텅구리야, 피, 피다, 피, 피야, 피, 어때? 피, 빠알간, 길거리에 아니 닭장에, 아니 세멘 바닥에, 아니 널브러진 너의 주검 위에, 아니, 아니, 전부 아니다, 피, 정직하자, 입 속의 빨간 점, 피, 칫솔질하다, 우습게도, 생긴, 나의 피, 피다, 피, 나의 피, 피란 말이다,

"피다, 피, 나의 피, 피란 말이다."

소파 씨는 입에 허연 거품을 머금은 채로, 큰소리로 말했다. 거울 속 소파 씨의 충혈된 눈동자에도, 턱 언저리에 빽빽이 모여 있는 거뭇한 수염 위에도, 윤기 없이 꺼칠꺼칠한 피부 위에도 허연 거품이 튀었다. 소파 씨는 한숨을 쉬는 것보다, 휘파람을 부는 것보다, 말을 하는 것보다, 자신의 입에서 유형의 물질-치약 거품을 뱉어내는 것이 한결 더 막힌 기분을 홀가분하게 할 수 있다는 것을 깨달았다. 동시에 소파 씨는 지금의 자신과 예전의 자신을 나누는 높은 벽의 윤곽을 희미하게나마 볼 수 있었다.

'그 벽은 회색이고, 끝이 보이지 않을 정도로 길다. 내 키의 한두 배는 될 만한 높이다. 보인다. 보자, 제대로 보자. 어차피 넘을 수 없을 거라는 건 잘 알고 있지만, 보자, 적어도 보기만이라도 하자. 분통이 터지는 것은 사실이지만, 보자, 참는 거다, 꾹 참고 보는 거다.'

소파 씨의 머릿속에는 그래봤자 결국에는 다 부질없는 짓일 뿐이라는 절망적 슬픔과 회색 벽의 윤곽을 떠돌며 더 즐기고 싶어하는, 예전의 기쁨을 냄새 맡고 싶어하는 간절한 마음이 충돌하고 있었다. 소파 씨는 어느새 이를 악물고 필사적인 손짓으로 상상 속의 벽 어딘가에 나 있을지 모를 쪽문을 찾는 데 열중하고 있었다. 벽의 감촉을 싸늘한 손바닥으로 느끼며 소파 씨는 벽 뒤에 찰싹 달라붙어 있을 자신의 젊음을 그려보고 있었다. 소파 씨는 허망한 짓을 하면 할수록 몸이 찢어지는 것 같은 슬픔이 벽 저편에서 이편으로 넘어올 것이라는 사실을 자각하고 있었으나, 이미 상상 속의 그의 몸짓은 의지나 이성으로 조절될 수 있는 성질의 것이 아니었다. 소파 씨는 마침내 벽 뒤 저편으로 통하는 쪽문 대신 자신이 예전에 했던 말을 글로 써놓은 작은 붉은 벽보를 발견할 수 있었다. 상상 속의 손과 발은 일시에 맥이 쫙 풀려버렸다. 소파 씨는 눈을 뜨고 천천히 소리 내어 따라 읽었다. 한 글자, 한 글자, 한 문장, 한 문장, 그러고는 전부 다.

"절…… 망…… 의 시한폭타는 아니구요. 다 임파써블 드리미예요. 가방이죠, 흑, 여러…… 보라구요? 그러죠, 뭐, 사건은…… 흠흐흐흐흑…… 업써요…… 아, 이게 뭐냐구요? 하악…… 지시긴을위한변명이죠.아펴는아니구요.온건하지요.다른저의는업써요.필똑서예요.은유가전혀업꾸요.아리바이에대한일쫑의옹호에불과해요. 흐윽, 흐으…… 흐윽…… 흐으으아흐…… 하아, 하 이건 또 뭐냐구요? 항국경제의 전개과정이죠. 이젠, 흐흐흑…… 굶는 사람은 업짜나요. 썅, 몇 사라미라도…… 집쭝저그로 배부르게 해야죠. 그게 성장의 총냥을 명시적으로 늘리는 방법이죠…… 이건…… 이건 뭐냐구요? 어려워요. 오리지날이죠. 조셉가벨의 라뽀우세 꽁시엥스예요. 지난…… 흐…… 지난번프랑스지사에나간, 장사나가는친구가보내준건데요. 제목이 훗…… 쎅시해서요. 내용은 좃또 모르게써요……케스키들…… 흐헛, 체제를 지지하냐구요? 난, 사시사철하루이십사시간내내 큰고레서 일어나는 이를 삳

사치 검녈하구 있따구요. 절망…… 흐우…… 이죠. 터기 둥글고 미남형, 키 백칠씹오쎈치 가량. 하하핫…… 서울 말씨. 이런 사라믈 본 저기 나는 결코 업써요. 나는 모오오든 급쏘마다 노동자는 글로자로 계그븐 계층 호근 사회구조로 폭려근 물리적 히므로 투쟁은 대립 호근 갈뜽으로 고쳐 버녁하곤 해요. 그래요. 흐윽…… 흐윽…… 하아악…… 물론예요. 전(前) 문교부장과니 우리에게 흐읏…… 씨학…… 이데올로기의 송아지 고기를 포식시켜 준 건 사시리예요. 거세된 고기는 부드럽쨔나요. 딸꾹…… 흐하…… 흐하…… 흐하…… 이성은 천구백칠씹삼년시월이일 구서울문리대동숭동교정에서사망했죠. 금서가총몉꿘이죠…… 아아악아아아. 아까부터왜여기서얼쩡얼쩡핸냐구요. 이승의끝가테요…… 후…… 이제우리들,절망의뇌관을다, 제거했나요오. 터질껏가튼, 우리들, 절망의안전핀을, 절망의노리쇠, 절망의가늠자, 기타등등을, 이게뭔지아직도모르세요? 이악히히하하핫.”

말을 하면서도 내내 소파 씨의 볼을 타고 굵은 눈물 줄기가 흘러내렸고, 코밑은 콧물인지 눈물인지 분간도 안 가는 액체로 범벅이 되었다. 그리고 끊임없이, 치약 거품과 녹슨 파이프를 거슬러 온 수돗물과 침과 그 밖에 입에서 솟아나는 잡동사니 분비물과 음식 찌꺼기가 뒤섞인 크고 작은 옅고 짙은 액체가, 끊임없이 소파 씨의 입에서 튀어나와 거울 속, 그의 형체를 말도 안 되는 모습으로 바꾸어놓고 있었다. 소파 씨의 얼굴은 금방이라도 뒤집어질 듯 여기저기가 이상한 방식으로 씰룩거렸고, 소주 두어 병을 마셨을 때처럼 새빨갛게 익어 있었다. 소파 씨는 이제, 아무 생각도 말도 중얼거림도 진행시킬 수 없었다. 자신이 어딘가 이름 알 수 없는 바닥까지 온 것이라는 막연한 느낌만이 자리 잡고 있을 뿐이었다.

갑자기 소파 씨는 무슨 냄새를 맡았다. 기이하게도 그것은 뭔가가 타고 있을 때나 나는 그런 냄새였다. 요리 냄새도 아니었고, 부시식 타 들어가는 담배 냄새와도 다른 것이었다. 내가 미쳐버린 것이 아닌가 하는 생각이 소파 씨의 지친 머릿속에 빼꼼 고개를 드밀었다. 소파 씨의 온 감각이 일시에 긴장했다. 소파 씨의 눈과 코와 귀와 입은 어서 밖으로 나가보라고, 무엇인지는 알 수 없지만, 일이, 하찮은 일로 밝혀질지도 모르지만, 하여간 어떤 일이, 이상한 일이 생겼음에 틀림없다고 말하고 있었고, 그 순간 소파 씨의 귀는 분명, 천이나 종이가 타들어가는 소리를 들었다. 온갖 분비물을 얼굴에 처바른 채, 칫솔은 어느새 내동댕이친 채, 소파 씨는 날래게 목욕탕 문을 박차고 거실로 나갔다.

무언가 타고 있다는 소파 씨의 직감은 정확했다. 누런 풀들이, 회색 하늘이, 하얀 여자가, 그녀의 치마가, 그녀가 들고 있던 하얀 양산이, 더 정확하게 말하면 방금 전 소파 씨가 바라보며 음흉한 생각을 했던 모네의 그림이 한창 발그스레한 불꽃에 휩싸이고 있었다. 그림 앞에 끼워져 있던 유리는 책장 위에 번쩍이는 빛의 희롱을 받으며 잘 모셔져 있었다. 소파 씨는 놀랄 겨를도 없었다. 소파 씨는 얼른 목욕탕으로 돌아가서 푸른색 플라스틱 물바가지로 욕조에서 물을 퍼서는 다시 한걸음으로 거실로 나와 불타고 있는 모네의 그림에 끼얹었다.

"파시시시시싯."

괴상하게 잡아 늘어뜨려진 여운을 내며 불이 꺼졌다. 알아볼 수 없게 된, 비틀어지고, 여기저기 균형에 맞지 않게 휘몰리고, 감기고, 불꽃의 혀가 낼름낼름 핥아 다시는 제 모습을 찾지 못할 기이한 모양의 그림을, 그림의 시체를 소파 씨는 망연자실하여 바라보고 있었다. 소파 씨는 자신이 아직 플라스틱 물바가지를 들고 있다는 사실을 깨닫지 못했다. 어쨌든 소파 씨는 소파에 앉아 있는 한 사내를 발견할 수 있었다. 마침내.

마침내, 소파 씨는 한 사내를 발견할 수 있었다. 한 손에는 젖은 플라스틱 물바가지를 꾹 움켜쥔 채, 소파 씨는 **비닐로 된 가짜 가죽을 뒤집어 쓴, 젖통이 무지무지하게 큰 구석기 시대의 다산성 여인상**을 연상시키는 소파에 앉아 있는 한 사내를 볼 수 있었다. 소파 씨에게는 낯선 사내의 존재가 그림 속 누런 풀밭에 불이 붙었다는 초자연적인 현상의 가장 쉬운 답을 제공해 줄 수 있다는 뻔한 사실이 머리에 떠오르질 않았다. 왜냐면, 그림 속의 불과 함께 소파 씨의 머릿속에서 지펴진 긴장의 불꽃이 아직 잠잠해지지 않았기 때문이다. 소파 씨의 동공은 멍하니 벌려져 있었고, 눈물이 그렁그렁 맺혀 있는 흰자위는 이름이 부끄러우리만치 붉게 충혈되어 있었다. 그뿐 아니었다. 소파 씨의 몸 전체가 불길처럼 발갛게 피어나 있었다. 소파 씨는 자신이 꺼버린 불에 타 검게 변해버린, 형체도 알아볼 수 없는 그림을 보면서도, 하얀 벽을 타고 흘러내린 거무튀튀한 잿물을 보면서도, 자신이 처한 상황이 명명백백한 실제라는 걸 믿을 수가 없었다. 심지어는 그림이 타서 생긴 고약한 냄새를 맡으면서도 소파 씨는 이것이 냄새까지 맡을 수 있는 새로운 꿈의 시도이거나 그렇지 않다면 자신이 정말 완전히 돌아버린 거라는 생각까지 들었다. 소파 씨는 자신의 발이 과연 땅을, 육중한 콘크리트 구조물을 밟고 있는지 확인할 수 없었다. 바가지를 들고 있지 않은 손으로 고여 있는 눈물을 훔치며 소파 씨는 다시 **비닐로 된 가짜 가죽을 뒤집어 쓴, 젖통이 무지무지하게 큰 구석기 시대의 다산성 여인상**을 연상시키는 소파 쪽으로 돌아보았다.

다시금 소파 씨는 한 사내를 볼 수 있었다. 처음 낯선 사내를 얼핏 보았을 때, 소파 씨는 그를 자신의 집에 난데없이 침입한 난생처음 보는 사람으로 인식한 것이 아니라 못 보던 가구나 불쑥 나타난 짐짝 정도로밖에 받아들이지 않았던 것이다. 다시 그를 보게 되었을 때, 소파 씨는 그 짐짝이 실은 대략적인 몸통과 팔다리를 갖춘 사람이라는 것까지는 알아보았으나, 누구나 그런 상황에서 떠올렸음직한 생각—왜 이 사람이 여기에 있는 걸까 하는 너무나 기본적인 의문도 품지 못했다. 그럴 수밖에 없었던 것은, 아주 짧은 시간이었지만 소파 씨의 눈앞에서 살아 노래 부르던 불의 역동적인 모습이 그의 뇌에 굉장히 강렬한 인상을 심어주었기 때문이다. 소파 씨에게 그밖의 모든 상황이나 존재는, 부수적인 것에, 혹은 부수적인 현상에 지나지 않았다. 낯선 사내의 존재 또한 마찬가지였다. 소파 씨는 이렇게 중얼거렸다.

'불구경이라도 하러 온 걸까?'

그러나 소파 씨가 그 뜨거운 불의 기억에서 차츰 차가운 현실의 아파트로 돌아오면서, 그 부수적인 존재는 소파 씨의 눈에 살아 있는 한 기묘한 사내로 비치기 시작했다.

'근데, 이 새낀 뭐지, 어럽쇼. 장님 아냐? 그림 속의 계집은 영문도 모르는 사이에 불에 타 흔적도 없어지고, 대신 장님 거지라니? 주제에 또 넥타이에 와이셔츠까지 받쳐입고. 파티장이라도 가는 길인가? 헌데 이놈이 어떻게 안으로 들어온 거지, 내가 문단속을 안 했나? 그나저나 마누라 오면 잔소리깨나 듣겠군.'

그 낯선 사내는-장님은 세 개를 잇대어놓은 소파의 중앙에 허리를 꼿꼿이 하고 앉아 있었다. 그 사내가 현재에 놓인 처지를 가장 잘 웅변하고 있는 검은 안경 밑에는 좁으면서도 상당히 각이 진 턱이 앞으로 삐죽 튀어나와 있었다. 수염은 하나도 없었다. **녹색 바탕에 검은색 빗금이 그어져 있는 넥타이**가 반쯤 풀린 채로, 그러나 어떻게 보면 제법 말쑥한—의도적인 장치로 여기기에 충분하리만치 깔끔한—태로 제일 윗단추가 끌러진 와이셔츠 위에 감겨져 있었다. 바지는 짙은 회색 계통의 혼방인 듯했고 가랑이 언저리에는 불똥이 튀기라도 했는지 보기 흉하게 넓적한 구멍이 나 있었다.

'가관이로군, 저 구멍 속 내복 좀 보라지, 지금이 어느 땐데, 아

직 겨울인 줄 알고 있나?'

정작 소파 씨를 분노하게 한 것은 그 다음이었다. 그의 발에는 구두창이 부자연스럽게 붙어 있는 구두가 신겨져 있었다. 구두코 위에는 뽀얀 재가 수북이 쌓여 있었다. 머리에도 재가 묻었던 흔적이 있었다.

'저 새끼가, 남의 집에 들어왔으면 구두를 벗어야지, 여기가 미국인 줄 아나, 쓰발.'

소파 씨의 분노는 시의적절하게 이성으로 이르는 길을 닦아주었다. 갑자기 소파 씨의 머릿속에 열 가지도 넘는 의문들이 날뛰기 시작했다.

'정말 저 장님 거지는 일루 어떻게 들어온 거지? 그리고 어째서 그는 여기 내 집에 들어오게 되었을까? 어떤 목적으로? 돈을 훔치려고? 아냐, 아냐, 말도 안 되는 소리, 장님 도둑이 있다는 말 들어봤어? 근데 참, 저 구두창은 어떻게 된 거지? 혹시 장님 흉내만 내는 가짜가 아닐까? 돈을 구걸하려고? 그래, 흰 지팡이와 검은 안경 정도는 누구나 쉽게 구입할 수 있지. 헌데 저 구두와 머리칼 위에 범벅이 된 재는 무얼까? 그림에서 나온 재는 아닌 성싶구, 그가 그림을 뒤집어썼던 것일까? 내복은 왜 아직도 입고 있을까? 정신병자인가? 장님도 정신병자가 될 수 있을까? 그는 왜 저런 화려한 넥타이를 매고 있는 걸까? 거지 노릇을 하려면 저런 넥타이는 피하는 것이 좋을 텐데. 다른 직업을 갖고 있는 걸까? 무언가 팔려고 여기에 온 건가?……'

소파 씨는 이러한 의문들을 해소하기 위해서는 최소한의 행동이라도 스스로에게 보여주어야겠다고 다짐하고는 그에게 다가갔다.

"저……."

장님은 소파 씨의 얼굴이 보이기라도 하는 것처럼 인상을 찌푸리고 소파 씨를 향해 고개를 들었다. 소파 씨는 검은 안경 너머 그의 눈을 볼 수 있었다. 감겨 있었다. 잠시 그러고 있다가 장님은 별일 없었다는 듯이 주의를 딴 데로 돌리고 다시 명상 자세로 돌아갔다. 소파 씨는 그의 태연한 자세에 혹시라도 이 낯선 사내가 방금 전 혼자 소리 지르고 웃고 울고 악을 썼던 자신의 부끄러운 모습을 다 본 것이 아닌가 하는 생각이 들었다. 순간 목구멍에서 거대한 덩어리가 치올라오는 것 같은 기분을 느꼈다.

'저 자식이 다 본 게 아닐까? 소리를 지르고 발악을 하고 원숭이처럼 거울 앞에서 마구 지껄이고 어린애처럼 소리 내어 엉엉 울고. 하하, 아니지, 아니야. 보다니, 내가 진짜 미쳤나, 저 치는 장님이지, 보다니, 뭘 봐. 암…… 하지만 듣기는 들었을 거 아니야. 술주정뱅이처럼 목욕탕에서 고래고래 지르는 소리를. 그리구 말야, 저 안경이 그냥 선글라스인 줄 어떻게 알아, 가짜 장님일 수도 있다구, 그래, 맞아, 다 봤을 거야.'

소파 씨는 안절부절 손 둘 곳 발 둘 곳을 찾지 못하고 그의 앞에서 이리저리 헤매었다. 무의식적으로 상대의 반응을 은근히 기대하며 소파 씨는 머리를 박박 쥐어뜯기도 하고 거친 숨을 한꺼번에 몰아쉬기도 했다. 그러나 장님에게서 아무런 반응이 나오지 않자 소파 씨는 될 대로 되라는 심정으로 그의 옆자리에 털퍼덕 앉았다.

"휴."

전혀 어울리지 않는 쾌감이 소파 씨의 가슴 한구석에서 뭉글뭉글 솟아나기 시작했다. 소파 씨는 아무 생각 없이 이렇게 그의 옆에 앉아서 담배나 피우며 쉬고 싶어졌다. 소파 씨는 더듬더듬 불을 찾으려고 자신의 주머니를 뒤졌다.

"라이터 빌려드릴까요?"

소파 씨를 깜짝 놀라게 한 그것은 지극히 평범한 목소리였다. 상대에게 위압감을 주지 않으면서, 비굴하다고 느껴지지는 않을 만큼 적당히 공손한 그런 말투였다.

"아…… 아니요, 됐습니다."

소파 씨는 일순 당황하면서도 한편으로는 마음이 놓였다. 소파 씨는 그가 자신의 행동을 보고 있었을지도 모른다는 생각이 들었지만, 그렇게 꼬치꼬치 따지고 싶지 않았다. 소파 씨는 현재 자신이 더없이 편하다고 느끼고 있었다.

"정말 어떻게 사과를 드려야 될지 모르겠습니다만……."

소파 씨는 올 것이 왔구나 하는 예감이 떠올랐지만 긴장되거나 하지는 않았다.

"무슨…… 말씀인지 잘 모르겠는데요."

"저기 말씀입니다. 풀밭에 불을 지른 것은…… 실은 저입니다."

소파 씨는 망치로 머리를 한 대 맞은 것 같았다. 그러자 모든 사실이 구슬을 꿰어나가듯 차분히 정리되었다. 소파 씨는 무언가 꼬투리를 잡았다는 생각에 내심 통쾌하면서도 여기서 주도권을 틀어잡고 나가야 한다는 생각에 아무런 내색도 하지 않았다.

"이것 좀 드시겠습니까?"

그가 내민 것은 **땅콩처럼 생긴 과자**였다. 소파 씨의 마음속에서 기회는 지금이다 하는 탄성이 터져 나왔다.

"필요 없습니다."

소파 씨는 자신이 생각하기에 너무하다 싶을 정도로 딱 잘라 말했다. 그러나 장님의 반응은 소파 씨가 기대했던 그런 것이 아니었다. 그는 아무 일도 없었다는 듯, 그저 예의상 소파 씨에게 그걸 권했을 뿐, 집어먹건 안 먹건 자신과는 아무 상관이 없다는 듯, 계속 **땅콩처럼 생긴 과자**를 하나씩 천천히 입으로 가져가서는 정성스럽게 씹어 삼키고 있었다.

'허어, 이놈 좀 보게, 고단수일세.'

소파 씨는 그의 태연한 자세에 멋쩍어서 점심을 얼마 전에 먹어서 배가 부르다는 둥, 원래 과자를 좋아하지 않는다는 둥 둘러대려다 그만두기로 했다. 그것은 백기를 드는 행위와 같다고 소파 씨는 생각했다. 소파 씨의 속마음과는 상관없이 그는 얄밉게도 정확히 그리고 느릿느릿 **땅콩처럼 생긴 과자**를 먹고 있었다. 하나 남은 것까지 탈탈 털어먹고 그는 예의 그 명상 자세로 들어갔다. 소파 씨는 이렇게 된 이상 주인 된 도리에서라도 자신이 먼저 말을 걸어

봐야겠다고 생각했다.

"그런데 왜 불을 지르신 거죠?"

소파 씨는 엉겁결에 마지막 무기를 꺼내고 말았다.

"……."

"실례가 될지 모르겠지만 말이죠, 혹시…… 장님이 아니신 가요?"

"……."

"그 지팡이 어디서 사신 거죠?"

소파 씨는 점점 더 어긋나가고 있다고 느꼈지만 내친걸음이었다.

"……."

"이런 걸 물어봐도 될지…… 근데 왜 아직까지 내복을 입고 계신 거죠? 날씨는 아주 따뜻한데 말이죠."

소파 씨는 더 이상 제동을 걸 수가 없었다. 달랑 하나 남은 밑천까지 소파 씨는 다 내보이고 말았다.

"……."

"근데 말이죠, 전 원래 과자를 지독히 싫어합니다."

"……."

"입이 달면 신경을 잘 집중할 수 없거든요."

"……."

"신경을 좀 많이 써야 하는 직업이거든요, 굳이 직업이라고 부른다면 말이죠."

"……."

"주신 과자를 제가 먹지 않아서 기분이 상하셨나요?"

"……."

"예고도 없이 제가 불을 꺼버린 것 땜에 그러시나요?"

"……."

소파 씨의 인내에도 한계가 있었다. 소파 씨는 버럭 소리라도 지르고 싶은 걸 꾹꾹 참고 있었다. 이럴 것 같았으면 과자를 줄 때 낼름 받아먹는 건데 하는 생각도 들었다.

'뭐 이런 거지같은 놈이 있어. 불은 지가 질러놓고는. 명실공히 우리 집인데 말이야. 남자가 한마디 들었다고 뚱해 있을 건 또 뭐람. 이런 이런, 속은 꼭 벤뎅이 뒤통수만 해갖고 말야. 두고 보라지. 먼저 말을 걸어오기만 해봐라. 나도 지지 않고 침묵 작전으로 나설 테니 말이야.'

소파 씨는 체념하고 소파 등받이에 몸을 기댔다. 그의, 불청객의 구두가 유난히 소파 씨의 눈에 들어왔다. 어찌 보면 상당히 값나가는 제품 같기도 한데 구두창을 보면 손으로 붙인 것처럼 삐뚤빼뚤 아래위가 맞지 않았고 접착제인 것처럼 보이는 누런 물질이 구두창 여기저기에 붙어 있는 꼴이 소파 씨를 더욱 혼란스럽게 만들었다. 소파 씨는 차근차근 그를 살펴보았다. 바짓가랑이뿐만 아니라 와이셔츠에도 드문드문 불똥이 만든 구멍이 나 있었다. 젓가락 하나 간신히 들어갈 만큼 작은 구멍에서부터 시작해서, 와이셔츠 옆구리에 난, 웬만한 어른 주먹이 왔다갔다할 만큼 큰, 그곳을 통해 땟국물이 줄줄 흐르는 내복이 훤히 들여다보이는 그런 구멍까지

가지가지 구멍이 그의 의복 전체에 고루 퍼져 있었다. 공통점이라면 구멍의 원인이 불이라는 사실을 간접적으로 증명해 주는 검뎅이가 구멍의 원주에 붙어 있다는 정도였다.

소파 씨는 여러 가지 무늬의 사실들이 머릿속에서 거대한 하나의 그림을 만들려고 꿈틀거리는 움직임을 느낄 수 있었다. 한 쪽 한 쪽의 사실들은 서로 아무 연관도 없어 보였지만 그것들이 어설프게나마 일체를 이룬 한 장의 불완전한 그림은 왠지 낯익은 것이었다.

'불에 난 구멍, 불똥이 만든 구멍. 그는 정말 장님일까? 하얀 지팡이. 검은 안경. 그는 가짜다. 이 장님은 가짜다. 그는 장님 연습을 한다. **한일빌딩 → 우체국 앞 우체통, 321걸음 / 우체국 앞 우체통 → 문화서점 앞 공중전화박스, 487걸음 / 문화서점 앞 공중전화박스 → 남도약국 앞 전봇대, 583걸음 / 남도약국 앞 전봇대 → 상해반점 앞 쓰레기통, 229걸음……** 그는 구두를 신고 있다. 그의 구두창은 기묘하다. 주인이 직접 손으로 붙인 것 같다. 그렇다. 그가, 장님 흉내를 내는 그가, 직접 손으로 붙인 것이다. 생각이 난다. 그는 자신의 구두에 대해 끊임없이 불평한다. 모든 잘못된 상황을, 행동을 뒤축이 기울어진 구두에게로 돌린다. 그것은 정말 용서할 수 없는 근성이다. **구두 뒤축이 그토록 닳아 있다는 건 확실히 좋은 일이 아니다. 그것이 그토록 닳아 있으면 걸음을 걸을 때마다 다리가 똑바로 되지 않고 옆으로 기울어질 테고, 그렇게 되면 다리의 근육이 필요 이상의 피로를 느낄 것이다. 그리고 다리가 옆으로 기울어지게 되면 다리뿐만**

아니라…… 그렇다. 그는, 떠오를 듯 떠오를 듯한데, 에이, 젠장 잘 모르겠다. 계속 생각해 보자. 그래, 어쨌든 그는 자신이 직접 구두창을 갈았다. 직접 접착제를 사고, 구두창을 사고, 기울어진 구두 뒤축을 갈고, 방문 열쇠로 떼어내었다. 그래, 오라, 저 구멍, 그는 불을 질렀다. 풀밭에? 그림 속의 풀밭에? 아니다. 집중해 보자. 끄으. 그렇다. 그곳은 제방이었다. 그는 제방에 불을 붙이고 있었다. **나는 이제 빠른 속도로 기세를 잃어가고 있는 모닥불 앞에 허리를 굽히고 불이 붙은 막대기 하나를 집어들었다. 그러고는 그 불을 약 5미터 떨어진 곳에 있는 물푸레나무로 옮겨 붙였다.** 그래, 이제 떠오른다. 천천히 모든 것이. 그는 산불을 내고는 도망을 쳤다. **게다가 내가 산불을 낸 것은 전혀 고의적이 아니었다는 사실을 그녀도 이해해야 한다. 나는 불이 모두 꺼진 줄로만 알았고, 비록 불씨가 좀 남아 있었다 할지라도 그것이 철길을 건너갈 수 있으리라고는 생각하지 못했던 것이다. 물론, 그때 내가 그녀의 팬티 속에 손을 넣고 그 짓을 하고 있었던 것은 순전히 내 잘못이라고 할 수 있을지도 모른다…… 그렇기는 하지만 그녀는 어느 정도 나를 이해해 줘야 한다…… 그녀 자신도 즐기고 있었다는 걸 인정해야 한다. 그녀는 자신의 팬티 속으로 들어오고 있는 나의 손을 제지하기는커녕 가랑이를 약간 벌린 채 엉거주춤한 자세를 하고 앉아 마비된 것 같은 눈으로 나를 빤히 바라보고만 있었던 것이다. 나의 손이 그곳에 다다랐을 때 그곳은 온통 축축하게 젖어 있었고 세워 올리고 있는 그녀의 두 무릎은……** 아하, 이제 생각났다. 그가 우군이지. 그는 도망 중이었다. 모든 것에서. 아내에게서,

게임팩을 사달라고 조르는 자식에게서, 회사에게서, 친구에게서, 그는 느닷없이 도망쳤다. 그렇다, 그는 동물원에서 원숭이를 보았다. 남산타워로 오르는 케이블카를 탔다. 우연한 기회에 여수로 갔고—가지 못했고—우연한 기회에 목포로 갔다. 그것은 정말 기막힌 우연이었다. 달리 설명할 도리가 없다. 그는 또 불을 질렀다. 여관방에 앉아 구두창을 바꾸기도 했다. 그리고 그는 결정적으로 장님 흉내를 내었다. 그렇다. 그, **땅콩처럼 생긴 과자**까지도, 원숭이에게 주었던 그 먹이. 그렇다, 경마장의 오리나무, 오리나무, 그래, 오리나무다.'

소파 씨는 마른침을 꿀꺽 삼켰다. 가슴이 두근거리고 있었다.

"경마장의 오리나무…… 오리나무, 당신 오리나무* 맞죠?"

장님은 안경을 벗고 감았던 눈을 떴다. 한층 밝아진 그의 얼굴이 생긋 웃는 것처럼 보였다.

"이제야, 절 알아 보시겠나요? 생각보단……좀…… 오래 걸렸군요."

---

* 하일지, 『경마장의 오리나무』에서. 죄송합니다.

3장

디노, 퇴장하다

나는 기사. 밤이다. 거리에는 사람이 없다. 대신, 하늘은 하얀 별들로 가득 차 있다. 나는 프라티 가(街)의 한구석, 그녀, 채칠리아*의 아파트 맞은편에 서 있다.

저 많은 별들이 제각기 정해진 이름을 가지고 있다는 사실을 떠올리니 우습다. 아니, 놀랍다. 내가 잠에서 덜 깬 몸뚱어리를 비척비척 이끌고 혹은 술에 취해 벌겋게 뜬 고깃덩이를 갈지자로 운전하여 잘 닦인 접시마냥 번들거리는 변기에 기다란 오줌줄기를 뱉어놓을 때도, 어딘가에서는 별들에게 이름을 붙이는 그런 사람들이 있는 것이다. 다른 어떤 사람들은 볼일을 본 내가 바지를 주섬주섬 챙겨 입고 있을 때, 바로 그때, 하늘을 바라보며 자신이 이름

* 알베르토 모라비아, 『권태』에 나오는 인물. 죄송합니다.

을 알고 있는 몇몇 별들을 쌀알처럼 빽빽이 뿌려진 뭇 별들 가운데에서 찾아내느라 정신이 없는 것이다. 그들은 아마도 찾고 있는 별을 가리고 있는 시퍼런 구름 무더기나 희멀건 달 혹은 태양, 아니면 지금 바로 내 눈앞에서 빠알간 빛다발을 무질서하게 내뿜고 있는 나트륨등 따위를 원망하고 있을 것이다. 나는 그들을 상상하며 한결 차분해지는 나를 느낀다. 땀에 젖어 축축하지만 그런 대로 단단한 발바닥, 매서운 바람에 맥없이 건뎅이는 주먹, 적당히 곱슬거리는 머리카락, 배꼽, 귀, 항문, 갈비뼈, 장딴지, 사타구니, 침샘, 손톱, 겨드랑이 털, 세반고리관, 쓸개, 가로막, 십이지장까지. 모두 제자리에 있다. 나는 그들을 상상하며 이렇게 나를 확인한다. 하지만 나는 나와는 전혀 상관없는 그들을 상상하며 배경을 그리고 살을 붙이고, 종국에는 그들을 비현실적일 만큼 명확한 존재로 만드는 장난은 하고 싶지도 않고, '그에 비하면 나라는 존재는 얼마나 하찮은 것이냐.' 따위의 혼잣말을 지껄이며 흔히 유통되는 비장감을 맛보고 싶지도 않다. 더더욱 검은 하늘에 멋대가리 없이 붙박인 별들에 새로이 관심을 가지려고 하지도 않는다. 그들은 그들, 나는 나인 것이다. 서로 다른 주체들. 서로 다른 주체들. 사람들은 곧잘 이 절대적인 사실을 회피한다. 어려운 기술적 용어나 유치한 상상력을 동원해 직선을 구부러졌다고 말하고 원이 네모나다고 말하고 싶어한다. 요컨대, 사람들은 이 절대적인 사실을 비열한 이물질들로 오염시키려는 것이다; 종교, 신화, 황당한 관념론들, 유전공학, 거리에 붙어 있는 붉은 벽보의 선동들. 그러나 나는 인정한다.

서로 다른 주체들. 그것들은 전봇대처럼 내가 나아가는 길 앞에 서 있는 것이다. 나는 그 전봇대를 가끔씩 쳐다보며 집을 나서고 또 집으로 돌아온다. 그뿐이다.

나는, 길 건너편에 있는 아파트를 바라본다. **사층십삼호, 사층십삼호**, 무의식중에 나는 그 숫자들을 머릿속에서 일으켜세웠다가 다시 무너뜨리기를 반복한다. 그 숫자판의 움직임은 내 의지가 아니라 어떤 정밀한 기계에 의한 것처럼 자동적으로 반복되는 것이다. 조금 춥다. **사층십삼호, 사층십삼호**. 바람은 상가가 밀집해 있는 서쪽 구역에서 내가 서 있는 곳으로 줄기차게 불어온다. **사층십삼호**, 거기에 그녀, 채칠리아가 살고 있는 것이다. 그리고 그 노인, 오늘의 하이라이트, 디노*를 위한 성대한 미끼, 그 게으름뱅이 화가에게는 조금은 과한 미끼, 아버지, 그녀, 채칠리아의 아버지, 매일 라디오나 듣고 있는 반벙어리. 반벙어리 미끼, 디노가 묻는다. **아버지가 앓고 계셔?** 채칠리아는 대답한다. **네**. 디노가 묻는다. **무슨 병인데?** 채칠리아는 대답한다. **암이래요.** 디노가 묻는다. **의사는 뭐라고 해?** 채칠리아는 대답한다. **의사도 암이라구 그래요.** 디노는 다시 묻는다. **아니, 그게 아니라 그 병이 나을 수 있느냐 말이오?** 채칠리아는 대답한다. **나을 수 없대요.** 디노가 묻는다. **그럼 곧 돌아가실 거래?** 채칠리아는 똑같은 목소리로 대답한다. **네, 그럴 거래요.** 디노가 묻는다. **슬프지 않소?** 채칠리아가 되묻는다. **뭣 땜에요?** 디노가

* 알베르토 모라비아, 『권태』에 나오는 인물. 죄송합니다.

묻는다. **아버지께서 돌아가셔도?** 채칠리아는 대답한다. **네.** 디노가 말한다. **당신은 그렇게밖에는 말할 수 없겠지.** 채칠리아가 묻는다. **그럼 뭐라구 하죠?** 디노가 마지막으로 말한다. **하긴 아버지를 좋아 하지 않으니까.** 채칠리아도 마지막으로 말한다. **네.** 그 단 한마디.

사층십삼호, 거기에 그녀, 채칠리아가 살고 있는 것이다. 그리고 하루 종일 아무것도 안 하고 있는 그녀의 아버지, 말을 잘 하지 못하는 채칠리아의 아버지, 필담을 나눌 수 있도록 종이와 펜을 가져다주자 자신이 벙어리인 줄 아느냐고 화를 내던 아버지. 그리고 수다쟁이 어머니. 역시 눈뜬 봉사.

그리고 디노가 있다. 채칠리아의 애인, 혹은 제 스스로 그렇다고 생각하는 남자. 오늘밤 그는 이곳으로 허겁지겁 뛰어오게 될 것이다. 벙어리 미끼에 걸린 물고기처럼 말이다. 그는 너무 놀라 쿵쾅대는 가슴을 억지로 진정시키며 한길로 뛰어나갈 것이다. 한편으로는 걱정이 되면서도 한편으로는 미칠 듯이 기쁠 것이다. 이제서야 그녀가 나에게로 기대기 시작하는군 하는 자랑스러운 웃음을 입술에 흘리면서 감격의 눈물로 가려진 시뿌연 시야를 향해 돌진할 것이다. 물론 갑작스레 주어진 완전무결한 소유의 감정에 대해 새로이 권태를 느끼기에는 조금 시간이 부족할 테고 말이다. 어머니가 생일 선물로 주신 스포츠카를 그냥 받을 걸 잘못했군 하고 후회할 것이다. 반대로 그가 나의, 성(城)의 계획을 눈치챌 위험이 없지 않을까? 겁에 질린 채칠리아가 제대로 연기를 해주지 않는다면? 그가 수화기를 타고 먼데서 흘러오는 그녀의 말투에서, 평소의 그녀답지 않은 감정 상태에서, 그녀의 호들갑에서, 수선스러움에서 그를 위해 꾸며진 덫의 그림자를 감지할 수 있지 않을까?

하지만 다 실없는 생각에 불과하다. 나의 눈먼 디노는 심장의 판막이 정지하는 그 순간까지 아무것도 알 수 없을 게다. 그는 투덜대기밖에는 할 줄 모르는 화가에 불과하다. 그렇다고 내가 화가라는 직업을 우습게 본다는 건 아니다. 쓸모없는 것이라고 다 우스운 것은 아니니까. 아마도 그렇다면 세상은 거리거리에서 폭발적으로 쏟아져 나오는 웃음에 펑 하는 소리와 함께 흔적도 사라지고 말 것이다.

나는 성큼성큼 대로를 건넌다. 거기에 그녀, 채칠리아의 아파트가 있다. 대로 위로 한층 거세진 바람이 불어닥친다. 대로는 조용하고 쓸쓸하다. 달리는 차들이라고는 찾아볼 수가 없다. 이 시간이면 이십 분에 한 대꼴로 차가 지나갈 뿐이다. 그러므로 내가 길을 건너는 약 이십 초 정도의 시간 동안 지나가는 차와 마주칠 확률은 천이백분의 이십, 약분하면, 육십분의 일인 것이다. 물론 이 수치는 내가 직접 발로 뛰고 세고 또 계산하여 얻어낸 것이 아니다. 성(城)의 다른 부분, 또 다른 누군가가 내가 입을 헤 벌리고 자는 동안, 아니면 화대의 반만큼의 값어치도 없는 영혼을 지닌 여자의 배 위에서 망치질이나 톱질이나 칼질과 전혀 다를 바 없는 반복 동작을 하고 있는 동안, 추운 저녁의 밤공기를 무방비로 맞아가며, 언 손을 입으로 호호 불어대며, 차량의 숫자를 세고 시간을 체크하고 깨알 같은 글씨로 성(城)의 금고에서 나온 돈으로 구입한 수첩에 무언가 잔뜩 적어넣는 것이다. 그리고, 그리하여, 나는, 지금, 여기에, 모든 자료, 그리고 모든 세세한 사항들과 함께 이렇게, 서 있는 것이다.

나는 **잎이 다 떨어진 활엽수 사이**를 지나 그녀의 아파트, 음침하고 낡아 보이는 건물로, 나의 일터로 걸어간다. 디노, 나는 층계로 향한 입구 정면에서 예전에는 붙어 있었던 것으로 짐작되는 E자의 잔상을 E자를 지탱하고 있던 접착제니 그 위에 들어앉은 먼지니 하는 것들에 의해 알아본다. 그리고 동시에 자연스레 내 입에서 그의 이름이 튀어나온다. 디노. 시계를 본다. 아직 일을 시작하기 전까지 이십 분 정도의 시간이 남아 있다. 정원에서 담배를 피우며 마음을 가라앉히려고 다시 중앙정원 쪽으로 발걸음을 돌린다.

사람을 죽인다는 일은 그다지 어려운 일도 그렇다고 쉬운 일도 아니다. 그것은 신비스러운 것도, 온몸이 저릿저릿하리만큼 진한 감흥을 불러일으키는 일도 아니다. 명령에 의해, 돈에 의해 손과 발이 동원되어야 하는 살인은 삼류영화에서나 나오는 지나치게 과장된 감정의 고조 상태와는 전혀 다른 것이다. 직업적인 살인자란 소설이나 범죄영화나 TV가 우리를 혼동시키는 많은 신화적인 서술들을 한 꺼풀 벗기고 나면 살인을 생계의 수단으로 삼고 살아가는 평범한 사람으로 돌아가 버리는 것이다. 누구나 직업을 가지고 있다(물론 디노의 경우는 예외지만). 그리고 그 직업을 위해 자신을 가다듬고 늘 그 일을 행하는 데 적합한 자세를 만드는 데 온갖 노력을 쏟는다. 살인자도 마찬가지이다. 샐러리맨들이 한 번도 쓰지 않을지 모르는 외국어를 배우기 위해 학원을 다닌다, 휴대용 카세트를 들고 다니며 회화 테이프를 듣는다, 노력을 아끼지 않는 것처럼 그들 또한 한 번도 사용하지 않을지 모르는 무기들의 정보를 수집하고, 가능하면 사비를 털어서라도 구입해서는 훈련을 하고, 언제라도 사용 가능하도록 손질을 한다, 청소를 한다, 귀찮은 일을 마다 않는 것이다. 언젠가 TV에서 어느 살인자가 자신이 죽인 사람이 매일 밤 꿈에 나타나 괴롭히는 바람에 공포와 가책에 시달리다 못해, 결국 자수를 하고 만다는 내용의 수사물을 방영한 적이 있었는데, 나는 그걸 보면서 다른 직업을 가진 사람들이 우리를 얼마나 잘못 생각하고 있나 하는 걸 다시 한 번 느낄 수 있었다. 나도 슈퍼마켓 점원이나 자동차 세일즈맨이나 운전수나 당구장 주인이나 유치원 보모나 공사장의 현장감독과 다를 것이 없는 것이다. 특별히 잘못 처리한 일이 있지 않는 한 잠자리에까지 직업상의 시시콜콜한 일을 가지고 가지는 않는다. 시험에 습관이 되어버린 학생이 시험 치는 걸 꿈꾸지 않는 것과 마찬가지다.

하지만 지금은 바야흐로 출근부에 손도장을 찍고 나에게 주어진 서류를 처리하려는 참이다. 디노, 내가 잔금을 회수할 저금통장. 나는 열쇠를 꽂고 돌려서 돈이 들어 있는 금고문을 열듯이 그의 몸 중앙에 일 초에 몇 백 번씩이나 돌아가는 예쁜 총알을 한 방 박아줄 생각이다. 총알이 그의 몸속으로 스며들게 되고, 금전등록기의 철커덕 소리와 함께 내게 약속의 돈이 주어지게 되는 것이다. 평소에는 늘, 나는 나이프를 즐겨 썼었는데…… 나이프? 나는 나이프로

카뮈의 『이방인』에 나오는 뫼르소를 죽였던가? ……아니야, 그건, 그는, 교살로 처리됐었지……그러면…… 그게 아니었다면 누구였지? 나이프? ……한 번이라도 내가 나이프를 쓴 적이 있던가? 내가 나이프를 갖고 있기라도 한 건가? 하긴, 나는 나이프 같은 피비린내 나는 무기에 익숙지 않다. 나는…… 그랬다…… 그리고 또 그렇다…… 좀 더 깔끔한 쪽을, 예컨대 로캉탱을 죽일 때 썼던 석궁 같은 쪽을 선호하는 편이다.

정원은 꽤 넓지만 왠지 정이 안 드는, 바깥 풍경과 별반 다를 게 없는 황량한 모습이다. 나는 정원의 중앙에 있는 야자수에 몸을 기대고 담배에 불을 붙인다. 디노, 디노. 담배를 거칠게 빨아댄다. 이 일을 통틀어 맘에 걸리는 일은 단 한 가지이다. 나 자신이 그의 정신상태를 정확히 이해할 수 없다는 것. 그 '권태'라는 말. 살인자가 자신이 죽이려고 하는 사람에게 달라붙어 한시도 떠나려 하지 않는 느낌을, 기분을 이해하지 못하다니.

정원은 널따란 직사각형 모양이다. 정원의 동쪽은 키가 큰 나무들이 만드는 어둠에 가려 그 윤곽이 불분명하다. 여기에도 여전히 바람은 분다. 담배 끝에 매달린 빨간 불덩이가 유난히 빠른 속도로 타들어간다. 오늘밤, 바람은 지상의 모든 사물들을 핥고 지나갈 작정인가 보다. 그러나 저러나 몇 분 후에 해치워야 할 일—나에게 주어진 일거리, 작은 총탄으로, 쾅, 밥값도 못하는 게으름뱅이의 심장에, 쾅—과는 무관한 일이다. 그는 바람의 싸늘한 숨길이 미치지 않는 실내에서 그의 삶을, 아니 그의 모든 '권태'를 마치게 될 테니깐. 아! 이 '권태'라는 말. 손 안에 넣을 수 없는 진열장 안의 과자. 아마도 그가 말한 그대로일 거다. 그러나 **권태란 무엇을 말하는지 이해하는 게 중요하다.** 디노는 나를 당혹하게 만든다. 철저하게. 나는, 권태, 게으름, 귀찮음, 무기력증 이런 단어들을 의미란 모두 떠나가 버린 단순한 동어반복의 텅 빈 껍데기에 불과하다고 생각해 왔다. 그러나 바로 여기서, 한적한 정원에서, 바람이 불어대는 대합실에서, 디노는 나를 혼란에 빠지게 한다. **권태란 오히려 기분 좋게 만사를 잊어버릴 수 있게 하는 점에 있어서 즐거움과 비슷하다고까지, 특별한 종류의 즐거움이라고까지 말할 수 있다고 본다.** 만사가 귀찮다, 모든 게 지겹다, 이런 문장들과 '특별한 종류의 즐거움'이라니. 이 얼마나 우스꽝스러운 조합인가. 마치 결혼행진곡에 맞춰 하얀 웨딩드레스를 끌고 천천히 입장하는 신부의 발에 진흙이 잔뜩 묻은 검정색 고무장화가 신겨져 있는 꼴이 아닌가! 나는 그의 주어 '권태'와 그의 술어, '특별한 종류의 즐거움'을 교접시킬 수 없다. 권태와 즐거움이란 말은 동전의 양면과도 같아, 한쪽이 환한 빛 속에서 그 낯을 반짝대면 다른 한쪽은 손바닥 위에서 어두컴컴한 그늘을 만들며 손금과 대면하고 있어야 할 그런 성질의 짝으로밖에는 여겨지지 않는 것이다.

하긴 내게도 어쩌면 권태라고 이름붙일 만한 시간이 있었다. 물론, 그것을 다시 끄집어낸다는 것은 용이한 일이 아니다. 그 권태라고 이름붙일 만한 내 삶의 일부분은, 마치 실수로 떨어뜨린 털실 모자나 세뱃돈으로 받은 꼬깃꼬깃한 천 원짜리 지폐마냥 내 기억의 똥통에 빠져 있다. 내 손길을 기다리는 거다. 출렁이는 황금색 똥물에 휩싸인 퇴계 이황과 같은 내 기억. 나는 현재의 삶을 영위하기 위해 소매를 걷어붙이고 배설물의 뒤범벅 속으로 다시 한 번 손을 집어넣어야 한다.

유치한 민족주의와 개에게 주어도 물어가지 않을 그런 군가들과 미치광이들로 가득 찬 군대에서 막 퇴원했을 때, 나에게는 생각지 않게 약간의 돈과 그 돈으로는 단 백분의 일도 메꾸어넣기 힘든 양의 목적 없는 시간이 주어졌다. 몸도 마음도 회복하기 힘들 만큼 피로해졌기 때문에 나는 좀 쉬고 싶어졌다. 나는 나에게 주어진 돌아가신 부모님의 은전으로 변두리에서 단칸짜리 월세방을 구했다. 남은 돈의 반을 저금하고 또 나머지 반으로 쉬는 삶에 필요한 이것저것들을 구입했다. 서로 다른 회사에서 나온 라면 네 박스와 드럼통을 꽉 채우고도 남을 청량 음료, 그리고 맥주와 소주. 그리고 담배 여섯 포. 휴대용 가스버너와 부탄가스 몇 박스. 14인치 중고 흑백 TV와 친구가 버리려는 것을 달라고 해서 얻은 라디오 겸용 고물 카세트데크. 우연히 바람을 쐬러 나갔던 청계천에서 구입한 진열대의 한 단을 채우고 있던 카세트테이프 서른 개 남짓. 트로트 메들리에서부터 프로그레시브록, 판소리 병창까지. 이 모든 것들이 2.5평짜리 방과 함께, 한 번도 옷을 갈아입지 않아 썩은 송장 냄새가 나는 나의 육체로 화(化)한 권태를—거기서 나는 과연 즐거웠던가? 아니라면 무슨 느낌을 받았던가? 무엇을 생각하고 있었나? 디노의 말대로 거기는 특별한 종류의 즐거움이 있었던가? 진정 즐기고 있었나? 반대로 슬펐던가? 나는 눈물을 흘렸던가?—— 지켜보고 있었다. 내가 기억의 똥통에서 정말로 건져내고 싶은 것은 그때의——권태라고 이름 붙일 만한 내 사람의 일부분——자질구레한 상황이나 사소한 에피소드가 아니라 기분인 것이다. 그때의 기분. 권태가 주는 느낌. 권태 속에서의 생각. 그러나 나의 손은 머뭇머뭇 똥 묻은 사실들만을 건져낼 다름이다. 내 머리는, 내 손은 언젠가부터 사실들만을 담아두는 통으로, 언제든지 필요할 때 단추만 누르면 색색깔의 사실들이 튀어나오는 통으로 길들여진 것이다. 벽지 대용으로 벽에 더덕더덕 붙어 있던 누런 신문지들, 그리고 그 기사들, 얼굴을 확인하기 힘들게 까맣게 변질되어 있던 인물 사진들. 그런 것들만이 내 손길을 기다리며 기억의 저변에 남아 있는 것이다.

제일 먼저 담배가 떨어졌다. 그래서 담배를 끊게 되었다. 그리고 몇 가지 소모품들이 바닥났다. 그래도 그럭저럭 버텨 갔다. 용변을 볼 때를 제외하고는 방 밖으로 나가지 않고 거의 대부분의 시간을 누워서 보냈다. 그러다 나는 그 방을, 권태를 빠져나오게 되었다. 내게 필요한 것들이 처음에 사온 양의 삼분의 일 정도 남게 되었을 즈음.

그 방에서 지낸 삼사 개월 동안 나는 TV를 보기보다는 라디오나 테이프를 들었다. 눈을 뜨기마저 귀찮아졌던 것이다. TV를 보기 위해 눈꺼풀을 들어올리고 핏발 선 눈으로 초점을 잡아 작은 화면 위에 흔들리는 영상에 주의를 기울이느니, 눈을 감고 귓구멍을 활짝 열어놓은 상태로 공기 중에 실려오는 잡다한 소리들의 떨림에 의식을 수동적으로 맡기는 편이 편했다. 그것이 내가 그 삶에서 얻을 수 있었던 최소한의 생활의 지혜였다. 하지만 1.5볼트짜리 건전지를 서너 번 교체하자 생활의 지혜도 바닥이 나버렸다. 나는 건전지가 다 떨어지면 음악을, 간드러진 트로트를, 발라드를, 지겨운 광고용 노래를, 성우의 목소리를, 뚜뚜뚜 하는 시보를, 얼빠진 것 같은 DJ의 멘트를 들을 수 없다는 아주 당연한 사실을 잊어버리고 있었던 것이다. 아니면 잊어버리고 싶었거나.

나는 내 몸을 똘똘 감고 있던 이불을 풀고 한동안 쓰지 않아서 삐그덕거리는 다리를 끌고 비로소 문 밖으로 나왔다. 건전지를 사기 위해서. 밤이었다. 하늘은 까맣고 시원한 바람이 때에 전 볼을 매만지며 뒤로뒤로 내달았다. 그리고 나는 다시 그곳으로 돌아가지 않았다.

시계를 본다. 조금 걷는다. 담뱃불을 거칠게 털어 끄고는 주머니에 집어넣는다. 작은 확률이라고 해서 무시해서는 안 된다. 물론 이것은 성(城)의 지시이다. E자의 잔상이 선명한 현관 앞에 선다. 다시 시계를 본다. 4분이 남았다. 정확히 2분 30초 후, 나는 수도검침원이 되어 층계를 올라간다. 가스배관공이나 전기설비공이나 설문조사원이라도 상관은 없지만. 3분 후, 삼층의 층계참에 점퍼 안주머니에 들어 있는 모자를 꺼내어 쓴다. 회색 모자. 성(城)의 천사들도 애거서 크리스티의 추리소설이나 할리우드의 삼류 추리물을 보는 것이다. 수도검침원과 그에 제일 잘 어울리는 소품, 상업화되어 버린 상징, 회색 모자. 3분 50초 후, 나는 **사층십삼호**의 벨을 누른다.

이 모든 것이 한 치의 오차도 없이 꽉 짜여진 것이다. 일의 질서와 일의 순서. 하나의 목적을 위해 여러 가지 일들이 잽싸게 줄을 서는 것이다. 그리고 이 미괄식의 세상에서 질서라는 하나의 권위가 순서를 정한다. 일들이 정연하게 줄을 선다. 앞사람과 뒷사람이 너무 붙어 있지도 그렇다고 너무 떨어져 있지도 않게. 나는 언제나 그렇듯 성(城)의 정밀한 계획에 경의를 표한다. 그들은 일의 앞길에 놓여 있을지도 모를 모든 돌발 상황을 놀라운 상상력으로 예측하고 잡초를 솎아내듯 변수를 제거해 나간다. 그리하여 나는 반듯하게 골라진 길을 따라 걷는다. 하지만 성(城)이 닦아놓은 길은 평균대나, 외줄타기에 사용되는 줄과 같아서 체조선수나 서커스단의 단원이라면 눈을 가리고도 쉽게 걸어갈 수 있을지 몰라도, 일반 사람들이 우습게 보고 올라섰다가는 중심을 잃고 나동그라지기 십상인 것이다. 성(城)은 이런 사실들을 정확히 꿰뚫어보고 있었고 줄타기를 할 재인(才人)으로 나를 선택했다. 그것으로 모든 이유가, 사족(蛇足)이 사라지는 것이다. 그들이 선택했다면 누가 뭐래도, 설사 당사자인 내가 이의를 제기했다고 할지라도 옳은 것이다. 그뿐이다. 그 일에 가장 적합한 자는 다름 아닌 나라는 것이다. 이 치밀함을 따라 한 발 한 발 내딛는 것은 참으로 즐거운 일이다. 그렇다. 이제야 주어와 술어가 올바르게 호응한다. 나는 언제나 성(城)의 음성이 말하는 완전무결한 지도에 경의를 표한다. 바로 전에 말았던 일, 그전에 맡았던 일, 그리고 그전의 전에 맡았던 일……. 모두 더할 나위 없이 훌륭했고 군더더기 없이 청결했다. 나는 로캉탱이란 자를 죽였었다. 수영복을 입은 그를 매그넘으로 빵, 빵. 기침할 때 내는 그런 소리를 내며 그가 풀장으로 떨어졌고 빨건 피가 파아란 수면 위를 순식간에 침범해…… 아니, 총을 쏜 사람이…… 그게, 그게 정말 나였던가? 내가 그에게 총을 쏘았던가? 꿈의 일부인가? 아니면…… 어느 영화에서 본 건가? 나는 그의 목을 잡았던가? 교살, 그래, 교살이었던가?

시계를 본다. 1분 25초 전. 더 이상 어지럽게 뒤섞이는 예전의 기억들과 씨름할 시간이 없다. 서둘러 현관으로 들어간다. **구식 엘리베이터 창살에는 〈고장〉이라고 쓴 패가 달려 있다.** 페인트칠이 벗겨져 자세히 들여다보지 않으면 무슨 글인지 알아볼 수도 없을 정도다. 고칠 생각이 없는 것이다. 아니, 어쩌면 고치려고 해도 이제는 너무 늦었는지 모른다. 어쨌건, 성(城)이 일러준 그대로다. E동의 층계. 디노의 상상 속에서 채칠리아가 말했다. '**층계는 층계죠,** 뭐 별다른 건 없어요.' 그렇다. 층계는 층계. 정말로 채칠리아가 말함직한 이야기이다. 디노는 채칠리아가 그런 식으로 말하는 것을 싫어했다. 그렇다면 디노가 채칠리아에게서 바라는 것은 무엇인가? 이런 걸까? '한 번은 저희 집으로 올라가는 층계에서 이런 일이 있었더랬죠…… 시장에서 돌아오다가 어머니가 그 층계에서 죽은 고양이를 발견한 거예요. 어머니 말로는 무겁고 판판한 물체에 짓눌린 것처럼…… 눈알은 동전처럼 납작해져서 땅바닥에 붙어…… 붉은 타일 위에 피가 군데군데 튀어 있었는데, 상상이나 하실 수 있겠어요? 어머니 눈에 그게 전혀 현실적으로 보이지 않았대요, 글쎄. 제 말을 듣고 계신 건가요? 너무 징그럽죠. 전 그 상상을 할 때마다 나나 내가 아는 사람이 그 고양이처럼 죽은 장면을 저절로 떠올리게…… 당신처럼 상상력이 없는 사람하고는 도대체 말이 통하질……' 아니면 디노, 내가 원했던 건 이런 거였나? '층계는 차갑고 길다…… 가을에는 층계참 정면 동쪽으로 나 있는 가로 1미터 세로 80센티미터의 창문으로 햇빛의 궤적이 45도의 각도를 이루며 실내로 들어온다…… 햇빛을 받는 대리석과 햇빛을 받지 못하는 대리석의 경계는 층수를 가리키는 숫자가 적혀 있는 층계참의 중간 부분에서 뚜렷한 직선을 그으며 흘러가다 벽 쪽으로 다가갈수록…… 마침내는 선형성이 약해지며 안과 밖이, 양지와 음지가 흐리멍덩해진다.' 이걸까? 디노. 말해 봐. 그것도 아니라면, 이건가? 채칠리아에게서 이런 걸 원하는가? '층계는 층계가 아니다.' 그럼 디노 자네가 되묻겠지? '층계가 층계가 아니라면 무엇이란 말이오?' 채칠리아는 어느새 해머를 집어들고 하얀 대리석 바닥을 힘껏 내리친다. '더 이상, 더 이상 층계는 층계가 아니다.' 맘에 드는가? 디노, 어떤가? 내가 만든 당신의 채칠리아 중 마음에 드는 걸 한 번 골라잡아 보는 게. 나라면…… 나라면 계단의 수나 높이, 한 단을 올라가는 데 걸리는 평균시간 정도만 있으면 충분하다. 나머지는 니가 다 챙겨가도 좋다는 말이다.

나는 아주 천천히 무릎을 직각으로 구부리며 계단을 올라간다.

나는 마지막으로 앞으로 해야 할 일들을 순서대로 차근차근 되새긴다. 이 작업은 마치 그림을 그리는 것과 비슷해서, 처음에는 단순히 몇 개의 기준이 될 만한 선과 간단한 음영 처리만이 빈 화폭을 메우지만, 붓끝이 닿으면 닿을수록 섬세해지고 정교해져 하나의 제대로 된 풍경을 만들게 되는 것이다. 물론 이것도 성(城)이 나에게 들려준 비유지만.

나는 쉬지 않고 연속해서 상상한다. 나는 **사층십삼호** 목재 문 앞에 서서 모자를 고쳐 쓰고 숨을 고른다. 집게손가락으로 벨을 누른다. 찌익- 찌이이익. 나는 길게 숨을 내뱉어본다. 무슨 의식이라도 되는 것처럼. 5초 정도 후에 그녀의 목소리, 누구세요. 채칠리아의 목소리. 관리실에서 나왔습니다. 연습이 잘 된 건조한 목소리. 채칠리아는 십중팔구 걸쇠도 걸지 않고 문을 홱 열고는 당돌하게 나를 쳐다볼 것이다. 그녀는 '조심성'이란 단어를 『이상한 나라의 앨리스』나 늑대에게 쫓기는 꼬마 돼지 삼형제가 나오는 동화에나 어울릴 법한 그런 말로밖에는 여기지 않는 것이다. 말하자면 그녀에게는 '현실성'이 없는 사어(死語)에 불과한 것이다. 이런 일을 하는 데에 더없이 편한 동료. 그녀는 **매일 입던 털이 포실포실한 초록색 스웨터를 입었다.** 비로소 채칠리아가 입을 연다. 무슨 볼일이죠? 뭘 팔려는 수작이라면 소용없어요. 필요한 게 없으니깐. 나는 적당한 시기에(문이 닫히기 전에) 맞춰 준비된 말을 내뱉는다. 간결하게. 5층과 4층 연결 부위의 하수도에 말썽이 생겨서요. 관리실에서 나왔습니다. 조금 쉬었다가 금방. 뭐 오래 걸리지는 않을 겁니다. 문제가 생긴 데가 여기가 아닐 수도 있으니깐요. 채칠리아의 투명한 눈동자에는 한줌 의혹의 그늘도 없다. 그 순진한 어리석은 눈동자. 채칠리아는 귀찮아 죽겠다는 표정을 애써 숨기며 들어오라는 몸짓을 한다. 나는 그때까지, 친절하지만 입이 좀 가벼운 수위의 목소리와 근엄하면서 동시에 사소한 일에는 여간해서 짜증을 내지 않는 교통순경의 사무적인 눈빛을 적당한 배율로 배합하느라 정신이 없다. 등 뒤에서 문이 닫히고 채칠리아가 말한다. 어딜 보고 싶으신 거죠? 수위와 교통순경이 동시에 합창한다. 부엌을 먼저 봐야겠습니다만. 채칠리아가 등을 보이며 성큼성큼 내 앞을 지나 부엌 쪽으로 간다. 물론 나는 부엌이 어딘지 잘 알고 있다. 하지만 채칠리아, 네가 가야 수고를 할 필요 없다. 일은, 모든 일은 홀에서 시작되고 홀에서 끝나게 될 테니깐. 멋진 등짝일 거다. 채칠리아의 멋진 등짝. 나는 손에 들고 있던 작은 쇠가방을 바닥에 내려놓고 빨리, 하지만 소리가 나지 않게 권총을 꺼낸다. 수십 수백 번이나 되풀이해 왔던 일. 그리고 내 목소리는 천천히 연극적인 톤에서 사무적인 톤으로 옮겨간다. 잠깐만, 천천히 여길 돌아봐.

사층십삼호, 사층십삼호. 나는 기계적으로 채칠리아의 문 앞에 서 있는 나를 발견한다. 상상은 그 정도로 족하다. 며칠 전부터는 밤에도, 공원 근처 식당에서 점심을 먹을 때도, 거울을 통해 아침 부시시한 눈으로 양치질을 하고 있는 나를 볼 때도, 나는 충분히 오늘을 그려왔다. 일이 틀어질 요소는 없다. 깨끗하게. 모든 일은 깨끗하게 처리될 것이다.

시계를 볼 필요도 없다. 기껏해야 5초 정도 모자라거나 짧을 것이다. 어차피 이제는 상관없는 일이다. 행동을 개시하는 일만이 남았다. 왼손으로 모자를 눌러 쓰는 동시에 오른손을 벨에 가져다 댄다. 차가운 느낌. 생소한 감각. 도마뱀의 피부를 만지는 것 같은. 그보다 더 심한 소리가 난다. 통명스러운 소리.

"ㄸㄸㄸㄸㄸㄸ띠익. ㄸㄸㄸㄸㄸㄸㄸㄸ띠이이이."

침묵은 괴롭다. 길게 끌지는 않을 것을 알지만. 속으로 숫자를 센다. 여섯, 일곱, 여덟, 조금 떨고 있는 것 같다. 호흡이 고르지 못하다. 언제나 있는 일이긴 하지만.

"누구세요."

잠을 자다가 막 깬 것 같은 목소리가 들려온다. 채칠리아의 것이다. 틀림없다. 요란하게 문이 닫히는 소리가 나고 불규칙하게 마루를 쿵쾅대는 발소리가 난다.

이윽고 문이 열린다. 역시 걸쇠는 걸리지 않는다. 달랑달랑. **그녀는 매일 입던 털이 포실포실한 초록색 스웨터를 입었다.** 나는 사방으로 가지를 치려고 꿈틀대는 상상의 모든 길을 막는다. 사물과 사실, 사물과 사실, 이것만이 중요하다. 채칠리아가 입을 연다. 흐트러진 표정, 볼에 아무렇게나 구겨붙은 머리카락. 입가에 묻어나는 가쁜 숨. 아직까지 모든 일은 자연스럽다.

"무슨 볼일이죠?"

모든 것이 예상대로이다. 안도감, 안도감이 온몸에 퍼진다. 불시에 찾아드는 안도감. 자, 이제 내가 멋들어지게 대사를 읊을 차례이다.

"5층과 4층 연결 부위의 하수도에 약간 말썽이 생겨서요. 관리실에서 나왔습니다."

(잠시 사이)라는 지문이 어울릴 법한 상황. 채칠리아는 귀찮다는 표정을 짓는다. 다시 시간이 내 넓적다리를 꼬집는다. 지금이다. 들어가라.

"뭐, 오래 걸리지는 않을 겁니다. 문제가 생긴 덴 여기가 아닐지도 모르니깐요."

채칠리아는 알 수 없다는 표정을 짓는다. 지극히 비연극적인 표정. 채칠리아는 말을 하는 대신 여기저기 터서 균열이 생긴 입술을 쭈뼛 내밀고는 상을 있는 대로 찌그러뜨린다. 그리고 모든 것이 예상대로이다. 채칠리아가 한쪽으로 비켜난다. 들어와도 좋다는 표시이다. 모든 것이 정말 예상한 그대로이고 또한 그지없이 자연스럽다. 자유롭다. 나는 자유로운 공기 속을 뚫고 홀 안으로 들어간다. 채칠리아에게 등을 보이며.

"쾅."

문이 닫히는 둔탁한 소리. 이제는 빼도 박도 못한다는 일종의 선언. 디노의 운명을 닫는 소리.

"어딜 보고 싶으신 거죠?"

내 손가락 사이로 줄기차게 빠져나가는 시간의 흐름이 하나의 연극이라는 생각에서 나는 벗어나지 못한다. 지문이 나에게 지시

한다. (자연스럽게 미소를 지으며) 나는 정말로 미소를 짓는다. 누가 봐도 연기라는 생각이 안 들 정도로 자연스럽게. 감정의 과장 없이. 미소를 짓다가 적당한 시기, 적당한 시기에 말을 한다. (역시 부드럽게)

"부엌을 먼저 봐야겠습니다만……(말끝을 흐리며)."

약속대로 이번에는 채칠리아가 나에게 등을 내보인다. 머릿속에서 몇 번이나 행해진 리허설 때와 전혀 다를 바 없는 멋진 등짝. 극은 상상 외로 빨리 진행된다. 나의 연기에, 동작 하나하나에 도취되었다가는 자칫 순서를 잃어버리고 뒤죽박죽되어 버릴지도 모른다. (침착, 제발, 침착하게) 그녀의 발걸음. 하나, 둘. 지겹다는 듯이, 슬금슬금, 천근 쇳덩어리라도 끌고 가듯 느릿느릿 움직이는 멋진 등짝(딴 데 정신 팔지 않고, 쇠가방을 내려놓고, 권총을 꺼낸다).

익숙한 감촉이 손바닥에서부터 스물스물 팔로 몸통으로 머리꼭대기로 기어오른다. 일막의 끝. 장전이 되어 있는 총이 나의 손에 쥐어진다. 이것의 촉감, 이것이 만들어주는 이상스러운 자신감, 이것이 만들어주는 침착함, 이것이 만들어주는 장엄함, 그리고 결정적으로 이것이 만들어주는 돈. 내가 말한다. 총이 말한다.

"잠깐만, 여길 천천히 돌아봐."

채칠리아는 총이 시킨 대로 천천히 돌아본다. 완전히 돌아서서 나와 총을 본다. 이상하다는 표정. 채칠리아의 멀그스름한 눈동자가 내게 이렇게 말하는 것 같다. '당신은 지금 이상한 행동을 하고 있어요. 아무도 이해할 수 없는.'

그렇다. 너는 이해할 수 없을 테지.

"그게 뭐죠?"

태연한 목소리. 용기를 짜내 선생에게 질문하는 초등학생의 수줍음과 조금은 닮은 데가 있는. 하지만 그럭저럭 태연자약한 목소리. 채칠리아다운.

"총."

총이다. 두 눈만 성하다면 쉽게 알아볼 수 있을 텐데.

채칠리아는 고개를 갸우뚱한다. 입을 열어 단어라는 사물을 또박또박 하나씩 하나씩 나와 총에게 던진다.

"그걸로 절 쏘려는 건가요?"

오호라, 너도 총이라는 게 어떤 짓을 하는 데 쓰이는 것쯤은 알고 있다 이거군. 훌륭해. 정말.

"그럴지도."

채칠리아는 여전히 꿈쩍도 않고 서 있다. 하긴 움직여봤댔자 별 뾰족한 수가 있는 것도 아니지만. 채칠리아의 눈동자는 나와 총에서 떨어져나가려 하지 않는다. 쉬지 않고 되풀이 말한다. '당신은 지금 이상한 행동을 하고 있어요. 아무도 이해할 수 없는.'

"제가 어떻게 하면 총에게 안 맞을 수가 있나요?"

어법에도 맞지 않는 엉터리 소리. 진짜로 당황한 거다. 이 순진한 멍청아, 너에게 선물할 총알은 없다. 총알은 단 한 발. 성(城)이 나에게 준 단 한 발. 디노를 위한 한 발. 오직 한 발뿐.

"시키는 대로 하겠어요."

나는 아무 말도 하지 않았다. 단지 그녀가 말했다. 채칠리아가 눈에 띌락 말락 조그맣게 한숨을 내쉰다. 아하, 기꺼이 공범이 되시겠다고. 나는 아무 말도 하지 않는다. 조금 더 그녀의 애를 태운다.

둘 다 말이 없다. 일종의 싸움. 침묵을 무기로 하는.

그러나 언제나 총을 든 사람이 이기는.

"시키는 대로 하겠어요."

억양의 변화도 기대하기 힘든 똑같은 음성과 내용. 나는 조금 더 시간을 끈다. 불필요한 동작을 한다. 예컨대 왼손으로 모자를 벗어 이마에 있지도 않은 땀을 훔치는 시늉을 하고 잠바 주머니에 구겨 넣는다.

"전화가 있는 쪽으로 천천히 걸어."

채칠리아는 나와 총에서 여전히 시선을 떼지 않으며 옆걸음으로 천천히 걷는다. **버들가지로 세공된 테이블,** 위에 놓여 있는 전화기. 채칠리아는 전화를 한 번 쳐다보더니 다시 나와 총을 쳐다본다. 무언가 묻는 듯이. 하지만 뻔한 대답이지 않은가.

"그 다음엔요?"

"이제부터 연극을 좀 해줘야겠어."

그렇지, 제이막의 시작. 나와 총이 아니라 니가 연기를 할 차례이다. 나와 총은 관객석으로 내려간다. 채칠리아의 멍한 표정. 무대 위의 강한 조명에 놀란 풋내기 배우, 그녀의 표정.

"물론 내 말을 듣지 않아도 좋아, 그렇지만 피차 인상 찌푸릴 만한 일은 되도록……."

"시키는 대로 하겠어요."

채칠리아가 여전히 똑같은 음성과 내용으로 내 말을 자른다. 그녀는 틀림없이 좋은 배우가 될 것이다. 자신의 집이 무대, 나와 총이 관객.

"디노에게 전화를 걸어."

이유를 시시콜콜하게 설명하지 않고 간단명료하게 내뱉듯이 지시한다. 이런 상황에서는 이것이 철칙이다. 말이란 일단 시작하면 필요 이상으로 길어져 괜히 상황을 더 복잡하게 만들고는 하니까. 나는 채칠리아의 표정을 살핀다. 무대에 올라선 그녀는 정작 표정이 없다. '당신은 지금 이상한……'도 그쳤다.

"그다음엔요?"

역시 똑같은 음성과 내용. 고저강약의 변화가 극도로 절제된. 훈련의 결과가 아닌. 타고나지 않으면 결코 이를 수 없는 그런.

"아버지가 위급하다고 해, 어머니도 없고, 무섭다고 해, 아버지가 죽을지도 모른다고 해."

"아버지가 위급하다. 어머니도 없고 무섭고……."

"그리고."

"그리고?"

"와 달라고 해, 당장."

"와 달라고 한다. 당장."

"그래."

잠시 침묵, 대본작가 겸 연출은 나인 것이다. 내가 다시 말한다.

총신이 신경질적으로 끄덕, 하늘을 향해 곧추 선다.

"다시 한 번 반복해 봐, 내가 시킨 그대로."

"아버지가 위급하고, 무섭고, 어머니가 없고…… 아버지가 죽을지도 모르고……."

"어서 빨리 여기로 와줘요." 나는 그녀의 목소리를 흉내 낸다.

"어서 빨리 여기로 와줘요." 그녀는 나의 목소리를 흉내 낸다.

"다시."

"아버지가 위급하고, 무섭고, 어머니가 없고…… 아버지가 죽을지도 모르고…… 어서 빨리 와줘요."

"됐어."

"지금 전화를 하나요?"

"안 돼. 그딴 식으로 전화를 걸어선 설사 디노가 바보축구라도 곧이곧대로 믿어주지 않을 거야. 정말 급하고 무서운 것처럼 말해야 해. 될 수 있으면 울먹이면서 말하는 거야. 숨은 말이야, 이렇게 몰아쉬면서, ㅎㅇㅇㅇㅇㅇ 후…… ㅎㅇㅇㅇㅇㅇ 후."

"ㅎㅇㅇㅇ 후…… ㅎㅇㅇㅇ 후……."

"다시 한 번, 내가 지시한 대로 해봐."

"아버지가 위급하고…… 흐흑, 너무너무 무섭고…… 으응…… 그리고 어머니도 마침……."

나는 다시 총신을 위아래로 흔들흔들거린다. 채칠리아가 대사를 멈추고 도둑질을 하다 들킨 소녀처럼 나를 본다.

"죽고 싶어?"

채칠리아는 대답 대신 고개를 도래도래 흔든다.

"한 번만 더 해봐. 넌 지금 말할 수 없을 정도로 굉장히 위급한 상황이야."

시계를 본다. 시간이 되었다. 전화를 해야 한다.

"지금 당장 전화를 걸어."

채칠리아는 어리둥절해 있다. 꿈쩍도 않고 둥그레진 눈으로 나와 총만을 바라본다. 짜증이 나기 시작한다.

"시간 끌지 마. 너한테도 나한테도 시간이 없어, 자자, 전화를 들어, 디노에게 걸어, 다이얼을 돌리란 말야, 그래, 그래, 방금 했던 것처럼 똑같이 되풀이했다간 내 머리에 따끈따끈한 총알 구멍이 하나 생길 거야, 다시 한 번 말할게, 넌 지금 굉장히 위급한 상황이야."

신호가 간다. 응답이 없다. 채칠리아는 당황한 표정으로 나와 총을 바라본다. 나에게는 더 이상 해줄 말도 해줄 동작도 없다. 이제 커튼은 올라갔고, 지켜보는 일만이 남았다. 총을 든 무료 관객 겸 연출가로서.

신호가 떨어진다. 무언가 웅얼대는 소리. 디노의 목소리다. 채칠리아는 다시 나와 총을 본다. 그렇게 쳐다보아 봤자 마찬가지다. 나에게는 더 이상 해줄 말도 해줄 동작도 없다.

"디노 씨?…… 아, 아버지가 이상해요, 위급하신 것 같아요. 흐으흑, 어머니도 안 계신단 말이에요…… 나 지금 너무너무 무서워요."

웅얼웅얼. 잡음 비슷한 소리. 디노의 말. 충분히 상상해 볼 수 있는.

"저…… 저는 괜찮아요. 너무 걱정하지 마시구요…… 흐흑…… 빨리 이리루 좀 와주세요. 예, 지금 당장요."

역시 디노의 답변. 충분히 상상해 볼 수 있다(너무 당황하지 말고—당황? 미친놈 너나 정신 똑바로 차려—, 그래, 내 곧 가지, 아무 걱정도 하지 마—그래, 정말로 걱정되는 건 바로 너니깐—, 곧 갈게, 기다려—그래 빨리 오렴. 나와 이 따끈따끈한 총이 널 기다리고 있을 테니까.).

채칠리아는 수화기를 내리고 소매로 눈물을 훔친다. 자신의 배역에 대한 완벽한 몰입. 그 경지에서만 볼 수 있는 눈물. 나는 박수라도 쳐주고 싶은 심정이다. 그녀의 연기는 더할 나위 없이 훌륭했다. 나는 그녀의 훌륭한 연기에 대한 자그마한 답례로 디노의 심장에 축포를 한 방 펑 하고 먹여줄 테다.

"그다음엔요?"

그렇지, 그다음. 그다음은…… 그다음은…… 그다음?

"기다리는 거야. 조용히."

나는 채칠리아에게인지 나에게인지 아니면 총에게인지 알 수 없는 대상에게 나지막이 말을 건넸다.

그렇다. 기다리는 거다.

나를 포함해 아무도 기다리는 것에 대해 상상하지 않는다. 정작 무언가를 기다리는 순간에도 우리는 기다린다는 사실에, 그 환경에 집중하지 않는다. 오직 그 기다림의 대상, 종점으로 가는 막차나, 개뼈다귀 같은 삼류영화나, 괴로운 시험 시간이나, 화장을 덕지

덕지 처바르고 나올 뻔한 표정의 애인이나, 햄버거를 사들고 올 부모에 대해서만 상상하고 또 상상하는 것이다. 기다리는 동안 무엇을 할 것인지 아무도 시간표를 짜지 않는다. 우리의 관습적인 행위들—꽁초를 주워 피거나, 길턱에 쭈그리고 앉아 다리를 떨거나, 평소에 잘 하지 않던 군것질을 하거나, 길거리에 나붙어 있는 간판의 글자들을 한 자 한 자 따라 읽어 내리는 행위들—은 모두 무계획 속에서 만들어지고 어느새 하나의 약속처럼 되어버리는 거다.

"이제 전 뭘 해야 하죠?"

말하지 않았는가. 기다리는 동안 무얼 해야 할지, 알려주는 사람은 아무도 없다. 게다가 너의 역은 이제 끝나지 않았는가. 연극은 끝났다. 나는 너에게 커튼콜을 청하지 않았고, 단 한 번만 시연되는 연극을 끝낸 너는, 집으로 돌아가 두 다리를 쫙 벌리고 잠에 곯아떨어지든, 술을 먹든, 대본을 찢어버리며 울든 상관이 없는 것이다. 아무래도 상관이 없다…… 상관이 없다? 아니, 아니, 가만, 가만…… 이건 뭔가 이상하다. 아무래도 상관이 없다? 아무래도 상관이 없다?…… 성(城)이, 성(城)이, 이런 적이 있었던가? 성(城)은 여백을 남기지 않는다. 아무래도 상관이 없다니? 이것은 성(城)의 방식이 아니다. 나에 대한 시험일까? 그런가? 도대체 채칠리아, 기다리는 동안, 넌 무얼 해야 되는가?

"절 묶으실 건가요?"

묶는다? 그래, 묶는다. 훌륭해. 정답이야. 채칠리아, 넌 정말 좋은 학생이야. 끈! 그렇지, 끈! 쇠가방 속에 누런 끈이 있다. 성(城)의 치밀한 준비성. 성(城)은 전지전능하다?

나는 채칠리아에게서 시선을 떼지 않으며 누런 끈을 쇠가방에서 꺼낸다. 손때가 잔득 묻어 있는 누런 끈이다. 나는 이걸로 로캉탱의 목을 죄었다. 아니, 아니, 셜록 홈즈였나?

"어디다 묶으실 거죠?"

어디다? 그래, 어디에 묶을까? 그걸 생각해야 되는군.

방을 둘러본다. 어디에다가 묶는 것이 좋을지 생각해 본다. 방을 둘러본다. **고무나무 같은 것이 한구석에 서 있고 다른 구석에는 나체의 여인 석고상이 있다. 나체의 여인 석고상.** 저거다.

"저쪽 구석으로 가."

채칠리아는 그럴 줄 알았다는 듯이 구석으로 걸어가 나체의 여인 석고상 앞에 새초롬히 선다.

"여기요?"

"그래. 앉아."

채칠리아는 털퍼덕 바닥에 퍼질러 앉더니 두 손을 뒤로 해서 깍지를 끼고는 몸을 앞으로 숙인다. 말을 하지 않아도 그녀는 자신이 해야 할 일을 잘 알고 있다. 나는 그녀를 묶고 있다. 그리고 나는 되뇐다. 나는 그녀를 묶고 있다. 석고상의 다리께에 끈을 둘러감고 다시 채칠리아의 깍지 낀 손에 매듭을 만든다. 나는 되뇐다. 나는 그녀를 묶고 있다. 나는 그녀를 묶고 있다.

손이 허옇게 될 때까지 질끈 돌려 묶는다. 그녀는 으레 있을 법한 신음소리 하나 내지 않고 있다. 나는 바닥에 내려놓은 총을 집어들고 다시 일어선다.

"이제 조용히 하고 가만히 있으면 되는 건가요?"

채칠리아, 이것은 순순한 형태의 의문인가? 아니면 나를 안심시키기 위한 가짜 다짐인가? 어느 쪽이든 디노가 죽는다는 사실에는 변함이 없을 테지만.

그리고 다시 기다림이 시작된다. 나는 문을 확인한다. 자물쇠도 걸쇠도 모두 풀린 채로 있다. 채칠리아, 둘도 없는 동료. 너는 내가 해야 할 일들을 많이도 덜어주는구나. 나는 이제 채칠리아가 묶여 있는 **나체 석고상**과 **사층십삼호**의 문 중간에 위치한다. **사층십삼호**의 문을 바라보며.

디노가 올 것이다. 오 분에서 십 분 사이. 쾅쾅대며 계단을 올라오는 발소리, 점점 더 가까이 뚜렷하게, 헉헉대는 숨소리가 들리고, 콰당, 문이 열린다. '채칠리아' 하고 디노가 외친다, 절박한 목소리, 문이 열린다. 디노가 나를 보고, 그가 나를 보고, 그가 총을 본다, 그는 채칠리아가 총을 보았을 때보다 열 배는 더 놀라고, 항의의 표정, 의문의 표정, 자폐증 환자 같은 표정, 말할 틈은 없다, 총알이 날아간다. 사정없이 그가 문을 열어젖힐 때와 비슷한 소리가 나고, 재채기 소리 같은 소리, 총알이 날아가고, 다시 쿵, 무언가 무거운 물체가 떨어져 바닥에 부딪히는 소리.

완벽한 풍경이 머릿속에 그려진다. 문제는 없다. 나는 되뇐다. 나는 그녀를 묶었다. 변수는 없다. 나는 그녀를 묶었다. 디노의 피가 낡은 카펫 위에 뿌려진다. 위험은 없다. 아마도 성(城)은 정수기처럼 디노가 아닌 다른 사람의 출입을 걸러줄 것이다. 단지 디노만이 쾅쾅거리며 계단을 올라올 것이고 단지 디노만이 이 낡은 카펫 위에 더운 피를 흘리게 될 것이다. 디노, 나는 기다리면서 너를 생각한다. 기다림의 대상, 기다리면 기다릴수록 더욱 뚜렷해지는 대상, 디노.

전화를 건 지 정확히 7분이 지난다.

끼익 하고 급하게 차가 서는 소리가 들린다. 그가 왔다. 나와 총이 동시에 긴장한다. 시끄럽게 문이 닫히는 소리.

"채칠리아아아아."

디노, 발정난 암캐처럼 급했구나. 계단을 올라오기도 전에, 개처럼 긴 혀를 빼물고 멍멍 짖으며 허겁지겁 사지로 뛰어오는구나.

"채칠리아아아아아아."

쾅쾅쾅쾅, 발자국 소리가 들린다. 일층…… 이층…… 삼층…… 나는 총을 쥔 손에 힘을 준다. 이것이 주는 잔인한, 이것이 주는 죽음. 디노, 오 디노. 나의 디노.

문이 열린다. 디노의 얼굴. 채칠리아 하고 소리치기 위해 벌어지는 입과 나를 본 순간 놀라 휘둥그레지는 눈. 서로 반대방향으로 달음질치기 위해 사정없이 찢어지는 세 개의 원. 디노 잘 가라.

"도망쳐요, 디노, 도망쳐요. 함정이에요."

채칠리아의 입, 나는 그녀를 묶었다. 그러나 입…….

순간, 땅바닥이 뒤로 확 잡아당겨지고 내 몸이 공중에 뜬다. 문제는 없었다. 아무런 변수도 없었다. 성(城)이 지시했고 계획했으므로. 문은 열려 있고, 그녀는 묶이고…… 하지만 나는 이렇게 난다. 그리고 바닥으로 떨어…….

쿵, 상상 속에서 그려봤던 소리. 왼쪽 팔꿈치에 오는 심한 통증. 오른손에 들려 있던 총이 나를 떠나 저만치로 바닥에 떨어진다. 그렇다, 카펫이다. 빌어먹을 놈의 카펫. 누군가 카펫을 당겼다. 누가? 채칠리아가? 씨팔년. 나는 고개를 든다. 디노의 고개는 부자연스럽게 왼쪽으로 기울어져 있다. 눈이 마주친다. 더러운 눈. 썩어빠진 눈. 생기가 없는 눈. 시체의 눈. 이미 시체가 되어 있어야만 할 놈의 눈.

"도망쳐요, 당신을 죽이려고 해요, 디노, 빨리, 빨리, 도망쳐요."

디노가 결정을 한다. 주춤하더니 뒤로 돌아선다. 열린 문 사이로 보이는 어두운 공간 속으로 그가 사라진다. 나는 엉금엉금 일어난다. 떨어진 총을 주워 오른손에 쥔다. 팔꿈치에 통증이 있었다는 걸 직감적으로 깨달았지만, 그 외에는 어디가 아픈지 어디가 부러졌는지도 알 수 없다. 디노를 잡아야 한다. 총으로 쏘아야 한다. 카펫이 아니라도 좋다. 피를, 더운 피를. 내뿜게 해야 한다. 총으로 쏘아야 한다. 성(城)의 명령이 있었다. 디노를 처치할 적임자. 권태로운 자들을 죽여야 할 적임자. 그게 바로 나다. 내가, 그를, 디노를, 죽여야 한다.

계단에도 디노는 없다. 발자국 소리가 멀어진다. 일층일까? 재수가 좋으면 이층일 수도 있다. 엘리베이터. **구식 엘리베이터 창살에는 〈고장〉이라고 쓴 패가 달려 있다.** 엘리베이터를 지나쳐 나는 달에 착륙한 우주인처럼 계단을 다섯 단, 여섯 단씩 한꺼번에 내달린다. 엉망진창인 디노의 발자국 소리가 들린다. 아직 기껏해야 일층이다. 어허 급할수록 침착해야지. 안 그런가? 디노.

정원이다. 디노의 등판이 보인다. 그는 정신없이 뛰고 있다. 10미터? 12미터? 뛰면서 총을 쏘기에는 조금 먼 거리다. 한 발로 끝내야 하는 상황이라면 더더욱 그렇다. 8미터? 디노의 머리가 뒤로 날린다. 디노 발버둥 쳐봐야 소용이 없다니깐 그러네.

디노가 정원 밖으로 나간다. 허둥지둥 그는 대로로 접어든다. 디노, 7미터 정도? 그야말로 마지막 젖 먹던 힘이군. 무릎이 아파 온다. 대로로 내려서기 전에 쏘아야 한다. 빌어먹을 카펫. 계단을 그렇게 한꺼번에 내려올 필요가 없었는데. 이번에 점점 더 멀어진다. 대로로 내려섰다고 해도 디노를 은폐해 줄 수 있는 물체가 있는 것은 아니지만 여기서는 너무 멀다. 어쩔 수 없다. 모험인 것이다. 총을 쏘아야 한다. 은폐물은 없다. 이 시간이면 이십 분에 한 대꼴로 차가 지나갈 뿐이다. 그러므로 디노가 길을 건너는 약 사 초 정도의 시간 동안 지나가는 차와 마주칠 확률은 천이백분의 사, 약분하면, 삼백분의 일인 것이다.

"콰자장창창."

삼백분의 이백구십구의 확률이 산산이 깨어지는 소리. 미끄러지듯 까만 차 한 대가 디노의 하체를 들이받는다. 그가 난다. 그가 살아 있는 동안 행했던 것 중에 가장 높고 우스꽝스러운 점프.

"털썩."

뼈가, 어깨뼈가, 갈비뼈가, 턱뼈가, 엉치뼈가, 복사뼈가, 머리뼈가, 발가락뼈가, 온몸의 뼈가 어이없게 바스러지는 소리. 디노가 추락한다. 나는 왼손으로 무릎을 짚고 상체를 구부린 자세로 디노를 부서뜨린 차를 바라본다.

차는 날듯이 상가가 밀집해 있는 서쪽 구역으로 내뺀다. 나는 본능적으로 번호판을 본다. 아무것도 없다. 아무것도 없다. 번호판이 없다. 번호판이 없다. 번호판이 없는 까만 차.

이제 차는 없다. 번호판이 없는 차. 잔상으로 망막 속에 박혀 있는 차. 도대체 현실감이라고는 하나도 없었던 까만, 번호판이 없던 차. 디노에게 가볼 필요도 없다. 죽었다. 손목에 손가락을 대고 맥을 짚어볼 필요도, 가슴에 귀를 대고 심장 고동을 확인할 필요도, 쓰러진 그에게 한방 더 먹여 일을 확실하게 해둘 필요도 없다.

목이 구십 도로 꺾인 다음에 소생할 수 있는 사람은 없다.

자, 그렇다면 한 발이 남았군, 빌어먹을 카펫. 오라, 그 망할 년. 그래, 채칠리아, 네게 선물해야겠군.

4장

K, 등장하다

일요일은 우울한 날씨였다. 소파 씨는 매일 아침 습관대로 일어나자마자 화장실로 가 거울에 얼굴을 바짝 갖다 붙인 채로 이빨을 닦고 거실로 나와 커튼을 열어젖혔다. **일요일 아침이었으므로 대부분의 창에는 사람들이 있었다. 샤쓰 바람의 남자들이 그곳에 기대고 서서, 담배를 피우기도 하고 조그만 아이를 창가에 조심스럽게 떠받치고 있기도 했다. 다른 창들에는 침구가 높이 쌓여 있었고, 그 위로 이따금 여자들의 더부룩한 머리가 나타났다.** 비가 왔는지 군데군데 얼룩이 진 보도 위로 여자들과 아이들이 걸어다니고 있었다.

한껏 찌푸린 날씨처럼 소파 씨의 머리도 욱신욱신 아팠다. 소파 씨는 벽시계가 두시 반에 멈춘 채 꼼짝도 안 했던 일이며, 거실 벽에 걸려 있는 그림에 불이 붙었던 일이며, 오리나무가 찾아와 그가 등장했던 책에서와 똑같이 가짜 장님 거지 노릇을 했던 일이며, 그가 **땅콩처럼 생긴 과자**를 먹던 일이며, 아내가 돌아오지 않은 일 모두가 한 편의 기분 나쁜 꿈처럼 여겨졌다.

'꿈이라면 늘 그렇듯이 자연스럽게 천천히 잊어버리면 그만이고, 꿈이 아니라면 구태여 꿈이 아니라는 걸 확인할 필요도 없는 거지, 뭐. 그렇잖아. 동그라미냐? 가위표냐? 맞느냐? 틀리느냐? 이딴 문제를 푸는 것만큼 골치 아픈 일도 없는 거야. 설치지 않고 그저 중간에 서서 두리번대며 정답을 기다리는 거야. 정답이, 만약 그런 것이 정말로 우리에게 주어지기라도 한다면 말이지만, 정답이, 무엇이든 간에 말이지.'

소파 씨는 이렇게 말하고 나서 뒤로 돌아 거실을 한 바퀴 둘러보았다. **비닐로 된 가짜 가죽을 뒤집어 쓴, 젖통이 무지무지하게 큰 구석기 시대의 다산성 여인상**을 연상시키는 소파는 여전히 거실의 중앙에 버티고 있었고, 베란다 쪽에 바짝 붙어 있는 수족관에는 **橫으로 도열한 수마트라 두 마리, 열대어 화석처럼** 꿈쩍도 않고 있었다. 단지 산소공급기에서 뿜어져 나오는 거품만이 뽀글뽀글 지치지도 않고 위로위로 움직이고 있었다.

'하지만, 모든 게 꿈이 아니었다면…… 그게 사실이라면…… 아내가 없다? 푸휴.'

한숨을 내쉰 소파 씨는 자기에게 들이닥친 일에서 애써 발을 빼고 싶어하는 자신의 모습이 어른스럽지 못하다는 생각이 들었다. 물론 아내가 돌아오지 않았다는 사실을 소파 씨가 쉽게 납득할 수는 없는 일이었다. 어쨌든, **이 자신의 사건으로 다른 사람의 도움을**

받는 일은, 설사 아무리 작은 일일지라도 싫었고, 그 누구의 힘도 요구하기 싫었으며, 그렇게 함으로써 아무리 사소한 점까지도 깨끗하게 해두고 싶었던 것이다. 소파 씨는 직접 아내를 찾기로 결심했다. 소파 씨는 우선 안방 문을 열었는데 그곳에는 아무도 없었다. 혹시나 하고 열어본 목욕탕에도 없었고, 평소 때면 그맘때쯤 아침을 준비하고 있을 부엌에도 아내는 없었고, 피아노가 있는 아내의 작은 방에도 없었다. 소파 씨는 어제 벌어졌던, 한바탕 치고 받고 넘어지고 수선을 피우던 꼭 슬랩스틱 코미디 같은 일이 차츰 차가운 현실로 변해 가는 것이 무서워졌다.

'이것만은 확실한 것 같다. 아내가 없다.'

소파 씨는 반쯤 멍청하게 서 있다가 부엌 옆에 붙어 있는 작은 창고 겸 골방으로 눈이 갔다. 소파 씨는 여기에 있다, 틀림없이 여기에 있다 스스로에게 다짐 아닌 다짐을 하며 창고 겸 골방의 문을 열었다.

"여기에 있다."

거기에는 아내 대신 오리나무가, 먼지가 잔뜩 앉은 옷보따리, 못 쓰게 된 장롱, 제사 때만 밖으로 나오는 자수 병풍, 더 이상 읽지 않아 끈으로 묶어놓은 책가지, 장모가 선물해 준 처치 곤란한 재봉틀, 아내가 싫어해서 그곳으로 가게 된 구식 문갑 등의 틈바구니에서 등을 간신히 붙일 만한 작은 벽을 찾아, 거기에 기대고 앉아 있었다. 어지럽게 널려 있는 잡동사니 때문에 오리나무는 양발을 쭉 펴지 못하고 왼쪽 무릎은 세우고, 오른쪽 다리는 구부정하게 방바닥에 붙인 채로 부자연스러운 자세를 취하고 있었다. 사람이 들어오는 기척이 나자 고개를 돌려 소파 씨를 한 번 바라보고는 다시 그 불편한 자세로 돌아갔다. 소파 씨는 쿵 소리가 나도록 문을 세게 닫았다.

'다시 말해서 꿈이라고 생각했던 일들이 꿈이 아니란 거군. 꿈이 아니란 말이지. 그렇다면 더더욱 견딜 수 없군. 어제 일이 진짜 꿈이 아니라고 한다면…… 진짜로 아내가 돌아오지 않았다는 거 아니야.'

소파 씨는 퍼뜩 생각이 미쳐 현관으로 달려가 아내의 구두를 살펴보았다. 아니나 다를까, 아내의 구두 한 켤레가 없어졌다. 소파 씨는 난폭하게 **비닐로 된 가짜 가죽을 뒤집어 쓴, 젖통이 무지무지하게 큰 구석기 시대의 다산성 여인상**을 연상시키는 소파에 털썩 주저앉았다.

'단념하라는 거군. 그래, 그렇게 하지, 뭐. 단념하는 거야. 어차피 훌륭하게 보이지만 막상 입어보면 몸에 맞지도 않는 옷 같은 존재였으니깐. 다시 원래대로 돌아가는 거지, 뭐. 그게 순리니까. 그래 아주 뻔한 얘기지, 그렇지 않아? 아내는 돈도 못 벌어오고 하루 종일 집에 처박혀 꿈지럭대는 내가 지겨워졌고 그래서 온다 간다 말도 없이 사라진 거지. 나도 뭐 부담을 주기는 싫으니까 이래저래 잘된 거야. 잘된 셈이지.'

오 분 정도 멍하니 앉아 있다가 소파 씨는 벌떡 일어나 갑자기 부엌으로 달려갔다. 마름모꼴로 생긴 식탁 위에는 반쯤 먹다 남은 식빵이 꽃무늬 쟁반 위에 놓여 있었고, 자그마한 커피포트, 무늬가 없는 유리 물잔 두엇, 껍질이 시꺼멓게 변색된 바나나 한 송이, 그리고 검은 비닐봉지가 있었다. 소파 씨는 가스레인지에 물을 올려놓고 비닐봉지에서 라면을 꺼내 삶기 시작했다. 소파 씨는 물이 보글보글 끓어오르는 규칙적인 리듬에 맞춰 AFKN에서 들었던 미국의 국가 「성조기여 영원하라」를 콧노래로 흥얼거렸다.

'먹어야 살지, 먹어야 살지, 루루룰루루.'

소파 씨는 골방에 처박혀 불쌍한 모습으로 앉아 있는 오리나무를 생각하고는, 라면 한 개를 더 삶을까 두 개를 더 삶을까 한참 동안 고민하다, 마침내 부글부글 끓고 있는 냄비 속으로 라면 두 개를 더 집어넣었다. 라면을 다 삶은 소파 씨는 냉장고에서 먹다 남은 김치 종지를 꺼내 랩을 벗겨 상 위에 올려놓고 오리나무의 젓가락까지 가지런히 챙겼다.

'이것으로 아침 준비는 끝!'

소파 씨가 손수 차린 상을 들고 거실로 나섰을 때, 창고 겸 골방에 처박혀 있던 오리나무가 어느새 소파에 정좌하고 TV를 보고 있었다. 오래 감지 않았는지 머릿기름에 한데 뭉쳐 있는 몇 줄기의 머리카락이 옆얼굴을 타고 내려와 오리나무의 인상은 전체적으로 어제보다 더 꾸질꾸질해 보였다. 검은 안경을 벗은 퀭한 두 눈만이 광채를 발하고 있었다.

'허어 요것 봐라. 마누라가 없다고 이게 벌써 주인 행세일세.'

소파 씨는 쾅 하고 상을 내려놓으면서도 입바른 말을 건네지 않을 수 없었다.

"라면 좀 드시죠. 먹을 게, 원 이거밖에 없어서."

오리나무는 소파 씨의 말에는 대꾸도 하지 않고 밥상 앞으로 훌렁 내려와서는 젓가락을 들었다. 라면을 연신 후후 불어 가면서도 오리나무의 눈은 TV에서 떨어지지 않았다. 소파 씨는 뜨거운 라면 가닥을 입 안으로 집어넣고 식히느라 혓바닥과 입천장과 이빨을 오므락조므락거리면서 오리나무의 시선을 좇아 TV 브라운관을 바라보았다.

대각선으로 20인치가 채 안 되는 사각형 안에서는 일대 추격전이 벌어지고 있었다. 금발머리에 눈이 작은 백인 소년과 가슴이 뾰족한 빨강머리 흑인 소녀가 바야흐로 바다색 스포츠카의 시동을 걸고 있었고, 배기구에서 뿜어져 나오는 구름 모양의 매연 사이로 곱슬머리의 황인종 소년이 한 손에 둥그런 막대사탕을 들고 금발머리와 빨간머리가 앞좌석에 타고 있는 스포츠카를 향해 뒤뚱뒤뚱 뛰어오고 있었다. 금발머리가 운전석에서 반쯤 일어서서는 상반신을 뒤로 돌린 채 곱슬머리에게 소리치는 시늉을 했지만, 소파 씨는 후루룩 라면을 삼키느라 성우의 목소리를 듣지 못했다. 소파 씨는 그 말이 '더 빨리, 더 빨리 뛰어, 이 돼지야.'나 '그 사탕과자를 썩 버리지 못해, 이 뚱보야.' 정도일 거라고 짐작했다. 차는 부르릉부르릉거리며 차체를 뒤로 조금 움직였는가 싶더니만 마침내 쏜살같이 앞으로 튀어나가기 시작했고, 곱슬머리는 여전히 사탕을 한 손에 쥔 채 절묘한 타이밍으로 바다색 스포츠카에 뛰어들었다. 어느새 TV 속 보이지 않는 눈이 대로를 달리는 바다색 스포츠카의 뒤꽁무니를 잡았고, 뒷좌석에는 거꾸로 꽂힌 곱슬머리의 두꺼운 다리만이 허공에서 의미 없이 까닥거리고 있었다. 소파 씨는 시시한 어린이용 탐정만화에 열중하고 있는 오리나무를 곁눈질로 흘끗흘끗 보며 의아해했다.

'오리나무에게 이런 면이 있었던가. 생소한 이야기인데.'

TV 속 보이지 않는 눈은 어느새 공중으로 치솟아 길 위를 흘러가는 두 대의 차를 비추고 있었다. 엉성하기 짝이 없는. 한없이 반복되는 산길을 따라 두 대의 차가 일정한 간격으로 질주하고 있었다. 악당들이 타고 있으리라고 추측되는 검은색 세단이 길의 앞쪽에서 달리고 있었고, 금발머리와 빨강머리와 곱슬머리가 탄 바다색 스포츠카가 그 뒤를 따르고 있었다. 소파 씨가 라면을 집느라 잠시 한눈을 판 사이, 다시 TV 속 보이지 않는 눈이 스포츠카 안의 기묘한 인종전시장을 비추고 있었다. X에게 연락을 하는 게 어때. ―그거 좋은 생각인걸―그런데 무전기는 누가 갖고 있지?―나한텐 없어―나도―그럼 어서 찾아야지. 운전대를 쥐고 있는 금발머리를 제외한 두 명, 가슴이 뾰족한 금발머리와 뚱뚱보 곱슬머리가 무전기를 찾느라 법석을 떨고 있었다. 그러더니 툭, 갑자기 암흑. 소파 씨는 자신도 모르게 몇 개의 단조롭고 뻔한 규칙들로 이루어진 조잡한 추적 장면에 빠져 있다가 난데없이 찾아온 암흑에 놀라 오리나무를 쳐다보았다. 어느새 라면 그릇을 깨끗이 비운 오리나무는 한 손에 리모컨을 들고 있었다.

'이거 한창 재미있으려고 하는데, TV를 꺼.'

소파 씨가 쳐다보는지 마는지 오리나무는 태연자약하게 리모컨을 바닥에 내려놓고는 엉거주춤 일어나서 다시 소파에 앉았다. 소파 씨는 너무나 어이가 없어서 항의도 제대로 못하고 고개를 숙인 채 주섬주섬 몇 가닥 남지 않은 라면을 주워먹었다.

"저들은 매우 바빠. 늘 저렇게 분주해."

뜬금없이 불거져 나온 오리나무의 말소리는 거실 바닥이나 천장이나 수족관 안에서 들려오는 것처럼 감이 멀었다. 라면 그릇에 고개를 파묻고 있던 소파 씨는 파블로프의 개처럼 반사적으로 오리나무가 지칭하는 저들의 이미지를 머릿속에 그렸다. 일요일 아침마다 그들—금발머리와 빨강머리와 곱슬머리 삼인조는 오리나무의 말대로 늘 분주했다. 그들은 지구와 평온하기만 한 부르주아 가정의 행복을 위협하는 자들과 맞서 싸우느라 눈코 뜰 새 없이 바빴던 것이다. 소파 씨는 이제 찌꺼기밖에는 남지 않은 상을 들고 부엌으로 옮기면서 저도 모르게 오리나무의 말을 곱씹고 있었다.

'지당한 말씀이지, 지당한 말씀이고말고, 그가 말한 대로 저 삼인조는 매우 바빠. 하지만 거, 왜 우스갯소리에도 있잖아. 저들이 저렇게 바쁘지 않다면 지구는 누가 지키지? 흐응. 그렇지 않나? 집에서 빈둥빈둥 놀고먹으며 아무것도 안 하는 무위도식배가 주인공으로 나와 봐. 그 프로그램을 누가 보겠어. 그래, 그거야, 저들이 저렇게 바쁘게 뛰니까 지구도 지키고 방송국의 시청률도 지키는 거 아니겠어.'

"그래서, 셜록 홈즈는 죽었어."

소파 씨는 개수대에 받아놓은 미지근한 물에 그릇을 텀벙텀벙 담그며 거실에 있는 오리나무의 혼잣말을 들었다.

'정말로 한심한 놈이군, 한심한 놈이야. 그래서? 그래서? 그래서라니? 에라 이 국어 교육도 제대로 못 받은 자식 같으니라구. 그게 바로 통사론적인 오류라는 거다. 이 바보야. 그래서라니? 앞에 나오는 문장도 없이, 밑도 끝도 없이, '그래서 셜록 홈즈는 죽었어'라니? 그래서? 잘 들어둬 인마, '그래서'란 말은 원인이 되는 앞말과 결과가 되는 뒷말을 연결해 주는 역할을 하는 단어라고. 알겠나? 이 멍텅구리 오리나무야…… 대체 이유가 없지 않나, 이유가. 말이 안 돼. TV 속 삼인조는 매우 바쁘다, 그런 이유로 해서 셜록 홈즈는 죽었다? 이 멍청아, 니 생각엔 그게 말이 되냐?'

아내가 있는 경우라면 웬만해서는 손끝에 물 한 방울 묻히기 싫어하는 소파 씨였지만 그렇게 한바탕 마음속으로나마 쏘아붙이고 나니 설거지를 하면서도 소파 씨는 별로 나쁜 기분이 아니었다. 오히려 그 반대였다. 소파 씨는 싱크대 한쪽 구석 분홍색 철제 바구니에 들어 있는 사과를 두 알 꺼내 껍질을 깎는 번거로움을 덜기 위해 더운물로 빠닥빠닥 표면을 문질러 씻었다. 기분이 좋아진 소파 씨는 비록 오리나무가 말도 안 되는 소리만 하고 있다 해도 아내가 없는 마당에 그 넓은 아파트에서 혼자 지내는 건 너무 쓸쓸한 일이고, 거기다가 오리나무가 자신의 아파트에 머무는 편이, 규칙적인 생활을 해나가는 데 지금까지는 도움이 되었다고, 그리고 앞으로도 그럴 거라고 생각했다.

"셜록 홈즈는 죽었어."

그러나 사과 두 개를 잘 씻어 양 손에 들고 간 소파 씨에게 오리나무가 또다시 똑같은 말을 반복하자 소파 씨에게도 슬그머니 부아가 치밀어 올랐다.

'오라, 어제와 같은 장난을 한 번 더 쳐보겠다는 거지. 두고 봐라. '셜록 홈즈는 죽었어' 따위의 엉터리 소리에 내 콧방귀라도 뀔지. 요컨대 어제와는 달라. 어제처럼 그렇게 한없이 당해 줄 수만은 없다고.'

이런 다짐을 한 소파 씨는 사과 하나를 버석 소리 나게 깨물고는 남은 사과 하나를 집어 아무 말 없이 오리나무에게 건넸다. 소파 씨의 손에서 금방 씻은 사과를 건네받은 오리나무는 신기하다는 표정으로 한참 동안 사과를 손에 쥐고 이리 뒹굴 저리 뒹굴 굴리며 의미 없는 손장난을 쳤다.

"늘 권태롭지."

소파 씨는 그 말을 듣는 순간, 가슴이 뜨끔해져 오리나무의 말에는 대꾸도 안 하겠다는 조금 전의 결심도 잊어버리고 평소 때보다 약간 높은 톤으로 물었다.

"누가요?"

"셜록 홈즈는 늘 권태롭지. 그래서 셜록 홈즈는 죽었어."

'휴, 날 두고 한 소리는 아니군 그래. 어쨌든 셜록 홈즈는 늘 권태롭다, 그래서 셜록 홈즈는 죽었다? 또 앞뒤가 맞지 않는 미치광이 소리군. 물론 셜록 홈즈는 살인이나 유괴, 실종이나 보석 강도 같은 선정적인 범죄가 떨어지면 한없이 지루해했지. 코카인도 하구 말이야. 그러나 언제나 그것뿐이었어. 그런데 그 권태 때문에 희대의 명탐정 셜록 홈즈가 죽었다구? 제발 좀 그만 웃겨라, 응. 내 성질 돋우지 말구.'

"혹시 책을 잘못 읽으신 게 아닌지요. 모리아티 박사와 그의 수하가 그를 죽이기 위해 수많은 공작을 폈지만 그는 죽지 않았다구요. 불사조처럼 또 살아나고 또 살아나고 했었잖아요."

"책 속에선 어떨지 모르겠지만…… 실제로 셜록 홈즈는 죽었어."

소파 씨는 이 언제 끝날지 알 수 없는 오리나무의 헛소리에 계속 장단을 맞추어야 할지 한편으로는 난감해졌고 한편으로는 배도 찰 만큼은 찼겠다 귀찮아지기도 했지만 일단 손님 자격으로 자신의 집에 머무르고 있는 오리나무의 이야기에 대꾸도 안 한다는 건, 이야기의 내용이나 말하는 사람의 태도와는 상관없이, 예의에 어긋나는 일이라는 생각이 들었다.

'셜록 홈즈가 죽었다, 그것도 권태로워서. 권태로워서 셜록 홈즈가 죽었다?'

"셜록 홈즈가 죽었다?…… 그렇다면…… 어떻게 죽었지요? 늙어서 죽었나요?"

일언반구도 없이 고개만 도래도래.

"그럼 병사?…… 교통사고? 자살? 아님 마약을 지나치게 해서?"

역시 고개만 도래도래.

'셜록 홈즈가 죽었다? 최고의 명탐정이?…… 그럼 뻔하군, 또 살인 사건이란 말인가?'

"누군가 그를 죽인 거군요."

이 말이 떨어지기가 무섭게 오리나무는 심각한 표정으로 소파 씨를 쳐다보았다. 소파 씨는 자신의 말이 가져온 효과에 자못 놀랐으나 참을성 있게 오리나무의 반응을 기다렸다. 천천히, 느린 화면처럼 오리나무는 얄팍한 입술을 움직거렸다.

"그래."

소파 씨는 자리에서 일어나 환호성이라도 지르고 싶은 기분이었으나 금세 이성을 되찾았다. 분명 그런 어리석은 이야기에 대꾸를 하거나 기뻐한다면 소파 씨 자신의 정신 상태가 그와 전혀 다를 바 없다는 걸 웅변해 버리는 일이 된다는 건 의심할 나위가 없는 일이었다.

'그렇다고 해도 이 사람은 나의 손님이지 않은가! 그리고 이 사람은 이토록 나를 빤히 바라보고 있어. 이런 행동은 그가 간절히 나와 대화를 나누고 싶어한다는 뜻이지 않으면 무어겠냐 말이야. 따지고 보면 정말로 불쌍한 사람은 이 사람일지도 모르는 거지. 그래, 미친 척하고 최대한 그의 이야기에 관심을 가지는 척해 주는 거야. 어쨌든 밑질 건 없는 장사 아니겠어? 그래, 내 선심 한 번 썼다. 들어주기만 하자고, 들어주기만.'

"그렇다면 도대체 누가 셜록 홈즈를……?"

소파 씨는 자연스럽게 반말조로 넘어갔다. 오리나무는 입을 제비 주둥아리처럼 뾰족하게 만들고 잠시 생각에 잠긴 듯했다.

"성."

"성? 사람 이름?…… 우리나라 사람 이름 같진 않은데? 중국 사람?…… 베트남 사람?"

오리나무는 천천히 고개를 돌려 소파 씨를 외면하였다.

"그렇지 않다면 무슨 단체의 이름일 성싶은데……."

"……."

"섹스를 말하는 성은 아닐 테고 말야."

"……."

"건물로 된 그런 성(城)?"

"대강은."

오리나무는 다시 고개를 돌려 소파 씨를 쳐다보았다. 그러나 이번에는 무언가 좀 다르다는 걸 소파 씨는 깨달았다.

'이것 봐라. 이번엔 아까완 다른 냄새가 나는데. 꼴답지 않게 진지하단 말야.'

"한동안 우리들은 벌거벗은 방송국이라고도 부르기도 했지."

소파 씨는 오리나무의 엄숙하기까지 한 진지한 표정과는 전혀 연결되지 않는 엉뚱한 말에 큭 하고 조그맣게 웃음을 터뜨렸다. 무례한 행위로 비칠 수도 있다는 걸 모르는 바는 아니었지만 소파 씨는 여전히 근엄하기만 한 오리나무의 얼굴 앞에서 연달아 웃음이 터지려는 걸 참을 수가 없었다. 소파 씨는 어떡해서든 그 자리를 피하기 위해 벌떡 일어섰다.

"화장실이 급해서, 좀."

꼬랑지에 불이 붙은 말처럼 화장실로 부리나케 달려간 소파 씨는 문을 걸어 잠그고는 한 손으로 자신의 입을 틀어막은 채 허리를 구부리고 미친 사람처럼 웃어댔다.

'푸후후후훗, 벌거벗은 방송국? 성? 섹스? 섹스도 아니고 그냥 성(城)? 푸후후후훗…… 벌거벗은 방송국? 왼종일 살색 방송만 틀어주는 그런 덴가? 흐흐흐흐흐, 채널 몇인지 그런 채널만 있다면 설사 아내가 없다 하더라도 하루 종일 심심치 않게 보낼 수 있을 텐데. 하하하, 하하하핫…… 근데 저놈 정말 여기가 어떻게 된 거 아니야. 생각을 해봐. 누가 그런 말을 믿겠어. 애들도 안 믿을 거야. 요즘 애들이 좀 영악해. 흐흐흠흠, 벌거벗은 방송국? 하하하하하.'

소파 씨는 요의를 느끼고는 변기 앞에 서서 지퍼를 내리고 오줌 줄기를 내뿜었다. 그러면서도 발작적으로 터져 나오는 소리 없는 웃음을 멈출 수 없었기 때문에 오줌 줄기는 과녁을 벗어난 채 이리저리 난폭하게 튀었다. 자신의 오줌이 파란색 수돗물과 함께 하수구로 꺼져가는 소리를 들으며 소파 씨는 거울에 비친 제 모습에 또다시 수작을 걸기 시작했다.

'어이, 거기 있는 놈, 내 말 좀 들어보라구. 장난이 아니라구, 진지한 얘기야. 자, 시작하지. TV에 나오는 삼인조 어린이 탐정이 있어. 그들은 바빠, 늘. 그래서 그들은 죽지 않아. 이게 맞나? 뭐, 그래 어쨌든, 그건 그렇다고 치고, 그 삼인조 탐정은 아직도 일요일 아침 아홉시만 되면 한 시간 동안 맹렬하게 활동을 하고 있지. 근데 저기 밖 소파에 멍청하게 앉아 있는 오리나무란 놈의 말에 의하면 실제로 셜록 홈즈는 죽었대. 왜, 거 있잖아. 같잖게 파이프나 입에 꼬나물고 책상 앞에 앉아선 자신의 충실한 개, 왓슨이 물고 오는 살인 사건만 기다리는 권태로운 탐정. 그 정도쯤은 친절하게 설명하지 않아도 잘 알고 있다구? 알았어, 어쨌든 내 말을 가로막지 말아줘. 될 수 있는 대로 간단하고 논리정연하게 미치광이가 지껄인 얘기를 한 자도 빼지 않고 늘어놓아 볼 테니깐. 다시 말하자면…… 살인조의 탐정은 죽지 않았어. 그러나 셜록 홈즈는 죽었어. 왜냐면 살인조는 바쁘고, 홈즈는 권태롭기 때문이야……. 뭐? 그런 이유로 사람이 죽는다면 내가 제일 먼저 죽어야 할 거라구? 기분 나쁜 농담은 집어치워. 근데 말이지, 중요한 대목은 여기서부터야, 셜록 홈즈는 그냥 죽은 게 아니라 누군가에게 살인을 당했다는 거야. 역사상 최고의 명탐정 살해당하다. 멋있지 않나? 마치 주간연예사실비화특종 어쩌구 어쩌구 하는 황색 신문의 헤드라인 같은데. 깜찍한 농담이지? 근데 누가 죽였냐구? 잠깐 있어봐, 여기부터가 정말로 걸작이니깐. 그건 말이지, 성이라구 불리는 단체래. 섹스 말구, 인마, 동화책 같은 데 나오는 그냥 성(城). 근데 우리의 미치광이, 오리나무 님의 말씀을 받잡사오면, 한때 성의 다른 이름은 벌거벗은 방송국이래. 우습지 않나? 근데, 표정은 더 가관이었다니깐. 너 한 번 생각해 봐, 그런 말도 안 되는 이야기를 하면서 그 얼굴이란…… 그래, 그래, 내 그대로 흉내를 낼 테니까 잘 보고 있어봐.'

거울 속 소파 씨는 양미간을 찌푸려 가뜩이나 가는 눈을 더 가

늘게 뜨고 입은 삐죽 내민 채, 오리나무의 흉내를 내기 시작했다. 마치 연인에게 소곤대는 듯한 작은 소리로.

"우리들은 벌거벗은 방송국이라 부르기도 하지."

갑자기 거울 속 소파 씨의 얼굴에 의혹의 징후가 나타나기 시작했다.

'아니야, 이건…… 뭔지 이상한 냄새가 나…… 그 단정적인 말투, 심각한 표정…… 그리고 더욱 맘에 안 드는 건…… 그가 사용한 바로 그…… '우리'라는 주어란 말야. 우리, 우리, 우리, 우리? 그래…… 오리나무는 뭔가 나에게 강요를 하고 있는 거야. 내게 뭘?…… 우리? 나?…… 나도? 그래, 오호라, 오리나무는 그 '우리'란 말이 나와 무관하지 않다는 얘기를 하려고 하는 거야. 그렇다면, 나까지 성(城)이라는 있는지도 없는지도 모를 정체불명의 단체를 벌거벗은 방송국이라고 부르는 그 미치광이 사교(邪教) 집단에 끌어넣으려고? 저 오리나무가? 잠깐…… 그건 정말 말도 안 되는 일이야. 오리나무, 함부로 날 네가 속해 있는 미치광이 소굴로 끌어들이려 하지 말라구. 난 완전히 정상이야. 단지 좀…… 권태롭다뿐이지. 정말 그뿐이야, 그밖에는 아무 문제도 없다구.'

소파 씨는 자신이 했던 것 중 가장 이성적인 행동들을 떠올림으로써 오리나무의 최면에서 벗어나고자 했지만 점점 더 그의 표정은 오리나무처럼 심각해져만 갔다. 천천히 소파 씨는 오리나무의 말을 되풀이해 보았다.

"한동안 우리들은 벌거벗은 방송국이라 부르기도 했지."

소파 씨는 그 '우리'란 말이 그의 입 속에서 더욱 늘려지고 찌그러져 결국 은연중에 강조되고 말았음을 인정할 수밖에 없었다.

'이렇게 혼자 끙끙대 봤자 소용없는 일이다. 제일 빠른 길은 그에게 직접 물어보는 거야.'

소파 씨는 화장실 문을 열었다. 그러나 당연히 그가 있으리라고 기대했던 그곳, 소파 위에는 아무도 없었다. 오리나무도, 아내도.

'내가 화장실에 너무 오래 있는 바람에 지루해서 다시 골방으로 들어갔나?'

"오리나무 씨."

사실 구태여 그 이름을 부를 필요가 없었다. '나' 자가 채 '무' 자로 바뀌기도 전에 소파 씨의 눈에는 문갑 위에서 까치발을 하고 서 있는 오리나무의 기묘한 모습이 들어왔다. 본시 그 자리를 차지하고 있던 TV는 코드까지 훌렁 뽑힌 채 거실 바닥으로 내려와 있었다. 오리나무는 서가 뒤 벽, 흉하게 튀어나와 있는 못에 시계를 걸고 있었다. 그 시계는 원래 그 자리에 걸려 있었던 것이므로, 소파 씨는 오리나무가 시계를 끄집어내서는 무언가 장난을 치려다 예기치 않게 자신이 나타나자 다시 황급히 제자리에 걸어두려 한 게 아닌가 하고 생각했다. 시계가 본디 모습처럼 못에 정확히 걸리자 오리나무는 지극히 무관심한 태도로 소파 씨는 쳐다보지도 않은 채 문갑에서 내려와 TV를 원위치로 돌려놓고 소파로 돌아갔다.

'정말 기가 막히는군. 시치미를 뚝 떼고 있겠다 이 말씀이지. 하지만 이번에야말로 니놈의 진짜 속셈이 뭔지, 꼭 듣고야 말겠어.'

소파 씨는 단단히 작정하고 화가 잔뜩 난 사람의 말투로 소파에 앉아 있는 오리나무에게 쏘아붙였다.

"도대체 이번엔 뭘 하려고 한 거지? 내 집안을 박살내려고 작정이라도 한 건가? 잘 들어둬. 여기는 내 집이라구. 아내가 잠시 집을 비운 통에 모든 게 헝클방클 혼란스러워지고 뒤죽박죽 어지럽혀져 있긴 해도 이 사실만은 변함없어. 여기는 내 집이야."

소파 씨는 자신이 이렇게 명확하고 조리 있게 말하고 있다는 사실이 놀라웠다. 그럭저럭 자찬(自讚)의 늪에서 벗어난 소파 씨는 이번 기회에 오리나무의 못된 버릇을 뿌리째 뽑아버려야겠다고 생각했다.

"그러니까 말이지, 네가 나의 집을, 그리고 내 집 안에 있는 가구나 물품을 나의 허락 없이 함부로 만지고 손상시킬 순 없는 거야. 너에겐 그럴 권리가 없어. 어제만 해도……."

소파 씨는 구태여 어제의 일을 다시 끄집어내는 건 여러모로 도움이 되지 않는다고 생각했지만 엎질러진 물이었다.

"어제만 해도 넌 내가 아끼던 그림을 허락도 없이 불태웠었지. 그 일이 정 하고 싶었다면, 그리고 무슨 특별한 이유가 있었다면 그걸 나에게 고하고 허락을 구하는 것이 기본적인 예의가 아닐까? 내가 너무 많은 걸 요구하는 건가? 어쨌든 난 니가 우리집에 온 손님이라는 이유만으로 너의 염치없는 행위를 눈감아주고 심지어는 거기에 대해 일절 추궁하지도 않았어. 그랬는데도 넌 네가 저질렀던 과실과 무례를 까맣게 잊어버린 채 또다시 내 집 안의 물품에 못된 장난을 치려고 했어. 거기다가 더욱 괘씸한 건, 넌 마치 아무 잘못이 없다는 양, 변명을 하려고 하지도 않고 입을 꼭 다물고 앉아 있는 거야. 나의 참을성도 이제는 한계에 다다랐다는 걸 알아줬으면 좋겠군."

여기까지 단박에 얘기해 놓고 소파 씨는 크게 숨을 들이마심으로써 은연중에 여기서 그냥 쉽게 넘어가지는 않을 거라는 암시를 오리나무에게 주려 했지만 그에게서는 아무런 반응도 없었다.

"이제까지는 네가 어떤 행동을 해도 그러려니 하고 참으면서, 너의 기분을 상하게 하지 않으려고 대놓고 네 행위의 이유나 내용을 묻진 않았지만, 이제는 정말로 결심했어. 난 오리나무 네게 묻고 있는 거야. 말해 봐, 시계를 가지고 뭘 하려고 한 거야."

소파 씨의 말에는 다분히 연극적인 울림이 들어 있었으나 그의 얼굴은 정말 벌겋게 상기되어 있었다. 소파 씨는 거친 호흡을 소리 나지 않게 억제하면서 오리나무의 답변만을 기다리고 있었다. 대답 대신 오리나무는 바지 주머니에 손을 넣더니 부시럭부시럭 뭔가를 꺼내 소파 씨의 얼굴 앞에서 펼쳐 보였다. 그것은 건전지였다. 소파 씨는 사태의 진상을 정확히 파악하고 시계가 걸려 있는 벽 쪽으로 얼른 고개를 돌렸다. 시계는 정확히 열시를 가리킨 채 멈추어 있었다. 시침도 분침도 초침도 문자반의 숫자도 모두 얼어 있었다.

"그건 벽시계에 넣는 건전지잖아."

오리나무는 알듯 말듯 미소를 머금으며 소파 씨의 말에 대꾸했다.

"보여줄 게 있어."

"뭘!"

"……."

"인제 그런 뚱딴지같은 장난은 통하지 않아. 순순히 털어놓아. 니가 저 시계에다 무슨 짓을 하려고 했는지. 왜 잘 가고 있는 시계의 건전지를 뺀 거야? 정 그딴 식으로 나온다면 내키지 않지만 완력을 쓸 수밖에 없어. 정신이 이상한 척 애써 노력해도 이미 소용없는 일이야. 넌 멀쩡하고, 너의 헛소리들도 어떤 불순한 목적을 가지고 있을 뿐, 네가 정말로 미쳤다는 사실에 대한 증거가 되는 건 아니야."

"올 거야."

"뭐가?"

"기다려. 조금만."

"도대체 얼마나 더 기다려야 한다는 거야, 장난은 이제……."

"들어봐."

오리나무의 짜증 서린 목소리가 소파 씨의 말을 잘랐다. 그러고는 조용해졌다. 소파 씨는 오리나무의 뜻밖의 태도에 난처해져서, 앞으로 어떻게 해야 할지 알 수가 없어졌다. 그때 조그맣게 노크 소리가 들렸다.

"왔어."

소파 씨는 오리나무의 말에 고개를 젖혀 현관을 바라보았다. 작기는 했지만 틀림없는 노크 소리였다.

"아내다."

소파 씨는 현관으로 뛰었다. 신발도 신지 않고 현관에 내려서서는 문을 열었다.

"도대체 어딜 갔다 온 거야?"

그러나 문 밖에 서 있는 건 아내가 아니라 낯선 사내였다. 모직 양복에 넥타이를 맨 그의 차림은 공무원이나 보험회사의 직원처럼 깔끔하고 말쑥했으나 어딘가 서둘러 입고 나온 듯한 느낌이 들었다. 양 옆으로 펼쳐진 귀는 그의 얼굴을 우습게 만들 수도 있었지만, 눈썹 밑 깊숙이 팬 큰 두 눈이 성실하다는 인상을 주는 그런 얼굴이었다. 사내는 공손하면서도 지극히 감정이 절제된 말투로 물었다. 소파 씨는 사내가 좀 지쳐 보인다고 생각했다.

"가구사(家具師) 란츠라는 분이 여기 계십니까?"

소파 씨는 난데없는 질문에 어리둥절해졌다.

"라……라……. 란, 뭐요?"

"어서 들어오세요."

어느새 소파에서 일어난 오리나무는 보기에도 딱한 소파 씨의 더듬거림을 가로막았다. 소파 씨는 황당해하면서도 너무도 갑작스럽게 전개되는 상황에 자신에게 어울릴 역할을 찾지 못했다. 사내는 조금 놀랐다는 표정을 지으며 현관으로 머뭇머뭇 들어왔고 어느새 제삼자로 전락한 소파 씨는 사내가 집안으로 들어갈 수 있도록 진열장에 팔꿈치를 기대고 길을 터주었다.

"저…… **란츠라는 가구사를 찾았는데요.**"

사내는 여전히 머뭇거리며 신발을 벗고 거실로 들어오려고 하지 않았다. 오리나무는 한걸음 나가서 사내의 팔을 잡고 현관으로 밀어넣었다. 동시에 사내의 팔을 잡고 있지 않은 다른 손으로 문을 닫으며 말했다.

"당신이 들어가면 문을 닫아야 합니다. 이젠 아무도 들여보낼 수 없습니다."

소파 씨는 오리나무의 이상한 수작을 도통 이해할 수가 없었다.

"그것이 좋겠습니다."

사내는 선언이라도 하듯 이렇게 말해 놓고는 날랜 동작으로 신발을 벗고 거실로 들어갔다. 감상이라도 하듯 거실을 휘휘 둘러보던 사내는 오리나무에게 다가가 아주 친밀한 사람처럼 귓속말을 하고 또 웃고 하였다. 오리나무는 사내가 쓰고 있던 모자를 빼앗듯 낚아채서는 부엌으로 가져가 의자 밑에다 두는 것이었다. 사내는 오리나무의 행동에 별로 개의치 않고 거실 중앙에 있는 **비닐로 된 가짜 가죽을 뒤집어 쓴, 젖통이 무지무지하게 큰 구석기 시대의 다산성 여인상**을 연상시키는 소파를 검사라도 하는 것처럼 주물럭주물럭거리고 있었다.

폭탄이라도 떨어진 것처럼 소파 씨는 모든 것을 깨달을 수가 있었다.

'이 무슨 날도깨비 같은 일이람. 저 사내는 K*가 아닌가!'

---

* 프란츠 카프카, 『심판』에 나오는 인물. 죄송합니다.

5장

아담 폴로, 등장하다

마침내 소파 씨는 바지 엉덩이를 툭툭 털며 일어섰다. 태양은 어느새 하늘의 중앙에 있었다. 주위는 온통 하얗고 햇빛을 받는 모든 사물들은 번쩍번쩍 빛이 났다. 작은 원에서 발사되는 기다랗고 곧은 직선들은 땅 위에 있는 사물들의 표면을 얼음처럼 맨들맨들하게 만들고 있었다. 가느다란 빛의 알갱이들은 이미 민들민들해진 사물의 표면에 자리 잡지 못하고 중력이 작용하는 방향으로 무질서하게 미끄러지고 있었다. 소파 씨는 놀이터 작은 벤치에 앉아서 빛들의 미끄럼 운동을 관찰하고 있었던 것이다. 페인트가 벗겨진 철봉, 기름때가 묻어 까매진 그네의 받침대, 불규칙하게 반짝거리는 모래알들, 시소 위에 앉아 있는 계집애의 머리카락, 모래밭에 거꾸로 파묻혀 있는 타이어, 놀이터 구석 하늘로 치솟은 사철나무의 잎사귀, 그 모든 것의 표면이 고운 사포로 간 것처럼, 기름을 칠한 것처럼 미끈미끈했다. 마침내 소파 씨는 엉덩이를 툭툭 털며 일어섰다. 자신이 해야 할 일들을 생각해 냈기 때문이다.

마른 안주

맥주

초콜릿

먹을 것

종이

가능하다면

신문

"오랜만이군."

소파 씨는 이렇게 말하고 엉덩이를 툭툭 털며 일어섰다. 아파트, 소파가 있고, 물고기들이 있고, 마르크스가 있는, 아내가 있었던, 아파트에서 마지막으로 나온 것이 꽤나 오래전의 일이었던 것이다. 소파 씨는 바지 주머니에서 종이를 꺼내 그 위에 적힌 글자를 읽었다.

마른 안주

맥주

초콜릿

먹을 것

종이

가능하다면

신문

한쪽으로 위태위태하게 기울어진 그 글씨들은 오리나무가 쓴 것이었다.

하얗게 퇴색된 사물들 사이로 소파 씨는 시계의 분침처럼 느릿느릿하게 걸었다. 자세하게 관찰하지 않는다면 관찰자는 그가 움직이고 있다는 사실을 잊어먹을 정도였다. 여하튼 소파 씨는 걷고 있었다. 소파 씨에게는 오랜만에 접하는 외부 세상이 퍽이나 낯설었다. 태양의 뜨거움은 그에게 이 세상이 낯설다는 사실을 더욱 잘 이해시키는 촉매 구실을 하고 있었다.

'마치, 처음 와보는 길 같군. 모든 것이 낯설기만 한걸.'

소파 씨는 자신이 무언가 하나의 사실에 주의를 기울이고 있었다는 걸 기억했다.

'하지만 이렇게 환한 태양빛 아래에선 어떤 것도 생각나질 않아.'

소파 씨는 여전히 낯선 거리를 천천히 걷고 있었다. 소파 씨는 가물가물한 꿈의 끄트머리를 애써 잡으려 하는 소년처럼 자신에게 커다란 문제가 되었던 그 무엇에 집착하고 있었다. 그러나 여전히 눈에 보이는 사물들은 너무나 매끄러웠고 햇빛을 과도하게 받은 그의 뇌세포들도 기억의 신호들을 잡아서 해석하기에는 너무나 지쳐 있었다. 기억마저도 그의 머릿속에서 너무 쉽게, 간단하게 미끄러지고 말았다. 소파 씨는 피곤한 눈으로 지나가는 사람들을 관찰하고 있었다. 거리의 앞쪽에서 경찰 두 명이 건달처럼 어슬렁대며 걸어오고 있었다. 젊은 여자가 빵집 문을 열고 나오고 있었다. 피아노학원 가방을 든 소녀 두 명이 맨바닥에 앉아서 어딘가에 시선을 고정시키고 말없이 앉아 있었다. 처음 보는 가게 앞에 세워진 트럭에서 삐뚜름하게 모자를 쓴 젊은이가 상자를 어깨에 짊어진 채 내리고 있었다. 누군가의 이름을 부르며 하늘색 치마를 입은 여자가 종종걸음으로 달려오고 있었다.

'그렇지, 아내가 없어졌지.'

무슨 신호나 되는 것처럼 연달아 모든 일들이 기억나기 시작했다. 소파 씨는 아하 하고 긴 탄식을 하며 고개를 연방 끄덕거렸다. 불청객들, 오리나무와 K가 자신에게 먹을 것을 좀 사오라며 필요한 물건의 목록을 종이에 적어주었던 것이다.

마른 안주

맥주

초콜릿

먹을 것

종이

가능하다면

신문

소파 씨는 낯선 거리를 여전히 느릿느릿 걷고 있었다. 빈틈없이 보도에 깔린 포석의 생김새마저도 그에게는 낯설었다. 소파 씨는 너무 덥다고 그리고 지나치게 밝다고 생각했다. 입고 있던 붉은 반팔 와이셔츠를 오리나무에게 벗어주고 긴팔 상의로 갈아입고 나온 것을 후회하기 시작했다. 땀은 온몸 구석구석으로부터 퍼올려져 살과 녹색 상의 사이에 기분 나쁜 막을 형성하고 있었다. 그것들은 증발되지 않고 계속 모여서 소파 씨를 불쾌하게 만들고 있었다.

"가구사 란츠라는 분이 여기 계십니까?"

소파 씨는 자신도 모르게 K가 했던 말을 되풀이하고 있었다. K가 했던 말, K가 재판소를 찾을 때 했던 말, 재판소가 어디냐고 묻기가 부끄러워 아파트마다 돌아다니며 집에 있는 사람한테 물었던 말, 어느 아파트에서 **눈이 새까맣게 빛나는 젊은 여인**이 '**저리로 가보세요**' 하고 대답했던 그 말, 마치 비밀의 열쇠처럼 K를 최초의 심리로 인도해 주었던 그 말, 그 떠들썩한 군중들 속으로 K를 이끌었던 마법과도 같은 그 말, **가구사 란츠라는 분이 여기 계십니까?**

물론 소파 씨는 그가 등장하는 소설들도 이해하지 못했고, 소설 속 그의 삶도 이해하기 곤란하기는 마찬가지였다. 그가 등장하는 소설들은 너무나 권태로웠고, 숨 쉴 틈도 없이 몰아붙이는 할리우드식의 빠른 속도에 익숙해져 있는 소파 씨에게는 너무나 지루하고 단조로운 이야기들의 연속이었다. 허나 소파 씨는 K가 재판소를 우연히 찾게 되는 단초가 되는 그 말, **가구사 란츠라는 분이 여기 계십니까?**를 무턱대고 좋아했다.

"나는 이 대목이 좋아. **가구사 란츠라는 분이 여기 계십니까?**"

소파 씨는 이렇게 말하고 아파트 철책 옆 보도에 멈추어 섰다. 그러나 **가구사 란츠**라는 사람은 없었다. **눈이 새까맣게 빛나는 젊은 여인**도 없었고, 모든 것이 뒤죽박죽인 법정도 없었다. 단지 소파 씨 자신과 오리나무뿐. 그리고 오리나무는 K를 자신의 집으로, 그것도 당연하다는 듯이 끌어들였다. 그랬다. 온통 혼란스러운 일들. 소파 씨는 고개를 들어 바로는 쳐다볼 수 없는 태양이란 이름의 원을 바라보는 시늉을 했다. 소파 씨는 이런 혼란스러움을 자신이 제대로 돌파하지 못하는 까닭을 태양에게 돌려버리려고 하고 있었다.

말라죽어 거무튀튀하게 변한 이름 모를 식물들의 가지와 잎들이 아파트 철책을 어지럽게 휘감고 있었다. 의미 없는 선들이 녹슨 철책에 한데 얽히고설켜 처음과 끝을 도저히 찾아낼 수 없게끔 되어 있었다. 소파 씨는 무심코 손을 뻗쳐 철책 밖으로 비집고 나온 잎사귀 하나를 잽싸게 낚아채 뜯어버렸다.

길은 걸으면 걸을수록 더욱더 파악할 수 없는 그 무엇으로 변해가고 있었다. 처음 보는 단층 건물들, 그리고 고층 건물들, 새로 칠해진 이상한 색깔의 벤치, 꼬마들의 손에 쥐어진 그 용도를 짐작하기 어려운 낯선 노리개, 여인들의 품에 안겨 잠을 자고 있는 외계의 생물처럼 생긴 애완동물들, 판독하기 불가능한 음식점의 외국어 간판들, 대각선으로 찢어져 있는 여인들의 치마, '쓰레기를 줄입시다'라는 글귀와 함께 담뱃불에 형체가 일그러진 포스터가 붙어 있는 새로운 형태의 쓰레기통, 하늘로 치솟아 있는 이상한 모양의 가로등, 앞뒤가 예전보다 조금 더 기다랗게 늘어진 듯한 낯선 형체의 버스들. 그런 사물들이 하얗게 채색된 태양의 점령지 이쪽 저쪽에서 불쑥불쑥 튀어나와 먼 곳에서 투사된 날카로운 빛줄기에 의해 산산이 터져 나갔다. 마치 불꽃놀이의 폭약처럼 하얀 광채를 내며.

소파 씨는 왼손을 펴고 손바닥 위에서 쭈글쭈글해져 버린 죽은 나무 잎사귀를 햇빛에 비추어보았다. 그것은 반짝거리지 않았다. 하얀 수맥마저 빛이 숨을 만한 틈이나 조직적인 균열들로 보였다. 오른손 검지로 소파 씨는 그것을 지그시 눌렀다. 그것은 금세 바스러져 소파 씨의 손바닥 위에서 조각조각 나버렸다. 소파 씨는 손바닥을 기울여 죽은 나무 잎사귀의 잔해를 공기 중으로 날려버렸다.

소파 씨는 미간을 찌푸리며 다시 길과 집들과 노란 차선과 신호등과 가로수가 만드는 풍경에 정신을 집중시켰다. 그러나 시선이 친근하게 착륙할 수 있는 곳은 극히 적었고, 어렵사리 시선이 내려앉은 곳도 불안하기 짝이 없었다. 소파 씨가 알고 있던 풍경들은 금세 모르는 풍경들로 연결되었고, 그 낯선 풍경들은 다시 자연스럽게 자신이 익히 아는 풍경들로 교체되기를 반복했다. 소파 씨는 우체국을 발견했지만 다시 미장원을 보았고, 감옥을 보았다가는 은행을, 만홧가게를 보았다가는 금세 병원을 발견하고는 했다. 요컨대 순수한 알고 있던 풍경과 순수한 낯선 풍경은 더 이상 존재하지 않게 되었고 서로의 영역으로 마구 침투해 들어갔다.

소파 씨가 서 있는 곳은 사거리였다. 어떻게 해서 자신이 거기까지 오게 되었는지 소파 씨는 알 수 없었다. 무자비하게 쏟아지는 햇빛 때문에 '거기 혹은 여기'라는 주어진 장소를 총체적으로 파악할 수 없다는 사실도 그대로였다. 태양 아래서 눈에 익은 풍경들과 낯선 풍경들은 여전히 그 격렬한 혼합 운동을 멈추지 않고 있었다. 소파 씨는 그 괴상한 형태의 혼합물에서 자신이 알고 있는 풍경을 분리해 내려는 노력을 포기하고 말았다.

'도대체 여기는 어딜까? 전에 한 번이라도 와본 적이 있는 곳일까?'

태양은 소파 씨가 서 있는 길 맞은편 쪽으로 비스듬히 비추고 있었다. 소파 씨의 옆에는 신호등이 하나 서 있었고, 이쪽편과 맞은편을 연결하는 하얀 횡단보도가 그 발치에 반듯하게 누워 있었다. 길 맞은편에는 커다란 전시장이 있었다. 그것은 현대적인 건물로 전면이 모두 유리로 되어 있었다. 하늘 꼭대기에서 쏘아진 빛의 화살촉들이 전시장 유리창에 반사되어 금빛으로 빛나고 있었다. 소파 씨는 무엇을 전시하는 전시장인지 알고 싶어졌지만 그것은 불가능했다. 하늘에서 옮겨진 태양이 전시장 앞면 유리에 쩍 달라붙어서 안으로 들어오려는 시선들을 환한 광채로 차단하고 있었기 때문이다. 소파 씨는 그 전시장이 자동차를 전시하는 곳이라고 생각했다. 그러나 그곳이 꼭 자동차 전시장이라는 근거는 없었다. 소파 씨는 다시 혼란스러워졌다.

소파 씨는 갑자기 전시장 안을 자신의 눈으로 들여다보고 싶어졌다.

'저 유리창 안에 자동차가 있는지, 공룡의 뼈대가 있는지, 새로 나온 자동기계가 있는지 하는 것은 정말로 중요하지 않다. 중요한 건 내가 그곳을 꼭 한 번 들여다보고 싶다 하는 사실이거든.'

소파 씨는 길을 건너기 위해 횡단보도 앞에 섰지만 쨍쨍 내리쬐는 태양광선 때문에 신호등에 녹색불이 들어왔는지 빨간불이 들어왔는지 구분할 수 없었다. 소파 씨는 신호등을 본 자동차들이 지나가거나 반대로 멈추어 서기를 기다렸으나 자동차라고는 코빼기도 보이지 않았다. 게다가 길 이쪽에는 소파 씨 대신에 길을 건널 것인지 조금 더 기다리고 있을 것인지를 결정해 줄 사람들도 없었다. 길 맞은편에는 몇 명의 남자가 서 있었으나 그들이 거기에 서 있는 이유가 정말로 길을 건너기 위해서인지 아니면 다른 용무로 거기에 그렇게 서 있는지 판단할 근거도 없었다.

'길을 건너서 전시장 안을 둘러보고 싶은 것은 사실이야. 그러나 이렇게 난 길을 건널 수 없는 처지잖아. 게다가 건넌다 해도 아직 문제는 남아 있거든. 유리라고 생각했던 전시장의 벽면이 실상은 커다란 거울일 수도 있는 거지. 나 같은 사람을 저런 곳에 들여보내 준다는 것은 상상할 수도 없는 거구 말이야.'

소파 씨는 사거리 중심부에서 멀어지는 방향으로 고개를 수그리고 천천히 걸어갔다. 길을 걸으면서 소파 씨는 자신이 전시장 안에서 무엇이 전시되고 있는지 확인하지 않은 행동이 과연 잘한 짓인지 못한 짓인지 끊임없이 고민하고 있었다.

'조금만 더 기다려야 했어, 길 건너편에 있던 그들은 분명, 빨간

불이 꺼지고 녹색불이 켜지기를 기다리는 사람들이었을 거야. 햇빛은 그들이 서 있는 쪽으로 비추고 있었으니까 그들이 보기에 내가 서 있던 쪽은 상대적으로 더 어두웠을 거고, 그들은 신호등에 들어와 있는 불빛이 무슨 색인지 똑똑히 확인할 수 있었을 거야.'

'그렇지만 그들은 내가 서 있는 쪽의 신호등에 관심을 기울이고 있는 게 아니었을지도 몰라. 차라리 그들은 길을 건다 잠시 서서 서로를 마주보고 대화를 나누고 있었던 걸 거야.'

'그렇다 하더라도 나는 적어도 그들에게 이편 신호등에 들어와 있는 불빛이 무슨 색인지 물어볼 수는 있었어. 차도에는 딱히 자동차도 없었고 시끄러운 소음도 없었으니까 조금만 소리를 낸다면 그들의 주의를 기울이게 할 수도 있었고, 거리 탓에 나의 목소리가 그들에게 전달되지 않는다 해도 몸짓으로나마 내가 서 있는 쪽의 신호등이 무슨 색 불빛을 켜고 있는지는 알아낼 수는 있었어.'

'그러나 애초부터 그 길은 건널 수 없게끔 되어 있었는지도 몰라. 정말로 건널 수 있는 길이었다면 길을 건너려는 사람들이 없을 수는 없는 거니까. 신호등과 횡단보도는 아직 철거하지 못한 거지. 시의 행정이란 언제나 거꾸로 진행되기 마련이니깐. 햇빛 때문에 신호등의 불빛을 알아보지 못한 것이 아니라 원래부터 꺼져 있었던 거야.'

'설사 건널 수 없는 길이었다 할지라도 한 번쯤 건너봤어야 했어. 명목상 차도지 차는 전혀 없었잖아. 단숨에 내달려 저편으로 건너갔어야 해. 물론 경찰에게 걸릴 위험도 있었지만 나는 집에서 나온 지 오래되어 몰랐다고 하면 그만이 아닌가. 오히려 이렇게 건널 수 없는 길에 횡단보도와 신호등을 방치해 둔 그들에게 책임을 물을 수도 있는 일이었어.'

'하지만 길을 건너는 사람이 없다는 것은 나를 제외한 모든 사람들이 그 길은 건널 수 없다 하는 원칙에 동의한 것일 수도 있어. 그들은 횡단보도와 건널목이 무용지물이라는 사실을 TV나 반상회, 교육 기관을 통해 이미 알고 있었던 거야. 원칙은 원칙이니까, 경찰들에게 몰랐다고 말해 봤자 건널 수 없는 길을 건넜다는 범법 사실을 용서받을 수는 없었을 거야.'

그러는 사이에 소파 씨는 완전히 길을 잃어버리고 말았다. 그것을 깨달은 것은 어떤 좁은 골목에서 꼬마들이 던진 훌라후프가 등에 부딪쳤을 때였다. 소파 씨는 뒤를 돌아다보았고 불현듯 자신을 둘러싸고 있는 골목의 풍경들이 완전히 낯선 것이라는 걸 알았다. 분홍색 샌들을 신은 계집아이와 맨발의 남자아이 하나가 달아나고 있었고, 그보다 조금 더 대가리가 굵어 보이는 몇 명의 꼬마들은 기다란 담벼락에 기댄 채 소파 씨의 반응을 지켜보겠다는 듯한 얼굴을 하고 있었다. 담벼락에 세워놓은 리어카 뒤에서 고개만 빼꼼히 내민 채 소파 씨를 지켜보는 아이들도 있었고 머리를 쥐어뜯고 싸우는 사내아이들도 있었다.

소파 씨는 꼬마들에게 이곳이 어디인지 묻고 싶었지만 그런 행동을 정말로 한다면 꼬마들이 자신을 미친 사람쯤으로 여기지 않을까 두려웠다. 그래서 소파 씨는 담벼락에 기대 서 있는 아이들에게 다가가 무릎을 굽히고 물었다.

"여기 혹시, **가구사 란츠**라는 사람이 어디에 사는지 아니?"

담벼락에 기대 서 있던 아이들은 소파 씨에게서 시선을 거두지 않으면서도 그의 물음에 대답하지 않았다. 소파 씨는 다시 한 번 부드러운 음성으로 아이들에게 물었다.

"여기 혹시, **가구사 란츠**라는 사람이 어디에 사는지 아니?"

한 소년이 쓰고 있던 모자를 벗어 어느 방향을 가리켰다. 소파 씨는 모자가 지시하는 방향을 손가락으로 가리키며 되물었다.

"저쪽?"

"튀어."

어느 쪽에선가 거친 목소리가 들렸고 순식간에 아이들은 요란하게 떠들면서 사방으로 도망가기 시작했다. 소파 씨는 아이들이 썰물처럼 빠져나간 골목 안을 둘러보았다. 모자가 지시한 방향으로 성인 남자 두 사람이 바짝 붙어야 지나갈 만한 좁은 샛길이 있었다. 소파 씨는 기다란 담장과 담장 사이 좁은 샛길로 참을성 있게 걸어갔다.

샛길을 빠져나왔다. 그곳은 번화가였다.

모든 것이 전혀 딴판이었다. 놀이터, 사거리, 골목과 번화가. 태양이 하늘의 중앙에 붙박여 여전히 하얀 광선을 소파 씨의 머리 위로 들이붓고 있다는 점만이 변하지 않은 유일한 사실이었다. 차도를 빽빽이 메운 차량은 지칠 줄 모르고 계속 이어지고 있었고, 화려하고 높은 건물에는 커다란 간판들이 거만하게 눈을 부라리고 있었다. 너무나 많은 사람들이 건물의 입구에서 쏟아져 나왔고 그보다 더 많은 사람들이 건물로 들어갔다. 어느 곳에서나 사람들은 기다랗게 줄을 서 있었고 얼빠진 모습으로 입을 벌린 채 무언가를 기다리고 있었다. 신호등이 한 번 바뀔 때마다 수십 수백 수천의 사람이 벌떼처럼 차도로 내려와 짧은 기간 동안에 이편에서 저편으로 교환되고는 했다. 그것은 장관이었다. 거리가 마치 자신의 부속기관을 총동원해 가볍고 흥겨운 왈츠를 연주하는 것 같았고, 사람들은 빠르고 규칙적인 발소리로, 자동차는 경적이나 엔진의 기침 소리로 거기에 답하고 있었다. 그것은 거대한 유기물의 춤 같았다.

번화가에 있는 사람들은 모두 조금씩은 즐기고 있는 듯했다. 아니, 적어도 귀찮다거나 지겹거나 피곤하거나 아무것도 아닌 일에 짜증내거나 하는 일은 없어 보였다. 길을 걸으며 그들은 쉴 새 없이 떠들었다——한 사람이 떠드는 동안 한 사람은 화젯거리를 찾는다. 그리고 한 사람이 떠들기를 마치면 훌륭하게 화젯거리를 찾아낸 다른 한 사람이 뒤이어 떠든다. 안이 환히 들여다보이는 스파게티 전문점이나 커피 전문점에서 그들은 음식물을 닥치는 대로 입안으로 쑤셔 넣었고 이마에 흐르는 땀을 닦거나 계산을 누가 치를 것이냐에 대해 가벼운 몸싸움을 하고 있었다. 차 안에서도 사람들은 정신없이 웃었고 입을 빼금거리며 대화를 나누고 있었다. 핸들은 쥔 사람들도 자신의 차나 노면의 상태나 기상 조건이나 거리의 풍광에 만족하고 있는 표정이었다.

이런 번화가에서라면 누군가를 붙잡고 길을 물어본다는 게 불가능하다는 것을 소파 씨는 깨달았다. K가 자신에게 했던 것처럼, 자신이 아이들에게 했던 것처럼 **가구사 란츠**의 집이 어디냐고 물어볼 수도 없는 노릇이었다. 만약 소파 씨가 그런 짓을 한다면 이곳 사람들은 자신의 동료들을 바라보며 이상한 사람을 만났다는 표정을 해보이거나, 기껏 해봤자 이 번화가에 살고 있는 사람들의 인명과 주소와 전화번호가 실린 전화번호부를 건네주는 것이 고작일 터이기 때문이었다.

소파 씨는 사람들의 거침없는 행렬에 파묻혀 자신의 의지와는 전혀 상관없이 막다른 곳이 나올 때까지 똑바로 걸었으며, 아무런 예고도 없이 오른쪽 왼쪽으로 구부러졌고, 잠시 멈추었다가는 차도를 건너야만 했다. 소파 씨는 사람들의 수많은 머리통과 발 때문에 신호등을 볼 수도 없었고, 정말로 자신의 발밑에 건널목이 있는지 확인할 수도 없었다. 그러다가 번뜩 소파 씨는 자신이 해야 할 일을 상기했다.

마른 안주

맥주

초콜릿

먹을 것

종이

가능하다면

신문

소파 씨는 마침 길 건너편에 있는 '**프리쥐닉**' 백화점을 보았다. 십층 정도 되어 보이는 그 건물의 꼭대기에는 커다란 광고탑이 설치되어 있어 인파 속에서도 쉽게 찾을 수 있도록 되어 있었다. '**프리쥐닉**' 백화점. 소파 씨는 이번에는 어렵지 않게 길을 건널 수 있었다. 일부러 차도 쪽으로 바짝 붙어가다 보니 갑자기 한 떼의 사람들이 자신을 밀쳐 어느새 길 건너편으로 데려다 놓는 것이었다.

밀리고 밀려 백화점 앞에 도착한 소파 씨는 입구를 통해 안으로 들어가려 했지만 그것은 결코 쉬운 일이 아니었다. 정문 앞 커다란 홀을 가득 메운 사람들은 안으로 들어가려고도, 다른 곳으로 이동하려고도 하지 않는 것처럼 보였다. 그것은 말 그대로 거대한 인(人)의 장벽이었다. 소파 씨의 생각에 그들은 거기, 거대한 백화점의 입구 앞에 서 있는 것을 즐기는 것 같았다. 어쨌건 소파 씨는 백화점 안으로 들어가서 오리나무와 K가 적어준 물품을 사야만 했다. 소파 씨는 셀 수도 없는 사람들의 평온한 등을 밀고, 구두를 밟고, 아이들의 머리를 훌렁 넘고, 아가씨의 가슴을 난폭하게 때리고, 밀치며 헤치며 조금씩 전진했다. 그러나 말이 전진이지, 소파 씨는 자신이 백화점의 정문을 향해 가고 있는 건지 반대쪽으로 가고 있는 건지 분간도 못할 지경이었다.

'앞으로 가고 있다는 건 단지 내 느낌뿐인지도 몰라. 내 발도 보이지 않는데 뭘. 도대체 언제까지 이렇게 사람들 사이에 찡겨서 고생을 해야 입구를 볼 수 있는 거지?'

흐르는 땀을 닦을 힘도 없을 만큼 기진맥진하여 눈앞이 부옇게 번지게 되었을 때, 소파 씨는 인파의 끝에 도달할 수 있었다. 그 끝에서 소파 씨는 사람 대신 나무로 된 벽을 만날 수 있었다. 입구가 아닌 것만은 확실해 보였다. 소파 씨는 벽에다 귀를 갖다 대고 내부에서 무슨 소리가 들리는지 알아보려고 했다. 여러 가지 물질, 이를테면 나무나 금속이나 돌이나 얼음 같은 물질들을 동시에 수많은 못으로 긁어대는 것 같은 소리가 들렸다. 하지만 그 소리는 너무나 작았고 또 불분명했기 때문에 그 소리의 정체를 알아낸다는 건 그곳에 몰려 있는 사람의 수를 일일이 헤아리는 것만큼이나 힘든 일이었다. 벽을 따라 간신히 이동하던 소파 씨는 동물 모양의 풍선을 든 꼬마의 등 뒤에서 작은 함석 손잡이가 달린 여닫이문을 발견했다. 그것은 폭도 좁았고 어른이 드나들기에는 너무 낮았다.

'상품들이나 직원이 들락날락하는 쪽문인가 보다. 어차피 정문으로 들어간다는 건 힘들어 보이고, 빈손으로 돌아갈 수도 없는 일이니 이곳으로라도 들어가 봐야지.'

소파 씨는 허리를 잔뜩 구부린 채 문을 열고, 낮고 좁은 통로로 엉거주춤 반쯤 기다시피 하며 들어갔다.

처음 소파 씨의 눈에 들어온 건 속이 빈 종이상자의 더미였다. 소리가 나지 않도록 조심스럽게 상자를 한쪽으로 치우고 나서야 소파 씨는 백화점 내부를 볼 수 있었다. 실내는 바깥과 전혀 다름없이 환했다. 다른 점이라면, 문 바깥이 온통 하얀색으로 채색되어 있는 반면, 그곳은 화려한 장식이 잔뜩 치장된 조명이 내부를 은은한 노란색으로 물들이고 있다는 것이었다.

'이런 조명 아래서라면 모든 것이 황금처럼 보이겠는걸.'

사람들은 바깥보다도 더 많아 보였다. 사람들 때문에 소파 씨는 백화점 내부의 규모를 짐작할 수가 없었다. 몇 걸음 걷지 못해 소파 씨는 바깥에서처럼 자신의 몸이 사람들의 흐름에 수동적으로 떠밀려가고 있다는 사실을 깨달았다. 어쨌든 백화점 안으로 간신히 들어온 이상 종이에 적힌 물건들을 사야만 했다. 소파 씨는 사람들에 이리저리 치이면서도 까치발을 한 채 식료품점을 찾으려고 하였다. 소파 씨의 **머리 위에는 노란 표지판이 있었고, 두 개의 네온 사이엔 광고가 보였는데, 〈선전 대매출〉 〈포도주〉 〈생활용품〉이라고 쓰여 있었다.** '맥주'나 '식료품'은 없었다.

소파 씨에게는 점점 더 이곳에서 물건을 사는 일이 불가능하다고 여겨졌다. 매장을 빙 에워싼 사람들 때문에 소파 씨는 진열대에서 무엇을 팔고 있는지 확인하기도 힘들었을뿐더러, 언젠가는 맨 앞에 도달해서 점원과 얼굴을 마주할 기대를 하고 줄의 맨 끝에 서 보아도 여기저기서 저돌적으로 몰려오는 사람들의 세찬 공격에 줄에서 떨어져나가고 말거나 아예 줄 자체가 와해되고 마는 경우가 많았다. 우연찮게 전기용품 코너의 점원 앞에 마주 선 소파 씨가 맥주를 사려면 어디로 가야 하느냐고 여자 점원에게 물었을 때, 그녀는 탁상용 스탠드를 110V에서 220V로 전환하는 법을 앵무새처럼 반복하고 있었다. 그도 오래지 않아, 소파 씨는 탐욕스럽게 생긴 중년 여성에게 밀려 다시 인간의 바다로 떨어지고 말았다. 소파 씨는 이러다가는 물건을 사기는커녕 나가지도 못하겠다고 생각했다. 정말로 사람들은 점점 더 불어나는 것 같았다. 소파 씨는 몇 차례나 중심을 잃고 꼬꾸라지기도 했고, 사람들에게 밀려 엘리베이터를 타고 몇 번이나 층과 층 사이를 이동하기도 했고, 마네킹의 딱딱한 팔에 머리를 부딪히기도 했다. 낯선 여자를 껴안기도 했으며, 남의 옷을 자신의 옷인 줄 착각하고 물품 목록을 확인하기 위해서 어느 신사의 주머니에 손을 집어넣기도 했다. 소파 씨는 미칠 지경이 되어 '이보시오' 하고 누구에게랄 것도 없이 버럭 소리를 질러보았지만 사람들로부터 아무런 반응도 얻을 수 없었다. 그가 낸 소리는 사람들의 옷과 옷 사이로 슬그머니 물처럼 스며들어 사라졌다. 거대한 몸집의 사내에게 밀려 화장실로 들어오게 된 소파 씨는 마침내 결심했다.

'물건을 사지 못해도 좋아, 이런 곳에서 더 견딜 수는 없어, 더 늦어지기 전에, 그래서 문을 닫기 전에 이곳을 나가야겠어. 내가 이런 꼴에 처해 있다는 것을 안다면 오리나무나 K도 이해해 줄 거야.'

문제는 입구가 어디에 있는지 소파 씨 자신도 모르고 있다는 사실이었다. 심지어 소파 씨는 자신이 있는 곳이 몇 층인지도 몰랐다. 그러다 결국에 소파 씨는 하나의 방안을 생각해 내게 되었다. 그 방안이란 많은 사람들 중 하나를 골라서 그 사람 뒤만 쭉 쫓아간다는 것이었다. 예를 들어, 소파 씨는 종이봉지를 든 할머니를 표적으로 삼는다. 할머니가 물건을 고르면 소파 씨는 짐짓 그 뒤에 서서 기다린다. 할머니가 줄을 서면 소파 씨는 할머니의 등에 자신의 가슴이 붙을 정도로 바짝 다가가 바로 뒤에 줄을 선다. 할머니가 벽에 기대 쉬면 소파 씨도 몇 걸음 떨어진 곳에서 벽에 기대 쉰다. 물론 할머니의 주의를 끌 만큼 표 나게 행동해서는 안 된다. 그렇게 한다면 할머니는 소파 씨를 수상하게 생각하고 경비원에게 신고를 하거나 숨어버릴지도 모르는 일이다. 마지막에 쇼핑을 마친 할머니가 백화점 밖으로 나간다. 그러면 소파 씨도 할머니를 따라 자연스럽게 밖으로 나간다. 이게 바로 소파 씨의 '백화점 탈출 작전'이었다.

하지만 그도 불가능한 일이었다. 백화점 안에서 사람은 더 이상 독립된 개체로서 존재하는 것이 아니라, 하나의 무더기, 하나의 집합체로서 그저 '사람들'이었다. 처음 소파 씨는 교복을 입은 여학생을 따라가려고 했지만 안경을 쓴 호리호리한 청년의 발에 걸려 넘어질 뻔한 바람에 그녀를 놓치고 말았다. 그 다음에도 몇 번 시도는 해보았지만, 번번이 소파 씨는 자신의 표적을 놓치고 말았다. 그 많은 사람들 속에서 하나의 사람을 정하고, 다른 사람들과 구분하고, 그 사람을 따라간다는 것은 역시 불가능한 일이었다.

그러다가 무수히 많은 사람의 발과 발 사이에서 소파 씨는 개 한 마리를 보았다. 잔뜩 겹쳐서 쌓아둔 바퀴가 달린 철제 장바구니 옆에서 개는 혓바닥을 빼문 채 식식거리고 있었다. 용케도 사람의 발에 걷어차이지 않으면서 개는 자신의 자리를 지키고 있었다. 아주 짧은 순간 동안, 개와 소파 씨의 눈이 마주쳤다. 개는 흑단처럼 새까만 피부에다가 노란 눈을 하고 있었다. 벌린 입 가장자리에는 끈적끈적한 액체가 고여 있기도 했고, 부분적으로는 입 밖으로 넘쳐 긴 줄기를 이루며 바닥 쪽으로 흘러내리기도 했다.

'그렇지, 이놈을 쫓아가는 거야. 이 놈은 '사람들'이라는 저 무시무시한 군집체에 속해 있지 않으니깐 그만큼 쫓아가기가 수월하겠는데. 자, 강아지야, 그렇게 넋 놓고 앉아 있지만 말고 날 좀 밖으로 빼내주렴.'

그러나 개는 고개를 뒤로 돌리고 소파 씨를 외면했다. 소파 씨는 **그대로 서서 개의 뒷모습을 보는 것으로 만족했다. 그 각도에서 개는 작달막한 이상한 형태로 보였는데, 다리를 곧추 세우고, 듬성듬성 털이 난 등을 잔뜩 구부려, 개들로서는 불가능해 보이는, 목이 불룩하고 땅딸막하며 근육이 발달한 듯한 모습이었다.**

갑자기 개가 검은색 가죽을 출렁대며 움직이기 시작했다. 소파 씨는 지나치게 긴장하고 있었던 탓에 옆에 있던 사람과 중심을 잃을 정도로 심하게 부대꼈지만 간신히 개의 움직임을 놓치지는 않았다. 시선을 아래로 고정한 채 이동해야 했기 때문에 소파 씨는 더 자주 사람들과 부딪쳐야만 했다. 소파 씨와 정면으로 부닥뜨린 누군가의 안경이 바닥으로 떨어졌고, 소파 씨의 팔이나 어깨에 걸려 종이봉지에서 과일이나 음료수 캔 등이 바닥으로 굴렀다. 자신을 따라오는 작은 소동에도 아랑곳없이 개는 느릿느릿, 유유히 사람들의 발 사이로 움직여 나갔다.

점차 소파 씨는 개를 신용하기 시작했다. 사뿐사뿐 규칙적으로 대리석으로 된 바닥 위를 옮겨가는 느리면서도 단호한 발걸음, 언제 자신의 등줄기를 찍어 누를지 모르는 구두 사이를 민첩하게 빠져나가는 대담함, 그런 것들이 개를 '사람들'이란 족속과 분리해주는 미덕이라고 소파 씨는 생각했다. 개는 마치 소파 씨가 따라오기 쉽도록 그러는 것처럼 자주 멈춰 서서 고개를 처박고 킁킁대기도 했으며, 기다란 고개를 빼고 두리번거리기도 했다. 조명에 노출될 때마다 하얗게 반들거리는 개의 검은 등가죽에 소파 씨는 매혹당했다. 그것은 생겼다가는 금세 사그라드는 잔물결처럼 하얗게 반들거렸다 고운 검은색으로 가라앉았다 하기를 반복하며 앞으로 앞으로 미끄러지고 있었다.

어느새 소파 씨는 개를 따라 계단을 내려가고 있었다. 소파 씨는 개를 위협하는 구두의 수가 조금씩 줄어가고 있다는 걸 느꼈다. 계단을 다 내려간 개는 꼼짝도 않고 꼬리만 흔들면서 실내를 노려보고 있었다. 소파 씨도 고개를 들어 실내를 바라보았다. 'B1', 타원형 쇠고리에 매달려 있는, 지하 일층을 의미하는 거대한 종이판이 맨 먼저 눈에 들어왔다. 그 종이판은 역삼각형 모양이었고, 눈높이 정도에 매달려 실내의 전경을 가로막고 있었다. 소파 씨는 몇 걸음 앞으로 나가 개 옆에 섰다. **아래엔 사람들이 별로 많지 않았다. 그곳은 디스크, 문방구, 망치와 못, 운동화 등의 진열대가 있었다. 안은 매우 더웠다.** 개는 연방 뻘건 혓바닥을 내물고 헥헥거렸다. 가까이서 소파 씨는 개가 내뿜는 냄새를 맡았다. 그것은 해초 냄새 나 모래사장에 떨어져 있는 조개껍데기의 석회질에서 나는 냄새 같은 것이었다. 소파 씨는 자신이 개의 모든 장점을—흠 없는 검은 가죽,

미끈한 다리, 쫑긋 세워진 두 귀, **콧등 위로는 흰 반점** 등등등—좋아하고, 그의 나쁜 버릇—아무데나 오줌을 누거나, 침을 흘리고 다니거나, 애정의 표시로 심하게 물거나—까지도 이해해 주고, 종국에는 진정한 우정을 나눌 수 있을 것이라는 생각이 들었다. 개가 다시 움직이기 시작했고, 소파 씨는 느긋하게 거리를 좀 두고 개를 따랐다.

사람의 숫자가 줄어 좀 여유가 생긴 소파 씨는 한눈을 팔기도 하고 진열대에 널려 있는 물건들을 만져보기도 하였다. 색색깔의 캔이 나란히 진열되어 있는 거대한 냉장고 앞에서 소파 씨는 자신이 정말로 해야 할 일이 어떤 것인지 깨달을 수 있었다.

마른 안주

맥주

초콜릿

먹을 것

종이

가능하다면

신문

'아차, 내 정신 좀 봐. 온통 개에게만 정신이 쏠려 있었군, 그래, 난 물건들을 사러 왔던 거야. 오리나무와 K는 내가 사와야 할 품목을 종이에 적어주었지. 여긴 마침 사람들도 별로 많지 않군, 그래,

여기라면 쉽게 원하는 걸 찾을 수 있겠는걸.'

갖가지 맥주 중에서 어떤 것을 고를 것인지 쉽게 결정하지 못하고 캔 더미를 이리저리 뒤적거리다 아무 생각 없이 개를 쳐다본 소파 씨는 한 가지 재미난 사실을 발견할 수 있었다. 소파 씨보다 한 10센티미터는 키가 더 크고 등은 구부러졌으며 **무릎이 더러워진 바지 호주머니에 두 손을 찌른** 한 청년이 구부정한 자세로, 일정한 거리를 유지한 채 방금 전까지만 해도 자신이 쫓고 있던 개를 따라가고 있는 것이었다. 소파 씨는 오리나무와 K가 적어준 물품을 사야만 한다는 사실을 잊어버리지는 않았지만 개를 쫓는 청년을 따라가보고 싶은 생각을 뿌리칠 수는 없었다.

'어차피 맥주가 그새 다 팔릴 것도 아니구, 조금만 따라가 보자구.'

소파 씨가 망설이는 동안 개와 청년은 진열대 사이로 사라져 버렸다. 소파 씨는 허겁지겁 개와 청년을 찾아, 그 기묘한 한 쌍을 시선 밖으로 떨구고 말았던 지점으로 달려갔지만 허탕이었다.

그런데 갑자기 그 일이 벌어졌다. 기타 소리와 날카로운 구두굽 소리와 함께 사람들 사이에 어떤 동요가 일었다. 뮤직박스의 푸른 전등이 깜박였고, 창백한 손이 탈의실의 커튼을 내렸고, 함석판엔 온통 눈처럼 흰 그의 모습이 비쳐 보였다. 그의 발밑에선 검은 개의 털투성이 몸이 암캐의 노란 털을 덮고 있었다.

'이건 왠지…… 함정의 냄새가 나는데. 그래, 잘 계획된 함정. 나에게 무슨 일이 있었던가? 다시 한 번 처음부터 차분히 짚어보자구…… 사거리에서는 우연하게도 백화점을 발견했다. **'프리쥐닉'**

백화점. 그러고 나선 백화점 안에서 바다 냄새가 나는 검은 개를 발견한다? 그리고 내가 그 개를 따라간다? 수상하다. 누가 계획하기라도 한 것처럼 아귀가 딱 들어맞지 않은가!'

몇 분 동안 지나가던 남자들과 여자들이 우르르 모여들고, 쇠가 박힌 구두가 리놀륨 바닥을 울려댔다. 암캐는 묵은 금 빛깔을 띠고 있었고, 넓게 벌린 다리 아래의 바닥은 얼룩진 반사광이 수없이 겹쳐진 환상적인 그림자들로 부드럽게 굽이치고 있었다.

'동시에 나는 물건을 사야만 했다. 오리나무와 K가 적어준 물품 목록,

마른 안주
맥주
초콜릿
먹을 것
종이
가능하다면
신문

그래, 연결이 된다. 이 목록은 교묘하게, 마치 최면술처럼 나를 이곳, '**프리쥐닉**' 백화점으로 오게 했던 거야. 그리고 개를 보게 하고 저 등이 구부정한 청년을 보게 했다? 너무, 너무 딱 들어맞지 않은가? 그래, 아무래도 뭔가 수상해.'

지하에 자리 잡은 백화점에서 사람들은 더욱 큰소리로 말했고, 더욱더 소리 높여 웃어댔으며, 양팔 가득히 물건을 안고 사고팔았다.

'잘 생각해 보자, 왜 그들이 날 이리로 보낸 거지? 그리고 그 물품 목록은 도대체 뭘 의미하는 거지? 그리고 결정적으로 개의 교미, 성교, 교접, 섹스. 흘레. 도대체 이건 또 뭔가? 아하, 그렇다면, 만에 하나…….'

사진이 찰깍거리며 계속 찍혔고, 마그네슘이 하얀 동그라미 속에서 무언가 터트릴 때마다 개들은 입을 벌린 채 일종의 탐욕스러운 공포로 휘둥그레진 눈을 하고 함께 투쟁하는 듯했다.

'아담 폴로,* 아담 폴로, 그다. 그가 틀림없다. 그는 해변에서부터 죽 개를 쫓았고, 마침내 백화점까지, 그 지긋지긋한 물품 목록,

마른 안주

맥주

초콜릿

먹을 것

종이

가능하다면

신문

---

* 르 클레지오, 『조서』에 나오는 인물. 죄송합니다.

을 들고 여기 '**프리쥐닉**' 백화점까지 왔었지. 계속해서 그는 개를 관찰한다. 놓치지 않고.

그래서 그는 레코드판 진열대 앞에 선 채로 머물러 있었다. 그는 번들거리는 레코드 재킷을 바라보는 척했지만, 머리를 가볍게 왼쪽으로 돌리고 개들을 지켜보고 있었다.

'오호라, 그렇군. 오리나무와 K가 나를 보낸 거군. 나의 아파트로 저 청년 아담 폴로를 마중하러. 그래서 내가 이 미친 개와 미친 사람들의 쇼를 보아야 하는 거군. 그래, 또 그 물품목록. 아담 폴로가 언젠가 적었던,

마른 안주

맥주

초콜릿

먹을 것

종이

가능하다면

신문

그래, 이제야 뭐가 어떻게 돌아가는지 좀 알 것도 같은데.'

아담은 증오와 환희로 가득 차 진땀을 흘리며 꼼짝도 않고 서 있었다…… 그러고 나서 움직임의 리듬이 느려지며 암캐는 고통에 찬 신음소리를 냈다. 한 아이가 그 출렁이는 공간에 끼어들어 손가락으로 개

를 가리키며 깔깔 웃었다. 모든 것이 출렁이며 부서져 갔다.

소파 씨는 아직도 그 개들의 잔치에서 눈을 떼지 못하고 있는 그, 아담 폴로에게 다가가 어깨에 손을 얹고 다정히 물었다.

"혹, 당신이 찾는 사람이 저 아닌가요?"

그, 아담 폴로는 잠시 놀란 표정을 짓더니 천천히 고개를 끄덕거렸다. 소파 씨는 대담하게, 더, 물었다.

"어째서 당신 같은 사람이 우리 집으로 모여드는 거죠?"

그, 아담 폴로는 아직도 흥분이 가시지 않은 듯 연방 밭은 숨을 내쉬며 띄엄띄엄 소파 씨에게 말했다.

"결국 당신도 나와 같은 부류의 사람이 아니었던가요? 어찌 되었건 우린 다 같이 생명의 위협을 받고 있으니까요. 그 이외에는 아무런 이유가 없는 거 아니겠어요?"

6장

연심(蓮心)의 남편, 퇴장하다

나는 기사,

내 어릴 적 꿈은 하나의 그림으로;

날은 맑다. 하늘은 얇게 밤색을 머금은 하양, 퇴색된 나무 빛깔이다. 낮이지. 그래서 하늘에는 별이라고는 없고. 날씨는 서늘하다. 짧게 친 머리칼 사이로 쾌적한 바람이 씽하니. 봄? 아니면 가을? 뭐, 계절이야 상관이 없지. 길은 깨끗하고, 먼지 한 점 보이지 않을 정도로 반질반질. 그대로 땅바닥에 드러눕고 싶다는 충동이 일 정도로 깨끗하다, 길은. 사람이 별로 보이지 않는 그곳은 부유한 사람들만이 거주하는 커다란 아파트 앞 한적한 정원이다. 앞에서 보면 그 아파트는 평면이 아니라 병풍처럼 조금씩 각이 져서 정원을 에워싸는 형상을 하고 있지. 나? 나는 검고 기다란 차 안, 운전석에. 운전석에 앉아 초콜릿에 덮인 누런 은박지를 벗기고 있지. 한 손에는 가죽장갑, 한 손은 맨손. 간혹 가다 휘파람을 나지막이 불어, 하지만 전체적으로 너무 조용해, 그 정원을 둘러싸고 있는 적막을 어떻게 해볼 수는 없지. 나는, 검고 기다란 차 안에 앉아 있는 나는 도대체 누구지? 뭘 하는 사람이지? 나는 고급 담배를 피우거나 선정적인 포즈가 가득 실린 잡지를 이리저리 뒤적이기도 해. 그렇군. 그러나 차창 밖에서는 도무지 내가 보이지 않는걸.

그래, 결국, 그림의 주제는 이런 것이었지;

나는 영화에나 등장하는 미행자 혹은 전문감시원이 되고 싶다. 미행자 혹은 전문감시원이. 부유한 사람들만이 사는 아파트 앞, 한적한 정원, 주차장에 검고 기다란 차, 운전석에 앉아, 일본 만화 같은 것을 뒤적이지만 동시에 입구를 통해 나올 그 누군가를 기다리는 사람, 나, 미행자 혹은 전문감시원. 이것이 내 어릴 적 꿈의 그림의 얼개.

어릴 적 나는 영화를 매우 좋아했었지. 물론 지금도 마찬가지지만. 그래서 그런 꿈을 꾸게 된 게 아닐까? 하고 나는 생각해.

그렇다면, 이런 질문이 기다리고 있겠군. 지금의 나는?

지금의 나? 그 꿈을 이루었나? 과연, 그런가?

어느 정도는…….

어느 정도는 그렇다고 말할 수 있겠지. 미행자 혹은 전문감시원이라는 어릴 적 꿈에 살인이라는 덤이, 하나의 혹이 더 붙은 거지. 나는 끊임없이 누군가를 기다려, 지치지도 않고 누군가의 뒤를 따라붙지, 가끔 예기치 않게 폭력을 행사하기도 해, 물론 아주 위험한 일이지, 그리고 숨을 죽여 남들의 비밀 이야기를 엿듣기도 해. 그리고 마지막에는…… 마지막에는 살인, 살인이 남아 있는 법. 모든 끝에는 죽음이 기다리고 있는 거잖아? 마치 무슨 법칙이나 되는 것처럼. 미행자 혹은 전문감시원 게다가 살인자. 그것이 현재의 나. 현재의 나에게 덮어씌워진 명칭.

나는, 꿈을 꾸면서 아니면 꿈을 꾸다 지치면 닥치는 대로 영화를 봤고, 그 영화들은 꿈의 내용을 풍부하게 해주었지. 학교에서는, 비록 그것도 잠시지만, 학교에서는, 주로 잠을 자거나 꿈을 꾸었지. 눈을 뜨고 있을 때는, 선생들에게 엉덩이를 맞거나 잔소리를 듣거나, 벌을 서거나, 그들의 징징 짜는 소리를 듣는 것이 전부였지. 날씨가 너무 좋을 때, 볕이 환하게 들어온 세상이 불이 난 것처럼 뚜렷해질 때, 나는 학교를 나갔지. 꿈이 나를 못살게 굴 때, 그 꿈이 너무 선명해져 버릴 때, 나는 학교를 나갔지. 꿈에서 깼을 때, 퀴퀴한 땀 냄새 나는 책상의 그로테스크한 나뭇결이 날 짜증나게 할 때, 나는 학교를 나갔지. 곧장 영화관으로 들어가 나는 서스펜스 영화를 봤고, 나는 탐정 영화를 봤고, 나는 갱 영화를 봤고, 나는 추리 영화를 봤고, 나는 처음부터 끝까지 추적하는 장면이 나오는 기다란, 아주 기다란 영화를 봤어.

그러다 성(城)을 알게 되었어. 그랬지.

성(城)이 나를 필요로 했어.

성(城)은 나를 필요로 했고, 나에게 먹고 살 돈을 주었어. 그리고 일거리와 거기에 맞는 직책을 주었어; 미행자 혹은 전문감시원 게

다가 살인자. 게다가 살인자? 처음 나는 조금 놀랐고 천사들 앞에서 조금은 머뭇거렸던 게 분명해. 후에 그들이 내게 말하더군. 자네, 그때 얼굴은 굉장히 인상적이었어. 얼굴이 벌겋게 익은 복숭아 빛깔이 되더구먼. 하긴, 그때만 해도 자네는 정말로 풋내기였으니깐. 우리는 자네가 No라고 말할 줄 알았어. 그랬다면…… 그랬다면 결과가 좀 더 비극적으로 마무리되었겠지만 말야. 하지만 우리들의 예상을 깨고 자네는 조용한 목소리로 좋아요 하고 말하더군.

좋아요.

그래, 이 말이 나의 삶을 연장해 준 거야. 그렇게 된 거지. 어쨌건 나는 내 힘으로 돈을 벌어 부모에게서 떨어져 나올 수 있다는 데 커다란 매력을 느꼈고, '게다가 살인자'라는 예기치 못한 선물보다는 '미행자 혹은 전문감시원'이라는 이름에 온통 정신이 팔려 있었으니까. 사실, 하고 싶은 일을 하면서 돈을 벌 수 있는 기회가 자주 오는 건 아니잖아? 휘파람을 불며 거리를 쏘다니는 것처럼 쉬운 일은 아니라는 거지.

그러고는 실무적인 일들, 꿈이 실무로 변해 가는 차갑디차가운 과정;

성(城)은 나에게 시킨 일을 틀림없이, 한 치의 오차도 없이 정확히 해낼 것을 요구했지. 나는 군소리 없이 일을 해냈어.

꿈의 결과들? 실무의 결과들?;

꿈보다 훨씬 길이가 짧아진 차를 받았고, 꿈보다 훨씬 작고 더럽고 냄새 나는 아파트 앞에서 기다려야 했고, 꿈보다 훨씬 값이 싼 담배에 익숙해져야만 했지. 나는 시키는 대로 했어. 마냥 칭얼대기만 하면서 시간을 보낼 수는 없잖아? 어차피 그런 게 삶이니까.

성(城)이 나에게 명령을 내린다? 물론, 그래.

돈을 주고 그 대가로 명령을 내린다? 물론, 그래.

하지만 내가 자유롭다는 건 부인할 수 없어. 천사들은 내게 명령을 내리고 속으로 나는 노래를 부르는 거야. 그러고는 거리로 나와 누군가의 뒤통수를 한없이 따라가는 거야. 한없이. 그들의 얼굴, 습성, 퇴근 시간, 애정 관계 그런 것들이 나의 호주머니 속으로 천천히 흘러들어가. 주머니 가득, 그들의 이야기, 출렁출렁, 다 차면? 주머니가 다 차면? 그들은 죽게 되지. 나는 내가 누구인지 잘 알고 있는걸. 그들은 내가 누구인지 모르겠지만……미행자 혹은 전문감시원 게다가 살인자라는 직책을 가진 나.

그들 중의 하나, 연심(蓮心)*의 남편, 그에게는 끝까지 이름이 없었어.

연심의 남편을 알게 되었지. 그것은 잇따라 나오게 되는 연속적인 이야기 중의 한 구성요소였어. 많은 사람들…… 『달려라 토끼』에 나오는 해리? 토끼라는 별명을 가진 지독히 느린 새끼였지…… 내가 토끼를 보냈던 건, 농구 코트에서였던가? 그랬던가? 아니었던가?……. 『이방인』의 뫼르소는 자살로 위장된 채 절벽 아래로 떨어졌지. 나에게. 나에 의해서. 손때가 잔뜩 묻은 그 누런 끈. 그 끈

---

* 이상, 「날개」에 나오는 인물. 죄송합니다.

에 재갈이 물렸던 순진한 뫼르소, 그는 나에게 길을 물었어. ……로 가는 길이 어디죠? 공교롭게도 차들의 소리 때문에 나는 그의 말을 제대로 알아듣지 못했어. 그리고 디노. 시동을 거는 순간 폭탄이 터졌지. 내가 보았던 영화에 나오는 그 머리를 뒤로 묶은 여자처럼. 그 여자의 애인이 죽었었지. 잘생겼었는데…… 죽어버렸지. 그리고 홈즈? 아니면…… 그래, 생각나는군, 말테. 그는 성병으로 죽었었지. 하지만 그는 참된 이유를 알지 못했지.

내가 죽였던 그들, 그들은 어떤 사람들이었지? 그들은 나를 이끌고 어디로 갔었지?

내가 죽였던 그들, 그들은 어떤 사람들이었지?

그들?

권태로운 자들……

그들, 권태로운 자들은 자신이 하고 싶은 일을 하면서 살아갈 수 없는 그런 사람들이다, 라고 나는 생각해. 그들의 문제는 참으로 간단해. 십중팔구 두 가지 중 하나야. 우선, 그들이 하고 싶은 일이라는 게 도무지 터무니없는 것들이라 이거야. 그들의 뇌의 구조는 어딘가 좀 잘못된 것만은 틀림없어. 그들은 처음부터 불가능한 일만을 꿈꾸고 소망하지. 그런 편향은 마치 전염병처럼 도시의 밑바닥을 기어기어 번져나가는 법이야. 점점 더 많은 사람들이 현실에서 이룰 수 없는 그런 꿈들만 꾸게 될지 몰라. 아이스크림으로 산을 만들고 싶다든지, 남녀의 구분이 하루아침에 싹 없어져 버렸으면 좋겠다든지, 지구가 폭발해 버렸으면 하고 바란다든지, 정상적인 방법으로 많은 돈을 벌었으면 하고 꿈꾼다든지…… 그런 사람들이 팝콘처럼 불어나는 거야. 어리석은 소리지. 하지만 그들에게 자신을 돌아보고 깊게 생각하기를 바라는 건 무리야. 그들은, 자신이 사회에 맞지 않는다는 사실은 두꺼운 보자기에 덮어둔 채, 사회가 자신에게 맞지 않는다고만 불평하지. 그런 사람들이 개미처럼 불어나는 거야. 물론 백신이 준비되어 있지. 전염병을 퇴치하는 약, 주사바늘; 나.

그다음, 그들은 그들이 꿈꾸는 걸 이루기 위해 절대로 노력하지 않아. 그들은 마치 노력하지 않는 일이 무슨 훈장이나 되는 것처럼 대놓고 떠벌리지. 누군가 점잖게 충고하는 경우도 있어, 일어나라고, 일어나 움직여보라구, 그러면 그들은 이렇게 말하지; 당신에게는 그것이 가능할지 모르지만, 저에게는 애당초 불가능한 일입니다. 왜냐구요? 어떻게 대답할 수 있을까요?…… 이렇게 말하면 당신이 제 말을 이해할 수 있을까요? 원래부터 전 그래요, 그런 거죠, 뭐. 그들은 이해를 강요하는 거야. 대화의 배수관을 꽉 틀어막아놓고서는 상대방에게 이해를 강요하는 거지. 독재자처럼. 한심하고 비열한 족속이지.

내가 죽였던 그들, 그들은 나를 이끌고 어디로 갔었지?

그들은 좀처럼 방에서 나오려 하지 않았어. 태양은 불그죽죽했지. 썩은 피 빛깔. 언제나 길은 매우 더럽지. 오줌과 음식쓰레기와 출처가 불분명한 기름이 둥둥 떠다니는 강. 곤돌라 대신 못 입게 된 속옷이 표류하는, 고장 난 싸구려 가전제품들이 암초에 걸려 묘

비처럼 수면 위로 불쑥 솟아나온 강. 길이라고는 할 수 없지, 거긴 마치 베니스를 악에 받친 조물주가 고의로 훼손시켜 놓은 듯한 그런 곳이었어. 대부분의 그들, 내가 죽여야 했던 그리고 결국에는 죽이고 말았던 그들은, 그런 곳에서 살고 있었지. 그들은 좀처럼 나오지 않았어. 찢어진 팬티와 불어터진 국수다발과 브라운관이 깨어진 TV, 그것들과 함께 나의 차가 둥둥, 강가에 정박해 있었지. 나는 기다려야만 했어, 그들의 삶만큼이나 지독한 악취를 맡으며. 한없이 기다려야만 했지. 너덜너덜해진 창문 위, 차양 그림자가 초콜릿빛 강 위로 흐르지. 글쎄, 저걸 봐, 점점 길어지는걸. 밤이 가까워 오는 거야. 오늘도 그들은 집 안에 틀어박혀 나올 생각을 안 하는군. 어서 이 지독한 강가로 나와 나를 구원해 줘.

그들은 나의 기도를 들은 척하지도 않았어.

대신 나는 보았지. 벽돌 사이에 낀 이끼의 녹색, 아니, 그건 녹색이라고 할 수도 없었어, 그건 회색, 아니 강물과 같은 검정색이었어, 그리고 부식이 먹어 삼킨 계단 난간의 잔해, 시시각각 점점 찌그러지는 태양, 차바퀴 밑에서 찰랑대는 검은 강, 그 잔잔한 물결, 빨랫줄에 내걸린 옷가지들, 대부분이 걸레처럼 보였어, 하긴 그렇게 많은 걸레로도 그곳의 더러움을 씻어내기에는 역부족이겠지만 말야. 나는 정말 많은 것을 지켜보아야 했어. 그들을 기다리는 동안에.

집 밖으로 나오지 않는 그들.

그가 나오면? 그들이 나오면? 사정이 좀 나아졌던가?

그건 아니었어. 분명, 그건 아니었어. 영화에서 본 미행자 혹은 전문감시원 게다가 살인자들은 그들의 표적을 따라 아주 근사한 곳으로 갔었지. 그들은 대사관 정원 한구석 커다란 주목나무 뒤에 숨어 있었어, 그들은 새로 개장한 호텔의 지하 수영장에서 벌거벗고 수영하는 미녀를 기둥 뒤에서 지켜보고 있었어, 그들은 최첨단 유전자연구소의 서랍을 미리 복제해 둔 열쇠로 열고 있었어, 그들은 역사를 거슬러 올라가 왕조를 뒤엎을 음모를 꾸미고 있었어, 그들은 호화 유람선의 파티장에서 열리는 화려한 가면무도회에 기사 분장을 하고 달콤한 술을 한 모금 음미하고 있었어, 그들은 또 미식축구 결승전이 열리고 있는 스타디움의 조명탑에 매달려 있었어, 그들은 중력이 없는 달 세계를 특수 장치를 동원해 뒤뚱뒤뚱 걸어가고 있었어, 그들은 광란적인 무희들이 바글대는 리오 축제의 군중 속에 파묻혀 있었어, 그들은 알프스 중턱을 스노보드를 타고 질주하기도 했어. 그것이 영화에 나오는 그들의 일이었어. 그래, 그들이 일을 하면서 가야만 했던 곳이지. 단 한 사람, 표적을 쫓아서 말이야.

나의 표적, 내가 죽여야만 했던 그들은? 그들의 행로가 다양하지 못했다고 얘기할 수는 없어. 그렇지만 한 사람, 한 사람 쪼개서 보았을 때, 그들이 아닌 '그'의 행로는 정말로 단조로웠어. 그들의 단조로운 길.

기억나는군, 로캉탱, 로캉탱, 그는 늘 비슷한 시간에 집을 나와 만홧가게로 갔었지, 만홧가게의 아줌마와 인사를 나누는군. 점잖은 체하지만 이 주일에 세 번 정도 거기서 택시로 십 분 정도 걸리는 장급 여관을 찾는 사이였지. 스키장? 달 세계? 말도 마, 그 만홧가게, 좁고, 싸구려 담배 냄새와 채 여물지도 않은 정액 냄새가 진동하는 그곳. 조금만 앉아 있어도 엉덩이가 아팠다구. 그는 가끔 연필을 꺼내 만화책 속에 있는, 혹은 그의 머릿속에 들어 있는 그 무언가를 수첩에 열심히 적었지. 그가 일 년 내내 물을 내리지 않아 지린내가 진동하는 만홧가게 이층 화장실에서 그의 생을 마감할 수 있었던 것은 행운이었는지도 몰라. 각목으로 한 방, 그의 머리통은 두부처럼 부스러지고 말았지. 우리로서는 그에게 할 수 있는 최대한의 배려였지. 만홧가게에서 나오면? 만홧가게에서 나와 찻길 쪽으로 걷다 보면 XX다방이란 간판이 보이는군. 지하야. 햇빛이 들지 않은 그곳에서 그는 담배를 피우거나 주인인지 마담의 기둥서방인지 알 수 없는 덩치 좋은 40대 남자와 구석에서 바둑을 두었지. 그가 마시는 건 늘 커피, 커피, 커피, 커피뿐이었어. 크림 두 스푼, 설탕 한 숟가락. 내가 지켜보았던 한 달 내내 커피, 커피, 커피, 크림은 두 스푼, 설탕은 한 숟가락.

매일 하루에 한 번씩 아무 볼일도 없이 번잡한 동네 어귀에 있는 시장, 이틀에 한 번씩 남산을 오고 가는 케이블카, 그리고 시도 때도 없이 공사를 중단해 버린 공사장, 놀이터, 점원을 보기 위해서 가는 참고서나 만화잡지밖에는 취급하지 않는 변두리 서점, 창녀와 포주와 단골손님들이 서로 구분도 안 가는 그 여관 골목, 심심찮게 내기 장기가 벌어지는 노인정 앞 정자, 동물원, 그것도 늘 원숭이 우리. 그들은 이런 곳으로 나를 끌고 다녔지. 비참했지, 그야말로 비참했어. 나는 그들에게 충고라도 하고 싶은 심정이었어. 좀 더 멋진 곳으로 가봐라. 삶은 그렇게 축 늘어지고 지치기만 한 것은 아니다. 너의 삶을 더 즐겁게 더 풍부하게 더 기운 나게 해줄 수 있는 곳은 얼마든지 널려 있다.

그들과 나의 대화? 물론 금지되어 있었지. 그들이 먼저 말을 걸어오지 않는다면 말이야. 한 번도, 로캉탱이 나에게 길을 물었던 경우를 제외하고는 말야, 한 번도 그런 일은 없었어.

여기 또 하나의 그림이 있어;

하늘을 봐. 맑기는 해도 어쩐지 미지근한 소금물처럼, 끈적끈적거린다는 느낌이 들지 않니? 그래, 흠을 잡아낼 수도 없고 설명할 수도 없지만 완전히 투명하지는 않아. 그런 느낌이야. 뭐가 보이니? 각질이 낀 우리 눈에. 짧은 수면 뒤, 세상의 모든 성욕이 거세되어 버린 것 같은 오전이야. 1900년대의 오전, 1900년대의 하늘. 하늘을 봐, 뭐가 보이지? 별은 없어, 낮이니까. 으레 대낮 공중에 떠 있어야 할 잿빛 비둘기도 호들갑스러운 참새 떼도 없는 대낮의 하늘. 거리에는, 나, 내가 있어. 하나의 직선, 자세히 들여다보면 짧고 분명하지 않은 여러 개의 선분들로 이루어진 하얀 선. 그렇기 때문에 더더욱 확신이 없어 보이는 하얀 직선. 나는 말이지, 나무 전신주에 기대어 있어. 상아색 레인코트를 걸치고 직각삼각형의 빗변이 돼. 직각삼각형; 제일 대변, 제이 대변, 그리고 빗변. 제일 대변은 흙, 땅, 길. 더러운 검정, 치사한 검정이지. 제이 대변은 그 치사한 흙, 땅, 길을 꿰뚫고 확고하게 서 있는 나무 전신주. 아이들의 악의 없는 장난에도 여지없이 자신의 두툴두툴한 피부가 부스러져 나가고 마는 나무 전신주. 오래된 밤색, 가난한 밤색이지. 빗변은 나, 여러 개의 저마다 길이가 다른 선분들로 이루어진, 불분명한 나. 색깔이 없어, 그냥 하양이지. 바람은 내 발목을 할퀴어. 할퀴어 비 오기 전의 제비처럼 바닥을 스치고 어디론가로 가버려. 거리에는 나, 나 말고도 다른 사람들이 더 있군. 다른 사람들과 할머니들과 아줌마들과 소녀들과 처녀들이 눈이 녹아 질퍽질퍽한 길을 행여 흙탕이라도 튈까 조심조심 걷고 있어. 나는 다닥다닥 달라붙은 똑같은 모습의 집들을 바라보고 있어. 집이라고? 집이라고 부를 수 있다면 말야.

그러다가 나는 그중 하나의 문으로 들어가. 아무도, 어떤 이도 나를 주목하지는 않아. 헌데, 문? 그걸 정말 문이라고 부를 수 있을까? **그러나 그것은 한 번도 닫힌 일이 없는 행길이나 마찬가지 대문인 것이다.** 아무도 주목하지 않고 아무도 가로막지 않는 그 문을 통해, 그 애매한 경계를 스며들어, 나는 어디론가 들어가지. 공중을 활강하는 바람처럼, 중력의 무덤으로 맥없이 떨어지는 바람과 함께, 그 문으로, 그 문? **온갖 장사어치들은 하루 가운데 어느 시간에라도 이 대문을 통하여 드나들 수가 있는 것이다.** 그 문을 통해 들어가. 이제 연심의 남편이 했던 진술은 이렇게 바뀌어야겠군: **온갖 장사어치들은**, 그리고 미행자 혹은 전문감시원 게다가 살인자는, **하루 가운데**

어느 시간에라도 이 대문을 통하여 드나들 수가 있는 것이다. 그 문을 통해, 三十三, 三十三번지로. 三十三? 삼땡이군 그래, 한 번지에 十八 가구가 죽- 어깨를 맞대고 늘어서 있는 三十三번지로 나는 들어가.

수많은 겨울의 오전, 늦겨울 혹은 이른 봄의 오전, 그중의 하나, 에 나는 三十三번지, **한 번지에 十八가구가 죽- 어깨를 맞대고 늘어서** 있는 三十三번지에 와 있어. 여기는 참으로 조용해. 차가운 햇살 아래 소리가 증발되는 느낌. **조용한 것은 낮뿐이다.** 이곳, 여기는 바깥과는 전혀 다른 세상이야. 마치 거울의 안과 밖처럼. **三十三번지 十八가구의 낮은 참 조용하다.** 조용해. 말 그대로, 모든 것이 죽은 것처럼. 각질을 걷어내고 하늘을 봐, 윙윙대던 태양도 여기, **三十三번지**의 하늘 위에서는 그 모든 소음을 싹 지워버렸어. 게다가 차갑고, 투명해. 모든 것이 죽은 것처럼. 땅바닥은 바짝 말라 있어. 희끗희끗 얼어붙은 먼지들이 마른 땅 위에 엎드려 있어. 여기에서는, 여기라면, 돌도, 흙도, 공기도, 버려져 있는 눈의 시체도, 누렇게 뜬 잡풀도, 모두 손이 슬쩍 닿기만 해도 부스러져 사라질 것 같아. 이 신경질적인 대조. 이 신경질적인 대조를 나는 주목해. 시끄러움:조용함, 활기참:죽음, 눈 녹은 진흙탕:바짝 마른 땅바닥. 바깥과는 신경질적으로 다른, 여긴 정말 어디지?

그 삼십삼번지라는 것이 구조가 흡사 유곽이라는 느낌이 없지 않다. 연심의 남편, 그는 이렇게 말했었지. 그가 짜낼 수 있는 최대한의 정직. 그는 그렇게 말했었지. 슬픈 세상을 스스로 꽝 하고 규정짓는 두괄식의 문장. 하지만 그런 만용이 계속 이어질 수는 없는 거지. 그 후로는? 그 후로는 영원히 도망치는 거야. 그 치떨리는 유곽(遊廓)에서. 여긴 유곽인 것 같아. 어쩌면 그럴지도 모르겠어. 그렇다고 그게 나하고…… 무슨 상관이 있단 말이지? 이 자신 없는 말들. 모두(冒頭)에 연심의 남편은 그렇게 말하지. 그러고는 프롤로그를 향해 거꾸로 한없이 도망치는 거야. **13인의 아해(兒孩)가 도로로 질주하오.** 그렇지만 자신에게 주어진 상황을 너무나 잘 이해하고 있는 그의 비참한 정직은 다시 아무렇지도 않다는 듯 이렇게 말하지. **길은 막다른 골목이 적당하오.** 그래 잘 알고 있어, 너무도, 그는. 이 유곽. 이 창녀촌, 싸늘하게 말라버린 거울의 안, 어디도 그가 도망할 곳은 없지. 피할 곳은 없단 말이야. 눈을 크게 뜨고 하늘을 봐. 1900년대의, 조선의, 창녀촌의, 하늘을. 그도 보았을 테지. 하늘을 향해 뻗어 있는 이 막다른 골목을.

나는 그저 보고 있을 수만은 없어. 관찰. 관찰해야만 해. 그게 내 일이니까. 꿈이 일로 변한 거야. 꿈은 정기적으로 보수를 지급받지 않지만, 일은 잊어먹을 만하면 그때마다 지폐 뭉치를 내게 던져주지. 나는 관찰하고, 눈을 부릅뜨고, 조금 더 잘 관찰하기 위해 걷지. **이 절대적인 내 방은 대문간에서 세어서 똑- 일곱째 칸이다. 럭키쎄븐의 뜻이 없지 않다.** 나는 연심의 남편, 아니 연심의 방—**집이 아니다. 집은 없다**—앞에 섰어. 나는 **찢어진 벽지**, 아니 문풍지를 통해 **죽어가는 나비**, 아니 그, 연심의 남편을 보려 하지. **가운데 장지로 말미암아 두 칸으로 나누여** 있는 윗방과 아랫방, 그중 아랫방, 연심의 방, **아랫방은 그래도 해가 든다**, 아랫방, 아랫방에서 그는 한창 장난을 치고 있는지도 몰라. **안해가 외출만 하면 나는 얼른 아랫방으로 와서 그 동쪽으로 난 들창을 열어놓고 열어놓으면 들여비치는 볕살이 안해의 화장대를 비쳐 가지각색 병들이 아롱이 지면서 찬란하게 빛나는 것을 보는 것은 다시 없는 내 오락이다. 나는 쪼꼬만 「돋보기」를 꺼내가지고 안해만이 사용하는 지리가미를 끄실려가면서 불작란을 하고 논다. 평행광선을 굴절시켜서 한 초점에 모아가지고 고 초점이 따끈따끈해지다가 마지막에는 종이를 끄슬르기 시작하고 가느다란 연기를 내이면서 드디어 구녕을 뚫어놓는 데까지에 이르는 고 얼마 안되는 동안의 초조한 맛이 죽고 싶을만치 내게는 재미있었다.** 나는 조그만 문틈으로 들여다보지만 방은 어둠침침해, 새까맣고 형체 없는 어두운 공기. 오늘, 지금, 그는, 아직도 윗방에서 자고 있을지도 몰라. **아달린**의 힘을 빌려, 길고 긴 잠에 편안히 묻혀버리는 거지. 제 몸뚱이와 분간하기도 힘든 따뜻한 이불을 보호 밑에. 그 마법의 외투 밑에.

방문 앞에는 철줄이 걸려 있고 거기에는 얼룩진 이부자리와 옷가지들이 널려 있어. 그 때 묻은 빨래 조각들. **때묻은빨래조각이한뭉텡이공중으로날라떨어진다. 그것은흰비둘기의떼다. 이손바닥만한한조각하늘저편에전쟁이끝나고평화가왔다는선전이다.** 그래, 그건 선전일 뿐이야. 선전? 선전(宣傳)? 선전(善戰)? 일상에 대한 선전(宣傳 혹은 善戰). 전선(戰線)에 대한 선전(宣傳 혹은 善戰). 폭탄이 날아다니고 우리들의 팔도 모가지도 날아가지. 하늘 저편으로. 전선(戰線)과 선전(宣傳 혹은 善戰).

갑자기 무슨 기척이 들려, 들리는데. 방문을 여는 소리일까? 누군가 나쁜 꿈에 뒤숭숭해진 몸을 끌고 변소에 가려고? 아니면 도둑고양이가 담을 타 넘으려다 놋대야를 떨어뜨려 나는 소리인지도? 어쨌든 나는 여기에, **三十三번지**의 **럭키쎄븐**에, 뒤집힌 사막 속에 더 있을 필요가 없게 됐군. 아까와는 반대방향으로, 그 신경질적인 대조의 경계면을 넘어.

넘어 나는 다시 질철질척한 바깥으로 나왔지. 모든 것이 빠르게 녹아내리고 있어. 여기는. 나는 이 갑작스러운 변화에 잘 적응하지 못했어. 멍청해 있었고 또 너무 서두르지. 나의 왼발이 길거리의 흙탕물을 밟았어. 작은 흙탕이 튀어올라 바짓가랑이를 더럽혔지. 나는 내 바지에 얼룩을 남긴 **三十三번지** 앞, 그 길을 바라보지. 그, 결코 막다를 것 같지 않은 길. 끝 모를 길, 영원히 지치지 않고 늘어져 있는. 때로는 쭈뼛쭈뼛대며 부끄러운 모습으로, 때로는 싸구려 술에 취해 고래고래 소리를 질러대며, 내 할아버지가 내 아버지가 그리고 내가 걷는 유곽 앞 이 길.

여기는 1900년대의 오전이야. 식민지의 오전이지. 거리는 온통 축축하거나 메마르지, 반대로 적당히 모호한 것은 아무것도 없어. 세상의 모든 성욕이 거세된 오전? 아니야 그 그림은 속임수야. 잠깐의 착각, 간절한 바람으로 인한. 희석된다고 없어지는 건 아니지. 바람이 불어. 바람은 희석시키지. 하지만 나는 바람에 풀어진 옅은 정액의 냄새를 맡을 수 있어. 그건 정말 참을 수 없는 거야. 자주 바람이 부는 방향이 바뀌지. 하지만 없어지지 않는 그 냄새의 작은 흔적. 들척지근한, 콧속으로 들어와 목덜미를 빳빳하게 마비시키는. 그 불쾌한 냄새는 거리의 모든 곳으로부터 유포되고 있어. 사방에서, 거리 전체에서 한꺼번에 발산되고 있어. **三十三번지**란, 창녀촌이란 단지 하나의 상징일 뿐이야. 거리의 더러운 흙탕물에서, 쓰레기통에서, 아이들의 항문에서, 떼 지어 날아다니는 비둘기의 부리에서, 희뿌연 구름에서, 거리의 모든 땀구멍에서 이 더러운 정액의 냄새가 뿜어져 나오고 있어.

잊어버리려 해. 내 작은 두 개의 콧구멍으로 들어오는 1900년대의 오전의 이 기분 나쁜 냄새를. 잊어버리려고, 그 희뿌연, 잊고 싶어서, 나는 눈을 크게 떠. 있는 힘껏. 코가 감기리라고 믿으며. 내 눈에는 뭐가 보이지? 나는 정말 무언가를 보기는 보는 걸까? 나는 무언가를 쳐다보고 있는 척하고 있는 나를, 나 자신을 보고 있는 게 아닐까? 아니, 아니, 다 쓸데없는 생각이야. 너무 많은 생각은 나를 지치게 만들지. 자, 진정하라고. 자, 보는 거야. 나의 앞에, 그리고 주변에 뭐가 있지? 사람이 있나? 잘 봐. 나 말고도 많은 사람이 거리에 있어. 이 냄새 나는 거리에. 할머니와 아줌마와 소녀와 처녀와 계집애와 숙녀가 길을 걷고 있어. 때가 때인지라 아직 창녀들은 거리로 나오지 않았군. 하지만 창녀는 말 그대로 하나의 상징물. 그들은 여자이지만 동시에 여자가 아니야. 하나의 석조 조형물, 수수한 무생물, 혹은 과다한 생물적 특질의 광물성 집약. 잘 알고 있는 일: 문제의 근원은 그녀들이 결코 아니야. 거리의 모든 기관, 특히 할머니와 아줌마와 소녀와 처녀와 계집애와 숙녀에게서.

그녀들로부터 이 찐득찐득하고 더러운 냄새가 유포되는 것을 나는 알 수가 있어. 꼭 1900년대의 식민지의 늦은 겨울의 오전뿐만이 아니더라도, 언제나 어디에서나. 늘 그랬었지. 언제 어디에서나 그들, 그녀들, 그녀: 할머니와 아줌마와 소녀와 처녀와 계집애와 숙녀로부터, 이 기분 나쁜 냄새. 머리통을 터뜨릴 것 같은. 그녀들의 웃음소리에 맞춰 번쩍거리는 이빨에서도, 치마에서도, 브래지어에서도, 귀걸이에서도, 향수마저, 구멍 난 양말에서도, 펑퍼짐한 엉덩이에서도. 이 누우런 정액의 끈적끈적한 냄새. 그녀들. 그녀의 불결함이란 이루 말할 수 없을 정도야. 보이니? 땅에서는 흙탕물의 엷은 층이 나의 걸음에 맞추어 자못 흥겨운 척하고 있어. 하지만 노래를 부르고 있다 해서 제 모습을 감출 수는 없는 노릇이지. 여기는 거대한 늪이야. 질펀한 늪. 거울의 바깥. 온갖 오물들이 모여서 썩고 증류되는 가마솥과도 같은 늪. 나는 늪 수면 위로 하늘하늘 피어오르는 증기의 운동을 볼 수가 있어. 잡을 수 있지. 냄새 맡을 수도 있단 말이야. 거대한 성욕의 늪, 거기에서 맹렬한 기세로 끓어오르는 순수한 정액의 증기. 발밑에서도 하늘 위에서도 이 거세되지 못한 성욕의 아우성이 날뛰고 있어. 정말로 나는 벗어나고 싶어. 늘 벗어나고 싶어했지. 아주 오래전부터 죽.

나는 조금 빨리 걷지. 여길(여기가 어딘데? 어디가 여기가 아닌데?) 벗어나고 싶은 거야. 부질없이. 이 더러운 냄새에서 잠시라도 멀어지고 싶은 거야. 어차피 저녁이 되면 싫든 좋든 다시 이리로, **三十三번지**, 조악한 성기 상징물 앞으로 와야 할 테니까. 나는 걷고 또 걸어. 숨이 목 바로 밑까지 차오지만, 될 수 있는 대로 빨리, 빠른 걸음으로. 또 모퉁이란 모퉁이마다 꺾어지지. 숨고 싶은 거야. 달아나고 싶은 거지. 나는 어디에도 주의를 빼앗기지 않아. 아무것도 쳐다보지 않아. 거리의 벽보도, 소녀들의 짓궂은 장난도, 늪 상공을 배회하는 비둘기의 잿빛 날개도 모두 관심 밖의 일이지. **그러나 人生 或은 그 模型에 있어서 디테일때문에 속는다거나해서야 되겠오?** 연심의 남편은 말했지. 그에게는 디테일을 빼고 남으면 무엇이 남았을까? 하지만 언제까지나 이렇게 생각, 생각, 또 생각만 하고 있을 수는 없는 거야. 지금 내게 필요한 건, 휴식이, 잠깐의 코마가 될 휴식이 필요한 거야.

하긴 피할 곳이 없었다면 죽어버렸을지도 몰라. 죽는다는 걸, 살해당한다거나 자살한다거나 하는 그런 뜻으로 말한 건 아니야. 숨은 쉬고 있지만 이미 죽어 있는 그런 상태, 그런 상태에서는 두 가지의 선택 방법밖에는 주어지지 않아. 집 안에 널브러져 시체처럼 대굴대굴 구르기만 하거나 밖으로 뛰쳐나가 터져버리는 거야. 되는 대로 깨부수고 마시고 손에 잡히는 여자란 여자는 모두 잡아끌고, 그야말로 펑펑. 다시 불 수 없는 고무풍선처럼 완전히 걸레가 될 때까지, 펑펑 터지는 거지. 나에게는 전자의 길도 후자의 길도 맘에 들지 않았어. 생리상 맞지 않았던 거지. 나는 매일 신기하고 청결하고 이국적인 꿈을 꾸며 최소한의 인간관계 속에서 살고 싶었어. 사람과 사람이 마주해야 하는 경우, 차라리 차갑고 딱딱한 편이 나아. 칼로 자른 것처럼 명쾌하게 구획지어지는 편이 나아.

경계와 경계가 섞이면 내 경험상 늘 난처한 일이 생기게 마련이었어. 하지만 나를 먹이고 살찌워줄 꿈의 소재가 필요했어. 내 인간관계의 대치물, 내 삶의 대신하기.

대신하기의 도구, 영화.

스크린의 안과 밖은 어떠한 방식으로도 뒤섞이지 않아. 스크린의 얇은 표면 위에서, 나는, 많은 인간관계를, 생각할 수조차 없었던 삶의 진행 양식들을 맛보지. 하지만 그뿐, 스크린 위에서라면 더없이 안전한 거야. 스크린 위의 그 양감 없는 인간들은 내게 내 주변에 설치되어 있는 경계를 허물라고 요구하지 않아. 그들은 내게 무한한 상상거리를 제공하고, 내 백일몽을 더욱 풍부하게 하지. 그러면 그럴수록 스크린과 나 사이는 철저하게 차단되어 있는 거야. 그들의 섬뜩한 폭력도 나를 다치게 할 수는 없고, 그들의 간곡한 설득도 나를 움직이게 할 수 없고, 그들의, 그 어떤 애무도 나를 사정하게 만들 수는 없지. 내가 그들 속으로 뛰어들지만 않는다면, 사실 나는 그 방법도 모르고 있지만, 우리들 사이의 벽은 영원히, 그야말로 영원히 안전한 거지. 시간과는 별개로, 독립된 하나의 개체, 그 얇디얇은 벽. 나는 아주 일찍부터 이 대리물의 공장인 영화관을 드나들었지. 밥을 먹고 오줌을 누고 잠을 자는 것처럼, 아니 그것과는 조금 다른 방식으로, 셀 수 없이 많은 영화를 봤고 거기에 빠져들었지, 빠져, 빠져들면 빠져들수록, 반대로 나와 스크린 사이의 벽은 더 뚜렷하게 인식되었지. 그것은 하나의 안전핀이었어.

어떤 영화 속의 인물들은 내게 최소한의 관심도 요구하지 않았어. 관객인 내가 영화 속의 주인공과 조역에, 그리고 그 무대에 무관심해하는 것이 아니라, 스크린 위, 얇은 먼지의 층에 불과한 그들, 그들이 나를 무시하고 아무런 관심도 애정의 눈길도 바라지 않는 거야. 그런 영화를 만날 때마다, 벽에, 너무나도 완벽한 경계에 온몸으로 부딪히는 느낌, 그 따뜻함, 그 안온함. 나는 그런 영화들에 깊이 빠져들게 되었지. 전혀 무료하지 않은 인물들, 늘 숨이 턱까지 헉헉 차오르는 사람들, 그들은 나를, 관객석에 삐뚜름하게 묻혀 있는 나를 똑바로 쳐다보지도 않았어. 아니, 그럴 겨를도 없었지. 언제나 누군가를 죽이지 않으면 금방 죽어야 했으니까. 가슴에 한 방, 총탄의 은총을 맞고 어이없이 풀썩 주저앉는 자의 뒷모습. 그들은 나를 의식하지 않았어. 그들은 나의 존재를 배제하는 것 같았어. 그럴수록 나는 안도감을 느꼈지. 편안해졌던 거야. 그렇게 기다랗고 기다랗게 무의미한, 쫓고 쫓기기만 하는, 죽고 죽이기만 하는 그런 서스펜스 영화에, 탐정 영화에, 갱 영화에, 추리 영화에 나는 탐닉했지. 실제에서는? 실제에서는 그런 일들이 가능하지 않아. 나는 영화처럼 살지 못해. 바라지도 않는 일이고 말이야. 그래, 어쨌건 이렇게 나는 살아 있지 않겠어. 피할 곳, 피할 곳이 있었던 거야. 하긴 피할 곳이 없었다면 나는 정말 죽어버렸을지도 몰라.

스크린이 나의 존재를 배제했듯이 나는 나의 삶에서 여자라는 존재를 배제했지. 여자란 존재는 흔히 알려져 있는 것처럼 결코 연약하지도 무르지도 않아. 뾰족함, 날카로움을 그들은 숨기고 있는 거야. 그들은, 이 뾰족한 생물체는 쉴 새 없이 나의 경계를 후벼대지. 질기게도 내 속으로 파고들려 해. 그래서 여자와의 관계는 깨끗해질 수 없는 거지. 터져버린 계란 반숙의 노른자처럼 끈적거리며, 그들은 그 경계가 완전히 파괴될 때까지 그들의 모서리로 나를 찌르려 하지. 그들은 나를, 또, 병신 취급했지. 어떤 여자는 내게 대놓고 고자가 아니냐며 조롱하기도 했지. 스크린 위의 그 누구도 나를 그렇게 막 대하지 않았는데 말이지. 영화 속의 여자들이 모두 다 한결같이 깨끗하고 예의바르고 다른 이에게 상처를 주지 않았다고 말하려는 건 아니야. 그녀들도, 서로의 피부에 생채기를 남겼고, 상소리를 했고, 머리를 끄집어 당겼고, 터무니없이 자주 이성에게 혹은 동성에게 성교를 요구했지. 하지만 그건 그들 간의 일이었다구. 나에게는, 나에게는 그 어떤 영향도, 해도 없었던 거야. 그래 나는 늘 수음으로 만족했지. 나는 다른 사람(여자)의 손이나 성기를 빌리고 싶지 않아. 살아 있는 그녀의 이빨에, 손톱에 찔리고 싶지 않아. 그 천한 족속들의 입에서 나오는 소리를, 그 역한 의성어를 듣고 싶지 않아.

나는 기사,

여기 내 첫 섹스의 그림이 있군;

그래, 아무렇지도 않게 이렇게 얘기하기까지는 꽤나 오랜 시간이 필요했지. 그건 정말 어쩔 수 없는 일이었어. 누구도 계산하지 못한 틈으로 새어 들어온 한 마리 하얀 토끼.

안해의 방은 늘 화려하였다. 내 방이 벽에 못 한개 꽂히지 않은 소

박한 것인 반대로 안해 방에는 천정 밑으로 쫙 돌려 못이 박히고 못마 다 화려한 안해의 치마와 저고리가 걸렸다. 그 방으로, 아랫방으로. 나의 첫……

나는 관습대로 문간에서 헛기침을 했어. 안에서 기척이 났어. 나는 미끄럽게 잘 움직이지 않는 미닫이문을 열고 안으로 들어갔지. 내 손을 봐, 내 볼을 봐, 내 얇은 피부를 만져봐. 굳어 있어, 젤라틴을 한 꺼풀 바른 것처럼. 멈춰버리고 싶다는 거지. 연심은 말했어. **안해는 하루에 두 번 세수를 한다.** 화장품으로 덮인, 박제가 된 피부가, 그 사이에 뚫려 있는 깊은 구멍이, 내게 말을 걸었지. 여기 처음인가요? 그때까지 나는 어색하게만 서 있었지. 응, 들릴락 말락 한 소리, 어쩌면 내 입과 머릿속에서만 빙빙 돌다가 사라져 버렸을지도 모를. 뜻도 없이 들창 밑에 걸려 있는 치마를 보고 있었지. 나는 굳어 있었어, 견고하게 나를 이루고 있던 그 짤막한 선분들은 얼어붙은 채 제각기 따로 놀고 있었지. 이걸 봐. 이 어색한 만남을. 1900년대의 창녀촌. **三十三번지** 안에 꽁꽁 포위되어 있는 밤. 어둠의 붓이 마구 덧칠한 밤, 그 덧칠 위로 깜빡깜빡이는 외눈 전등들, **전등불이 켜진 뒤의 十八가구는 낮보다 훨씬 화려하다,** 가장자리에 허연 빛무리를 두르고 있던. 7, 일곱 번째 방의 어두컴컴한 조명 아래서 나는 굳어 있었지. 아저씨 떠나 봐. 진짜 이런 데 첨예요. 수선스러운 호들갑이 다시 한 번 지나갔지만 나는 여전히 마비되어 있었어. 뇌세포마저 꺾이기 쉬운 고드름처럼 딱딱해졌지. 나는 헛헛한 웃음 한 번 짓지 못한 채 몇 초인지 몇 분인지 모를 그 시간 동안 메마른 대기 중에, 하얀 화폭 위에 고정되어 있었어. 이 두 남녀. 전혀 자연스럽지 못한 그림이지. 실수라고밖에는 생각할 수 없는, 아무리 봐도 어색한 구도, 인물 사이의 불균형, 현실 생활에서는 결코 접할 수 있을 것 같지 않은 남자의 비정상적인 표정. 윗저고리부터 벗으세요. 이건 아무래도 훌륭한 그림이라고 할 수 없군 그래. 안 그런가? 그 부자연스러움의 이유는 다음과 같아; 그들이—남과 여—포획된 이 순간은 순진한 우연의 노출이 아니란 거지. 그렇게 보이도록 애써 의도되었지만 말야. 하나에서 열까지 모두 계획되어 있었던 장면인 거야. 그들 둘 다 또 다른 어떤 '일'에 고용되어 있었던 거야. 그녀가, 연심이 먼저 도발적인 자세로 일어났지. 나는 그때까지도 멍해 있었지만 그녀의 갑작스러운 운동으로 그 예기치 않은 부동의 순간이 순식간에 무너졌지. 나는 그제서야 내 호흡 소리를 의식할 수 있었어. 두 모델 다 애시당초 오염되어 있었던 거야. 아저씬 이 동네 사람 같질 않은데. 어디 東京에서라도 왔어? 오염의 내용; 연심: 그녀는 나와 성교를 해야 한다. 그걸 해야 돈을 손에 쥘 수가 있다. 그것이 그녀의 본능 어딘가에 새겨진 최소한의 직무상 규범인 거지. 그녀는 내 감색 양복 윗저고리를 벗겨들고는 잠시 살피는 기색이더니 서쪽 벽의 작은 못에 걸었지. 나는 비로소 내가 해야 할 일을 상기했어.

오염의 내용; 남자; 그는 그의 앞에 서 있는 창녀의 남편을 죽여야 한다. 그걸 깨끗이 수행해야만 돈을 손에 넣을 수가 있다. 그것이 남자가 서명한 업무상 윤리 강령인 거야. 여자 모델이 받을 돈과는 비교도 되지 않는 액수의 돈을 위해. 거짓 섹스와 살인, 둘 중 어떤 것이 더 값어치 있는 일인지, 아니면 더 위험하고 악의적인 일인지, 누군가 벌써 값을 매겨놓은 거지. 그렇기 때문에 나는 더더욱 얼어 있을 수만은 없었던 거지. 아저씨 정말 벙어리인가 봐. 갑작스러운 해동으로 나는 어리벙벙해졌어. 나를 회전축으로 해서 방이, 핑핑 도는 것만 같았어. 나는 눈을 부릅뜨고 방을 두 칸으로—아랫방과 윗방—나누어놓은 장지를 바라보았어. 정신을 차려야만 했어. 조금 후 방은 회전 운동을 멈췄어. 벙어리는 아냐.

벙어리는 아냐. 나는 오른쪽 발만으로 선 채 왼쪽 무릎을 천천히 흔들어보았지. 아무 이상 없다. 아무 이상 없었어. 얼음이나 서리, 눈이나 우박 따위의 흔적도 전혀 없었어. 순간적인 부자연스러움이 빠른 속도로 우리들 앞에서 녹아내리고 있었어, 거침없이. 거짓 섹스와 살인, 그 모두 우리들에게는 이미 삶의 일부, 아니 대부분을 차지하고 있는 것들이었으니까. 우리는 쉽게 관습적으로 변해 갔지. 굴러먹을 대로 굴러먹은 배우의 목소리처럼. 호호호, 아저씨 목소리 괜찮은데. 애인 삼아 버릴까 부다. 화장대 앞으로 돌아앉은 연심의 엉덩이는 비정상적으로 커 보였어. 그것은 혹이나 궤양, 암덩어리 혹은 종양 같았어. 더러운 전등 불빛, 거기서는 전등 불빛도 천해 보였어. 사물을 밝힌다기보다는 표면을 부식시키고 왜곡시키는 것 같던 그 불그스레함. 해도 불평할 수는 없는 노릇이지. 끈질기게 나를 공격하는 기분 나쁜 감각의 원인에 신경을 곤두세우고 있을 수만은 없었지. 엉덩이, 인내하는 기분으로, 나를 시험하는 기분으로, 엉덩이를 보고 있었지. 녹색 치마에 둘러싸여 있던, 쫌만 기다려, 혹 같고 암세포 같던, 나 단장 좀 하고. 그 기분 나쁜. 그 다음으로 냄새.

그 다음에는 냄새가 나를 괴롭히지. 나는 방구석에 차곡차곡 쌓인 방석 하나를 집어다가 자리를 만들고 그 위에 주저앉았지. **나의 유희심은 육체적인 데서 정신적인 데로 비약한다.** 냄새로, 시각적인 것에서 후각적인 것으로의 비약. 연심은 연방 볼을 토닥거렸어. 지분거리는 화장품 냄새. 이런 데까지 와서 다 산 사람처럼 왜 표정 구기고 있어. 아저씨 혹 실연이라도 당했어? 내 말이 맞지? 이래 봬도 내가 사람 속마음 꿰뚫어보는 데 뭐가 있거든. 그렇지만 화장품 냄새는 상징이 아니야. 그것은 속이 훤히 들여다보이는 위장이지. 어설픈 위장. 저주의 단계. 오히려 역효과만 가져오는 위장. **나는 그중의 하나만을 골라서 가만히 마개를 빼고 병구녕을 내 코에 가져다 대이고 숨 죽이듯이 가벼운 호흡을 하여본다.** 나라면 그런 냄새에 견딜 재간이 없지. 돈이 걸린 일만 아니라면 먼 데서라도 그런 냄새는 맡고 싶지가 않아. **이국적인 쎈슈알한 향기가 폐로 스며들면 나는 제절로 스르르 감기는 내 눈을 느낀다.** 나도, 나도 눈을 감고 싶은 심정이었지. 아무것도 보고 싶지 않았어. 아무것도 냄새 맡고 싶지 않았어. 차라리 코는 누가 좀 베어가 주었으면 좋겠는데. 폭발할 것 같았지. 꽥소리와 함께 그 **三十三번지**의 일곱 번째 방, 더러운 위장과 어설픈 기만으로 한껏 치장된, 수십수백 명의 정액 냄새로 버무려진 그 방을 뛰쳐나오고 싶었지. 저기 있지……. 말이야……. 왜요? 급해요? 화장 그만 해요? 오염 내용; 연심(직업: 창녀); 그녀는 거짓 성교를 해야 한다. 그것도 빨리 마칠수록 좋다. 그래야 시간당 인건비가 올라가니까. 언제까지 애들처럼 칭얼대기만 할 수는 없었지. 그게 아니라…… 뭣 좀 필요한 게 있어서. 연심의 얼굴에 떠오르는 성가신 표정을 지워버리기 위해서 나는 지갑을 바지주머니에서 꺼냈지. 미리 준비된 지폐다발은 지갑 안에서 춤을 췄지. 담배가 피우고 싶어서…… 그만 깜박 잊고 나오는 바람에…… 좀 사다 줄래. 나는 어림짐작으로도 담배 한 갑의 열 배는 족히 됨직한 액수의 돈을 내밀었어. 여기서 담배 사러 가려면 꽤 걸리는데…… 나의 침묵. 사고 남는 돈, 심부름값으로 가져도 돼? 그, 그럼. 돈, 지폐다발이 그녀의 손으로 잽싸게 옮겨갔고 다시 그녀의 작은 전대 속으로 사라졌지, 딸끄닥. 어휴, 이 주책바가지, 화장하기 전에 미리 줌 얘기하지. 그러나 나는 봤지, 싫지는 않은 표정이었어. 나 금방 갔다 올게. 조금만 기달려. 문이, 드르륵, 열리고, 다시, 닫히는 소리, 쾅. 그리고 연심의 콧노래 소리. 점점 멀어져 갔어.

오염 내용; 남자(직업: 미행자 혹은 전문감시원 게다가 살인자); 그는 이제 그의 앞에서 돈을 쥐고 사라진 연심이라는 이름의 창녀의 남편을 죽여야 한다. 그래야 그가 연심에게 쥐어준 돈의 몇 백 배는 될 돈을 손에 넣을 수가 있다. 일을 시작해야 했어. **안해 손이 이마에 선뜩한 것을 보면 신열이 어지간한 모양인데 약을 먹는다면 해열제를 먹어야지 하고 속생각을 하자니까 안해는 따뜻한 물에 하얀 정제**

약 네개를 준다. 연심은 손님을 받아야 했지. 남편은, 하루 종일 아무 짓도 않고 집에 틀어박혀 있는 그녀의 남편은, 귀찮은 존재였어. **쌉싸름한 것이 짐작 같아서는 아마 아스피린인가 싶다.** 연심은 그녀의 남편을 속였지. 손님을 받기 위해서 그는 말썽 없이 잠만 자주어야 했어. 아스피린은 아주 간단하게 최면약 **아달린**으로 대치되었지. **나는 날마다 이불을 뒤집어쓰고 밤이나 낮이나 잤다. 유난스럽게 밤이나 낮이나 졸려서 견딜 수가 없는 것이다. 나는 이렇게 잠이 자꾸만 오는 것이 내가 훨씬 몸이 튼튼해진 증거라고 굳게 믿었다.** 뻔한 거짓 진술이 아닐까 하고 생각했지. 연심의 남편, 아마도 그는 아내가 해열제라고 주는 그 약을 받아줄 때부터 그것이 실은 최면약 **아달린**이라는 사실을 알았던 게 아닐까 하고 생각했지. 하지만 관계없는 일이잖아? 그 **아달린**이 다시 독약인 염화모르핀으로 전이한다는 사실은 꿈에도 모를 테니까.

창녀인 아내는 백수인 남편을 속여; 아스피린? 실은 그건 최면약 **아달린**이었지. 나, 오염된 남자, 나는 백수인 남편을 속인 창녀인 아내를 속여, 혹은 창녀인 아내에게 속아 넘어간 척한 백수인 남편을 속여; **아달린**? 실제로 그건 치명적인 독극물인 염화모르핀이지.

시간이 얼마 없었어. 연심이 좋아라 돈이 가득 든 전대를 허리에 두르고 담배를 사러 뛰어갔다 오기 전에 나는 모든 일을 끝내고 이 지긋지긋한 **三十三번지**를 떠나야 해. 깨끗이, 아무 흔적도 남기지 말고. 그녀는, 집으로 돌아온 창녀 연심은 아마 이렇게 생각할 거야. 병신새끼, 지랄꼴값 떨고 있네. 하지도 않고 이렇게 돈만 주고 내빼버렸네. 어디 자선 사업이라도 하나 부지. 어찌 됐건 간에 오늘 재수 좋긴 좋은데. 에이, 놀면 뭐해, 사온 담배나 태워 없애지, 뭐. 그 돈, 전혀 일하지 않고 번 돈. 시간당 임금=번 액수 나누기 일한 시간, 하면 무한대로 커지는 그 돈, 과 나는 **아달린** 대신 외관만 똑같은(효과는 전혀 다르지) 염화모르핀만을 남겨놓고 그 방을 떠나야 했지. 충분했어, 충분히 떠날 수 있었지. 하지만…….

나는 화장대 밑에서 **아달린** 갑을 꺼내고 그 안에 들어 있는 내용물을 나의 주머니에 옮겨 붓지. 그리고 준비해 간 염화모르핀을 **아달린** 갑에 채워놓았어. 감쪽같았지. 이제 모든 일은 끝났어. 그 구역질 나는 곳을 떠나는 일만 남았던 거야, 연심이 들어오기 전에. 연심은 틀림없이 그날 혹은 그 다음날 아침, 늦어도 그 다음날 정오까지는 남편에게 그 염화모르핀을 따뜻한 물과 함께 가져다주는 거야. **아달린**이라고 믿으며. 그러면 연심의 남편은 덥석 그 약을 받아먹겠지. 아스피린이라고 믿으며. 몸이 더 튼튼해질 거라고 믿으며. 아니면, 연심과 마찬가지로 **아달린**이라고 믿으며. 어디에도 의심의 고리 따윈 없어.

이젠 떠나야 했어. 그때, 나는 떠날 수 있었지. 그 일만 아니었다면, 틈으로, 아무도 예상 못한 틈으로 새어든, 토끼만 아니었더라도, 나는 떠날 수 있었지. 연심의 손에 쥐어진 돈은 무한대로 부풀어 오를 수 있었구 말이야. 하지만 갑자기 나는,

나는, '**剝製가 되어버린 天才**'가 보고 싶어졌던 거야. 그때 기분

을 제대로 설명할 수는 없어. 어쨌건 나는 시간이 좀 더 남았다고 생각했어. 사로잡힌 듯 나는 그 위험한 일을 행동에 옮겼던 거야. 나는 장지를 돌아 그 방, 윗방으로, 나는 **어데까지던지 내 방이——집이 아니다. 집은 없다——마음에 들었다. 방안의 기온은 내 체온을 위하여 쾌적하였고 방안의 침침한 정도가 또한 내 안력을 위하여 쾌적하였다. 나는 내 방 이상의 서늘한 방도 또 따뜻한 방도 희망하지는 않았다. 이 이상으로 밝거나 이 이상으로 아늑한 방을 원하지 않았다,** 그가 이렇게 말했던, 윗방으로, 건너갔어.

그가,

그가 거기에 있었어, '**剝製가 되어버린 天才**'.

나는 전등을 켜지 않았어. 장지로 넘어오는 불빛이 그의 형체를 간신히 알아볼 수 있게 했지. 나는 심하게 떨고 있었어. 누가 나를 조금이라도 건드렸다면 나는 정말로 기절해 버렸을 거야. 나는 이빨이 맞부딪히는 소리가 나지 않도록 이를 앙다물어야 했지. 나는 떨고 있었어, 첫 섹스를 앞둔 소년처럼, 첫 월경의 흔적을 발견한 소녀처럼. 그는 새우처럼 웅크린 채 잠이 들어 있었어. 아주 편안한 잠, 속에, **아달린**에 취한 수면 속에 그는 깊이 잠수해 있었어. 한쪽 발이, 맨발인 것처럼 보였어, 이불 밖으로 나와 있었지. 이불은 그의 몸뚱어리에 아무렇게나 감겨 있었어. 얼굴은 때에 찌든 이불에 반쯤 가려져 있었지. 나는 떨리는 호흡을 천천히 고르며 그의 얼굴을 더 잘 보기 위해 몸을 수그렸지. 깎아주지 않아 멋대로 자란 수염과 구레나룻은 건물 벽에 붙어 있는 담쟁이덩굴처럼 무성했어. 그는 평화로워 보였어. 최면약 **아달린**을 복용하고 잠든 천사. **나는 참 세상의 아모것과도 교섭을 가지지 않는다. 하느님도 아마 나를 칭찬할 수도 또 처벌할 수도 없는 것 같다.** 나는 가까이서 물끄러미 그를 내려다보았지. 깨끗해지는 기분이었어. 훅 하고 살그머니 그의 볼에 입김을 불었지. 그는 꼼짝하지 않았어(나는 무얼 바랐던 걸까? 꼼짝하기를?). 이름이 있었다면…… **나는 안해의 이름을 속으로만 한번 불러보았다.「蓮心이-」하고**…… 이름이 있었다면, 나도 그의 이름을 불러보았을 텐데. 나는 손가락 끝으로 드러난 그의 한쪽 귓불을 살짝 건드려보았어. 아주 잠시. 어떤 느낌이 있었는지 채 인식하지도 못할 만큼 짧은 시간이었지.

그리고 그다음은? 다음 그림?

연심의 발소리가, 들렸지. 불현듯 나는 정신이 들었던 거야. 내 앞에는 남루하기 짝이 없는 사내가 온몸을 구긴 채 잠들어 있었어. 아차 늦었군. 그래, 언제나 이런 깨달음은 너무 늦게 찾아오고 말지. 창으로라도 도망치고 싶었지만, 너무 좁았고, 또 그러다 소란이라도 나면 그때는 정말 끝장이었어. 정신이 아득했어. 나는 잽싸게 아랫방으로 건너가 아무 일도 없는 척하고 있었지. 아이구 추워라. 그녀가, 연심이, 창녀가 들어왔지. 담배 한 갑이 툭 내 앞에 떨어졌지. 자기 많이 기다렸나 봐. 벌써 흥분했어? 얼굴이 아주 씨뻘겋네. 나 얼어 죽겠다. 빨리 줌 뎁혀줘, 응. 그녀가 달려들었어. 그녀의 그 뾰족한 표정. 처음이자 마지막이었던 그녀의, 창녀의, 여자의 몸 냄새. 나는 자포자기한 심정이었지. 벌써 커졌네? 자포자기한 마음으로 맞았던 첫 섹스. 나는 눈을 감았지. 나는 내가 누구와 성교를 나누고 있는지 알 수 없었어. 담쟁이덩굴이, 그 무수히 많은 잎사귀가, 얽히고설킨 기하학적인 구조가 손에 잡힐 듯 자꾸 확장하며 다가왔다가는 다시 꺼져가는 거였어.

7장

무슈(Monseuir), 등장하다

그리고 며칠이 더 지났다. 조금씩 조금씩 그러다 아주 빠른 속도로 소파 씨는 자신의, 아니 아내의 집에 무턱대고 눌러앉아 버린 불청객들의—오리나무, K, 아담 폴로—구질구질한 모습에 익숙해졌다. 그러나, 가끔씩, 특히 그들의 말썽이 잠잠해졌을 때 비로소 소파 씨는 자신에게 닥친 상황을 차분히 돌아볼 수 있었다.

'맨 처음 장님 행색을 한 오리나무가 그림에 불을 지르며 요란스럽게 나타났고…… 그래, 그게 모든 불행의 근원이었지, 때맞춰 아내는 온다간다 말도 없이 사라졌구 말이야. 다음으로…… 다음으로, 그래 K가, K가 왔었더랬지? **가구사(家具師) 란츠라는 분이 여기 계십니까?** 매혹적인 대사를 뱉으며 제법 말쑥한 차림으로 그가 왔었지, 여기로. 그래, 그랬고…… 그 다음으로 아담, 아담 폴로를 만났었지. **프리쥐닉** 백화점. 그 빌어먹을 개들의 교미. 그렇게 어처구니없는 일들이 마른하늘의 우박처럼 내 머리통 위에 쏟아졌던 거야. 보자. 그럼 벌써 며칠이 지난 거야? 오리가 오고 그 다음날? 그 다음다음날? 가만있자, K가 온 게 일요일이었으니까…… 그 다음날이군 그래. 그리고 다음다음날 아담이 왔고…… 그게 어젠가? 아니 그저께였나? 젠장 도무지 모르겠군 그래. 처음부터 끝까지 모든 게 뒤죽박죽이야, 씨이발.'

그러던 어느 날 아침이었다. 잠과 꿈과 무의식이 섞여 있는 영역에서 그 지겹게 반복되는 일상으로 막 도약하기 전, 소파 씨의 머릿속에 그들, 불청객들의 영상이 떠올랐다. 그들의 영상은 얇은 신경의 끈을 통해 불쾌감이라는 감정을 자극했고, 곧이어 그 어중간한 영역의 귀퉁이에 남아 있던 분노라는 감정을 부추겼다. 소파 씨는 화가 났다. 곰곰이 따져보지 않아도 그것은 정말로 분통이 터질 만한 일이었다.

'아내가 이 꼴을 봤으면 뭐라 했을까? 아내가 없는 마당에 정작 이 집 주인은 내가 아닌가 말이야. 근데 난 도대체 뭘 하고 있지? 뭘 하고 있냔 말이야, 이 병신, 이 멍텅구리, 이 말미잘. 어휴…… 정말 내가 바본가? 그 사이코들 앞에서 주인 행세 한 번 제대로 하지는 못할망정, 시키는 대로 정성껏 요리를 해준다, 뛰어가 신문을 집어다준다, 뭐 필요한 게 있다 하면 동네 슈퍼마켓에서 꼬박꼬박 물건을 사댄다, 이부자리를 펴준다, 옷을 빌려준다, 럭비공처럼 변덕스러운 취향에 맞춰 TV 채널을 돌린다, 이리저리 휘둘리기만 하고 있으니…… 그래, 어제 일만 해도 그래, 아담이 태양을 보는 데 방해가 된다며 제멋대로 커튼을 뜯어가 이불 대신 썼잖아. 그게 말이나 돼? 지가 주인이야, 뭐야? 근데, 근데 난 뭐라고 했지? 뭐라고 했냐구? 이 바보야. 뭐? 커튼을 고정하는 데 쓰는 핀이 그대로 달려 있을지도 모르니까, 자기 전에 한 번 살펴보라구? 허, 기가 막힌다, 정말 기가 막혀. 왜 요강 들고 따라다니며 그 미친놈들 똥수발까지 다 받아주지 그래?…… 후…… 난 정말 어쩔 수 없는 바보인가 봐. 이렇게 화를 내다가도 막상 그들과 마주하게 되면 모든 게 다 귀찮아져서 아무 말도 안 할 거 아냐. 불을 보듯 뻔한 일이지. 휴…… 내가 날 봐도 이리 한심한데, 서방이라구 옆에서 암 말 없이 지켜보던 아내는 얼마나 답답했을까?'

감은 눈 위로 눈물이 모였다. 눈물이 뺨을 타고 흘러내리지 않도록 소파 씨는 황급히 눈을 떴다. 아침이었다. 눈에 맺힌 눈물 때문에 이상한 모양으로 일그러진 거실 천장이 제일 먼저 시야에 들어왔다. 그들이 온 뒤로, 그러니까, 아내가 사라진 뒤로 죽 입고 있던 녹색 상의와 하얀 줄이 들어간 면바지를 입은 채, 그리고 며칠째 갈아신지 않은 양말도 그대로 신은 채 소파 씨는 그렇게 거실 바닥에서 자고 있었던 것이다. 억지로 상체를 일으킨 소파 씨는 오른손으로 눈곱을 뜯어내었다. 눈곱은 때맞춰 나온 눈물 덕분에 쉽게 눈가에서 떨어져 나갔다. 그중 큰 놈을 하나 엄지손가락과 집게손가락으로 눌러 잡고 소파 씨는 눈곱이 새까매질 때까지 비비기도 하고 크기를 가늠하기도 하고 혀로 맛을 보기도 하다가 그저 만사가 귀찮다는 듯 방바닥으로 퉁겨내었다.

'이것 보라구, 도대체 이놈들은 도움이 될 때가 없다니까. 일찍 일어나기를 하나, 그것도 아니면 좀 늦더라도 늘 그만그만한 시간에 규칙적으로 일어나기를 하나. 그래도 K 그놈은 한 며칠간은 말 안 해도 8시쯤 되면 척척 일어나선 날 깨우기도 하더니만, 이제 그만 지 세상 됐다 이거지. 이건 뭐, 사람 같은 놈들하구 죽이 맞아야 사람같이 살지. 제대로 일어나길 해, 게다가 또 기물이란 기물은 죄 부수려 들어, 애들도 아니구, 시계를 갖고 장난을 치려 들지를 않나. 이런, 여기가 도대체 오갈 데 없는 미치광이들을 한데 모아 유숙시키는 공립시설이야, 뭐야?'

소파 씨는 심통 난 시선을 **폼으로 갖다 놓고 읽지도 않은 카를 마르크스의 『자본론』(모스크바, 프로그레시브출판사) 양장본 3권이 가로로 쓰러져 있는 서투른 書架** 위, 시계 쪽으로 돌렸다. 하지만 시계는 그 자리에 없었다. 대신, 시계가 있던 자리에는 연이은 시계의 수난사를 기록한 원시인들의 상형문자 같은 괴상한 모양의 도형이 그려져 있었다.

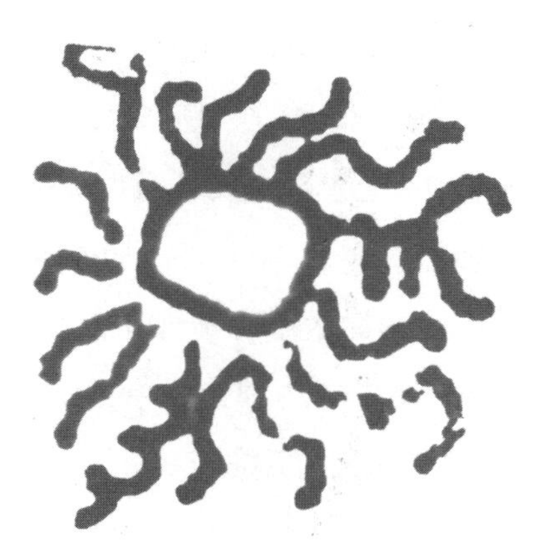

'폴로.'

진절머리가 난다는 듯 소파 씨는 있는 대로 인상을 찌푸리며 고개를 절레절레 내둘렀다.

'폴로, 이 새끼.'

평소대로라면, 소파 씨는 그를 '아담' 혹은 '아담 폴로'라고 불렀겠지만, 화가 났을 때는 유독 '폴로' 혹은 '폴로 이 새끼' 하고 부르는 습관이 있었다. 물론 대놓고 소리치는 것이 아니라 속으로만 그랬지만. 소파 씨는 아이들 낙서처럼 단순한 그 그림을 쳐다보았다. 그것은 어제 오후 아담 폴로가 두꺼운 사인펜으로 그린 그림이었다.

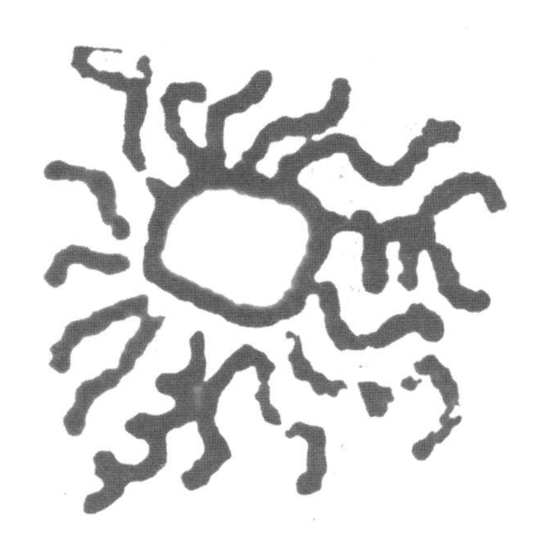

간단한 그림이었다. 그것은 단지 가운데의 원 그리고 그 주위로 불규칙하게 뻗어 있는 수많은 선들, 이렇게 두 요소로 구성되어 있었다. 소파 씨는 잠시 집중하여 태양의 윤곽을 단순화시킨 것으로 추정되는 중앙의 원과 그곳에서 뻗어져 나온 빛살들을 표현한 것으로 보이는 수십 개의 촉수들을 지켜보았다. 신경을 곤두세워 눈을 떼지 않고 몇 분 동안 그 원시인들의 상형문자를 계속 들여다보자 중앙의 원은 그 크기를 늘렸다 줄였다 반복하며 진동하더니만 결국에는 점점 작아져서 하나의 점으로 수렴되는 것처럼 보였고, 반대로 작은 원을 에워싸고 있던 선들은 내부로 또 외부로 끊임없이 연장되는 것처럼 느껴졌다.

'미친 짓이야, 정말 미친 짓. 나까지 이런 미친 놀음에 정신이 팔려? 저런 애들 낙서 같지도 않은 그림에 멍하니 넋을 놓고 있다니! 이런 미친놈.'

소파 씨는 자신을 비난하는 혼잣말과 함께 허공에 대고 발길질하는 시늉을 했다. 옷도 제대로 갈아입지 않고, 그것도 방이 아니라 마룻바닥에서 그냥 자서 그런지 온몸이 어디라 할 것 없이 전체적으로 뻐근했다. 쉬엄쉬엄 운동이나 할 셈으로 소파 씨는 창을 등지고 천천히 한 발짝 한 발짝 걸어보았다. 과연 허벅다리와 옆구리께가 시큰시큰한 게 정상적인 상태가 아니었다. 몇 발짝 걷지 않아 소파 씨는 바닥에 아무렇게나 누워 있는 괘종시계를 발견했다. 시계 또한 연속되는 불청객들의 장난에 몸도 마음도 많이 쇠약해졌겠군 하고 소파 씨는 생각했다.

"휴."

소파 씨는 긴 한숨을 쉬며 삐걱대는 허리를 굽혀 괘종시계를 집어들었다. 아직 숨이 붙어 있었다. 초침은 째깍째깍 규칙적인 소리를 내며 원호를 따라 바쁘게 움직이고 있었다.

'9시 30분? 정말 그쯤 되었겠는걸. 주인이라는 작자는 제대로 챙겨주지도 못하는데, 이놈 혼자 제 밥값을 하는군 그래. 어이, 시계군(君), 어떤가? 우리 한 번 서로의 역할을 바꾸어 보는 게. 그렇게 일 년 내내 똑같은 짓만 하는 것도 이제 슬슬 질릴 때가 되지 않았나? 나? 나 말인가? 흠…… 난 차라리 너처럼 전기가 들어오면 띠깍띠깍대며 제자리걸음이라도 아무 불평이나 의문도 품지 않고 시키는 대로 걷다가 전기가 나가면 그냥 쓰러져 그렇게 정지해 버리는 그런 삶을 살고 싶은걸. 아 정말이야, 진심이라고. 네가 만약 우리의 배역을 바꿀 용의가 있다면 난 지금 당장에라도 만사 제쳐두고 오케이라구.'

소파 씨는 정확한 원을 그리며 돌고 있는 시곗바늘에서 잠시 눈을 떼고 입을 벌린 채 멍하니 서 있다가 무언가에 정신이 퍼뜩 돌아온 듯 시계를 들고 서가 쪽으로 걸어갔다. 그러고는 **폼으로 갖다 놓고 읽지도 않은 카를 마르크스의 『자본론』(모스크바, 프로그레시브 출판사) 양장본 3권을** 반드시 세우고 괘종시계를 그 앞에 기대도록 하였다.

'여기 있거라, 이 재미없는 책들도 좀 가릴 겸. 그리구 언제라도 생각나면 말하라구, 내 당장이라도 바꿔줄 테니깐. 흐흐흐, 휴…….'

소파 씨는 고개를 들어 서가 위 벽, 괘종시계가 걸려 있었던 그 자리에 그려져 있는 선사시대의 동굴벽화 같은 태양의 그림을 보았다.

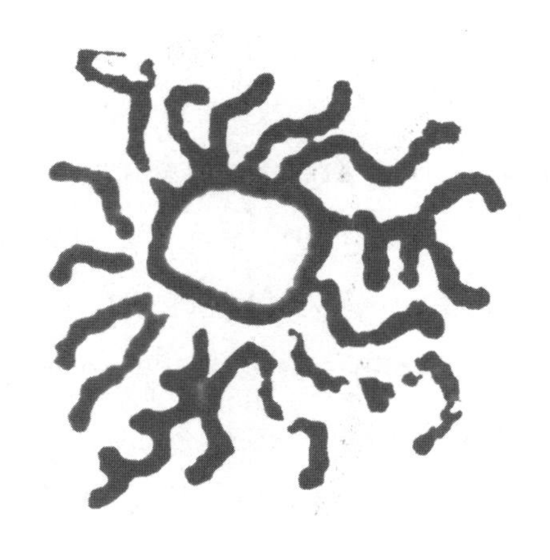

하나의 원과 수십 개의 불규칙한 선은 소파 씨의 화를 다시 돋우었다.

‘거참, 어이가 없군 그래. 저 그림은 나에 대한 명백한 조롱이야, 조롱. 주인에 대한 엄연한 도전 행위란 말이야. 봐, 폴로, 그 미친놈은 날, 이 집주인인 날, 뒷마당의 개만큼도 여기지 않는단 말이야. 근데 넌 시계나 붙잡고 살아 있는 사람에게 하는 것마냥 대고 궁시렁궁시렁 떠들고나 있으니, 어휴…… 자, 자 침착하자구. 이따위 자책하는 말 백번 해봤자 입만 아픈 일 아니겠어? 잘 봐…… 그래, 넌 주인이야. 난 이 집의 주인이야. 그리고 저들은 손님도 그 무엇도 아니야. 왜냐면 난 저들을 내 집으로 방문해 달라고 요청하지도 않았고, 그 이전부터 아무런 격식 없이 서로 자유롭게 왕래하는 그런 흉허물 없는 사이도 아니었거든. 그러니까 말이지 난, 난…… 지금부터 무언가를 해야 해…… 그래, 지금 저들의 수는 많고 난 혼자야. 그러니 무턱대고 내쫓을 수는 없어, 그랬다간 반대로 내가 쫓겨날지도 모르는 일이니깐. 맞아, 하나씩 하나씩 제자리를 찾아나가는 거야. 이성적으로 조금씩 단계를 밟아 한 계단 한 계단 올라가는 거지. 그래, 바로 그거라고. 우선 저들에게 내가 이 집의 주인이라는 사실을 명확히 인식시켜 주어야 해. 그러기 위해선…… 그러기 위해선…… 주인답게 뭔가 규칙을 정하고 그들에게 명령을 내리는 거야. 명령을? 근데 저놈들에게 도대체 뭘 시킨단 말이지?'

마치 그렇게 하면 아담에게 시킬 그 무언가가 떠오르기라도 할 것처럼 소파 씨는 언젠가부터 아담의 방이 되어 버린 아내 방의 문을 잔뜩 찡그린 채 노려보았다.

'그래, 그거야! 폴로 저놈한텐 쇼핑을 시키는 거야. 저새낀 원래 뭘 사길 좋아했잖아. 기억 안 나? **'좋아, 좋아! 모든 것이 잘 됐어. 하지만 시내에 가서 안주와 맥주, 초콜릿, 그리고 먹을 것을 좀 사야겠어.' 잘 이해할 수 있도록 그는 종이쪽지 위에 다음과 같이 기록했다.**

마른 안주

맥주

초콜릿

먹을 것

종이

가능하다면

신문

그래 자식의 말처럼, 또 옛날에 오리나무와 K가 내게 했던 것처럼, 잘 이해할 수 있도록 써서 주는 거야, 종이에 써주고 **프리쥐닉** 백화점이건 어디건 가까운 데 가서 거기에 적힌 걸 사오라고 시키는 거야. 아주 좋았어. 기가 막힌 생각인걸.'

소파 씨는 자신에 찬 걸음걸이로 아담의, 아니 아내의 방 앞으로 걸어갔다.

"똑똑."

"……."

"똑똑똑."

"……."

"똑또또또도독."

"……."

"아담…… 아다암…… 아담 폴로."

소파 씨의 목소리는 점점 커졌지만 여전히 아무 반응도 없었다.

'그래, 자. 화내지 말구. 침착하라구. 첨부터 일이 잘 풀릴 리는 없지. 어이 폴로, 하지만 이번만은 니가 잘못 생각한 거야. 날 무시하는 척해도 소용없는 일이야. 난 또박또박 내가 원하는 바를, 주인으로서 내가 원하는 바를 네게 말할 거야. 너한테 명령을 내리겠어. 이렇게 지금 문을 열면서 말이지!'

"어이, 아담, 너한테 뭘 시, 시시시킬 게 있는데 말이지."

왈칵 문이 열렸다. 하도 급하게 서둘러 말하느라고 소파 씨는 말을 좀 더듬었다.

방 안은 환했다. 너무 미세해서 눈에 잘 잡히지 않는 수백수천 개의 촉수가 방 안 가득 헤엄치고 있었다. 원채 빛이 잘 들어오는 방이었는데다가 창문까지 열려 있어 실내는 무슨 마술에라도 걸린 것처럼 환했다. 빛이 만든 기둥은 창문에서부터 방바닥까지 방의 내부를 관통하며 비스듬히 눕어 있었다. 기둥의 중앙부는 마치 빛 알갱이들이 한데 뭉친 것처럼 환했고, 경계면으로 갈수록 그 밀도는 현저히 떨어져 마침내 기둥의 밖과 구분하기 힘든 상태가 되어버렸다. 그리고 그 기둥의 중간에 아담 폴로가 있었다. **그는 제 모습을 알아볼 수 없을 정도로 몸을 움츠리고, 여차하면 굴속으로 달아날 태세로, 가까이 다가온 위험을 살피는, 교활하고 병든 짐승 같았다. 그는 하늘이 대각선으로 보이는 열린 창문 앞의 긴 피아노 의자에, 웃옷을 벗고 맨머리에 맨발로 길게 기대어 앉아 있었다. 땀에 찌든 다 떨어진 베이지색 바지를 입고, 다리는 꼰 자세였다.** 그의 모습이 너무도 태연했기 때문에 소파 씨는 감히 재차 말을 꺼낼 엄두도 내지 못했다. 소파 씨는 아담을 등지고 십 년 넘게 아내의 손때가 묻은 낡은 피아노 쪽으로 다가갔다. 피아노 뚜껑 위에는 작은 글자들로 빽빽이 메워진 종이들이 어지럽게 널려 있었다. 개중 어떤 것은 심히 구겨져 공처럼 뭉쳐진 것도 있었다.

"편지야. 읽어도 좋아. 쓰긴 했지만 이젠 보낼 수도 없으니까."

조용히 빛더미 사이를 비집고 불쑥 튀어나온 아담의 말에, 소파 씨는 시킨 대로 종이 하나를 집어들고는 읽어나가기 시작했다.

'**사랑하는 미셸,**

아마도 지금쯤이면 내가 정신병원을 탈출했다는 소식을 들었겠지. 물론 거긴 그 나름대로 괜찮은 곳이었어. 소변 검사나 청소 같은 자질구레한 의무가 내게 주어지긴 했지만 자유로운 시간이 굉장히 많은 편이었고, 덕분에 나는 내 앞날을 진지하게 계획할 수도 있었지. 나는 미국이나 날이 좀 춥다면 파두나 지브랄타 같은 남쪽 나라로 가려 했지. 내가 잠시 지내던—그리고 너의 고발에 의해 쫓겨났던—빈집에서 본 태양보다 몇 배나 더 크고 강하고 짙은 빛깔의 태양이 떠 있는 곳, 그런 곳으로 가고 싶었지. 네가 곁에 있으면 좋겠지만 꼭 니가 아니더라도 또 다른 누군가가 내 곁에…… 혹은 앞이나 뒤에 있겠지.

언제 어디서나 사람들이라면, 하긴 뭐, 사람들은 넘쳐날 정도로 많으니까. 그들은 서로에게 소리를 지르고 편지를 보내고 소포를 보내고 칼로 찌르고 말을 걸고 발로 밟고 키스를 하고 침을 뱉지. 나는 무수히 많은 사람들 곁에 있고 싶어. 그들이 나에게 정해진 일을 시켜주었으면 해. 나는 얌전히 그들의 말을 따를 거야. 조용히. 그들이 노래를 부르라고 하면 나는 나이트클럽의 가수가 될 수도 있어. 그다지 멋진 일은 아니지만 말이야.

〈내마으믈철쩌하게소기고사라온내인생에 / 가슴기피존재해떤볼마니이써 / 너무나도달라써떤던두마믈갈라노키위해서 / 어렵지만난과감하게선택해썬찌〉

나는 의미 없는 말들만 만들어내는 코미디언이 될 수도 있고, 요셉의 흉내를 내어 목수도 될 수 있고, 범죄자도, 방화범도, 탈영병도 심지어 실어증 환자까지 될 수 있어. 그러나, 그러나, 중요한 건 그게 아냐. 미셸 너도 알겠지. 내가 진심으로 원하는 것은 사람들이 날 조용하게 내버려두는 거야. 나는 내 주위의 모든 것들이 내 어깨 밑으로 천천히 가라앉기를 바라고 있어. 마침내 아주 조용해질 때까지, 마치 새벽처럼 말이야.

사랑하는 미셸,

다시 한 번 말해 두지만 정신병원은 정말로 괜찮은 곳이었어. 니가 날, 정신병원으로 보냈다고 해서 널 비난할 의도가 전혀 없어. 그곳의 공기는 쾌적했고 습도도 적당했지. 언젠가 한 번은 지도교수 한 명과 몇 명의 학생들이 날 찾아온 적도 있었어. 그들은 약속이나 한 것처럼 모두들 얇고 기다란 노트를 들고 있었지. 그들은 나를 실험실의 쥐처럼 관찰하고 분해하고 조각조각 갈라놓은 뒤 해체된 파편의 목록을 그 노트에 적어 가려는 것 같았어. 하지만 그들은 전혀 준비가 되어 있질 않았어. 그들은 무의미한 말만을 반복해서 반복해서 자꾸 늘어놓았지. 그건 정말 지리한 동어반복이었어.

당신은 몇 살이죠?

당신은 죽음을 바라나요?

당신은 혼자 있으면 두렵거나 불안한 기분이 드나요?

당신은 어떤 꿈을 꾸죠?

높은 곳에 올라가면 뛰어내리고 싶다는 생각이

들기도 하나요?

당신은 당신의 강박관념이 어디서 왔다고 생각하죠?

당신은 당신의 부모를 사랑하나요?

~~등등등등등등등.~~

미셸, 내가 도대체 뭘 대답할 수 있었겠니? 처음 나는 될 수 있으면 그들을 즐겁게 해주려고 노력했지만 금방 지치고 피곤해졌어. 나는 막 신경질이 났고 그들이 언제 돌아갈 건지 초조해지기 시작했어. 나는 그들이 내게 화를 내고 욕을 하게 만들고 싶어졌지. 갑자기 나는 얼토당토않게 그들의 문학을 비난하기 시작했어. **오 하느님, 그 모든 게 얼마나 헛된 것입니까?** 백제의 산동 진출, 핵전쟁, 유행의 최첨단인 페미니즘, 영화 애기, 가상현실, **다 냄새 나는 것들이죠.** 나는 더 큰소리로 욕했지. **사람들은**(나는 이 말을 할 때 의미심장한 표정으로 그들을 죽 훑어보았지) 어린 시절, 정신분석, 비틀스의 노래 제목, 장기매매, 정조의 독살설, 여대생 호스티스, 컴퓨터 통신, 개미나 그 밖의 신기한 곤충 이야기 **등으로 싸구려 소설을 쓰죠.** 또는 컴퓨터 해커, 은어 낚시, 일본과의 가상 전쟁 그리고.'

편지는 거기서 무엇에 가로막힌 듯 끝났다. 한쪽 모서리가 뜯어져 나간 것이었다. 소파 씨는 무의식중에 또 다른 종이 하나를 집어 들었다. 시작 부분이 구겨져 있었기 때문에 소파 씨는 피아노 위에 편지를 잘 눌러 편 채 읽어 나가기 시작했다.

'사랑하는 미셸,

너도 알다시피 나는 다행히도 운이 좋은 편이야. 특히 주거면에서는 더욱 그랬지. 빈 집에서 나는 너무도 행복했어. 검고 아름다운 태양을 비롯해 내게 필요한 건 죄 갖추고 있었으니 말이지. 무언가 다 떨어지면 나는 단지 사러 나가기만 하면 됐어. 문단속을 할 필요도 없었고, 열쇠를 잊고 나와 열쇠장이를 불러 문을 딸 필요도 없었고, 이불을 개거나 부모나 부인의 강요로 내키지도 않는 청소를 할 필요도 없었지. 필요한 물건은 손닿을 만한 곳에 늘어놓고, 옷을 벗은 채 누워서 낯선 광선 속에 내 몸을 말리기만 하면 그것으로 좋았지. 그런 행동을 하는 것으로 혹은 단순히 그런 행동을 하지 않는 것만으로도 나는 완전히 만족할 수 있었어. 무료해지거나 너를 보고 싶어 좀 짜증이 날 때도 있었지만, 그럴 때면 나는 나의 부재가 다른 사람들의 삶에 아무런 영향도 미치지 않을 거라고 혼자 상상하며 즐거워하거나 또…….

쥐를 죽이기도 했지.

그건 조그맣고 겁에 질린 흰 쥐였어. 그야말로 하얬지. **제법 용맹스러워 보이는 푸른 눈과 장미색 주둥이**, 그 외에는 모든 것이 하얬지, 수염마저도. 미셸, 제발 날 그렇게 몰아세우진 마. 그건…… 쥐를 죽인 건 내가 했던 행동 중에 가장 이성적인 행위였어.

〈쥐: 남성명사. 긴 꼬리를 가진 설치류의 작은 포유동물의 종류〉

나는 쥐의 시체를, 내가 던진 당구공에 맞아 걸레처럼 너덜너덜해진 쥐의 잔해를 창밖으로 조용히 추락시켰지. 부끄러운 일이지만 조금 감상적이 된 나는 눈물을 흘리기도 했어.

사랑하는 미셸,

오 제발, 날 빈집에서 쫓아냈다고 해서 내가 널 비난하려 드는 걸로 오해하지 않기를. 공원에서 미국 놈들에게 맞아 이빨이 부러진 날, 나는 그 더러운 미국 놈들을 욕했을 뿐, 너에 대해선 한마디 비난의 말도 머릿속에 품지 않았어. 어떤 면에서는 너의 고발로 인해 정신병원에 들어가게 된 것을 지금 나는 감사하고 있어. 세로줄무늬의 우스꽝스러운 파자마 차림으로 온종일을 보내야 했지만, 그 대신 나는 많은 것을 볼 수 있었어. 또한 많은 것을 보지 않아도 되는 특권도 얻을 수 있었지.

나는 될 수 있으면, 어떤 별다른 작정만 하게 되지 않는다면, 그곳에서 꽤 오랫동안 말썽피우지 않고 얌전히 지낼 생각이었지. 간호사는 내게 여기선 얌전히 지내야 한다고 했고, 나는 그녀가 그리 마음에 드는 건 아니었지만 일단 그녀의 말에 순순히 따르기로 마음먹었지. 여하간 일이 이렇게 된 것에 대해 날 비난하지 않았으면 해.

정말이야 미셸, 언젠가 나를 면회하러 온 그 얼치기 학생들에게도 말했지만, 나는 내가 죽는 것을 바라지 않아. 나는 그게 그리 편하지 못한 상태란 걸 알고 있어. 나는 없는 듯 그렇게 조용히 그곳에서 생활해 나갈 계획이었어. 그러던 어느 날 나는 이상한 쪽지 한 통을 받았어. 그건 나에게 온 것이었어. 누군가 날 죽이러 정신 병원으로 오고 있으니 될 수 있는 대로 빨리 그곳에서 도망치라는 내용이었어. 보낸 사람의 이름도 없었고 서명도 없었지. 너도 알다시피 나는 진심과 장난을—진실과 거짓이 아니구 말이야—한눈에 정확히 구분해 낼 수 있어. 나는 그 쪽지의 내용이 진심이라는 걸 알 수 있었지(진실인지 아닌지는 모르지만 말이야). 나는 쪽지의 지시대로 도망쳐야만 했어. 나는 한 마리 흰 쥐처럼 두려움에 벌벌 떨고 있었지. 경비에게 저질렀던 끔찍한 일은 정말로 피할 수 없었던—되도록이면 그런 일이 생기지 않았으면 하고 바랐지만—사고란 사실을 알아주었으면 해. 그가 내 말을 진지하게 듣고 내 생각을 이해해 주었다면 그런 일은 없었을 거야. 미셸, 나는 니가 날 이해줄 수 있으리라 생각해.

사랑하는 미셸,

처음 며칠은 새로이 지내게 된 이 아파트에 잘 적응하지 못해서 꽤나 애를 먹었지만, 이제 그럭저럭 맞추어 지내고 있는 셈이야. 오리나무라는.'

소파 씨는 뒷면으로 넘겼다.

'인상이 나쁜 친구가—그는 늘 찌푸린 것 같은 표정이야. 그래서 주름살도 많지—내게 너무 멀리 너무 오랫동안 나가 있는 것은 위험하다고 말해 주었기 때문에, 나는 대부분의 시간을 집에서 보내고 있어.

걱정하지 않아도 좋을 만큼 나는 여기서 잘 지내고 있어. 어젠 두꺼운 사인펜으로 벽에다 귀엽고 예쁜 태양을 그렸지. 함께 지내는 소파 씨란 사람은 그것이 아주 잘 된 그림이라고 했지만 나는 그렇게 생각하지 않았어. 그렇지만 나는 그의 기분을 깨어놓고 싶지 않았기 때문에 입을 다물고 만족스럽다는 표정을 지어 보였지. 몇 가지 서운한 점도 있어. 여긴 그 빈집에서처럼 해변이 가깝지도, 보이지도 않아. 나는 해변에 나가 개나 그 밖의 무생물들, 이를테면 구름이나 파도, 뭍에 밀려온 해초들의 흉내를 내며 시간을 보내고 싶어. 하지만 모두들 그건 자살 행위나 다름없다구 말하더군. 그들의 말로는 여기선 해변이 너무 멀다는 거야. 나는 분명 길을 잃을 거구, 날 죽이려 하는 그들이 날 발견하게 될지도 모르구, 결국에는 나는…… 나는, 그도 안 되면 개 한 마리를 갖고 싶어했지만, K란 사람은—그는 싸구려 성화에 나오는 예수와 비슷한 표정을 늘 짓고 있어—내가 당구공으로 쥐를 죽인 것처럼 TV 같은 물건으로 개를 때려 죽일 거라는 거야. 나는 화가 났지만 늘 그랬듯이 그걸 직접 표현하지는 않았어.

사랑하는 미셸,

아마도 넌 잘 알 거야, 미안하지만 K의 말은 전적으로 틀렸어. 물론 개는 내 관심 밖이지만, TV라면 나는 굉장히 아끼고 있어. 거실에 아무도 없을 때면—나는 사람들이 의식적으로 날 지켜보고 내 행동에 이렇다 저렇다 논평하려 드는 걸 참을 수가 없어—나는 TV를 켜놓고 TV에 나오는 사람들의 그리고 개들의 그리고 나무들의 운동을 혹은 정지를 충실하게 재현하려고 노력하지. 아무 규칙도 정하지 않고 가끔씩 생각나는 대로 채널을 바꾸는 거야. 그러면 규칙적이고 한 치의 오차도 없는 빛의 점들은 일 초 동안에 억 단위로도 세기 힘들 만큼 자주 깜박대며 전혀 예상하지 못한 새로운 운동을, 어떤 정지를 또다시 묘사하지. TV 브라운관이, 아니 그보다 훨씬 뒤에 숨어 있는 방송국이, 완벽하다고, 더할 나위 없이 안전하다고 여길 그 어떤 짧은 부동들을 나는 따라해 보려 하지. 그렇게 하는 것만으로도 시간은 아주 충만해지고 작은 시냇물처럼 내 곁을 기분 좋게 흘러가는 거야. 그런 놀이에 집중하다 보면 자연스럽게 더 빠른 변화를 원하게 되고 마침내 나는 미친 듯 맹렬히 리모컨의 단추를 눌러대지. 분절적이고 악마적인 악다구니들이 지치지도 않고 끊임없이 이어지는 거야. 한 번은 소파 씨가 우연찮게 내가 하는 행동을 보더니만 재미있느냐구 물었지. 그는 친절하지만 좀 바보 같은 데가 있어. 나는 글쎄요 하고.'

앞의 편지와 마찬가지로 그 편지도 아무런 예고 없이, 땅바닥에 내동댕이쳐진 것처럼, 그렇게 간단하게 끝나버렸다. 소파 씨는 이어질 내용을 계속해서 보고 싶었지만 피아노 뚜껑 위에 잔뜩 어질러져 있는 이십 장은 족히 되어보이는 종이쪽지들 사이에서 그 다음 장을 찾아내는 것이 불가능하다는 것을 깨달았다.

'이놈은 보통 미친놈이 아니잖아? 어쩌면 일부러 이렇게 중간에서 딱 잘라 끝을 내버리고는 또 다음 장에는 다시 '**사랑하는 미셸**'로 시작되는 잠꼬대를 시작하는 건지도 몰라. 어쨌건 이런 사람 놀리는 장난 같은 덴 얽혀들지 않을 거야. 절대로!'

소파 씨는 조금 단호한 동작으로 들고 있던 편지를 피아노 뚜껑 위, 종이 무더기 사이로 내려놓았다.

"난 그 편지들을 미셸에게 보내고 싶지만 K와 오리나무의 말로는 안 된다는 거야. 너무 위험하다는 거지, 정말 그럴까? 너도 그렇게 생각해?"

소파 씨가 편지를 손에서 놓자마자 아담 폴로는 이렇게 말해 놓고 소파 씨가 채 생각을 다듬어 대답을 하기도 전에 제 스스로 자신의 말에 대답했다.

"그렇겠지, 아마도. 난 그들이나 니 말이 옳다고 생각해. 나도 그 위험이란 걸 조금은 느낄 수 있으니 말이야. 그래서 난 너희들이 시킨 대로 편지를 보내지 않고 이렇게 모아두고 있어. 어이 소파, 이 편지들을 어떻게 하는 게 좋을까?"

이렇게 말하면서도 아담 폴로는 그가 말을 걸고 있는 소파 씨 쪽을 보는 것이 아니라 반대로 고개를 벽 쪽으로 돌려 소파 씨를 외면해 버렸다. 소파 씨는 어이가 없어 멀뚱멀뚱 그의 뒤통수만 쳐다보았다.

"그래, 역시 이것들을 쓰레기통에 그냥 내버린다는 건 안 될 일이야. 설사 미셸이 이 글을 전달받지 못하고 땅 속에 묻혀 한 줌 흙이 된다 해도, 그렇다고 해서 이 편지들을 마음대로 폐기시킬 권리가 내게 주어지는 건 아니니깐. 넌 가끔씩 현명한 생각을 해내는군, 그래."

소파 씨는 꺼내지도 않은 자신의 말에 제멋대로 동의하고 탄복하는 아담 폴로의 말에 더욱더 황당해졌다.

'이게 무슨 자다가 봉창 두드리는 얘기람. 사람을 앞에 두고 저렇게 돌아앉아선. 이 자식, 폴로, 이 새끼가 또 무슨 장난을…….'

"불로 태운다? 그러니까 편지를 모두 모아 불태워 버린다 그거지? 그래! 그거 정말 좋은 생각이야. 모두 태워서 날려버리는 거야. 호, 생각만 해도 이거 가슴이 두근대는걸. 먼저 종이에 불이 붙겠지. 그리고…… 연이어 내가 썼던 글자와 그 글자 속에 담긴 뜻들이 모두 불에 그슬리겠지. 처음에는 그 윤곽만 약간 쭈그러들다가 마침내 심하게 일그러지고 그러다 결국 자신과 자신이 아닌 영역을 구분할 수 없을 정도로 까맣게, 온통 까맣게 변해 버리겠지. 재가 되는 거지. 재가 되는 거야. 재가 된 나의 편지들을 바람에 날리면서 나는 시를 지어 노래 부르겠어.

이날, 분노의 날/ 비운과 불행의 날/ 이 숭고하고 비통한 날/

주께서 불로써 세상을/ 심판하러 오실 때……."

아담 폴로는 느릿느릿하게 곡조도 엉망인 노래를 지어 부르면서 마치 무언가를 공중에 뿌리는 것처럼 손을 들어올렸다 다시 힘없이 떨어뜨렸다 하기를 반복했다. 그렇지만 한 번도 소파 씨 쪽으로 고개를 돌리거나 주의를 기울이는 일은 없었다.

'이 새끼 완전히 날 데리고 놀겠다는 거 아냐. 진짜 해도 해도 너무 하는…….'

"그래, 그렇지. 미안, 정말로 그렇군. 지금 내가 처한 상황을 깜박했어. 니가 말한 불이란 이미지에, 뜨거움과 소멸의 그 이미지에 잠시 도취해 있었나 봐. 그래 소파, 니 말이 맞아. 이런 아파트 빌딩 사이에서 그런 짓을 하다간 미친놈으로 몰릴지도 모르구, 까딱 잘못하다간 우리들의 위치가 발각될지도 모르는 일이지. 소파, 넌 보기보다 참으로 사려 깊은 데가 있어, 정말이야."

소파 씨는 자신이 점점 한갓 조롱거리로 전락하고 있다는 기분이 들었다. 소파 씨는 아담 폴로의 끝없는 선문답을 중간에서 끊어 버리고 싶었으나, 오히려 잠깐씩 쉬었다가 다시 반복되고는 하는 그의 어눌한 말투에 자신의 생각이 토막토막 분절나 버리는 것이었다.

'막아야 해. 이걸 막지 않으면 정말로 언제까지 계속될지 몰라. 정말 한 번 본때를…….'

"그럼 소파, 이렇게 미셸과 나의 대화는 끝나버리는 걸까? 나는 주의 깊게 생각하고 명철하게 분석했어. 삶의 가장 깊은 부분, 저 아래까지, 그 뜨거운 곳까지 내려가보기도 했지. 그렇게 얻은 생각들을 난 미셸에게 극도의 주의를 기울여 전하려 했지. 아니 써놓기만 했지. 그런데 이제 보낼 수 없다니. 그녀의 대답의 들을 수 없다니. 소파, 너도 잘 알다시피 난 사람들과의 끊임없는 대화를 원해. 미국인, 프랑스인, 동양인, 터키인, 난 아무도 차별하진 않아. 그리고 그들에게서 많은 이야기를 듣기를 원해. 난 많은 사람들 사이에 둘러 싸여서 그들이 내게 여러 나라 말로 명령하는 것을 듣고 싶은 거야. 모르는 사람이라면, 처음 보는 사람이라면 더욱 좋겠지."

소파 씨는 이번이 기회라고 생각하며 아담의 장광설 사이를 비집고 들어가려 했으나 또다시 한 발 늦어버리고 말았다.

"그래, 그 말이 맞아. 편지를 보내는 것이 불가능해졌다고 해서 모든 커뮤니케이션이 불가능해진 건 아니지. 내가 좀 좁게 생각했군. 왜 그랬는지 안달을 부린 꼴이 되었는걸. 맞아, 니 말 그대로야. 사람과, 그것도 특별하게 지정된 단 한 사람과의 커뮤니케이션에 난 너무 큰 비중을 두고 있었군 그래. 너도 보았지. 난 태양을 그리기도 했고 그에게 말을 걸기도 했어. '**넌 참 예쁘구나.──예쁜 동물아. 예쁜 동물아 가라. 넌 참 아름다운 태양이구나. 그래. 넌 아주 검고 아름다운 태양이야.**' 그런 대화를 통해 난 공포의 감정을 경험할 수도 있었고, 일찍이 누구에게서도 느끼지 못했던 공허감을 맛볼 수도 있었어. 그 일렁이는 무(無)의 덩어리는 살아 움직이는 사람보다도, 미셸보다도, 나의 당구공에 의해 산산이 조각난 쥐보다도, 현명한 충고로 날 자주 기쁘게 만드는 너 소파보다도……."

"내 생각엔."

소파 씨는 더 이상 참을 수가 없었다. 아담 폴로의 건조하고 억양이 없는 어눌한 말투가 갑자기 중단되었고, 그보다 더 단호하고 더 크게 울리는, 그러면서도 한편으로는 말꼬리가 심하게 떨리는 소파 씨의 목소리가 터져 나왔다.

"내 생각엔……."

얼결에 고개를 숙인 소파 씨에게는 그것이 자신의 목소리가 아니라 남의 것처럼 느껴졌다. 상황이야 어쨌건 아담 폴로는 소파 씨가 이야기할 때는 늘 경청해 왔다는 듯, 그게 예의라는 듯 돌연 자신의 말이 중단되었는데도 불구하고 잠자코 있었다.

"내 생각엔……."

하지만 소파 씨의 뒤죽박죽된 머릿속에 생각 같은 게 있을 리 만무했다.

"음…… 아담, 네가 편지를 보내는 것이 위, 위험하고…… 음, 또 버리거나 태우는 것도 안 된다면…… 그냥 거기, 피아노 위에다 두는 게 좋을 거라고 생각해. 아무도 건드리지 않을 테니까."

소파 씨는 비로소 자신의 용건을 떠올릴 수 있었다. 아담 폴로가 끼어들지 못하도록 소파 씨는 황급히 다음 말을 이어갔다.

"그리고…… 응, 난 너에게 시킬…… 부탁이 있어. 같이 살아나가기 위해선 서로 조금씩의 일은…… 그러니까 분담을 하는 것이…… 뭐랄까 원, 원칙인 거지. 난 니가 백, 백화점 같은 데 물건 사러 가길 즐긴다고 알고 있어…… 그래서 말이지. 그래, 종이에 우, 우리가 함께 살아나가는 데 필요한 물건을 적어주겠어. 난 그걸 ……니가 좀 사와주었으면 해."

소파 씨는 자신의 말이 가져올 반응을 확인하기 위해 수그렸던 시선을 천천히 들어 아담 폴로 쪽으로 보냈다. 어느새 벽을 향해 있던 아담 폴로의 두 눈은 다시, 정면 빛이 쏟아 들어오는 창을 응시하고 있었다. 말을 하려는 것처럼 아담 폴로의 입이 벌어졌으나 아무 소리도 나지 않았다. 아담은 잠시 그렇게 입을 벌린 채 멍하니 있다가 이전보다도 더 천천히 더 무미건조하게 소파의 말에 대답했다.

"미안하게 됐군, 물론 나도 쇼핑을 하고 싶지만 이젠 그것도 옛날얘기가 되고 말았어. 내 뒤를 봐."

소파 씨는 아담의 말대로 그의 등 뒤에 있는 붙박이장 쪽으로 주의를 돌렸다. 방바닥에는 몇 개의 초콜릿이, 그리고 글자가 쓰여 있는 초콜릿의 번쩍거리는 포장지가 나뒹굴고 있었다.

"보는 바와 같아. **백화점에서 난 초콜릿을 훔쳤어. 바지 혁대 안으로 넣어져 있는 셔츠 아래쪽에 초콜릿을 쑤셔 넣었지. 그것이 불룩 나왔기 때문에 난 부피를 줄이기 위해 계산대 앞을 지나면서 배를 아주 홀쭉하게 했어. 숨 쉬기가 어려웠지. 판매원은 눈치를 채지 못했고 계산대 사이 감시대에 설치된 커다란 도난방지기도 그 사실을 알아내지 못했어.** 거기까지 일이 너무 잘 풀려서인지 난 조금 방심했지. 입구 앞에서 난 허리를 잔뜩 구부린 할머니와 부딪쳤고 하마터면 땅바닥에 엉덩방아를 찧을 뻔했지. 그 바람에 몇 개의 초콜릿이 바지 새로 빠져나와 바닥으로 떨어졌어. 판매원은 날 쳐다봤어, 눈이 마주쳤고, 그는 이 세상의 것이 아닌 것 같은 이상한 표정을 지었어, 그러고는 소리를 질렀지, 그건 마치 코끼리의 소리 같았어. 난 잡히지 않으려고 안간힘을 다해 거기서 도망쳤던 거야."

"그렇다면……."

"미안하게 됐어. 들키지만 않았더라도 어떻게 해볼 수 있었겠지만…… 난 다시는 거기 근처에도 가지 못할 것 같아. 오리나무나 K에게 말해 보는 편이 나을 거야."

"그래, 사정이 그렇다면 어쩔 수 없군. 그래…… 그렇다면, 뭐……어쨌든 잘됐군, 잘됐어…… 그렇지. 그럼, 뭐 이, 이만."

소파 씨는 저도 모르게 안도의 한숨을 내쉬며 더듬더듬 돌아섰다.

"어쨌건 충고는 고마웠어, 소파. 니 말대로 난 계속해서 편지를 쓰겠어. 설사 이 중에 단 한 장도, 단 한 글자도 전달되지 못한다 해도 말이야."

소파 씨는 더 이상 아담 폴로의 말에 화가 나거나 자신에 대해 심한 모멸감을 느끼거나 하지는 않았다. 결과야 어쨌건, 자신이 폴로에게 하기로 마음먹었던 말을 모두 전했다는 생각에 소파 씨는 그곳에서 빨리 빠져나가고만 싶어졌다. 소파 씨가 문고리를 잡고 막 돌리려는 순간 아담의 말소리가 등 뒤에서 들려왔다.

"그리고 어이, 소파. K나 오리나무가 물건을 사러 나가게 된다면 나도 뭣 좀 하나 부탁하려 하는데 말이지. 니 말대로 같이 살아나가는 데 있어선 서로 조금씩의 일은 분담하는 것이 원칙이니깐. 너도 알다시피 나에게는 종이와 연필이 필요해. 양은 충분할수록 좋겠지. 꼭 좀 부탁해."

들릴락 말락 응 하고 작은 소리를 내며 뒤도 돌아보지 않고 소파 씨는 아담 폴로가 차지하고 있는 아내 방의 방문을 쾅 하고 거칠게 닫았다.

소파 씨는 자신이 닫아버린 방문에 등을 기댄 채 휴 하고 길게 한숨을 내쉬었다. 뜨거운 기운이 슬금슬금 식도벽을 긁으며 올라오는 것 같았다. 소파 씨는 왠지 모를 뿌듯함을 느끼며 다시 한 번 속에서 울컥 치밀어 오르는 뜨뜻한 기운을 천천히 내뱉었다.

'내가 폴로 저놈의 말을 중간에서 자르다니. 정말로 멋졌어. 한 방 먹인 거지 뭐. 봤지? 내가 차분히 그에게 시킬 일을 설명하는 동안, 쥐죽은 듯 조용히 있던 그놈의 꼴을. 내가 한 방 먹인 거라구. 본때를 보인 거지 뭐. 그래, 난 계획했던 그대로, 정확히 얘기했어. 물론 그가 내 부탁을 들어줄 수 없게 되긴 했지만, 사실 그에게도 그럴 만한 사정이 있었구 말이야. 자신의 대답이 혹시라도 내 기분을 상하게 할까 봐 이유를 요목조목 들며 자세히 설명하던 폴로 그 자식의 상판대기를 봤지? 보통 때라면 그저 '싫어' 단 한마디거나, 사이코처럼 입은 다물고 기계적으로 고개를 절레절레 흔드는 걸로 끝났을 텐데 말이야.'

소파 씨는 몇 번이고 그가 아담 폴로의 말을 중단시켰던 장면, 사실은 별로 대단할 것도 없었던 자신의 대사, 폴로의 침묵과 뒤이은 변명, 무례한 인상을 남기려고 자신이 일부러 그렇게 했다고 어느새 믿게 된 자신의 등 뒤에서 쾅 하고 시끄럽게 울리던 문소리 등을 되새기며 혼자 들떠 있었다.

'하지만 여기서 그쳐서는 안 돼. 한번 시작한 김에 처음부터 끝까지 모조리 다 뜯어고치는 거야. 폴로, 저놈은 이제 됐고…… 그래, 이번엔 K와 오리나무, 그래, 니눔들 차례다. 하루 종일 내 눈에 띌 때마다 지들끼리 머리를 맞대고 여기서 쑤근, 저기서 쑤근하는 꼬라지가 그동안 얼마나 역겨웠는지. 지네들이 뭐 대단한 지하단체라도 되는 양 군단 말이야. 그래, 좋아. 어차피 폴로 저 새끼가 쇼핑을 할 수 없게 되었다고 하니까, 그 자식들한테 시키는 거야. 못할 게 뭐 있담? 더도 덜도 말고 폴로 그 자식한테 했던 그대로 하면 되는 거라구.'

언젠가부터 소파의 동의도 없이 자연스레 K와 오리나무가 함께 쓰게 된 안방으로 걸음을 옮겨놓다가 소파 씨는 불현듯 인기척을 느끼고 부엌 쪽으로 돌아보았다.

때마침 K와 오리나무가 식탁에 앉아 있는 것이었다. 정작 소파 씨의 의욕에 찬물을 끼얹어버린 건, 식탁 위에 놓인 검은 비닐봉지와 식탁 다리에 차곡차곡 겹친 채로 비스듬히 기대어져 있는 몇 개의 종이봉투였다. 오리나무와 K는 소파 씨가 그들에게 심부름 시킬 것이라는 사실을 미리 알고나 있었던 것처럼, 소파 씨가 마루에서 큰대자로 늘어지게 자고 있었던 이른 아침에 집을 나가 벌써 장을 봐온 것이었다. 시키려고 했던 일을 미리 다해 놓은 차라 김이 빠지기는 했지만, 소파 씨는 식탁 위에 머리를 맞대고 자신을 향해 한 번 아는 척도 안 하는 그들에게서 뭔가 시빗거리를 찾고 싶어졌다.

'저자식들은 하여간 어디 쪼그만 구석이라도 마음에 드는 데가 없다니깐. 시키지도 않은 일이나 하구 말이야. 어디 한 번 두고 보자, 이놈들.'

목에 걸려 있는 가래를 괜스레 그르릉그르릉대며 소파 씨는 식탁으로 다가갔지만, 그때까지도 그들은 무엇인가에 정신이 팔려 소파 씨의 기척을 알아채지 못하는 것이었다. K와 오리나무의 시선은 식탁 위에 펼쳐진 신문 위에 고정되어 있었다.

'이 자식들 뭘 보는데 사람 오는 줄도 모르고 이렇게 넋을 놓고 있는 거야. 어쭈?…… 근데…… 이것들이?'

끙 하는 소리를 내며 K가 비로소 고개를 들었다. 소파 씨와 눈이 마주친 그는 가볍게 목만 까딱하더니 다시 오만상을 찌푸리며 고개를 돌려버렸다. 소파 씨는 오리나무는 어떤가 싶어 이번에는 그의 표정을 살폈는데, 그 또한 무언가에 홀리기라도 한 듯 죄 없는 옷소매만 계속해서 만지작거리며 눈은 초점을 잃은 채 정신 나간 얼굴을 하고 있었다

'이 자식들이 아침부터 안 하던 짓을 하더니 어디 가서 단체로 식중독이라도 걸려 왔나? 어디 쥐약 먹은 괭이새끼마냥 맛 간 표정들이야.'

소파 씨는 그래도 좀 더 만만한 K에게 자신의 기분을 최대한 숨긴 채 정중하게 말을 건넸다.

"K 씨, 뭐 신문에 안 좋은 소식이라도 났나 보죠?"

"아하, 소파 씨 오셨군요."

하지만 이렇게 예의 바르게 대답해 놓고서도 K는 더 이상 설명하려 들지 않고 애꿎은 입술만 물어뜯었다.

"어이, 오리나무, 도대체 무슨 일이지? 심각한 표정이나 짓고 있구 말이야."

오리나무는 작고 멍한 눈으로 소파 씨를 한 번 힐끗 보더니 손가락으로 신문의 한 부분을 짚어 가리켰다. 소파 씨는 그의 옆으로 가서 그가 가리킨 기사를 읽기 시작했다.

劇場 안 深夜 强盜殺人 事件

- XX일 오전 9시, 시네엘도라도 영화관 경비원 李慶楠(38세) 씨가 이층 구석에서 피를 흘리며 바닥에 쓰러져 있는 앙트완 로캉탱(無職, 33세) 씨를 발견하고 즉시 경찰에 신고했으나 이미 숨진 후였다. 경찰은 피해자가 전날인 XX-1 일 저녁 마지막회 영화를 보러 왔다는 檢票員의 증언과 死體 剖檢을 통한 死亡 推定 時間을 토대로 피해자가 영화를 관람한 후 뒤늦게 극장을 빠져나가다 이 같은 逢變을 당한 것으로 추측하고 있다. 피해자는 비교적 단정한 옷차림이었으며 칼과 같은 예리한 흉기에 가슴을 이삼 회 亂刺당해 현장에서 卽死한 것으로 경찰은 暫定 結論 내리고 있다. 경찰은 피해자의 피 묻은 지갑이 텅 빈 채로 일층 계단에서 발견된 점이나 최근 사건 발생지 근처 遊興街에서 자주 强盜强姦 사건이 일어났던 점 등으로 미루어 일단 금품을 노린 강도에 의한 살인으로 수사의 초점을 맞추고 근처 일대의 同一 手法 前科者들의 緣故 把握에 總力

을 기울이고 있다.

한편 피해자는 프랑타리에 호텔에 살고 있는 獨身者로 러시아의 王朝에 대한 책을 쓰기 위해 혼자 공부하며 준비하고 있는 것으로 밝혀졌다. 또한 주변의 證言에 의하면 피해자는 평소에도 말수가 적고 사람들과 별로 친하게 지내지 않았으며 주위에서 특별히 怨恨을 살 만한 일은 없는 것으로 알려지고 있다.

경찰은 피해자의 주머니에서 나온 '흰부엉이'라는 불법 카페의 선전지를 중요한 단서로 보고, 선전지에 적혀 있는 전화번호를 토대로 피해자가 地下 不法 遊興業과 관련되어 있을 가능성을 수사하였으나 아직까지 별 進展이 없는 것으로 알려지고 있다. 또한 근처에서 발견된 피 묻은 조약돌에서 범인의 것으로 推定되는 왼손 엄지와 중지의 指紋 두 개를 찾아내고 同一 手法 前科者의 指紋과 對照를 하는 등 활발한 수사를 펼치고 있다.

"당치도 않은 말이야. 강도 살인이라니. 웃기고 있네. 로캉탱, 그가 뭔 돈이 있다고 칼로 찔러. 첨부터 지갑은 텅텅 비어 있었을 거라고."

"그렇다면 경찰이나 언론에도 미리 손을 다……."

"불을 보듯 뻔한 일이지."

오리나무는 화가 나 못 참겠다는 듯이 주먹으로 탁자를 내리치며 계속 말을 이어갔다.

"이 자식들이 해놓은 것 좀 보라구. 조약돌? **흰부엉이**? 정말 기가 막힐 노릇 아니야?"

"불쌍한 로캉탱 씨는 아무것도 모른 채 함정에 빠진 셈이 되었군요. 그렇게 조심하라고 일러주어도 들은 척도 안 하더니 이렇게 먼저…… 휴……."

소파 씨는 기사 속 피해자의 이름이 어디서 많이 들어본 것 같다고 막연히만 느끼다가 조약돌 이야기를 듣자 갑자기 퍼뜩 떠오르는 바가 있었다.

"그럼, 이 사람, 신문에 나온 죽은 사람이, 그 『구토』에 나오는 로캉탱, 바로 그 사람이란 말인가요?"

소파 씨는 자신이 핵심을 정확히 찔렀다고 생각하고 우쭐해했으나, K는 아직도 그걸 모르는 사람이 있느냐는 듯 의아한 표정이었다. 소파 씨는 만족할 만한 반응을 얻어내기 위해서는 조금 더 앞질러 나가야 한다는 걸 깨달았다.

"누군가 로캉탱, 그를 죽이고 나서 강도 살인으로 위장한 건가요?"

아무도 입을 열지 않았다. K는 소파 씨와 잠시 눈을 맞추더니 오리나무 쪽으로 고개를 돌리고 말을 걸었다.

"정말로 소파 씨 이분은 아무것도 모르고 있는 건가요?"

소파 씨는 오리나무를 쳐다보았다. 오리나무의 입술이 약하게 씰룩거렸다.

"모르긴? 그저 알려고 하지 않을 따름이지."

소파 씨는 너무 어이가 없었다. 자신의 집을 뻔뻔스럽게 차지하고 있는 반미치광이 같은 치들로부터 그런 대접을 받는다는 것은 소파 씨에게는 한편으로는 억울하고 다른 한편으로는 머리끝까지 화가 치밀어 오르는 일이었다.

"잠깐만, 오리나무. 도대체 그게 무슨 소리지? 내가 알려고 하지 않았다니? 너는 마치 나를 비난하려는 의도에서 그렇게 말하는 것 같은데, 그건 진짜 말도 안 되는 얘기야. 정작 비난받아야 할 사람은 바로 너희들이야. 사실대로 말하자면, 난 지금 내가 뭘 모르고 있는지, 그래, 오리나무 니 말대로 뭘 알려고 하지 않았는지조차 모르겠어. 오리나무, 넌 내가 알려고 하지 않았다고 그렇게 얘기하지만, 다시 한 번 니 자신을 돌아봐. 언제 니가 내가 알려고 하지 않았다는 그 내용에 대해 내게 자세하게 설명이라도 한 번 해준 적이 있는지. 반대로 너는, K 씨 당신도 마찬가지야, 너희 둘끼리 붙어 앉아선 심각한 척 수군대다가도 내가 다가가면 마치 자신들만의 놀이에 끼여 주기 싫다는 듯, 화제를 바꾸거나, 아예 말문을 닫아버리고는 했지? 그렇지? 그래 놓고선 이제 와서 어떻게 날 비난할 수 있는 거지? 난 그래도 너희들의 말을 경청하려고 항상 노력했어. 객관적으로 보아 전혀 이치에 맞지 않을 것 같은 말이나, 구체적인 설명도 없이 선 선문답처럼 툭툭 던지는 말에도 난 최대한의 주의를 기울였고, 너희들의 의중을 파악하려고 애를 썼지. 그런데 이 모든 노력에도 불구하고 난 지금 너희들에게 비난을 받고 있는 것 같아. 그렇지? 과연 너희들은 이게 말이 되는 상황이라고 생각해?"

"소파 씨, 화를 푸시죠. 제 생각엔 약간의 오해가 있었던 것 같은

데……."

"오해는 무슨 놈의 오해."

소파 씨의 목소리는 자신의 감정을 숨기지 못하고 점점 커져 갔지만, K는 여전히 낮고 정중한 목소리로 답했다.

"저나 오리나무 씨가 당신을 비난하려고 하는 건 절대로 아닙니다. 물론 소파 씨의 입장에서 보자면 그렇게 화를 내는 것도 당연하지요. 하지만 방금 전까지만 해도 저는 당신이 모든 상황을 완전히 꿰뚫고 있는 걸로 잘못 알고 있었던 겁니다. 당신은 엄연히 이 집의 주인이고, 이 집에서 일어나는 모든 일을 가장 먼저 그리고 가장 정확하게 알고 있으리라 여겼기 때문이지요. 당신은 아마도 당신이 아무것도 모른다는 사실을 알고도, 이 집의 주인인 당신에게 그 내용에 대해 전혀 귀띔하지 않은 오리나무 씨를 비난하시고 싶을 겁니다. 허나 그게 또 그렇게 쉬운 문제만은 아닙니다. 저나 제 동료들은, 여기 계신 오리나무 씨나 폴로 씨도 역시 마찬가지일 겁니다만, 처음 그 얘길 듣고는, 그 얘길 하는 사람이 재미없는 농담을 하고 있거나, 술기운이나 뜨거운 직사광선, 그 밖의 다른 이유 등으로 해서 머리가 좀 돈 건 아닌가 하고 의심할 정도였으니깐요. 요컨대 그 얘기는 처음 듣는 사람에게는 받아들여지기가 힘들다는 겁니다. 모두들 허무맹랑하다, 설득력이 없다, 등등의 이유로 해서 믿으려 하질 않는 거죠. 다른 각도에서 보자면 그 얘길 말하는 사람은 아무 이유 없이 사람들 앞에서 바보취급 당하기 딱 십상인 거죠. 모두 자신이 처한 상황의 특수성이나 그 상황이 자신에게 점점 여의치 않게 변해 간다는 사실은 인정하면서도, 사태가 정말로 그렇게 끔찍하게 진행되어 가고 있다는 건 믿을 수 없다는 겁니다. 말도 안 되는 소리라고 치부해 버리는 거죠. 어쩌면 소파 씨 당신은 제가 오리나무 씨를 변호하기 위해 없는 얘길 꾸며 적당히 둘러대고 있는 거라고 여기실지도 모르겠습니다만, 제발 그렇게만은 생각하지 말아주십시오. 저는 과장이나 왜곡 없이 사실 그대로를 당신에게 최대한 효과적으로 전하려고 하고 있으니깐요. 그 대신 소파 씨도 한 가지 약속을 해주셔야 하겠습니다. 저는 이 아파트의 주인인 당신과, 싫으나 좋으나 여기에 머물게 된 나와 오리나무 씨, 그리고 폴로 씨가 처한 상황에 대해 지금부터 간략하게 말씀드리고자 합니다. 내용에 관계없이 제 말씀을 백 퍼센트 전적으로 믿어달라는 건 결코 아닙니다. 난 단지 당신이 제 말에 그리고 제 물음에 성실히 답하고 주의 깊게 귀 기울여 달라는 겁니다. 때로는 아니, 자주 제 말이 혼돈스럽고 미치광이의 헛소리쯤으로 들리기도 할 겁니다. 물론 선택은 완전히 당신에게 달려 있습니다. 제 말씀을 끝까지 잘 들으시고 액면 그대로 받아들이시건, 잠꼬대 같은 소리로 여기고, 한쪽 귀로 듣고는 한쪽 귀로 흘려버리건, 그건 모두 소파 씨 당신의 자유입니다. 하지만 저의 말씀을 우습게 듣고 무시해 버린다면, 그때는 정말 당신은 오리나무 씨의 말씀처럼 알려고 하지 않은 셈이 될 테고, 아까와 같은 불평을 저에게 재차 하셔도 소용없는 일이 될 겁니다. 저 또한 정신병자 취급당할 위험을 무릅쓰고 당신에게 제가 아는 바를 감히 이야기하는 거니깐요. 지금까지 제가 말씀드린 바에 대해 질문이나 마음에 안 드시는 부분이 있는지요?"

소파 씨는 대답 없이 고개만 도래도래 내저었다.

"그럼 먼저 질문을 하나 드리겠습니다. 성(城)에 대해 들으신 적이 있습니까?"

"오리나무에게서 들었지."

소파 씨는 턱짓으로 오리나무를 가리켰다. 오리나무는 고개를 푹 숙이고 무엇이 불만인지 눈 주위에 주름살을 모으며 깊이 생각에 빠진 표정을 하고 있었다.

"셜록 홈즈가…… 그러니까 권태롭기 때문에 살해당했다고 했는데, 응…… 그 범인이 바로 그 성(城)이라고 불리는…… 뭐가 맞는 표현인지, 단체라고 해야 하나, 조직이라고 해야 하나, 뭐 어쨌건 그런 얘기였지."

"귓구멍이 꽉 막혀 있었던 건 아니었군 그래."

오리나무는 밑도 끝도 없이 톡 쏘는 말을 던졌다. 소파 씨는 울컥 하며 같이 쏘아붙이려 했으나, K가 집게손가락을 세워 자신의 입술에 갖다 대며 방해하지 말라는 뜻의 제스처를 취하는 걸 보고 좀 더 참기로 했다.

"제대로 알고 계시는군요. 성(城)은, 처음 그 실체가 어렴풋하게나마 포착되었을 때에는 벌거벗은 방송국이라고 불리기도 했죠. 하지만 우리들은 그 명칭이, 그들이 자신의 실체가 일부 외부에 유출되었을 때, 자신의 본모습을 의도적으로 축소 왜곡시키기 위하여 스스로 퍼뜨린 것이라는 결론을 내렸죠. 성(城)이 단순한 방송국이나 한정적인 공간을 갖는 시스템을 의미하는 건 아닐 거라고 진작부터 저희들은 생각하고 있었지요. 하지만 그들의 참모습에는 대강의 짐작이 가능할 만큼도 접근 못한 셈이죠. 그들은, 이미 들으신 바와 같이, 문학작품 속의 권태로운 주인공들을 하나하나 제거해 나가기 시작했어요. 초기에는 TV나 영화에 출연했던 권태로운 주인공들이 까닭 없이 자꾸 실종되었죠. 그리고……."

"그리고, 이제는 대놓고, TV나 영화에 나오건 안 나오건 상관없이, 그냥 처치해 버린다? 신문에 나온 로캉탱처럼?"

소파 씨는 신문의 표제를 손으로 짚으며 도전적으로 말했다.

"그래요, 우리들은 차츰 우리들의 목숨을 위협하는 존재에 대해 조금씩 알게 되었고, 그래서……."

"그래서, 성(城)이란 정체 모를 단체의 마수를 피해, 우리 집으로? 그렇다면…… 나도, 나도…… 권태라면 둘째가라면 서러울 정도니깐, 결국엔 같은 처지라 이거군 그래. 어쨌건 그렇게 그렇게 돼서 이곳까지 피해 왔고, 우린 단지 집만 같이 사용하는 게 아니라, 성에 의해 목숨을 위협받는, 같은 처지다?"

"예."

소파 씨는 탁자 위에 양손을 짚고 뜻 없는 한숨을 내쉬었다. 펼쳐진 신문지 위로 '劇場 안 深夜 强盜殺人 事件'이라는 표제가 유독 눈에 확 띄었다.

"K 씨, 여기 이 자리에서 당장 당신의 말을 부정하진 않겠어. 하지만 의문점이 하나 생기는걸. 당신 말대로라면 성(城)이란 정체불명의 집단은 문학작품 속의 권태로운 주인공들만 골라서 없애버린다 그건데…… 도대체 왜? 도대체 왜 권태로운 사람들만 죽인다는 거지? 특별히 악하거나 착한 사람만 골라서 죽일 수도 있고, 부자들만 따로 추릴 수도 있는 노릇인데. 이쁜 여자들만 죽이거나, 뚱뚱한 사람들에게만 유독 증오심을 품을 수도 있고, 몸이 허약한 사람만 없애거나, 자신과 살갗 색이 다른 사람들만 죽일 수도 있지. 이건 모두 극단적인 예들이지만, 뭐 불가능한 일은 아니라고 생각해. 만약 K, 당신이 이 예들 중의 하나를 들었다면, 어쩌면 조금은 당신들의 말을 믿고 싶어졌을지도 몰라. 그런데 왜 하필 권태로운 사람이라는 거지? 도대체 왜? 살인이 장난인가? 돈은 누가 주지? 전문살인자를 고용하고, 죽어야 할 사람들의 프로파일을 뽑고, 당신들 말대로 경찰이나 언론에도, 아니면 그보다 더 높은 곳에까지 돈을 찔러주고…… 그런 돈은 어디서 나지? 어떤 목적으로 누가 돈을 댄다는 거지? 자 한 번 대답해 봐. 뭐 하러 그렇게 공을 들여 권태로운 사람들만 죽인다는 거냔 말이야. 개인적인 앙심 때문인가? 부모가 너무 게을러서 어렸을 때 고생을 죽도록 하기라도 한 건가? 권태로운 사람들에게 무슨 알레르기라도 있다는 건가? 도대체 이유가 뭐지? 이유를 댈 수 있나?"

잠시 침묵이 흘렀다.

"정확한 이유는, 아무도 몰라요. 아마도, 아마도…… 성(城)만이 알겠죠."

"이유는 모른다? 단지 성(城)만이 안다? 그거 참 속 편한 대답이군 그래. 잘 들어둬. 난 너희들이 내게 어떤 악의적인 감정을 품고 놀리려거나 장난치려 했던 것이 아니라는 사실을 깨닫게 되어 참으로 기뻐. 또한 아까 잠시 오리나무의 말을 오해한 것도 정중하게 사과하겠어. 그렇지만 난 너희들의 생각이 잘못된 방향으로 흘러가고 있는 것 같아 몹시 우울해. 난 너희가 몇 가지 우연들을 꿰맞춰, 진실과는 너무 동떨어진 곳으로 사고의 다리를 놓고 있다고 생각해. 이유는 모른다? 그럼 같이 한 번 생각해 보자구. 도대체 왜?…… 대답할 수 없거든. 자넨 대답할 수 있나? 만약 성(城)이라는 집단이, 기존의 사회에 불만을 품고 구체적이고도 체계적인 방법을 통해 기성 체제에 반항하려는 문학작품 속의 주인공들에게서슬 퍼런 칼날을 들이댄다면 난 당장이라도 K 당신의 말을 받아들였을지도 몰라. 그들은 이 사회에 진짜로 위험하니까. 그런데 이건 경우가 달라도 너무 다르거든. 권태로운 자들을 누가, 왜, 그렇게 조직적으로 죽여야 하지? 내버려두어도 그들은 손 하나 꼼짝하지 않을 텐데."

그때였다. 오리나무가 앉아 있던 의자에서 벌떡 일어난 것은. 그 바람에 의자가 요란한 소리를 내며 뒤로 자빠졌다.

"넌 형편없는 바보거나 지독한 겁쟁이거나 둘 중의 하나군, 그래. 난 널 꽤 똑똑한 놈으로 여겼었는데. 만일 진짜로 니가 그 이유를 모르겠다면, 니 자신 속에 깃들어 있는 권태에게 물어봐. 그가 어디로부터 왜 왔는지."

그렇게 말해 놓고 오리나무는 쓰러진 의자를 바로잡지도 않고 안방으로 들어가 버렸다. K 또한 소파 씨의 눈치만 흘끔흘끔 살피더니 잠시 후 머쓱한 표정과 함께 뒷머리를 벅벅 긁으며 안방으로 사라졌다. 부엌에 혼자 남게 된 소파 씨는 갑작스러운 오리나무의 역습에 정신이 멍한 상태였다. 소파 씨는 오리나무의 말처럼 자신에게 늘 드리워져 있는 권태란 이름의 얇은 막이 어디로부터, 왜 왔는지를 물어보려 했지만, 잘 정리는 되지 않고, 문장의 처음과 끝이 꼬리에 꼬리를 물고 제자리에서 맴돌기만 하는 것이었다.

'평소 때보다 너무 많은 말을 했기 때문에 이젠 더 이상 아무 생각도 나질 않는 거야. 또 입 속은 말하기에도, 생각하기에도 불편할 만큼 바짝 말라버렸잖아. 목욕탕에 가서 양치질이나 하고 시원한 물에 얼굴이라도 좀 담그고 있어야겠어. 정신도 차릴 겸. 아, 그래. 욕조에 뜨거운 물이나 받아 놓고 푹 쉬다가 나올까나? 그래, 아무래도 오늘은 몇 주일치의 일과 말을 한꺼번에 해치운 것 같아. 이제부턴 따뜻한 물 속에서 아무런 방해도 받지 않고 늘어지게 쉬는 거야. 할 일도 다 했고, 아내도 없으니 누구 하나 귀찮게 굴 사람도 없구 말이야.'

신문을 접어 마룻바닥에 던져놓고 소파 씨는 천천히 목욕탕 쪽으로 걸어갔다.

"으악."

소파 씨는 욕탕 타일 바닥에 엉덩방아를 찧고 말았다. 낯선 생물이 기다란 욕조 안을 가득 차지하고 있었던 것이다. 그 낯선 생물은 사람이었다. 그 낯선 생물은 **한 손에 책을 들고 발은 수도꼭지 위에 걸친 채**였다. 그는 눈높이께에 있던 책을 가슴팍으로 내리고 주저앉은 채, 일어나 몸을 추스를 정신도 없는 소파 씨에게 반갑다는 눈인사를 했다. 소파 씨 또한 엉겁결에 어색한 미소를 지어보였다. 소파 씨는 엉금엉금 일어나 욕조 안의 낯선 생물을 위에서 내려다보았다. 타원형의 욕조 안에 그는 갇혀 있는 것처럼 보였다. 간편한 옷차림을 하고 있었다. **베이지색 진, 푸른 남방에 단색 넥타이를 맸다. 천이 몸에 멋지게 달라붙어 세련되고 건장하게 근육이 발달된 듯한 느낌이 들었다.**

'이건 또 뭐야. 남의 욕조 안에 누워서 책을 봐?'

대답을 해놓고서, 소파 씨는 낯선 생물의 가슴팍에 거꾸로 펼쳐져 있는 책의 제목을 보았다. 파스칼, 『팡세』.

"안녕하세요?"

욕조 안에 길게 누워 있던 낯선 생물이 자세를 고치고 욕조 벽에 기대어 앉으며 소파 씨에 쾌활하게 인사를 건넸다. 그것은 구김살 없고 듣기 좋은 목소리였다.

"예, 안녕하세요?"

소파 씨는 빙긋이 웃고 있는 욕조 안의 사람에게 시선을 두기가 머쓱해져서 괜스레 주위를 두리번두리번거렸다. 선반 위에는 늘 그자리에 있던 샴푸나 칫솔, 치약, 면도기 등의 세면도구 대신 몇 권의 책이 차곡차곡 쌓여 있었다. 그중 몇 권은 자신의 책인 듯했지만,

또 어떤 책은 자신의 것인지 아닌지 소파 씨는 자신이 없었다.

"아, 저거요? 서재의 일부를 옮겨놓은 거죠. 아무래도 여기서 생활하려면 저렇게 해놓는 게 편하니깐요. 그 자리에 있던 세면도구들은 비닐봉지에 담아 부엌에 갖다 놓았습니다만. 미리 양해를 구하지 않아 불쾌하신 건 아닌지 모르겠군요."

하마터면 소파 씨는 괜찮습니다 하고 말할 뻔했다. 그의 말을 무시한 채 소파 씨는 변화된 욕조의 모습을 꼼꼼히 살폈다. 빨랫감이 매달려 있던 빨랫줄이 뜯어져 나갔고—창턱 위에는 빨랫줄의 한쪽 끝을 고정시켜 잡아주던 못이 되는 대로 마구 뽑혀진 흔적이 있었다—옷장도 비워져 있었으며, 욕조와 변기 사이를 가로막던 커튼처럼 열고 닫을 수 있던 비닐칸막이도 없어졌다.

"여기서 오래 머무르실 작정인가요?"

욕조 안의 낯선 생물은 펴들고 있던 파스칼의 『팡세』에 작은 책갈피를 끼우고는 덮어버렸다.

"예, 당분간은."

소파 씨는 돌아서서 흰색 세면대 위 거울을 쳐다보았다. 잔뜩 찡그린 짐승 같은 얼굴이 거기에 있었다.

"전 늘 **가장 실용적인 욕조는 양변이 평행하고 팔걸이는 기울어지고 사용자로 하여금 바닥 깔판을 사용하지 않아도 되는 평평한 바닥의 욕조라고 생각**했죠. 그런데 제가 상상했던 이상형과 거의 비슷한 욕조가 마침 여기 있군요."

"아내가 여기다 꽤 많은 돈을 부어넣었거든요."

소파 씨는 갑자기 아내 생각이 났다. 자신의 처지가 조금은 외롭다고 생각했다. 치지지직 하는 소리가 들려 소파 씨는 뒤돌아보았다. 욕조 안의 생물이 기다란 팔을 바깥으로 뻗쳐 헌 라디오의 주파수를 맞추고 있었다. 그것은 소파 씨의 것이었다.

"물론, TV가 있다면 좋겠지만, 이곳으로 옮기기엔 덩치가 좀 크기도 하고 해서요…… 축구를 좋아하세요?"

"예."

"와, 그래요. 저도 축구를 매우 좋아해요. 일주일에 두 번씩 난 전국 축구대회 현황을 요약한 라디오 방송을 듣죠. 방송은 두 시간 동안 계속되죠. 해설자는 파리의 한 스튜디오에 앉아 각기 다른 운동장에서 벌어지는 게임을 따라다니는 특파원을 지휘하죠. 축구란 상상력을 통해 진가가 발휘된다는 의견을 가진 나는 이 방송을 놓치지 않고 듣죠. 훈훈한 목소리에 잠겨 불을 끄고 눈도 감고 방송을 듣죠."

"아, 라디오로…… 축구 중계를 듣는다구요?"

"그럼요, 한번 해보세요. 실망하진 않을 거라구요…… 그건 그렇고 다리 아프실 텐데 여기 좀 앉으시죠."

욕조 안의 낯선 생물은 제법 정중한 태도로 소파 씨에게 욕조의 가장자리에 앉으라는 시늉을 했다. 소파 씨는 그의 호의를 거절할 이유가 없다고 생각했다.

"수건을 깔아드릴까요? 뭐 깨끗이 훔쳐내서 물기는 없을 겁니다만."

소파 씨는 손을 내저으며 필요 없다는 시늉을 했다. 그것은 보기보다 편했다. 욕조 안의 낯선 생물은 라디오의 안테나를 이리저리 휘두르며 주파수를 잡으려고 애쓰고 있었다.

"오늘은 축구 경기가 없나 보군요."

"매일 있는 건 아니니깐요."

욕조 속의 사람이 라디오를 꺼버리자 어색한 침묵이 흘렀다.

"왜 욕조 안에 사시는 거죠?"

"그 질문에 답하기 전에 제가 먼저 질문을 드려도 될까요? 그럼 왜 당신은 방에서 살죠?"

"흠…… 그건, 그건…… 아무래도……."

"그렇게 애써 대답하려 하지 않아도 괜찮습니다. 어차피 질문 자체가 그렇게 간단하게 답할 수 있는 성격이 아니지요. 좋아요, 제가 먼저 당신의 질문에 대답해 드리지요. 전 여기가 편합니다. 그게 다예요."

"하지만……."

"여기에서는 아주 편한 자세를 취할 수가 있어요. 온도나 습도도 딱 적당하구요. 잠을 자고 일어나도 굉장히 상쾌하죠. **나는 오후 내내 눈을 감은 채 욕조에 길게 누워 전혀 표현할 필요가 없는 사고행위가 만들어주는 기적 같은 자족감과 함께 편안히 명상에 잠겼다**, 또 욕조에 누워 있으면 사람들의 방해 없이 여러 가지 것들을 생각할 수 있어요. 또 볼 수도 있죠."

"뭘 본다는 거죠?"

"이를테면 딱딱하고 안 움직이는 것들, 벽과 바닥의 타일, 그리고 그 사이의 균열, 거울의 표면, 손톱 등등을 볼 수도 있고, 말랑말랑하고 움직이는 것들을 볼 수도 있어요. 그것들은 주로 물이죠."

"물?"

"창문을 통해 빗방울이 떨어지는 것을 보거나, 세면대에 물을 받아놓았다가 갑자기 마개를 빼서 평온하던 수면이 소용돌이치며 작은 구멍 속으로 없어지는 것도 볼 수 있죠. 집중만 한다면 거울 표면에 맺힌 수증기나 작은 물방울들이 사라지는 걸 관찰하는 것도 가능해요."

한편으로는 귀를 기울이면서도 소파 씨는 그의 말에 반박하기 위해 방에서 사는 생활의 이점을 머릿속에서 바삐 찾고 있었다.

"그렇지만…… 보통 욕조는 두 사람이 들어가기엔 너무 좁지 않나요?"

"두 사람이요?"

"그러니까…… 혼자 있으면…… 외롭기 때문에 사람들은 대부분 결혼을 하거나 애인을 만들게 되고, 또……."

"또?"

"함께…… 잠을 자기도 하죠."

욕조 속의 낯선 생물은 다시 한 번 방긋이 미소를 지어보였다.

"섹스를 말씀하시는 거라면, 저는 실제로 에드……."

"아, 아, 아니. 전 단지 섹스만을 얘기하려고 했던 게 아니에요. 같은 이불 아래, 상대방의 맨살이 제 맨살에 닿게 되죠. 또 조용히 눈을 감고서 옆에 누운 사람의 숨 쉬는 소리를 들을 수도 있어요.

말을 하는 건…… 서로 말을 하는 건, 결코…… 위로라고 할까요? 위안이랄까요? 그런 걸 줄 수 없어요. 하지만 옆에 누군가 누워 있다는 건, 그 사실을 촉각을 통해 느낄 수 있다는 건, 좀 달라요. 그 사람의 존재가, 단순히 촉각을 통해 전달되는 하나의 기분이…… 그 자신에겐 위로가 될 수 있지요."

낯선 사람은 고개를 끄덕여 보였다.

"무슨 말씀을 하시는 건지 잘 알아듣겠어요. 그치만…… 전 좀 다른 생각이에요. 음…… 저에겐 에드몽송*이란 애인이 있었지요. 전 베니스의 어느 호텔에서 그녀와 함께 누워 있었어요. **나는 눈을 감은 채 에드몽송 팔 위에 손을 얹었다**, 저도 그와 비슷한 기분을 느꼈죠. 난 그녀에게서 내 존재를 위로받을 수 있을 거라 생각했어요. 그녀에게 난 날 위로해 달라고 부탁했어요. **부드러운 음성으로 그녀는 내가 무엇을 위로받고 싶으냐고 물었다**, 난 잠시 침묵에 빠져 있었죠. **날 위로해 줘, 라 했다, 하지만 무엇에 대해서, 라고 그녀는 말했다, 나는 날 위로해 줘 라 했다**, 그래요. 그녀는 날 위로해 줄 수가 없었던 거예요. 제 아픔의 근원을 이해할 수 없었던 거지요. 난 무엇을, 내 주위의 어떤 일이나 사건, 자질구레한 일상사에 대해 위로를 받고 싶었던 것이 아니에요. 난 나에 대해, 내 존재에 대해 위로를 받고 싶었던 거라구요. 그런 경험 때문인지는 몰라도, 전 타인의 존재가 제 자신에게 위로가 될 수는 없다고 봐요. 타인

* 장 필립 투생, 『욕조』에 나오는 인물. 죄송합니다.

은 철저히 타인인 법이죠. 어떤 사람이 타인에 대해 아무리 관심을 기울이고, 속속들이 파악하려고 노력한다 해도, 타인이라는 개별적인 개체를 완전히, 아니 반만큼이라도 이해할 수는 없는 노릇이죠."

욕조 속의 낯선 사람은 덮어 두었던 『팡세』를 펼쳐 어딘가를 열심히 찾더니 소파 씨에게 건네주었다.

"거길 읽어보세요."

소파 씨는 책을 자신에게 건네준 뒤 혼자 생각에 빠진 것처럼 보이는 낯선 생물을 슬쩍 쳐다보고는, 그가 지적한 부분을 읽어나가기 시작했다.

하지만 내가 좀 더 깊이 생각하고, 그리고 우리의 모든 슬픔의 원인을 찾은 다음 나는 그 이유를 발견하고자 원했으며 나는 정당한 이유가 있음을 알았으니 그것은 허약하고 죽음을 피할 수 없다는 우리의 조건에 의한 자연적 슬픔에 기인하며 그 조건은 너무도 비참하여 그것을 생각하면 아무것도 우릴 위로할 수 없다는 것이다.

소파 씨는 책을 덮고 다시 욕조 안의 생물에게 돌려주었다.

"애인의 이름이, 에드……."

"몽송, 에드몽송."

"그랬군요. 그렇다면 당신도…… 역시?"

"예, 그래요. 저도 이곳으로 피신해 온 거죠. 어쨌든 다행이네요. 이렇게 편한 욕조가 있는 곳이어서."

"애인의 이름은 에드몽송, 욕조에서 생활하고, 파스칼의 『팡세』…… 어디서 한 번 본 듯도 싶은데."

욕조 안의 낯선 생물은 어서 맞춰보라는 듯 싱글싱글 웃고 있었다.

"그래요, 『욕조』라는 소설에 나오는…… 음…… 이름이 뭐더라?…… 무슈(Monseuir)?* 그래, 무슈. 무슈가 맞죠?"

"하하하…… 미안하지만 약간 착각하신 것 같은데요. 전 원래부터 이름이 없어요. 무슈라고요? 흐흐흐, 그는 제 형제나 다름없는 사이죠. 저처럼 욕조 안에서 생활하는 건 아니지만, 아는 사람들은 우리 둘 사이에 유사한 점이 많다고들 하죠. 어쨌건 이름도 없고 하니 그게 편하시다면 그렇게 불러 주세요. 무슈? 하하하하."

또 며칠이 더 지나갔다. 소파 씨를 비롯한 15층 아파트 안의 구성원들은—오리나무, K, 아담 폴로—차츰 욕조 안에서 온종일 지내는 무슈의 생활방식을 인정하기 시작했다. 아니, 무슈의 존재를 무시하기 시작했다. 처음 그들은 목욕탕 안으로 들어가다가, 욕조 속에서 책을 보거나, 라디오를 듣거나, 잠을 자거나, 심지어는 식사까지 해결하는 무슈의 모습에 심히 불편해했다. 오리나무는 용변을 제대로 볼 수 없다며 불평을 했고, K는 그가 목욕탕 안에서 살아가는 데 필요한 모든 걸 해결하지만, 정작 실제 목욕탕의 원래

* 장 필립 투생, 『씨(氏, *Monsieur*)』에 나오는 인물. 죄송합니다.

용도인 손을 씻거나 용변을 보거나 하는 일 등은 하지 않는 것 같다며 수상쩍다는 듯 이야기하기도 했다. 하지만 욕조 안의 낯선 생물-무슈는 누구에게나 친절했고, 목욕탕이라는 비밀스럽고 어색한 공간에서도 너무나 자연스럽게 사람들을 대했으므로, 목욕탕을 드나드는 모든 사람들은 곧 그의 존재를 욕탕 속의 한 부속품처럼 여기게끔 되었다. 사람들은 아침에 세수나 면도를 하다가 잠에서 덜 깬 그와 인사를 나누기도 하였고, 아담 폴로는 변기에 쭈그리고 앉은 채로 그와 가벼운 농담을 나누기도 했다.

"오늘은 꽤 오래 걸리는데, 변비인가?"

"왜, 일루 와서 여기 엉덩이 좀 꾹꾹 눌러 짜주기라도 하려고?"

그러던 어느 날이었다. 무슈는 소파 씨와 K와 아담 폴로를 불러놓고—오리나무는 방 안에서 담배를 빠끔빠끔 피우며 귀찮아서 욕조로 가지 않겠다고 했다—**욕조 가장자리에 앉아 그들에게 스물일곱 나이에, 그리고 곧 스물아홉이 되는데 조금은 세상에 등진 채 욕조 안에서 사는 게 그리 건전치 못할지도 모른다고 설명했다. 그는 눈을 내리깔고 욕조의 에나멜을 만지작거리며 어떤 위험한 일, 그의 추상적인 삶의 편안함을 위협할 만한 위험한 일을 저질러야만 하겠다고 얘기했다. 그는 말을 끝맺지 못했다.**

다음날, 그는 욕실에서 나왔다.

8장

자크, 퇴장하다

밤에서 새벽으로 넘어가려는 시간이었다.

낡은 가죽점퍼 차림의 자크*는 어깨를 한껏 움츠린 채 보도 위를 터벅터벅 걷고 있었다. 어제보다 바람은 더 차가워졌고 어둠은 더 길어진 듯했다.

그가 걷고 있는 거리는 온통 파랗게 물들어 있었다. 건물의 기둥들도, 창들도, 차가운 포도 위를 종종걸음으로 지나치는 새들도, 대기 중의 물방울도, 일찍 잠을 깼거나 자크처럼 밤을 샌 사람의 얼굴들도, 모두 간밤의 어둠 대신, 불투명하며 기묘한 느낌을 주는 푸르스름한 빛깔에 취해 있었다. 그맘때쯤이면 늘 그랬다. 수천 번도 더 본 광경이군 하고 자크는 생각했지만, 저도 모르게 또다시

* 마르그리트 뒤라스, 『온종일 숲속에서』에 나오는 인물. 죄송합니다.

마음이 울렁거리는 것이었다.

늘 그랬다. 집으로 돌아가는 새벽녘의 푸르름은 묘하게도 사람의 마음을 어지럽히는 구석이 있었다. 쳇.

잡화상을 지나쳐 대로로 접어들며 자크는 방심한 표정으로 하늘을 쳐다보았다. 검정에 가까운 아주 짙은 파랑색 하늘이 그의 이마 위에 떠 있었다. 드문드문 하얀 점 같은 별이 보였다. 광장 뒤편 우체국 너머의 하늘에는 아직 달이 떠 있었다. 자크는 손톱 모양을 한 비교적 선명한 달의 모습에 잠시 발걸음을 멈춘 채 매혹되어 있었다. 하지만 달빛은 대지 위에 붙박인 사물들의 표면에 내려앉기 전에, 이 출처불명의, 그렇지만 아주 오래전부터 계속되어 온 짙은 푸르름 속에서 온데간데없이 사라져버렸다. 그는 축축한 공기 속에서 한기를 느꼈다.

어젯밤 처음 나가게 된 카바레는 전에 일하던 곳과 별 다를 바가 없었다. **저녁식사에, 담배와 음료수.** 그리고 교통비를 약간 웃도는 몇 푼 안 되는 돈. 그나마 처음 삼 일간은 돈을 줄 수 없다고 주인은 그에게 말했다. 내가 너 같은 뜨내기를 어떻게 믿겠냐는 투였다. 상대방을 위압하려는 목소리로 주인은 그것이 관례야 하고 말했다. 쳇. 하지만 카바레에서 집까지는 걸어가기에는 좀 먼 거리였다. 게다가 바람은 평소 때보다 더 차가웠다.

자크는 두 채의 삼층집 사이로 난 작은 골목길로 들어섰다. 삼층집의 벽에는 수많은 작은 물방울들이 맺혀 있었다. 집게손가락으로 그중 하나의 물방울을 훔쳐낸 자크는 그 차가움에 다시 한 번

섬뜩해했다. 골목의 끄트머리, 그러니까 시장으로 통하는 대로로 접어들기 바로 직전, 몇 명의 남자들이 작은 드럼통 주위를 둘러싸고 있는 것이 자크의 눈에 띄었다. 그들의 행색은 대체로 자크와 비슷했다. 탁탁 소리를 내며 속에서 무언가 열심히 타들어가고 있는 드럼통 주위에 모여 있는 그들의 표정은 지쳐보였고, 옷이나 가방, 신발 등은 대부분 낡고 지저분한 것들이었다.

어젯밤 키가 크고 피부가 거친 주인은 자크에게 며칠 동안은 돈을 주지 않겠다고 했고 그는 어깨를 으쓱할 뿐이었다. 별 수 없는 노릇이었다. 자, 저 라커를 열어봐. 열쇠가 없어도 될 거야, 아마. 저번에 일하던 놈이 쓰던 건데, 그럭저럭 쓸 만할걸. 주인은 쾅 소리 나게 문을 닫았다. 라커에서 나쁜 냄새가 났다. 거미줄도 없었고, 먼지가 두껍게 쌓여 있는 것도 아니었지만, 어딘지 딱히 집어낼 수 없는 곳으로부터 기분 나쁜 냄새가 났다.

드럼통 위로 시꺼먼 연기가 하늘로 천천히 올라가고 있었다. 불에 그슬려 아가리가 거멓게 된 드럼통 주위에 모여 있는 사람들을 지나치며, 자크는 그들의 얼굴, 그들이 입고 있는 헌 점퍼, 모자, 구두, 늘어진 어깨에 힘겹게 걸려 있는 가방, 그리고 그들의 얼굴 위에서 불안스럽게 껌뻑이는 불꽃의 그림자, 그 모든 것들이 유난히 파랗게 보인다고 생각했다. 그래서 뭐. 그렇다고 해서 달라질 건 없었다. 그들은 변함없는 하루의 무거운 일상으로 그들을 날라줄 첫 지하철을 기다리고 있는 일용노동자일 뿐이었다. 그렇다고 뭐 달라질 게 있나, 젠장. 정말이지 얼굴이 파랗게 보인다고 해서 변할 것은 없었다.

아직 이른 시간이었지만 대로는 조금 소란스러웠다. 손수레를 끌고 가는 상인들, 한구석에 모여앉아 담배를 피우고 있는 짙은 청색 유니폼 차림의 청소원들, 뒷바구니에 잔뜩 짐을 싣고 자전거를 몰고 가는 늙은 여인들. 자크는 모든 사람들이 이제부터 하루를 시작하는데 자신만이 집으로 돌아가고 있구나 하고 생각했다. 담배를 피울까 했지만 그러기에는 입 안이 너무 썼다. 날이 밝아 주위가 환해지기 전에 집에 도착할 수 있으면 좋겠다고 그는 생각했다. 어디선가 셔터를 드르륵 하고 열어젖히는 기분 나쁜 소리가 들렸다.

어머니만 오시지 않았어두.

하지만 어머니 혼자 집에 내버려두고 마르셀*과 그, 그렇게 둘만이 카바레로 일하러 나갈 수도 없는 노릇이었다. 하긴 오 년 만에 처음 뵌 분이 아닌가. 먼데서 나지막한 종소리가 들려왔지만 아직 거리 전체에 꽉 들어찬 어둡고 불투명한 푸르름이 풀릴 기미는 없었다. 거리의 한쪽, 축대벽에는 바닥에 작은 바퀴가 달려 자리를 옮겨가며 팝콘을 튀겨 팔 수 있는 이동용 카트가 기대져 있었다. 한낮의 햇빛을 막기 위해 만들어진 줄무늬 차양 위로 작은 물방울들이 수없이 맺혀져 있었다. 자크는 배가 고팠다. 집으로 가도 딱히 아침거리로 먹을 만한 것이 없다는 사실이 그의 기분을 더욱 비참하게 했다. 자크는 어머니의 그 끝없는 식욕을 상기했다. 부자가

* 마르그리트 뒤라스, 『온종일 숲속에서』에 나오는 인물. 죄송합니다.

된, **내가 사는 곳엔 아직도 황금덩어리가 굴러다니고 있단다. 거기로 가면 한 재산은 쉽게 벌 수 있다구,** 부자가 된 어머니는 끝없이 끝없이 먹어댔다. 그는 자신이 어머니를 닮아가고 있는 게 아닐까 하고 생각했다. 피곤하고 허기가 져서 자크는 생각을 정리할 수가 없었다. 빨리 가는 거야. 이 괴물 같은 어둠을 뚫고. 집으로 가 자는 거야. 아무 생각 없이.

자크는 빠른 걸음으로 광장을 가로지르고 있었다. 광장 가장자리에 서 있는 가로등의 불빛은 모두 꺼진 뒤였지만, 좀처럼 날이 밝아올 기미는 없었다. 매서운 바람이 사방에서 달려들어 자크의 얼굴을 할퀴고 지나갔다. 오늘은 새벽이 좀 긴데. 신문과 복권, 초콜릿과 껌, 생수나 음료수 같은 간단한 음식물들을 갖춘, 그리고 새벽나절에는 주인 할머니가 직접 토스트를 만들어 파는, 광장 서쪽의 부스도 아직 자물쇠가 잠긴 채였다. 드문드문 추리닝을 입고 맨손체조를 하는 노인들과 벤치에 앉아 조간신문을 열심히 들여다보고 있는 청년들이 있기는 했지만 아무래도 비둘기의 숫자에 비하면 사람의 수는 한참이나 모자랐다.

모잇감이 풍부해선지 비둘기들은 대부분 뚱뚱했다. 그것들은 몸을 좌우로 흔들며 마치 오리처럼 뒤뚱뒤뚱 걸었고, 여간해서는 잘 날지 않았다. 어쩌다 떼를 지어 날아오를 때도 기껏 사람 키를 넘지 않을 정도의 높이까지 올라갔다가는 자신의 중량이 힘에 부치는 듯 후드득 서둘러 다시 보도 위로 가느다란 두 발을 내딛는 것이었다. 뭘 처먹어서 저렇게 살이 쪘을까?

돼지처럼, 어머니와 그, 그리고 마르셀은 슈크루트를 그리고 갈비를 먹어치웠다. 그렇게 자크와 마르셀은 몇 년 만에 처음으로 허기를 채웠던 것이다. 부자가 된 어머니의 돈으로. 열일곱 개나 되는 팔찌를 차고 다니는 어머니의 돈으로. 식사를 마치고 그의 부축을 받아 침대에 누우며 어머니는 그에게 물었다. **얘야 지금 넌 무슨 일을 하고 있니?** 닥칠 일이란 건 그도 잘 알고 있었지만, 막상 어머니에게 대답을 한다는 건 괴로운 일이었다. **항상 같은 일이죠, 뭐. 엄마, 주무세요. 정말 늘 같은 일을 하고 있니? 자크는 잠시 망설이더니 그렇다고 대답했다.**

네, 늘 같은 일이어요.

늘 같은 일. 돈을 받고 밤새 처음 보는 여자들과 지칠 때까지 춤을 추고, 해가 뜨기도 전 이렇게 차가운 바람을 맞아가며 집으로 돌아가야 하는 일. 더럽게 기분 나쁜 새벽이라고 자크는 생각했다.

광장의 북단에서 자크는 고개를 중앙으로 모은 채 둥그렇게 떼를 만들어 모이를 열심히 쪼고 있는 비둘기 무리를 보았다. 이미 사람들의 모습에 익숙해진 비둘기들은 자크의 접근에 별로 놀라는 기색 없이 하던 일에 계속 열중하고 있었다. 자크가 가까이서 발을 굴러도 그것들은 놀라 달아나기는커녕, 보기 흉하게 살이 붙은 고개를 돌려 의뭉스레 소리의 진원지를 살핀 다음, 뒤뚱걸음으로 천천히 비켜나는 것이었다. 비둘기들이 물러난 자리에는 지난밤 술꾼이 토해낸 것으로 보이는 황갈색 토사물이 땅바닥에 말라붙어 있었다. 더러운 새끼들. 그런 짓을 하다니. 빈속에서 왈칵 헛구역질이 치밀어 올랐다.

개새끼들.

자크의 두 눈에 눈물이 고였다. 구역질은 일단 시작되자 연거푸 그의 쓰린 속을 뒤흔들어놓았다. 아픔을 참기 위해 자크는 마른침을 삼키며 걸음을 재촉했다. 하지만 자크는 부리에 더러운 토사물을 묻힌 채 그를 빤히 쳐다보던 그들의 작고 동그란 두 눈을 머릿속에서 지울 수가 없었다. 그런 짓을 하다니. 그런 짓을 하도록 내버려두다니.

어머니만, 어머니만 아니었어도 전에 다니던 카바레를 그만두게 되는 일 따윈 없었을 텐데.

사실이었다. 어머니가 자신이 살고 있는 파리로 찾아오지만 않았어도, 아니 적어도 그와 마르셀이 일하는 카바레로 오시지만 않았어도 그가 일자리를 바꿀 까닭은 없었다. 전에 다니던 카바레에서 어머니는, 처음, 기분이 좋은 듯 보였다. 그 나이의 노인네가 카바레에 앉아 있으면 사람들의 시선이 그쪽으로 쏠리는 건 어쩌면 당연했다. 하지만 그뿐이었다. 처음, 그녀는 말썽을 피우지도 않았고, 애꾸눈 주인과도 잘 지내려고 작정한 사람처럼 보였다. 그랬다. 잠시 동안은. 한데 샴페인, 샴페인이 문제였다. 그녀는 술을 그만 드시라는 자크의 말을 큰소리로 거부했고, 마지못해 아들이 따라주는 잔을 자신의 블라우스에 부어버렸던 것이었다. **삼대에 걸쳐 살림을 꾸려가느라고 일만 해왔고…… 또 여기 오느라고 구백여 킬로미터나 날아 왔는데…… 내겐 어째서 마실 권리조차 없단 말이냐?** 사람들의 당혹스러운, 짜증스러운 눈길이 전혀 어울리지 않는 두 모자에게 집중되었다. 시끄러운 음악 소리 밑에서 자크는 자신의 존재가 그 날카로운 음표들에 의해 갈기갈기 찢겨나갈 수 있다면 하고 바랐다.

어머니 생각을 하자 자크는 한층 더 피곤해졌다. 걸음걸이는 왠지 자연스럽지 못한 것처럼 느껴졌고, 사지는 조각조각 떨어져 나갈 것만 같았다. 푸르스름한 안개의 장막 너머 다리가 눈에 들어왔다. 반은 좀 넘게 왔겠군. 구름이 없는 하늘은 좀 더 옅은 색으로 변해 가고 있었다.

오천 프랑. 정확히 오천 프랑.

어머니 같은 부자가 왜 그만한 돈으로 그 난리를 피웠을까? 사실 주인이 자크를 쫓아낸 것은 아니었다. 자진해서 그가 그만둔 것이었다. **설명 필요 없다. 난 이 돈을 지불할 수 없어.** 계산서를 받아 쥔 어머니는 누구에게랄 것도 없이 소리쳤다. 애꾸눈 주인은 전혀 예상하지 못한 상황 앞에 당황해했다. **차라리 죽어버리겠어.** 하지만 정작 죽고 싶은 건 자크였다. 그런 짓을 하다니. 그의 자존심은 그가 다음날 다시 아무 일 없었다는 듯 카바레로 출근하고 똑같은 주인과 인사를 하고 다시 어머니가 주책을 부렸던 그 홀로 나가 춤을 추는 그 모든 일을 거부했던 것이다.

다리의 중간쯤에서 자크는 너무도 허기지고 또 피곤해서 그냥 되는 대로 아무데나 몸을 뉘어 한잠 푹 자고 싶다는 생각을 했다. 그러나 물기를 한껏 머금은 바람은 고개를 들어 앞을 똑바로 쳐다보기도 힘들 정도로 세차게 불어왔고, 결국 자크의 그런 생각은 토막토막 끊어져, 세찬 바람과 함께 흔적 없이 날아가 버렸다. 이렇게 추울 줄 알았다면 그냥 전에 다니던 카바레로 계속 나가는 건데. 난간 위로 흙먼지들이 세차게 날아올랐다. 유난스러운 날씨 때문인지 다리 위에는 자크 혼자뿐이었다. 다들 어디로 간 걸까? 요란한 소리를 내며 자크의 앞쪽에서 붉은색 자가용 한 대가 천천히 다리 위로 진입하고 있었다. 운전대를 잡고 있는 건 얼굴이 작고 흰 젊은 여성이었다. 차는 느린 속도로 자크를 지나쳐갔다. 마르셀도 차를 몰 수 있을까? 그런 날이 그녀에게 올까? 하지만 당장 그들에게는, 잠깬 시간 동안의 허기를 잊게 해줄 두 끼의 식사와 방해받지 않고 누워 잠들 수 있는 고정적인 거처만 보장된다면 족했다. 두 끼의 식사와 변두리의 헐고 비좁은 아파트, 그것마저도 그들에게는 언제 녹아 없어져 버릴지 모르는 손아귀 안의 얼음 조각처럼 위태위태하기 짝이 없는 것이었다.

강변도로의 나무들은 모진 바람에 시달리느라 잉잉 신음소리를 질러대고 있었다. 도로는 강과 함께 남쪽을 향해 활처럼 비스듬히 휘어져 있었다. 저 멀리 도로 끝자락에 펼쳐진 야트막한 산허리께가 불그스름하게 밝아오고 있었다. 이제 금방이야. 한 젊은이가 코트 깃을 세우고 그것도 모자라 양손으로 부여잡은 채 자크를 앞질러 재빨리 그의 시야에서 사라져 버렸다.

모든 것이 서서히 밝아오고 있었다. 도로에 깔린 먼지들도 반짝거리기 시작했고, 반듯한 나뭇잎사귀들도 빛의 희롱에 깜짝깜짝 놀라는 시늉을 하고 있었다. 강변도로의 인도변을 따라 빠진 곳 없이 빼곡히 일렬로 주차한 차들의 지붕, 새시, 유리창, 백미러 등도 빛의 불안한 공격에 민감하게 반응하고 있었다. 태양이 아직 산 위로 제 모습을 온전히 드러내지도 않았는데, 새벽녘의 차가움은 어느새 반 발짝 뒤로 물러난 듯했다.

자크는 도로 앞쪽으로 잔뜩 취했는지 넘어질 듯 넘어질 듯 비틀거리며 달려오고 있는 한 청년을 보았다. 지나치게 짧은 머리며, 앙상한 팔이 툭 불거져 나온, 계절이 지나도 한참 지난 반팔 상의, 어딘가 구색이 맞지 않는 옷차림 등 언뜻 보기에도 청년은 정상이 아닌 것 같아 보였다. 자크는 본능적으로 그 청년을 피하려 했지만 5,6미터 남짓 거리를 남겨놓고 그와 눈이 마주치고 말았다. 초점을 잃은 청년의 두 눈은, 담담한 미소를 머금고 있는 입과는 조화를 이루지 못하고, 겁에 질려 신경질적으로 떨리고 있는 것 같았다. 달리 보면 그 작은 두 개의 원 안에는 청년의 작은 몸으로는 감당하기 힘들 정도의 대담한 기운이 서려 있는 듯 보이기도 했다.

"에이, 씨발."

외마디 소리와 함께 청년은 자크에게 보라는 듯 인도변에 주차되어 있는 차를 향해 몸을 던졌다. 청년의 옆구리와 팔과 무르팍이 쿵 하는 소리를 내며 거의 동시에 차에 부딪혔다. 차는 거의 움직이지 않았고, 청년의 왜소한 몸뚱아리만이 이해하기 힘든 충돌의 충격으로 되튕겨져 나와 인도 위로 나동그라졌다. 자크는 갑작스러운 청년의 행동에 놀라 자리에 멈춰 서고 말았다. 알아들을 수 없는 욕설과 함께 비척대며 다시 일어난 청년은 이번에는 정면으로 차를 향해 돌진했다. 첫 번째 충돌보다 더 큰소리를 내며 차창과 그의 가슴이 부딪혔다. 하지만 청년의 가냘픈 몸뚱아리는 방금 전처럼 인도 쪽으로 자빠지는 대신, 무릎은 꺾이고 팔은 차 지붕에 어중간하게 걸쳐진 자세로 그렇게 차체에 찰싹 붙어 있었다. 단지 그 두 개의 원, 광기로 충만한 두 눈만이 삐뚜름하게 젖혀져 있는 얼굴 위에서 유난히 반짝거리며 자크를 향해 있었다. 차마 용기가 나지 않아 자크는 그를 향하고 있는 청년의 두 눈을 애써 피해 버렸다. 다만 청년의 턱을 타고 질질 흘러내리는 침줄기가 그의 시선을 스치고 지나갔을 뿐이었다. 이런 제기랄. 자크는 청년을 못 본 체, 그냥 지나쳐버리기 위해 발걸음을 떼어놓았지만, 뒤가 영 찜찜했다.

"어어……."

자크를 부르는 건지, 저 혼자 새벽 텅 빈 무대를 향해 절규하는 건지 모를 청년의 목소리가 등 뒤에서 들렸다. 그 동물적인 외침에 자크는 등골이 오싹했다. 이런 제기랄.

"거어기…… 서어어……."

그건 분명 자크를 대상으로 한 외침이었다. 도로에는 자크와 청년 그 둘밖에는 없었던 것이다. 그 사실을 자크도 알고는 있었지만 멈춰 서서 청년 쪽으로 고개를 돌리고 답을 할 수도, 뒤도 돌아보지 않고 내뺄 수도 없는 노릇이었다. 내가 아니려니 하는 헛된 믿음 같은 것이 그의 발걸음을 여전히 똑같은 속도로 똑같은 보폭으로 진행되게 했다. 심장만이 숨을 죽여가며 빠르게 쿵닥대고 있었다. 이런 개 같은, 제기랄.

불규칙한 보폭으로 박자가 뒤죽박죽되어 버린 발소리, 귀에 거슬리는 높고 날카로운 외마디 비명소리에 이어, 갑자기 청년의 팔이 자크의 몸을 뒤쪽에서부터 휘감았다. 청년은 쉴 새 없이 중얼거리며 자크를 뒤에서 감싸 안은 채 마구 흔들어대었다. 하지만 의외로 청년의 야윈 팔에는 별 힘이 들어가 있지 않았다. 이런 짓을 하다니. 자크 자신도 공복에 먼 길을 걸어오느라 지친 상태였지만, 그 정도의 힘에 휘둘릴 만큼은 아니었다. 자크는 맞잡은 청년의 손을 어렵사리 풀어내고 돌아서서 그를 인도의 가장자리 나무 쪽으로 밀어붙였다. 나뭇가지처럼 앙상한 청년의 팔이 그를 잡은 채 놓아주지 않았다. 나무에 반쯤 기댄 청년의 모습을 자크는 그제서야 똑똑히 바라볼 수 있었다. 눈은 감은 채였지만 눈꺼풀이 병든 사람처럼 계속 떨리고 있었고, 콧물인지 눈물인지 침인지 구별할 수 없는 액체가 얼굴 전체에 범벅이 되어 있었다. 그런 점만 뺀다면 청년의 얼굴은 미남형이라고 할 수도 있는 길고 갸름한 형이었다.

"자, 자, 이것 좀 놓고."

"에잇, 퉤."

끈적끈적한 침이 자크의 관자놀이에 찰싹 달라붙었다. 이런 제기랄. 자크는 발끈 화가 치밀어 올랐지만 우선은 청년에게서 멀리 떨어지고 보아야만 했다.

"자, 자, 이거 놔."

털듯이 청년의 팔을 팽개치고 자크는 다시 가던 걸음을 계속했다. 그의 앞은 이미 훤했다. 도로는 눈이 부시게 번쩍대고 있었다.

"야, 어어…… 이…… 씹새끼야."

무시하고 자크는 계속 걸었다. 이런 제기랄. 이런 제기랄. 다 왔는데. 이제 얼마 남지도 않았는데. 점퍼 소맷자락으로 그는 얼굴에 묻은 청년의 침을 닦아내었다.

"야아아 이 개……."

쿵 하는 소리가 나더니 다시 그를 향해 달려오는 듯싶던 청년의 발소리가 뚝 끊겼다. 이런 짓을 하다니. 자크는 청년이 어떻게 되었는지 보고 싶다는 극히 위험할 수도 있는 유혹에 넘어가고 말았다. 청년은 달려오다 넘어져 몇 번을 구른 듯했다. 머리는 이상한 각도로 꺾어져 길가에 세워진 자동차 문에 불안스레 기대져 있었고 사지는 큰대자로 도로 위에 마구 널브러져 있었다. 죽지는 않은 듯했다. 눈은 감겨진 그대로였지만, 누군가에게 해독할 수도 없는 욕설을 퍼붓는 건지, 아니면 그저 발작의 한 증상인지, 튀어나온 입을 쉬지 않고 움직이고 있었다. 그의 몸에서는 술 냄새뿐만은 아닌 악취가 풍겨져 나오고 있었다. 청년은 헐렁한 체크무늬 면바지를 입고 있었는데, 허리춤은 혁대 대신 지저분해 보이는 퍼런 끈으로 동여매어져 있었고, 그나마 단추도 제대로 달려 있지 않아 앞섶은 풀어헤쳐진 채였다. 그 사이로 곱슬곱슬한 음모(陰毛)가 보였다. 이런 씨발. 자크는 부들부들 떨며 청년에게서 시선을 거두고 다시 걷기 시작했다. 이런 짓을 하다니. 그는 말할 수 없이 화가 치밀어 올랐다. 이런, 이런 짓을 하도록 내버려두다니. 이런 개 같은.

자신도 모르게 자크는 길가에 세워져 있는 소형 버스의 유리창을 주먹으로 내리쳤다. 유리가 사방으로 튀었고 요란한 소리가 났다. 이런 제기랄. 이렇게까지 되다니. 자크는 가쁜 숨을 몰아쉬며 자신이 저지른 것이 틀림없는, 하지만 그 힘이, 그 분노가, 어디서 온 건지, 왜 온 건지, 도저히 이해할 수 없는 자신의 행위에, 그리고 그 결과에 당황해했다. 오른쪽 손등에서 피가 흐르고 있었다. 검붉은 피가 손등을 타고 철철 흘러내리고 있어 상처의 크기를 가늠할 수가 없었다. 점퍼 주머니에서 손수건을 꺼내 상처 부위를 꽉 누르며 그는 다시 걷기 시작했다.

이런 제길. 집으로 간다 해서 뭐가 달라지겠어. 이런 씨발. 이렇게 될 때까지 내버려 두다니.

그는 걷는다. 그의 걸음 뒤로 남겨진 도로에는 핏자국이 약간의 거리를 두고 규칙적으로 떨어져 있다. 그가 떨어뜨린 것이다. 실기(失機). 기회를 놓치다. 의외의 상황. 한 미친 청년이 나타나는 바람에 기회를 놓치다. 땅바닥에 떨어진 유리 파편들, 표면에 묻은 핏자국과 햇빛에 의한 번쩍거림. 그의 뒷모습이 나타난다, 사라진다, 다시 나타난다. 그는 집으로 향해 간다. 틀림없다. 점퍼를 벗는다. 손에 점퍼를 감는다. 돌연한 한 광인의 출현. 그리고 뒤이은 자크의 가격(加擊). 미처 예측하지 못한 행동의 결과로 유리창이 깨어짐. 당황해하는 그의 모습. 자신의 상처를 쥐고. 붉게 물든 주먹.

골목을 돌다 그가 머리에 짐을 인 여인과 부딪칠 뻔하다. 오른손을 왼손으로 부여잡고 그, 작은 소리로 중얼거리며 여인에게 사과 인사를 하다. 그, 집을 향해 걷는다. 마르셀이 기다리고 있는. 핏자국의 간격이 조금씩 길어진다. 납작하게 달라붙은 별 모양의 핏자국을 보다. 가까이서. 우스운 일이다. 미친 청년의 출현. 미친 청년이 그의 목숨을 연장시킨다. 한 시간이 될지, 하루가 될지 모르지만.

피는 거의 멎은 듯했지만, 오른손에 감긴 점퍼는 이미 부분부분 시커멓게 얼룩이 생긴 뒤였다. 점퍼자락을 타고 땅바닥으로 뚝뚝 떨어지던 핏방울은 이제 그쳤다. 현관으로 난 가파른 계단을 오르는 자크의 얼굴은 온통 땀투성이였다. 피는 멎었다고는 하지만, 점점 심해지는 통증이 팔목을 타고 슬금슬금 팔 위쪽으로 전해지고 있었다. 비록, 벗어버린 점퍼 아래에는 얇은 셔츠 하나뿐이었지만, 자크는 더 이상 새벽녘의 혹독한 추위 때문에 고통스러워하지는 않았다. 대신 그의 몸은 손목에서 시작되는 통증 덕분에 이빨이 부딪치는 소리가 들릴 정도로 덜덜 떨리고 있었고, 이마에 맺혀 있던 짠 땀방울이 연이어 그의 눈으로 들어오는 바람에 자크는 자주 눈을 깜빡이며 매운 눈물을 흘려야 했다.

오늘 저녁은?

자크는 그 점퍼를 못 쓰게 된다면 오늘 저녁 카바레로 입고 갈 마땅한 옷이 없을 거라 걱정을 했다. 뭘 입고 나가지? 유행에 그럭저럭 뒤지지 않을 정도로 구색을 갖춘 단 하나의 옷은 이미 그의 손목에서 나온 피로 빨갛게 염색된 후였다. 그걸 다시 입을 수 있을 거라는 생각은 들지 않았다. 이런 제길. 그는 오른손에 둘둘 감긴 점퍼를 손에서 풀어, 왼손으로 세차게, 등 뒤쪽으로 던져버렸다. 이런 씨발.

마르셀은 안락의자에 앉아 꾸벅꾸벅 졸고 있었다. 문이 열리고 닫히는 소리에 그녀는 억지로 떠지지 않는 눈을 깜박거리더니 마침내 자크의 모습을 발견하고는 기지개를 펴며 몸을 일으켰다.

"자크…… 이제 온 거예요?"

자크는 마르셀의 얼굴을 쳐다보지도 않고 손에 감긴 손수건을 천천히 풀기 시작했다. 천과 살이 서서히 굳기 시작한 피에 엉겨 붙어, 손에서 손수건을 떼어내는 일은 무척이나 힘이 들었다.

"점퍼는요? 안 입고 갔었나요? 이렇게 추운데…… 으악. 자크, 오 맙소사, 이게, 이게 어떻게 된 일이죠? 피야, 피. 피 좀 봐, 안 돼, 안 돼. 도대체 어디서 이렇게 상처를 입은 거예요?"

마르셀은 거의 기절할 정도로 놀랐다. 그녀의 눈에서는 금방이라도 눈물이 뚝뚝 흘러나올 것 같았다.

"됐어, 호들갑 떨지 말고 저리로 비켜."

"아아아악…… 상처가 너무 커요, 자크, 어떻게 된 거예요. 정말 죽을지도 몰라요. 아아악, 제발, 자크 제발"

"제발 좀, 꺼져줘. 니가 상관할 바가 아니야."

"내가 상관할 바가 아니라니요. 흐흐흑, 아아, 자크, 죽을지도 몰라요. 아아 자크, 제발. 좀 봐요."

"꺼져, 제발 날 좀 귀찮게 하지 마."

자크는 왼손으로 그녀를 밀쳐내었다. 그녀는 콰당 소리를 내며 마루 위로 넘어졌다. 이런 제기랄. 왜 이렇게 되어가는 거지. 왜 나만. 자크는 난폭하게 손수건을 뜯어내었다. 격심한 고통과 함께 손목 위를 다시 검붉은 피가 뒤덮기 시작했다.

"아아, 제발, 자크, 내가 잘못했어요. 흐흐흐흑, 아아악, 그러면 안 돼요, 자크, 제발."

왜 나에게만. 왜 나에게만 이런 일이 일어나는 거지.

"시끄러워, 제발 입 좀 닥쳐, 난 아무렇지도 않아. 난 아무렇지도 않다구. 죽지 않아, 이 병신아. 재수 없는 소리 하지 말고 죽은 듯이 가만히 있어."

"그래도 자크……."

"잘 들어둬. 내가 죽는다면 그건 너 때문일 거야. 알았으면 잠자코 입 닥치고 있어, 이 병신 같은 년아."

자크는 피에 절어 까맣게 된 손수건을 바닥에 내팽개치며 소리쳤다. 그녀에게 큰소리를 치자 그의 가슴속 한구석이 싸아 하며 후련해지는 느낌이 들었다. 곧이어 복받치는 감정이 그에게 밀려들었다. 그는 이를 악물고 마르셀을 보았다. 그녀는 너무 무서워서 차마 자신의 눈으로 볼 수 없다는 듯 얼굴을 반쯤 가린 채 울먹거리고 있었다. 자크는 왼손으로 오른 손등을 감쌌다. 따뜻한 피가 쿨럭거리며 솟아나는 것 같은 미약한 진동이 왼손 손바닥 아래로 전해졌다. 자크는 성큼성큼 마루에 쓰러져 있는 마르셀을 넘어 찬장 쪽으로 걸어가 두루마리 휴지로 상처를 몇 겹이고 다시 감았다. 휴지는 손등에 닿자마자 금방 시커멓게 변해 버렸다.

"약을, 흐흑, 약을 발라야 해요, 자크, 흐흐흣, 그러지 않으면……."

제발 좀 날 가만 내버려둬. 날 좀 가만히.

"흐흐흐흣…… 흐흐흐흣…… 자크, 제발, 죽으면 안 돼요. 전, 전."

그렇게 계속 떠들면 정말 콱 죽어버릴지도 몰라.

"그래요, 자크, 약을 발라야 해요. 흐흑, 약을, 약을 바르면 나을 거야. 어딨지? 약이 어딨지?"

마르셀은 자리에서 일어나 수선을 피우며 이리저리 돌아다니기 시작했다.

"내 정신 좀 봐. 우리 집에 무슨 약이 있담? 그래, 그래, 자크, 약국에 가는 게 낫겠어요. 약사에게 물어도 볼 겸 말이에요."

자크는 빠른 속도로 피가 번지고 있는 자신의 손목에 감긴 휴지를 보았다. 만일 이게 멎지 않는다면? 이게 멎지 않는다면 어떻게 되는 거지? 갑자기 자크는 높은 곳에라도 올라간 것처럼 등골이 오싹해졌다. 사실을 담담히 받아들이는 거야. 있는 그대로. 어쩌면, 어쩌면 이대로 죽는 것이 여러모로 나을지도 몰라. 자크는 애써 피가 번지고 있는 손목을 외면하며 고개를 들었다. 뭔가 부탁이 있는 듯, 눈물로 얼룩진 얼굴 가득 비굴한 표정을 담고 있는 마르셀의 눈과 마주쳤다.

"나가서 약을 사올게요. 금방…… 괜찮겠죠?"

"……."

"……."

"맘대로 해."

"고마워요, 자크. 금세 다녀올게요."

한 손에 지갑을 든 채 마르셀은 황급히 현관문으로 달려갔다.

"마르셀."

"왜 그러죠?"

"나가서 그 길로 다신 돌아오지 않아도 좋아."

문을 닫으며 돌아서는 마르셀의 두 눈에 다시 눈물이 고이는 듯했다.

자크는 바지가 젖지 않도록 피가 뚝뚝 떨어지는 오른손을 창밖으로 늘어뜨린 채 창턱에 앉아서 바깥을 내다보고 있었다. 오른손의 손가락들은 마비가 되어 별 감각이 없었다. 그는 오른손으로 담배를 집으려 했으나 손가락들은 이미 그의 통제를 벗어난 지 오래였다. 그는 어렵사리 담배를 입에 문 채 왼손만으로 성냥을 그어 담배에 불을 붙였다. 늘 하던 대로 폐 속까지 깊숙이 담배연기를 들이마셨다. 고통이 좀 누그러지는 것 같기도 했다.

이미 날은 환하게 밝았다. 건물의 유리창, 길, 지붕, 베란다에 널린 빨랫감들이 여기저기서 반짝이고 있었다. 도로 위를 걷는 사람들의 기다란 그림자는, 길을 더 혼잡스럽고 더 생기 넘치는 곳으로 보이게끔 만들어놓고 있었다. 그는 천천히 담배연기를 뱉어내었다. 시야가 뿌옇게 회색으로 흐려졌다가 금세 다시 말갛게 걷혔다. 모든 것이 빛나고 있었다. 길가에 쌓여 있는 먼지마저도, 행길을 지나다니는 사람들의 머리카락도, 하는 일 없이 거리를 서성대고 있는 한 마리 하얀 개의 털도, 모두 고운 빛가루를 뒤집어쓴 것처럼 반짝대고 있었다. 장관이군, 그래. 눈이 부셨다. 정말 장관이야. 아침이 시작되는 거지. 하루가 시작되는 거야. 모두에게들.

치마를 날리며 허겁지겁 뛰어가던 마르셀의 뒷모습은 이미 건물의 정글 속으로 사라진 뒤였다. 높은 곳이라 바람이 조금 불기는 했지만 새벽녘처럼 견디기 힘들 만큼은 아니었다. 자크는 경솔한 행동을 한 자신을 책망하려다 그만두었다. 다 지나간 일이잖아. 더 어떻게 해볼 수 있는 여지도 없구 말이지. 하지만 자크는 자신이 저질렀던 행동과 그 행동의 결과물, 피로 범벅이 된 주먹 앞에서 혼란스러워질 수밖에 없었다. 자신을 비난할 수도, 또 그렇다고 용서할 수도 없었다. 또한 감정은 감정대로 자신이 처해 있는 상황에 알맞은 형태를 찾지 못한 채, 잔뜩 날카로워져 있었다. 자크는 시뻘건 휴지에 둘둘 감긴 자신의 주먹을 눈앞으로 들어 자세히 살펴보았다. 그래서 뭘? 시각을 자극하는 빨강과 썩은 생선의 냄새와 비슷한 피비린내는 자크에게 감각의 불쾌함 이외에는 아무것도 주지 않았다. 여기서 뭘, 뭘 어떻게 할 수 있다는 거지? 그는 다시 저려오기 시작하는 팔을 창밖으로 늘어뜨렸다. 모르겠어, 모르겠어. 왜 이렇게 된 거지? 어디서부터 이렇게 된 거지?

여기서 뛰어내린다면. 하긴 죽지는 않을 정도의 높이였다. 재수만 좋다면 아무 일 없었다는 듯 툭툭 털고 일어나 아침의 사람들 속으로 섞여 들어갈 수도 있을 것 같았다. 하지만, 다친다면? 다리가 부러지거나 허리를 크게 다쳐 몸을 제대로 가누지도 못하게 된다면? 죽는 건 괜찮아도 몸을 다치는 건 참을 수 없는 일이라고 그는 생각했다.

길에서, 그 길 위로 사람들은 어디론가 열심히들 걸어가고 있었다. 대부분의 사람들은 큰 버스 정류장이 있는 중심가 쪽으로, 자크에게 등을 보이며 걷고 있었다. 며칠 계속된 때 이른 추위에 그들은 두꺼운 털코트 등으로 무장을 하고 있었고, 출근 시간이 얼마 안 남았는지 그저 습관인지는 몰라도 그들은 저마다 종종걸음으로 경주라도 하는 것처럼 빠르게 움직이고 있었다. 자크는 4층 아파트의 창턱에 앉아 그들의, 달리기 선수들의 뒤통수를 내려다보고 있었다. 다들 어디론가 가고 있군. 수십 수백 개의 뒤통수가 수많은 건물의 숲 어딘가에서 밤을 보내고는, 거리로 쏟아져 나와 같은 방향으로 이동하고 있었다. 파도처럼, 그들의 뒤통수가 동시에 오르락내리락거렸다. 나는 여기에 이렇게 아무것도 하지 않으면서, 그저, 있는데 말이야. 손을 흔들며 문간에서 남편을 배웅하고 다시 집으로 돌아서는 여인들의 모습도 보였다. 이렇게 피를 흘리며 말이지. 네거리 쪽 식당에서는 막 아침식사를 마친 독신 남성들이 거칠게 문을 열며 바깥으로 나오고 있었다. 담배를 피우고 있어서 그런지 더 이상 배가 고프지는 않았다. 내가 잘하고 있는 걸까? 자크는 뜬금없이, 자기 자신에게 질문을 던졌다. 내가 잘하고 있는 걸까? **엄마 저는 돈이 싫은걸요.** 뭘? 내가 도대체 뭘? **엄마 전 파리를 떠나서는 살 수 없어요.** 정말 나는 뭘 하고 있는 걸까? **엄마도 아시다시피 저는 이렇게 놀고먹고 있어요.** 나는 진짜 뭘 하는 거지? 여기에서 이렇게, 이렇게 높은 곳에 앉아, 피를 뚝뚝 흘리며, 죽는 걸, 아니 다치는 걸 두려워하며.

어릴 적, 언젠가였다. 그는 여느 때처럼 가방을 들고 학교로 가고 있었다. 웬일인지 그는 혼자였다. 숲을 지나다 자크는 문득 고개를 들어 진한 초록빛 나뭇잎으로 뒤덮인 하늘을 바라보았다. 작고 날카로운 녹색의 손과 손들이 하늘을 가리고 있었다. 가끔씩 바람이 불 때마다 그 손들은 일제히 펄럭거렸고, 그때마다 생기는 짧은 여백 사이로 하얀 하늘이 수백만 개의 눈을 깜박거렸다. 자크는 멈춰 선 채 바람과 햇빛과 잎사귀들이 만드는 숲의 춤을 넋을 잃은 채 바라보고 있었다. 또한 그는 듣고 있었다. 나뭇잎사귀들이 바람에 흔들리며 서로의 몸에 부대껴 사그락대는 소리, 햇빛이 만드는—자크는 지잉 하며 낮게 깔리는 그 금속성의 소리를 별 이유 없이 햇빛이 만드는 소리라고 간단히 믿고 말았다—소리, 어디 숨어 있는지도 모를 벌레들이 내는 온갖 소리들의 혼합물. 자크는 잠시 대지에 두 발을 딛고 선 채, 소리들의 물줄기에 온몸을 적시고 있었다. 왜 그랬었던 걸까?

자크는 나무를 오르고 있었다. 어느새 자크는 커다란 숲의 마력에 끌려 아래를 보아도 나뭇잎들의 무더기, 위를 봐도 수많은 나뭇잎들뿐인 그런 곳까지 올라가고 말았다. 정말 왜 그랬었던 걸까?

매운 냄새를 발산하는 나무 잎사귀들의 미로에 갇혀, 자크는 덜컥 겁이 났다. 완전한 방향감각의 상실. 거기는 위도 아래도, 자크의 집 방향도, 학교로 가는 방향도 없는 무중력 공간 같은 곳이었다. 하지만 뭔지 모를 힘이 두려움에 약간은 상기되어 있는 자크를 더 깊은 곳으로, 더 깊은 곳으로 끌고 있었다. 한참을 더 올라가 기진맥진해진 자크는 몇 개의 나뭇가지가 얽혀 만들어진 편편한 장소를 발견하고는, 몸을 기대고 잠시 쉬려다 그대로 잠이 들고 말았다.

무엇이었을까? 학교로 가고 있는 나를 잡아당기던 그 힘은. 그 지독했던 어머니의 회초리에 대한 기억도 그를 불러 세우던 숲의 목소리에 의해 씻은 듯 그의 의식 밖으로 사라지고 사라지고 하였다. 그는 가방을 메고 학교로 가는 대신, 매일매일 나무 위로 기어올라 누워서 쉬기 좋은 새로운 장소를 발견했고, 그곳에 누워 빛과 소리와 냄새의 희롱에 몸을 맡기거나 새로 발견하는 새나 벌레 등을 관찰하기도 하였다. 숲의 윗부분, 녹색의 골목, 그곳이 자크의 학교였다. 그랬어. 거기는 내게 학교나 다름없는 곳이었지.

자크는 피우던 담배를 밖으로 집어던졌다. 사람들은 여전히 어디론가들 열심히 가고 있었다. 아무도 여기를 쳐다보지 않는군, 아무도 내 눈빛에, 내 노랫소리에 끌려 이 높은 곳으로 올라오려 하지 않는군 그래. 너희들은 지금 학교로 가고 있었지. 하지만. 난, 그때, 숲이 나를 부를 때, 가방을 풀숲 너머에 휙 던져놓고, 엉금엉금 잎사귀로 뒤덮인 궁전을 향해 기어올랐었지. 하지만, 이제 아무도, 아무도 여길, 지금 이 높은 곳에 앉아 있는 날, 피를 흘리고 있는 날, 붉은 주먹을 가진 날, 쳐다보려 하지 않는군.

그는 창턱에 앉아 있다. 부상을 당하지 않은 손으로 담배를 피우며 아래쪽을, 길 위를 걷는 사람들을 보고 있다. 하지만, 그는 나를 보지 못한다. 맞은편 건물의 일층, 붉은색 커튼 뒤에 몸을 숨긴 채, 나는 그를 보고 있다. 그는 얼빠진 표정을 짓고 있다. 완벽한 차단. 꽁꽁 묶인 그의 상상력. 방금 전 마르셀이 계단을 구르듯 뛰어 내려오다. 넘어짐. 털썩. 다시, 손지갑을 주섬주섬 손에 주워들고 옷과 다리에 묻은 흙을 털지도 않고 뛰어가다. 그녀의 길. 그녀의 숙명. 그의 손에서 담배가 빠져나오다. 빨간 점의 낙하. 떨어진 담배꽁초. 조금 전까지도 그의 입에 물려 있던, 그 빨강. 꺼지다. 언젠가, 얼마 지나지 않아, 누군가의 무신경한 발이, 혹은 공정한 빗방울이 그 눈감은 빨강을 짓누르고 지나갈 것이다. 필연. 그, 자크, 고개를 숙인다. 피에 젖은 주먹을 창가에 늘어뜨린 채로. 비는 오지 않는다. 시간이 지나다, 느릿느릿: 다시 마르셀이 등장하다. 그녀는 한 손에 종이봉지를 쥐고 여전히 숨을 헉헉거리며 다시 집으로, 자크의 거처로 달려오고 있다. 그녀는 울고 있다. 소리도 없이. 그녀가 올라간다. 요란한 발소리. 그리고 문소리. 자크 창턱에서 일어난다. 시야에서 사라진다. 말소리. 이제 창턱에는 아무도 없다. 나는 그들을 볼 수 없다. 호소하는 듯한 울부짖음이 들리다. 그 뒤를 이어 짤막하고 둔중한 목소리. 분노도, 신경질도, 불쾌함도, 조급함도, 그 어떤 감정도 거기에는 들어 있지 않다. 갑자기 창밖으로 은

빛 나는 작은 정사각형의 물체가 난다. 그것은 작은 알약들이 들어 있는 판이다. 또 난다. 떨어진다. 누런 약봉지 하나. 용케도 내용물이 쏟아지지 않았다. 마르셀의 얼굴이 창가에 나타난다. 동그랗고 작은 얼굴. 숨 가쁜 절망감. 당혹. 낭패감을 그녀는 숨기지 못한다. 다시 그녀의 얼굴이 사라진다. 아마도…… 아마도 그녀는 이곳으로, 다시 큰길로, 구르는 듯 뛰어, 내려올 것이다. 아마도 누군가의 무신경한 발이, 혹은 공정한 빗물이 그 약들을 짓누르고 지나가기 전에, 그것들을 주울 수도, 구원할 수도 있을 것이다. 그리고 심지어는…… 심지어는, 그 약들이 자크의 상처 위에서 미쳐 날뛰며 화학반응을 일으키게 할 수도 있을 것이다. 새 살이 돋을 수도 있을 것이다. 하지만, 하지만 그 모든 짓의 무용함. 그 모든 행동의 허망함. 그 잘 계산된 화학반응이 끝나기 전. 그의 존재는 멈출 것이다. 미친 청년에 의해 덧붙여진 부록과도 같은 짧은 삶의 연장. 그 속에 들어 있는 온갖 에피소드들의 무의미함. 차가워질 것이다. 차가운 존재를 위해 바쳐지는 전 지구적인 운동, 그 부록 속의 우스꽝스러움이 주는 하잘것없음.

비가 추적추적 내리고 있었다. 오후 늦게부터 드문드문 내리기 시작한 비로 길은 진창이 되어 있었다. 자크는 카바레 옆, 상가 건물의 일층 홀로 통하는 입구 옆에 서 있었다. 비는 그저 간간이 흩뿌리는 정도라 그가 서 있는 곳까지 들이닥치거나 하지는 않았다. 주말이라 그런지, 궂은 날씨에도 아랑곳하지 않고 저녁을 보내기 위해 시내로 나온 젊은이들로 길은 북적대고 있었다.

생각보다 상처는 심하지가 않았다. 자크는 붕대를 감고 그 위에 다시 장갑을 껴 상처를 숨긴 그의 오른손을 보았다. 미친 청년을 만난 일도, 길가에 세워져 있던 자동차의 유리를 깬 일도, 엉망이 되어버린 주먹을 점퍼로 감싸 쥐고 집으로 돌아오던 일도, 마르셀이 사온 약을 창밖으로 던져버렸던 일도, 모두 아주 먼 옛날의 얘기처럼, 아득한 시간적 거리를 두고 일어났던 일처럼 여겨졌다. 그 모든 날카롭고 피 묻은 사건들 위로 피로라는 엷은 막이 안개처럼 덮어씌워져 있었다. 자연스럽게 잊어버리는 거지, 늘 그랬었던 것처럼 말야. 생각이란 건…… 그래, 다 귀찮을 뿐이야.

부족했던 잠 때문에 자크는 손으로 입을 가릴 생각도 못하고 연달아 하품을 해댔다. 몇 번이고 카바레 입구 쪽으로 고개를 뽑아 마르셀이 나오나 쳐다보았지만, 그녀는 나오지 않았다. 조금 오래 걸리는데. 무엇보다도 자크는 그녀가 주인에게 자신을 채용해 달라며 간청하는 것을 보기 싫었다. 주인에게 이야기하는 그녀의 손이나 입에 혹시라도 묻어 있을지 모를 비굴함의 흔적을 상상하기조차 싫었던 것이다. 자크는 만사가 귀찮다는 듯 고개를 내저었다. 온통 짜증나는 일뿐이군.

아침, 제대로 말할 기운도 없이 지쳐버린 자크의 상처를 치료하고 난 마르셀은 자신도 자크가 다니기 시작한 카바레로 옮기겠다고 했고, 자크에게는 이미 뭐라고 대꾸할 힘마저 남아 있질 않았다. 그가 할 수 있었던 말은 단지 이것뿐이었다. 마음대로 해.

"어이, 자크."

소리 나는 쪽을 보았다. 이 동네에서 흔히 멍청이라면 통하는 녀석으로, 자크와 비슷한 일을 하며 먹고 살아가는 처지였다. 그는 함께 걷던 여자에게 잠깐 기다리는 시늉을 하고 자크 쪽으로 걸어왔다.

"어, 안녕."

"그래, 요즘 재미는 좀 좋은가?"

멍청이는 딱 벌어진 어깨를 앞으로 좀 숙이고 건들거리며 자크에게 다가와, 한 손으로 그의 등을 툭 쳤다. 정말 짜증나는 일뿐이군.

"좋을 것도 나쁠 것도 없지, 뭐."

자크는 심드렁하게 대답했다.

"……저기 보여?"

"어디서 난 애지?"

"어때? 자네가 보기엔?"

"괜찮은데."

멍청이와 동행인 여자는 먼발치서도 자크와 멍청이가 그녀를 화젯거리로 삼고 있다는 사실을 눈치챈 듯, 입을 삐쭉하며 샐쭉한 표정을 지어 보였다. 키는 크고 날씬한 편이었다. 쥐어뜯고 싶은 얼굴이군.

"얼굴이나 몸매뿐만이 아니야. 이것도 꽤 있다구."

멍청이는 엄지손가락과 집게손가락을 동그랗게 오므려 돈을 상징하는 기호를 은밀하게 그려 보였다. 그 천박한 상징은 도대체 뭘 의미하는 거지? 돈? 어머니에게도, 늙어빠져 이제 아무 쓸데도 없는 우리 어머니에게도, 그따위 돈이라면 충분히 있지. 내, 나의 어머니를 너에게 소개시켜 줄까?

"자네도 이제 한 건 멋지게 올려, 팔자 고치고 살 때가 되지 않았나?"

"……."

"걱정이 돼서 하는 소리네만…… 자네 이 짓 얼마나 더 할 수 있을 것 같나?"

"됐어, 그만해 두게."

"자넨 그게 문제야. 들어봐, 서른이면 우리한테는 환갑이나 다름없다구."

"이제 그만 해. 저기 마르셀이 오고 있어."

"마르셀? 자네 아직도 그…… 후우, 정말 자넨 어쩔 수 없군 그래. 동정이 지금 자넬 갉아먹고 있는 거야, 그걸 모르겠나?…… 그래, 하긴, 자넨 늘 귓구멍을 꽉 막고 사는 친구였으니까……. 그럼 내 다음에 술 한 잔 살 테니 또 보자고. 수고하라구."

멍청이는 어깨를 한 번 으쓱하며 자크에게 손을 흔들어 보이더니, 여자가 서 있는 곳으로 겅중겅중 뛰어갔다.

"누구죠?"

"별일 아냐. 그저 길을 좀 물어보길래."

"나, 어떻게 되었을 것 같아요?"

자크는 귀찮은 눈길로 마르셀을 바라보았다. 넌 표정을 숨길 줄 전혀 모르잖아. 자크는 싱글벙글하고 있는 그녀의 얼굴이 보기 싫어 고개를 돌려 외면해 버렸다.

"잘됐나 보지?"

"맞았어요."

마르셀을 기뻐서 어쩔 줄 모르겠다는 듯 자크의 팔을 잡고 매달렸다.

"다시 같이 다닐 수 있게 되어서 나, 너무 좋아요. 나 내일부턴 정식으로 근무하게 됐다구요. 주인이 오늘은 분위기도 익힐 겸 홀에서 술이나 먹고 즐기라고 했다구요."

정식 근무? 이런 걸 넌 근무라고 하나? 고아원에서는 애들한테 그렇게 가르쳐주나?

"사실, 돈도 전번 그곳보단 조금 더 줄 것 같아요."

"잘됐군."

마르셀은 자크가 계속해서 지친 표정을 짓고 있자, 그 원인이 주먹에 난 상처 때문이라 생각했다.

"자크, 아직도 아픈 거예요?"

"아니, 다 나았어."

"아프면 오늘, 내일, 좀 쉬는 게 어때요? 제가 주인한테 한 번 말해 볼게요."

주인한테 말한다? 그것 참 현명한 처사군 그래. 정말 너다운 얘기야.

"아니야, 그만 됐어…… 난 들어가 봐야겠어. 당신도 지금 들어갈 건가?"

"자크, 나 말예요."

자크의 팔을 쥐고 있던 그녀의 손에 힘이 꽉 들어갔다.

"나, 여기선, 아주 잘할 수 있을 것 같아요. 게으름도 피우지 않고, 돈도 아주 많이 벌 수 있을 것 같아요. 우리…… 우리 돈을 많이 벌면…… 결혼도 하고, 나…… 우리들의 애기도 갖고 싶어요. 저…… 어때요?"

자크는 대답할 수가 없었다.

"저어……."

"좋아, 그렇게 해. 네가 하고 싶은 대로 맘대로 해도 좋아."

자크가 할 수 있는 말이라고는 그것밖에 없었다. 결혼? 우리들의 애기? 자크는 왠지 눈물이 날 것 같아 입을 앙 다물었다.

오늘은 모든 게 이상해.

스텝은 자주 뭉개졌고, 약간의 격렬한 움직임에도 파트너의 손을 놓치기가 일쑤였다. 너무 피곤해서 그런가? 평소라면 자크는 머릿속으로는 다른 세계에 머무르면서도 얼마든지 춤을 출 수가 있었다. 낯선 여자들과의 춤은 이미 그에게는 하나의 직업 이외에는 아무것도 아니었고, 아무런 의식 없이도 가능해진 기계적인 반복 행위에 불과했다. 하지만 오늘은 아니었다. 머릿속이 너무 어지럽고 무거워 자크는 여자에게 양해를 구하고 자리로 돌아갈까 하고 생각했다. 어이, 자크 너는 여기에 놀러 온 게 아니라고. 이건 직업이야, 직업. 이런 제기랄.

여자는 키가 작고 마른 편이었지만 춤에는 그럭저럭 능숙한 편이었다. 그것이 자크에게는 도움이라면 약간 도움이 되었다. 그녀의 얼굴은 겨우 자크의 가슴에 묻힐 정도밖에 되지 않아, 자크는 피곤으로 엉망이 되어버린 자신의 얼굴을 그녀에게 내보이지 않아도 되었다. 그녀는 확실히 편한 파트너였다. 자크는 어서 빨리 노래가 끝나 자리로 들어가 좀 쉬고 싶었지만, 두 명의 흑인 악사가 연주하는 느린 템포의 그 지루한 곡조는 쉬이 끊이질 않았다.

자크는 파트너의 머리 너머로 마르셀을 볼 수가 있었다. 그들이 빙글빙글 돌 때마다 자크의 눈앞으로 빠르게 스쳐가는 마르셀의 얼굴은 자크의 머릿속에 잔상으로 남아서, 몇 장의 사진처럼 차곡차곡 무거워진 그의 머릿속에 쌓여갔다. 오늘 저녁, 확실히 마르셀은 기분이 좋아 보였다. 때로는 혼자서, 때로는 주인과, 아니면 웨이터나 낯선 남자와 함께 그녀는 앉아 있었고, 자크의 얼굴이 그녀의 테이블 쪽으로 향할 때마다 그녀는 그를 쳐다보며 웃음을 지어 보였다. 때로는 동석한 남자에게 손가락이나 술잔을 든 손으로 자크를 가리켜 보이기도 했다. 그녀는 쾌활하게 웃고 있었다. 그렇지만 자크는 화려한 차림으로 카바레에 앉아 술을 마시며 큰소리로 웃고 떠드는 그녀의 모습이 왠지 비현실적인 것처럼 느껴졌다. 저 여자와? 첨 보는 남자 앞에서 헤헤거리며 흉한 웃음을 뿌리는, 저런 여자와? 내가? 내가 결혼을?

결혼에 대해서 어떻게 생각하세요?

그것은 너무나 판에 박힌 질문이었다. 자크는 그의 파트너가 테이블에서 했던 질문을 상기하려고 애썼다. 결혼을 왜 한다고 생각하세요? 결혼을 언제 하는 게 적당하다고 생각하세요? 결혼은 남자 그리고 여자 둘 중 어느 쪽에 더 마이너스가 될 거라 생각하세요? 자크는 그중 어떤 것이 그녀의 질문이었는지 제대로 기억해 낼 수가 없었다. 그녀의 목소리는 작았지만 조금 높은 톤이었다. 아침나절, 막 그가 잠들기 전에 지저귀는 새 소리처럼. 자크는 간신히 그녀의 목소리를 기억해 낼 수 있었지만, 질문의 내용은 아무래도 좀 아리송했다. 분명한 건 그건 결혼과 관련된 질문이었다는 것이었다. 그러나 자크는 머리가 너무 아팠다. 고개를 들어 바라본 천장은 중앙의 고풍스러운 조명을 중심으로 빠르게 회전하는 것처럼 느껴졌다. 지금 내가 눈을 감고 있는 걸까? 이건 꿈인가? 꿈속의 영상인가? 눈을 떠야 해, 눈을.

결혼에 대해서 어떻게 생각하세요?

그래, 확실히 그런 질문이었어. 나는? 나는 어떻게 대답했었지? 자크는 아무렇지도 않은 듯 그녀의 질문을 되받아넘기려 했다. 보통 때처럼, 그는 몇 가지 농담과 재치 있는 언변을 섞어, 구태여 곤란한 질문을 캐묻는 사람의 의도를 흐릿하게 만들려고 했다. 하지만 잘 되지가 않았다. 혀가 꼬이고, 자음과 모음은 같은 극을 가진 자석처럼 서로에게서 멀리 떨어지려 했다. 그게…… 그게…… 자크는 단숨에 자기 앞에 놓여 있던 술잔을 비우고 그녀에게 한잔 따라 달라는 시늉으로 술잔을 높이 들어보였다. 그녀는 그에게서 술잔을 뺏어, 직접 자크의 술잔에 술을 따르며 다시 한 번 채근했다. 내 질문에 답하지 않았잖아요. 모르겠어요. 정말, 모르겠어요. 자크는 손으로 입을 가린 채 목을 뒤로 젖히며 크게 웃고 있는 마르셀을 보았다. 결혼? 마르셀 앞에는 조금 나이가 들어보이는 사내가 앉아 있었다. 서른셋? 서른다섯? 자크는 그의 나이를 가늠해 보려고 했다. 결혼? 내가? 왜 내게, 왜 그들은 내게, 그따위 걸 질문이라고 해대는 거지?

정말, 모르겠는걸요. 별로 생각해 본 적이 없는 일이라서.

그것은 거짓말이 아니었다. 느닷없이 마르셀이 결혼에 대해서 이야기를 꺼내기 전까지, 그는 거기에 대해 조금이라도 진지하게 생각해 본 적이 없었다. 내가, 결혼을? 그게 가능할까? 그녀의 머리에서는 고급 샴푸 냄새가 났다. 그건 이런 곳에 드나드는 여자에게서는 좀처럼 맡기 힘든 좋은 향이었지만, 자크는 그 냄새가 자신의 머리를 자극한다고 생각했다. 머리가 너무 아픈걸. 자크는 이러다 플로어 위로 쓰러질지도 모르겠다는 생각이 들었다. 그것도 일종의 순직(殉職)이 아닐까? 순직. 자크는 자신의 생각에 피식 웃음이 나왔다.

음악이 끝났다. 그녀는 서두르지 않고 자크의 몸에서 떨어져 나와 천천히 자리로 돌아갔다. 똑바로 걸어가려고 자크는 다리와 발에 온 신경을 집중했으나 아무래도 조금씩 어긋나는 것처럼 느껴졌다. 이건 말이야, 이건 내게 직업이라고. 오늘은 도대체 왜 이러는 걸까? 그의 파트너는 이미 자신의 술잔에 다시 술을 한잔 따르고 자크에게 건배를 신청하고 있었다. 자크는 삼분의 일 정도 들어 있는 술잔을 그녀의 술잔에 부딪치고 나서 다시 단숨에 비워버렸다. 천천히 마셔요. 그녀가 그렇게 말하는 것 같았으나, 자크는 똑바로 알아들을 수가 없었다. 잠이 들어선 안 되는데. 내가 도대체 왜 이러는 거지. 이런 적은 한 번도…… 다 이게…… 결혼? 왜 여자들은 내게 그런 걸 꼭 물어보는 거지…… 잠이 들어선 안 되는데, 나는 한 번도 이런 적이…… 그 냄새 때문이야, 흐흐흐, 순직, 이걸, 이런 걸…… 직업이라고 부를 수 있을까?…… 내게도, 나의 앞에도 희망이라는 것이, 남아 있을까? 그 회충이…… 그 회충이, 내게도…… 기생할 수…… 나는 결혼할 수가…… 잠이 들어선…….

한 개체의 살과 다른 개체의 살의 부딪힘. 구석구석으로부터 중앙으로 전해지는 쾌감. 성욕. 그저 성욕이라고 불리는 그 무엇. 자크에게, 이제 곧 식어 싸늘하게 되어버릴 이 껍질에게 느끼는. 내가? 내가 그에게? 그의 발이 내 발과 얽힌다. 나, 넘어질 뻔하다. 그의 실수. 미안, 그가 말한다. 괜찮아, 내가 말한다. 그의 목소리에는 힘이 없다. 내 목소리는 조금 떨고 있다. 다시 춤. 춤을 추는 그의 모습은 몹시도 피곤해 보인다. 자연발생적이지 않은 그의 피로. 그의 몸에서는 땀 냄새가 난다. 조명 때문에 제 빛깔을 알아볼 수 없는 그의 셔츠에 코를 대다. 가슴께에서 시큼한 냄새. 식초와 설탕, 그리고 달콤한 과일을 버무린 듯한. 아직 그는 살아 있다. 살아 있음의 희미한 흔적. 아직. 하지만, 이제 곧, 그 땀 냄새마저 잠시 깃

들어 있던 그의 육신을 떠나게 될 것이다. 자크가 말한다, 모르겠는데요, 정말 모르겠어요. 그 바로 전, 나는 질문한다, 가끔은 결혼을 해야겠다는 생각이 들지는 않나요? 정곡을 찌르는 질문. 그와 나머지 인간들의 경계가 되는, 그 질문의 의미를 그는 결코 알 수 없다. 뿐만 아니라, 그는 생애의 마지막이 될 이 춤의 의미도, 이제는 그의 술잔 속에서 완전히 녹아 없어져 버린 수면제의 의미도, 결코 알 수 없다. 미안, 또다시 그가 말한다. 그러나 미안해야 할 사람은 어쩌면 나인지도 모른다. 나의 허리에 힘없이 얹혀 있는 그의 왼손. 그 중량감 없는 실체에 대해서도 미안해야 할지 모른다. 또한 그 손에 대한 나의 이중적인 감정에 대해서도 미안해야 할지 모른다. 하지만 모든 게, 그와 관련된 모든 게, 이제 정말 얼마 남지 않았다. 계획되지 않은 삶의 연장은, 그리고 거기에 끼어든 나와의 춤은, 하나의 덤이다. 덤은 덤일 뿐, 지속될 수는 없다.

"세수라도 좀 하고 오는 게 어때요?"

그녀의 날카로운 목소리에 자크는 다시 현실로, 파트너와 마주하고 있는 테이블로 돌아왔다. 깜박 잠이 들었던 거군. 도대체 내가 왜 이러는 거지?

"미안…… 오늘은 유달리 좀 피곤하군요. 어젯밤……."

"됐어요. 괜찮아요."

괜찮다고? 뭐가 괜찮다는 거지? 도대체 뭐가 괜찮지? 뭐가 괜찮아졌지?

"하지만 계속 그러고 있다면, 나도 화를 낼지 몰라요. 화장실에라도 다녀오는 게 어때요? 그럼 좀 좋아질 거예요."

자크는 의자 등받이에 손을 짚고 자리에서 일어났다. 그녀에게 애써 괜찮다는 표정을 지어보이기는 했지만, 아직도 머릿속은, 한 무더기의 고수(鼓手)가 일제히 뇌세포를 쿵쾅대며 두드리는 것처럼 아팠다. 좋아질 거라고? 화장실에 갔다 오면? 그렇다면, 좋아, 명령대로 하지. 명령대로. 자크는 테이블 사이를 빠져나가며 마르셀이 앉아 있던 곳을 눈으로 찾아보았다. 그녀의 자리는 비어 있었고, 그 반대편에는 얇고 긴 담배를 문 낯선 사나이가 인상을 잔뜩 찌푸리며 소파에 푹 파묻혀 있었다. 어디 화장실에라도 간 걸까? 마르셀의 일을 생각하자 자크는 다시 속이 메슥거려 오는 걸 느낄 수 있었다. 이게 무슨 꼴이람? 이젠 구토까지? 파트너 앞에서 꾸벅꾸벅 조는 것 가지고는 모자라, 이제 오바이트까지 하겠다고? 속에서는 쓴 물이 올라왔다. 말라빠진 빵과 형편없는 닭고기 등으로 때운 저녁식사가 다시 목구멍을 통해 역류하려는 걸 그는 막을 수가 없었다. 게다가 눈물샘은 그의 의지와 반대로 일제히 눈물을 분비하기 시작했다. 왜 이렇게 된 거지? 왜 나에게?

화장실은 넓었다. 허겁지겁 문을 열고 자크는 변기에 얼굴을 처박았다.

왜액.

순식간에 그의 몸 내부에서 갖은 음식물들이, 그의 식도를 타고 올라왔다. 맹렬한 그 흐름을 막아내기에 그의 입 안은 너무 좁았다.

푸왜왜액.

왜 나만? 왜 내게만? 벌건색 토사물이 굳게 닫힌 그의 입술 사이로 비져나왔다. 동시에 폭포처럼, 자크의 무방비로 벌어진 입을 통해 음식물의 잔해들이 쏟아져 나오기 시작했다. 그는 두 손으로 양변기 물탱크를 부여잡은 채, 한동안 몸 전체를 쿨럭거리며 괴로워했다. 마치 몸이 뒤집히는 것 같아. 눈물이 가득 괴어 한 방울씩 변기로, 항문이나 성기를 통해 나온 배설물 대신, 입으로부터 빠져나온 토사물로 가득 찬, 변기로 떨어졌다. 목이 쓰라렸다. 어디가 끝이지? 씨발. 거의 다 토해냈으려니 했지만 좀체로 그 발작적인 구역(嘔逆)은 좀체로 멈추려들지 않았다. 소화가 덜 되어 덩어리진 고깃덩어리와 잘게 끊어진 국수가락들, 그리고 그 고형물들을 더 추한 모습으로 뒤섞고 있는 위액과 크림 수프의 거대한 칵테일 위로 모락모락 김이 피어올랐다. 죽는 게 낫겠어. 새벽녘, 광장에서 보았던 비둘기의 부리에 묻어 있던 마른 토사물들의 기억이, 그리고 그 짐승의 순진해 보이는 동그란 눈동자가 그의 머릿속을 후비고 지나갔다. 차라리, 이대로 뒤집어져서 죽어버리는 게 낫겠어. 더 이상, 더 이상, 내게, 뭘, 어떻게, 해보라는 거지? 결혼? 왜 이렇게 된 거지? 자크는 손가락을 목구멍 깊숙이 박아넣고 뱃속에서 요동치고 있는 남은 음식물들을 몸 밖으로 펌프질 해내려 했다. 자크는 누군가 언제부터인지 단속적으로 자신의 등을 두드리는 것 같은 느낌을 얼핏 받았으나, 그 손의 주인에 대한 의문들은 몇 번의 쓰라린 요동에 가물가물해지고 말았다.

우우웨엑.

이제 자크의 입을 통해 나오는 건 멀건 물밖에는 없었다. 그건 아주 시고, 마치 식도를 긁고 지나가는 것 같은 산성의 액체였다. 자크는 구역질을 재촉하느라 목구멍 속에서 토사물에 흥건히 젖어버린 손가락을 타일 벽에 대고 쓱 문질렀다.

"마르셀?…… 마르셀이지?"

"……."

"넌가?…… 마르셀?…… 미안해…… 정말, 마르셀, 미안해."

자크는 젖지 않은 손으로 눈물을 훔치며 구부정한 자세로 뒤를 돌아다보았다.

하지만 거기에 서 있는 건 마르셀이 아니었다.

넌 누구지?

왜 거기 있는 거지?

넌 마르셀이 아니잖아?

넌 나한테 또 뭘 바라는……

거울 속에 내가 있다. 두 개의 커다란 거울. 왼쪽과 오른쪽. 왼쪽 거울의 아래쪽 귀퉁이가 떨어져 나가다. 그곳으로부터 방사선으로 번어져 나가는 잔금들. 거울 속에 내가 있다. 손을 씻고 손수건으로 닦다. 주머니에 넣다. 어울리지 않는 화장, 긴 머리. 가발이다. 세면대는 누렇게 때에 절어 있다. 창밖은 까맣다. 밤이다. 별은, 별

은 없다. 구름으로 뒤덮인 하늘은 칠흑같이 까맣다. 네 개의 문이 있다. 그 사이에 설치된 세 개의 칸막이. 네 개의 독립적인 구역(區域). 그 속에는 모두 네 개의 양변기가 있다. 아마도 내일 오후, 화장실 청소를 맡은 늙은 잡역부가, 혹은 웨이터 중 한 명이 그 양변기, 네 개의 양변기를 청소해야 할 것이다. 아마도 그 넷 중 하나는 쉽지가 않을 것이다. 사방으로 튄 그의 토사물들, 그리고 피, 타액, 눈물, 뇌수, 그리고 제멋대로 널브러져 있는 거대한 하나의 고깃덩어리. 하얀 타일 위, 군데군데 검붉은 피가 뿌려져 있다. 어떤 것은 아직도 흘러내리고 있다. 아주 천천히. 가장 윗부분은 이미 말라버렸지만, 아주 천천히, 따라 내려가다 보면, 아직 윤기가 남아 있고 조금 볼록한 모양을 하고 있는 놈들을 만날 수 있다. 자크는 쓰러져 있다. 얼굴의 반을 변기에 담근 채. 그는 이상한 자세로 변기에 가라앉는다. 엉망이 된 그의 얼굴. 감기지 않은 그의 왼쪽 눈알. 오른쪽 눈은 피와 토사물의 늪에 잠긴다. 내겐 보이지 않는다. 핸드백 속의 총, 로캉탱을, 연심의 남편을 보낸, 이 총이 그에게 영원한 안식을 가져다주었다. 그렇게 설명할 수 있다. 그리고 아마도 나는 가능한 한 빨리 여기서 빠져나가야 할 것이다. 운이 따라준다면 나는 아마 아무에게도 들키지 않을 것이다. 그렇지 않다면…… 어쩌면 마르셀을, 그녀를 만날지도 모른다. 인사를 할 수도 있을 것이다. 안녕하세요. 그녀는 내게 말할 것이다. 안녕하세요. 자크와 춤을 추신 그분이지요? 어때요? 참 멋진 사람이죠? 약간의 흥에, 약간의 알코올에 들뜬 그녀의 목소리를, 들을 수 있을지도 모른다.

나는 뭐라고 대답해야 할 것인가? 예 그래요. 아주 담담한 목소리로, 조금 냉정하다 싶을 만큼. 그것으로, 그것으로 충분하다. 하나의 존재가 정지했고, 그 주위의 모든 것들도 그의 부재에, 아주 빠른 속도로 익숙해질 것이다. 아주 빠른 속도로.

9장

채칠리아, 등장하다

"뭐라고? 폴로, 설마 그걸 시의 제목이라고 말하려는 건 아니겠지?"

"왜 아냐? 뭐 안 될 이유라도 있나?"

폴로와 무슈의 대화를 듣고 있던 소파 씨는 어이가 없다는 듯 두 손으로 머리를 감싸며 마룻바닥에 벌렁 드러누워 버렸다. **비닐로 된 가짜 가죽을 뒤집어** 쓴, **젖통이 무지무지하게 큰 구석기 시대의 다산성 여인상**을 연상시키는 소파 앞에 모로 누워, 소파 씨는 구닥다리 메들리처럼 무작위로 섞여 나오는 TV 광고를 지켜보고 있었다. TV 속에서는, 긴 생머리를 옆으로 따 어깨 위로 늘어뜨린 한 여자가 피아노 앞에 앉아 소파 씨를 향해 뭐라고 떠들고 있었지만, 그에게는 잘 들리지 않았다.

'이런 씨발 놈들. 조용히 좀 하면 안 되나? 뭔 놈의 시는 또 시야?'

"가만. 그러고 보니 K만 여기 없군 그래. K는 어딜 간 거지? 누구 K를 본 사람 있나?"

아담 폴로는 **비닐로 된 가짜 가죽을 뒤집어** 쓴, **젖통이 무지무지하게 큰 구석기 시대의 다산성 여인상**을 연상시키는 소파 등받이에 오른손을 기댄 채 비스듬히 서서 거실 안에 제각기 앉아 있거나 누워 있는 사람들에게 물었다. 왼손에는 소파 씨가 사온 누런 연습장이 들려 있었고, 귀에는 짧은 밤색 연필이 거꾸로 꽂혀 있었다.

"아까 저 뒤로 가는 거 같던데."

"맞아요, 베란다로 갔어요. 의자를 좀 고쳐야겠다고 망치하고 못하고……."

"의자를 고친다고?"

무슈는 **비닐로 된 가짜 가죽을 뒤집어** 쓴, **젖통이 무지무지하게 큰 구석기 시대의 다산성 여인상**을 연상시키는 소파 옆에 기대 TV를 보는 중이었다. 그는 고개를 뒤로 돌리고 입을 비죽 내밀어 K의 위치를 가리켜 보이며 말했다. 무슈는 K의 행동에 대해 자신도 영문을 잘 모르겠다는 뜻으로 오리나무에게 어깨를 한 번 으쓱해 보였다.

"그래요, 그가 그렇게 말했어요. 맞아, 폴로 너도 아까 들었잖아?"

"아 그래, 그랬지. 어떡한다…… 하긴 뭐, 그에겐 또 다음 기회가 있겠지. 좋아, 자, 어쨌건 나한테 집중 좀 해줘. 지금부터 내가 최근에 만든 두 편의 시를 낭송하는 자리를 갖도록 하겠어."

"시라고? 니가?"

오리나무는 **비닐로 된 가짜 가죽을 뒤집어** 쓴**, 젖통이 무지무지하게 큰 구석기 시대의 다산성 여인상**을 연상시키는 소파에서 조금 떨어져 앉아 있었다. 그는 TV가 놓여 있는 문갑의 한 서랍에서 가전제품 설명서 한 다발을 찾아내서는, 방바닥에 마구 흩뜨려 놓은 채 하나하나 꼼꼼히 읽어 내려가고 있었다.

“그래, 잘 들어봐. 오늘 낭송할 시는 딱 두 편이야. 시대를 너무 앞서 나가는 바람에 독자의 머리 꼭대기에 위에 앉아 쉬이 그들의 두뇌를 지치게 할 그런 시도 아니고, 반대로 너무 뒤처져서 독자의 지적 호기심을 전혀 자극하지 못할 그런 시도 아니지. 요컨대, 시대와 함께, 비슷한 보폭으로 나가는 시지. 또 그런 독자층을 대상으로 했구 말이야. 제목은 아까도 말했지만 「여성지의, 여성지에 의한, 여성지를 위한 재미있고 유익한 수열(1) : 등차수열 $3n-2(n=1\sim10)$」와 「여성지의, 여성지에 의한, 여성지를 위한 재미있고 유익한 수열(2) : 등비수열 $3 \cdot 4^{n-1}(n=1\sim8)$」이야.”

“폴로, 정말, 그게 시의 제목이란 말이야? 도대체 무슨 뜻이지?”

“무슈 씨, 제가 생각하기엔 차라리 입을 꾹 다물고 그냥 조용히 듣는 편이 여러모로 나을 것 같은데요. 어이, 폴로, 이제 그만 사설은 끝내고, 그 자작시 낭송인가 뭔가 후딱 좀 끝내버리는 게 어때? 이제 곧 슈퍼엘리트모델 선발대회를 할 거거든.”

소파 씨는 리모컨을 들어 TV 수상기를 겨누고 신경질적으로 그 작은 플라스틱 단추를 누르면서 말했다. 화면 하단에서는 음량을 표시하는 길고 가느다란 녹색의 막대들이 길어져 갔고, 그와 더불어

무좀약을 선전하는 두 여자 모델들의 과장된 목소리도 커져 갔다.

"오, 좋아. 그런데…… 슈퍼…… 뭐? 뭐라고? 그래, 알았어. 그 슈퍼엘리트지 슈퍼천재인지 뭔지 하는 게 너희들의 영혼을 구원할 수 있다면, 뭐 좋아, 빨리 끝내주겠어. 우선 첫 번째 시야."

아담 폴로는 우스꽝스러울 정도로 엄숙한 자세를 꼿꼿이 유지한 채 목소리를 깔고 연습장에 적힌 시를 읽어나가기 시작했다.

「여성지의, 여성지에 의한, 여성지를 위한 재미있고 유익한 수열 (1) : 등차수열 3n-2(n=1~10)」

피부 타입에 따른 하모니 콤플렉스 시스템이 이상적인

신개발 고탄성 메모리 와이어로 당신의 불만인 가슴 모양을 자연스럽게

질 내에 직접 세정액을 주입하여 사용함으로써

소르비티의 자연 솔잎 성분이 멜라닌 색소의 생성을 완화시켜

그랜드 투어를 이용하신 분들 말합니다. "한 편의 영화처럼 감동적이야."

정기구독 배달 사고 및 주소 변경은 본사에서 직접

약한 불에서 노릇노릇하게 구운 뒤 바로 냉장고에 넣어

최우수상 1명에겐 586 펜티엄 컴퓨터(모니터 포함, 부가세 별도) 한 대와

젓갈 등 음식 냄새는 물론 싱크대 악취까지

주도해 온 미국 최고의 브랜드 AMANA가 드디어 한국에 상륙 합니다.

폴로는 시 읽기를 마치고, 머쓱한 표정으로 무슈 쪽을 한 번 흘끔 쳐다보고는 두 번째 시를 읽어 내려가기 시작했다. 그가 시를 낭송하는 동안 어느 누구도 감히 입을 열려 하지 않았다.

「여성지의, 여성지에 의한, 여성지를 위한 재미있고 유익한 수열 (2) : 등비수열 $3 \cdot 4^{n-1}(n=1\sim8)$」

알고 계십니까? 세안 후 모공에 남는 비누 잔여물이

코를 골게 하는 수면중 연구개의 진동을 지속적으로 막아

팔, 다리, 겨드랑이, 눈썹, 입술 윗부위, 원하지 않는 털 영원히 제거하세요.

11만 2천 원부터/린든리브즈, 35만 6천 원/엘르데코, 19만 원 ~57만 원/인트로교역.

7.5%의 베조카인이 콘돔 내피에 도포되어 있어 남성의 과민성을

구석구석 뿌려주어 안쪽 문쪽 어느곳에 두어도 일 년 삼백육십 오 일

주요 성분 : 우유, 요구르트, 쌀, 아마란스, 미네랄, DHA, 비피

더스 유산균.

여자인 자신보다 전문인인 자신을 더 사랑하는 사람들이 여기에 있습니다.

"그게, 그게 시란 말인가?"

"그럼, 물론이지. 도대체 시가 아니면 뭐란 말인가? 소설? 희곡? 기행문?"

무슈의 물음에 아담 폴로는 연습장으로 소파의 등받이를 가볍게 때리며 심드렁하게 대답했다.

"정말 대단하군 그래, 정말이야, 대단해…… 근데 거기에, 그 시에 나오는 문장들은……."

"물론, 내가 창작해 낸 건 아냐. 제목에서 미리 암시했던 것처럼 한 권의 여성지에 실린 광고 문안들을 모아놓은 거지. 내가 한 일이라고는 단지 이미 완성된 어구들을 한데 모으고 추린 후 다시 배열했을 뿐인 셈이야."

무슈는 정말로 감탄했다는 듯 입을 오리 주둥아리같이 동그랗게 오므리고는 고개를 끄덕거렸다.

"근데 그 수열이니, n이니 하는 것은 다 무슨 놀음이지? 무슨 심각한 의미라도 갖고 있는 건가? 내 멍청한 머리론 도무지 상상도 못하겠는걸."

그 뜻을 미리 알아차린 똑똑한 청중들이 있는지 확인하기 위해, 무슈는 주위를 둘러보았지만, 아무 반응도 없었다.

"말하자면…… 설명하기가 좀 힘든데…… 그러니까 일종의 결벽증에서 기인한 거라고 보면 돼."

"결벽증?"

"그래. 봐, 실제로 그 수열이 가리키는 건 아주 단순하고 명확해. 그건 한 문장, 한 문장의 출처, 그러니까 쉽게 말해 그 문구들이 적혀 있는 쪽수를 의미하는 거야. 각 문장들의 고향이랄까, 근원 같은 거랄까, 뭐 그런 걸 밝혀놓은 거지."

"으음…… 그러니까 이런 말이군 그래. 먼저 하나의 수열을 정하고, 그 수열이 만들어내는 숫자들의 행렬에 맞춰 여성지의 페이지를 넘기고……."

"바로 거기에서 마음에 드는 문장을 찾는 거지. 적당한 부분에서 시작해 적당한 부분에서 끝내는 거야. 선택은 자유지. 그야말로 아무런 기준도 없어. 그러고는…… 다음 항으로 껑충 뛰어 넘어가는 거지. 이건 정말 새로운 형태의 창작이야. 아니, 창작이라고 부를 수 없는지도 모르지. 거기엔 어떠한 작위도 행위자의 의지도 개입되지 않거든. 오직 하나의 수열이, 단 하나의 절대적인 우연성이 시를 앞으로 앞으로 끌고 나가는 거지."

"하아……."

무슈는 깨달음의 장탄식을 내뱉고는 아담 폴로의 대리인이라도 되는 것처럼 다시 한 번 청중의 반응을 살폈다. 오리나무는 시큰둥한 표정으로 무릎 위에 놓인 가전제품 설명서를 이리저리 뒤적거리고 있었으나 실제로 거기에 집중하고 있는 것 같아 보이지는 않았다. TV를 향해 옆으로 누워 있던 소파 씨는 꼼짝도 않은 채 지겹다는 듯한 말투로 말했다.

"언젠가 소위 현대음악이란 장르 안에서도 그런 비슷한 시도를 적용하려는 걸 본 적이 있지. 수열? 그래, 바로 그런 유(類)였던 것 같애. 미리 각각의 음들에 숫자를 지정해 주고 그 다음에 간단한 수열을 만들어 그걸로 작곡을 한다는 거지. 더 이상 화음을 맞추느라 골머릴 싸맬 필요는 없다는 거지. 하나의 수열만 있으면 만사 오케이니까. 수열 $3n^2-n+1$? 우린 이제 이런 제목의 음악을 듣게 되는 거야. 재미있는 시도긴 해, 하지만 난 그 작자들이 왜 그딴 짓이나 하며 시간을 까먹고 있는지 도대체 모르겠더군. 도대체 왜인 거지? 음들의 해방을 위해서? 사용 횟수의 평등을 위해서?"

"평등의 실현이 아니라 대치 가능성의 체현이겠지."

묵묵히 앉아서 제품 카탈로그를 뒤적거리던 오리나무가 비로소 끼어들기 시작했다.

"그건 각 음들을 동일한 횟수만큼, 창작자의 주관과는 상관없이 사용함으로써, 평등이라는, 사실 여지껏 음악에는 생소하기만 했던 그런 개념을 도입하겠다는 음악가들의 변덕스러운 유희나 단지 형식상의 놀이만은 아니야. 그들은 각 음들의 고유한 특성이나 다른 음들과의 관계는 무시한 채, 수학적이고 동시에 강압적인 새로운 질서 부여를 통해, 여태까지는 유일무이한 자아를 지니고 있다고 믿어졌던 각 음들을 언제라도 서로 다른 음들과 교환되고 대치될 수 있는 그런 존재로 환원시키려고 한 거야. 물론 폴로, 자네의 경우는 조금 다르겠지. 의미 과잉이 아니라 의미 결핍으로 인해, 언제나, 어디에서나, 그 어떤 다른 것들과도, 대치될 준비를 마친 그런 광고 문구들을, 자넨 다시 한 번 인위적이고도 뻔뻔스러울 정도로 솔직한 그런 구성 속에 재배치시킴으로써 그런 형식의 속성을 다시 한 번 뒤집어 보여주려고 한 거겠지. 하지만…… 솔직히 난 그런 형식적인 시도에 대해 회의적인 생각을 갖고 있어. 현대의 많은 예술가들이 그런 방법을 사용하려 하지. 그가 조롱하고자 하는 대상이 얼마나 우스꽝스럽고 어리석은가를 보여주기 위해 스스로 그런 탈을 뒤집어쓰고 관객들 앞에서 연기를 하는 거야. '보시오, 이 얼마나 우스운 꼴이랍니까. 그래요 바로 이 더러운 늪 속에 당신들도 똑같이 발을 딛고 있단 말이에요.' 그래, 재미있는 방식이야. 흥미있는 형식이지…… 하지만 정작 문제가 되는 게 또 거기야. 형식이란 말이지. 창작자들의 의도와는 무관하게, 아니야 이건 자신할 수 있는 건 아니구, 어쨌건 향수자(享受者)들은 많은 경우 그 형식을 통해 자신들을 둘러싸고 있는 또 하나의 형식, 거대구조의 부조리를 깨닫게 되는 것이 아니라, 그걸 단지 하나의 새로운 기호, 새롭고 흥미있는 문화의 양식으로 받아들이는 거야. 그건 더 이상 어느 누군가를, 아주 민감한 관객조차도 조롱할 수 없게 되지. 시대의 유행이 되어버리고 통용 가능한, 관리 가능한 코드로 되어버리는 순간, 이제 그건 정말로 단 하나의 순수한 형식, 누구나 복제할 수 있는 작고 단단한 점으로 화하게 되는 거야. 우린 이런 것도 상상해 볼 수 있어. 어쩌면 포르노 제작자들도 그런 기법들을 자유롭게 사용하는 그런 세상을 볼 수도 있을 거야. 그들도 시대의 유행에, 일반적으로 통용되는 기호의 질서에 발을 맞추어야 하니까."

"실은 난 포르노라면 사족을 못 쓰는데……."

폴로의 느닷없는 말에 무슈는 피식 하고 웃음을 터뜨렸다.

"난 말이지, 실은 자네의 말을 제대로 알아듣지 못하겠어. 나에겐…… 내 시엔 이론이라고는 전혀 없어. 난 자네가 했던 그런 말들에…… 연기니, 형식이니, 코드니 뭐 그런 것들에 근거해서 시를 쓴 건 아니라구. 내 시의 뒤에서 작용하는 건 이성의 축 따윈 아니라구. 그저 갑자기 난 어느 날 아무 생각 없이 여성지를 넘기다가 그런 시를 쓰고 싶어진 거야. 난 어이없어 하는 표정과 우연성의 범람, 폭죽, 마약과도 같은 환기작용을 바랐을 뿐이라고."

"저는, 저는…… 오리나무 당신의 의견이…… 그래요, 상황에 따라선 다르게 적용될 수 있다고 생각해요. 당신의 이론은 훌륭하지만 창작과, 실제적인 창작과는 좀 다를 수도 있다고 봐요. 여하튼 폴로의 시와 그리고 그의 창작 방식은 참으로 독창적이고 재미있는 게 사실이에요. 그런 우연성의 남발과 일상의 재구성은…… 뭐랄까, 새로운 감각을, 강한 환기작용을 읽는 이에게 제공하죠. 오리나무 씨는 그걸 누구나 흉내 낼 수 있는 시기가 곧 올 거라고 부정적으로 말했지만, 솔직히 말해, 저만 해도 지금 당장 한번 해보고 싶어지는걸요. 이것이 당신이 말한 부정적인 반응인가요? 그리고 전, 전 언젠가 소파 씨 당신의 시에서도 이와 비슷한 형식을 본 적이 있어요. 그렇지 않나요? 소파 씨."

"나? 나 말인가요? 무슈. 갑자기 왜 또 나까지 끌고 들어가려는지 모르겠지만…… 난 이제 그 짓 때려치운 지 오래됐어요. 시? 형식의 체현?…… 에이 썅, 선전은…… 니미, 왜 이렇게 많은 거야…… 온통 선전뿐이잖아, 씨발. 도대체 슈퍼엘리트모델 선발대회는 언제 하겠다는 거야…… 끙."

소파 씨는 진절머리가 난다는 듯 TV 수상기 쪽으로 리모컨을 겨누고 마구잡이로 채널을 바꾸었다. 빠른 속도로, 많은 광고 모델들이 빛으로 만들어진 얇은 표면 위에서 태어나고 다시 사라져갔다.

"당신의 시였던 것 같은데…… 기억해요. 아 그래요. 가위 한 벌과 신간 여성지를 이용한 시였어요. 감옥에 갇힌 미녀들을 가위로 오려내어 구해내자라는 뭐 이런 비슷한 내용의 시였죠. **〈그것〉으로부터 미녀들을 구해내자./ 입을 때마다 새로운 기분 〈그것〉: 광고가 있다./ 가위를 들고 팬티바람의 그녀를/ 오려내라. 〈그것〉팬티: 의 광고로/ 부터 그녀를 분리하라.**[*] 거기에서 〈그것〉은 상품명을 말하는 거였죠. 제가 제대로 기억하고 있는 건가요? 소파 씨."

소파 씨는 대답 없이 후 하고 한숨만 내쉬었다. 브라운관 위에는 다시 하나의 화면—오른쪽 상단에 제X회 슈퍼엘리트 모델 선발대회라는 작은 글씨가 쓰여 있는—만이 나타나기 시작했다. 끝이 없어 보이는 상품의 선전들.

---

* 장정일, 「그것으로부터 분리」, 『서울에서 보낸 삼주일』에서. 죄송합니다.

"미안하지만, 그건 소파의 시가 아니야."

"무슨 말이죠, 오리나무 씨, 이게 소파 씨의 시가 아니란 말씀인가요?"

"그래. 그걸 쓴 놈은 소파보단 훨씬 어리석은, 아니지 아니야, 훨씬 더 영악한 놈이었어. 저기 저렇게 TV에 넋 놓고 있는 우리의 소파 씨는 그래도 그보다는 훨씬 똑똑했었지. 그래 더 순진했다고 해야 할까. 어이, 소파, 이번엔 제대로 맞을 거야. 이게 정말로 니가 했던 말 아닌가? **〈벗이여 우리는 코미디언도 순교자도 못 된다.〉**"

소파 씨는 리모컨을 든 자신의 손이 조금씩 떨리고 있다는 걸 깨달았다.

'인제 이 새끼들까지, 날 괴롭히는군. 한동안 좀 잠잠하나 싶었더니만. 왜 나에 대해서, 내 과거에 대해서 모두가 집착하지 못해 안달이 난 거지? 개새끼들, 지들이 알면 얼마나 안다고 저 난리들이야, 이 씨발 놈들아, 막말로…… '

"날 빼놓고 무슨 회의라도 하고 있었나요?"

K가 나타났다. 그는 하얀 손수건으로 이마 맺힌 땀을 닦고 있었을 뿐, 망치질 같은 수고스러운 노동을 방금 전에 마쳤다는 그 어떤 낌새도 그의 외모에서는 찾아볼 수 없었다. 요컨대, 그의 옷차림은 평상시와 다름없이 깨끗했고, 망치질을 마친 사람이라기보다는 화초에 물을 주거나 수조 속의 물고기들에게 사료를 뿌려주고 온 사람처럼 보였다. K는 뭔가 분위기가 평소와는 조금 다르다는 사실을 눈치챘다. K는 아담 폴로가 서 있는 **비닐로 된 가짜 가죽을**

뒤집어 쓴, 젖통이 무지무지하게 큰 구석기 시대의 다산성 여인상을 연상시키는 소파 등받이 쪽으로 다가갔다.

"무슨 일이 있었나요? 재미있는 이야기라도 나누고 있었던 것 같은데 이렇게 내가 들어오니 뚝 끊어지고 말았군요."

소파 씨는 이야기의 화제가 다른 방향으로 흘러가길 간절히 바라고 있었다. 적어도 슈퍼엘리트모델이 시작되기 전까지는.

"망치질을 하고 왔다구?"

"그래요."

"우리 집에 뭘 고칠 게 있었던가? K 씨 당신이 손볼 만한 일은 없었을 텐데."

"기억나지 않는가? 소파. 언젠가 K는 이런 얘길 했었지."

오리나무의 날카롭고 어딘지 귀에 거슬리는 목소리가 다시 대화의 틈바구니 사이로 끼어들었다. 그와 동시에 끝이 없어 보이기만 하던 상품 선전의 기나긴 행렬이 끝나고, 대회의 화려한 개막을 알리는 팡파르가 사회자의 거창한 멘트와 함께 시작되었다.

"와우, 드디어 시작이군. 씨발, 사람을 이렇게 기다리게 하다니."

"K는 언젠가 그런 작은 조망(眺望) 하나를 얻고 싶어했지. **한 치도 어긋나지 않게 망치질을 하여 책상 하나를 짜맞추면서 동시에 아무것도 하지 않으려는 소망, 그것도 '그에게는 그 망치질이 아무것도 아니야'라고 말할 수 있는 것이 아니라**……."

"나왔어, 드디어. 어휴 처음부터 수영복인데. 와우…… 저건……."

"**'그에게는 그 망치질이 굉장한 망치질이면서 동시에 아무것도 아**

니야'라고 말할 수 있는 그런 상태, 그럼으로써 망치질이 더욱 대담해지고 더욱 단호해지고 더욱 현실적이고, 그리고 원한다면 더욱 미친 듯이 가속될 수도 있는 그런……."

"야아, 저년들은 뭘 먹고 자라서 저렇게 날씬하게들 쭉쭉 빠졌을까?"

T자형 무대 위에서는 수영복 차림의 여자들이 한 명씩 T자형의 가장 긴 변, 관객석 쪽으로 돌출된 부분으로 걸어나와 화면에 클로즈업된 채 자신의 출신과 짧은 소망을 담은 인사말을 하고는 다시 뒤로 돌아가고는 하였다. 클로즈업될 때마다 출생일과 몸의 부위별 사이즈를 알려주는 작은 숫자들의 행렬이 그녀들의 가슴께에서 잠시 나타났다가 없어졌다.

"오리나무 씨, 그쯤에서 그만두시죠. 모두들 딴 데 관심이 있는 것 같은데. 괜히, 저만 난처해지겠는걸요."

이렇게 말하면서 K는 소파 씨 뒤로 다가가 자리를 잡고 앉으며 그에게 물었다.

"뭐 재미있는 프로라도 하나 보죠?"

"K, 너도 눈이 있으면 저걸 봐, 저거야말로 신의 선물이 아니고 그 무어겠나? 어휴 저것들을 그냥 콱."

무슈가 소파 씨의 말에 쿡 하고 짧은 웃음을 터트렸고, 그 웃음이 마치 무슨 신호라도 된 듯, 모두 다 입을 다물었고, 어색한 침묵이 그들의 머리 위로 강림했다. 계속해서 TV 화면에는 젊은 여자들의 웃는 얼굴들이 동물원, 고궁, 고층빌딩, 도서관 등을 배경으로

해서 비추어졌다.

“소파, 저 숫자들은 뭐지? 저기, 저 네모난 박스 안에 들어 있는 숫자 말야.”

턱을 양 손에 고인 채 엎드려서 TV를 보던 아담 폴로가 고개를 돌리고 소파에게 물었다.

“자넨, 저런 것 처음 보나? 저건 점수잖아, 이 바보야.”

“점수?”

“그래. 이 멍텅구리야, 심사위원이 각 여자가 얼마나 아름다운지 점수를 매기는 거라고.”

“얼마나 아름다운지? 그걸 어떻게 점수로 매긴다는 거지? 게다가 저길 봐, 소수점 둘째자리까지 나와 있는걸. 그게 도대체 가당키나 한 얘긴가? 소파, 자넨 나의 아름다움을 소수점 둘째자리까지 포함한 하나의 정확한 숫자로 말해 줄 수 있나?”

“폴로, 저건 아마…… 평균을 낸 값일 거야.”

코를 후비며 TV를 지켜보던 무슈가 나지막한 목소리로 폴로에게 설명해 주었다.

“평균이라고?”

“그래, 이 바보야, 모르면 그저 입이나 다물고 있는 게 여러 사람 안 괴롭히는 길이야, 알겠어? 자넨, 아까 심사위원들이라며 하나씩 일어나 거만한 몸짓으로 손을 흔든다 고개를 까딱해 보인다 하던 사람들이 도대체 뭐였다고 생각하는 건가?”

“그래, 폴로. 심사위원들이 써낸 각각 다른 숫자들을 평균 내선 하나의 정교한 값을 얻어내는 거지."

무슈가 한몫 거들었다. 폴로는 다시 고개를 앞으로 돌리고 턱을 고이며 혼잣말을 했다.

"사람들이 많아질수록 더 정교한 값이 나온다? 그럴 수도 있겠지. 여긴, 소위 집단지성이 항상 올바르게 작동되는 민주주의 국가니깐. 하지만, 난 정말 분간할 수 없는 걸. 저 사람들 사이에 어떤 차이가 있는지. 내가 보기엔 모두 다 똑같아 보인다구. 모두 다 키가 크고, 날씬하고, 머리는 대부분 길어, 머리색도 비슷하고, 모두 한결같이 본래의 얼굴을 잘 알아보기 힘들 정도로 화장을 짙게 했고, 게다가 결정적으로, 재네들은 모두 여자잖아. 도대체 그들 사이에 무슨 차이가 존재가 한다는 거지? 어떻게 차이를 산출하고 점수를 매긴다는 거지?"

소파 씨의 휴 하는 긴 한숨소리가 있었을 뿐, 아무도 아담 폴로의 말에 대꾸하려 하지 않았다. K는 분위기도 바꿀 겸, 무슈에게 질문을 했다.

"무슈, 당신은 몇 번이 가장 맘에 들죠?"

"모르겠어요, 아직은. 아까 그 8번 여자애가 귀여워 보이는 것 같기도 하고……."

"전, 저, 방금 전, 앞의 앞에 지나갔던, 그 15번 여자가, 왠지 눈에 익어요. 아니, 눈에 익다, 뭐 그 정도가 아니라 내가 알고 있는 한 여자와 동일인인 것처럼 보여요. 난 그녀를 법정에서, 아니 실은 그건 작은 아파트에 불과했죠, 어쨌건 난 그녀를 거기서 만났었죠."

"아, 그 여자. K 씨, 당신은 지금 당신의 최초의 심리(審理)를 방해했던 그 여자를 말하고 있는 거죠?"

"맞아요, 무슈 씨. 용케도 나하고 관계된 일을 잘 알고 계시군요. 자, 어때요? 실제로 그녀와 매우 닮았지요?"

"미안하지만, K 씨, 사실을 말하자면 전 단지 그녀의 존재를 알고만 있을 뿐, 직접 본 적은 없답니다. 그녀와 닮았는지는 아닌지 저로선 알 수 없는 노릇이지요."

"아, 그래요……."

"그렇지만, 전 그녀가 당신에게 했던 말을 한 구절 기억하고 있어요. '**당신은 틀림없이 이곳에서 무엇인가를…… 무엇인가를……**."

"**개선.**"

K가 무슈에게 미소를 지어보이며 거들어주었다.

"아 맞아요, **개선.** 그래요, 그녀는 당신에게 **무엇인가를 개선하려고 생각하고 계신** 거냐고 물었었죠."

"그리고, K는 이렇게 대답했지. **사실은, 나는 당신이 말하는 것처럼 이곳을 개선할 생각은 없어요. 사실, 나는 자진해서 이런 일에 고개를 내밀 까닭도 없고, 이곳 재판조직을 개선할 필요가 있다 해도 그것으로 나의 수면을 방해받고 싶지는 않습니다.**"

방바닥에 어지럽게 흐트러져 있던 제품설명서를 주워 모으며 오리나무가 말했다. 그는 K와 근사한 목소리를 만들기 위해 일부러 느릿느릿, 그리고 평소 때와는 다르게 차분하고 공손한 어조로 말했다.

"맞아요, 기억나요, 오리나무 씨, 정말로 잘도 기억하고 계시군요. 저도 K 씨의 그 말이 왠지 가슴에 와 닿았지요."

"모두들, 제가 했던 말들을 잘들 기억하고 계시군요. 사실 그것들은, 저에게도, **실제로 이야기할 만한 점이 있다면 그것은 단지 저의 생애 중에 일어났다는 것**밖에는 없는데 말이죠."

"좋아, 개선이고 뭐고 다 좋은데……."

소파 씨는 자신을 향해 고개를 돌리고 뚫어져라 멍하게 바라보는 아담 폴로의 눈길을 의식하며 덧붙였다.

"개선을 하더라도 저 프로가 좀 끝나고 하자고. 좀 듣자고. 사회자가 하는 말이 하나도 안 들린단 말이야."

K는 무슈를 향하여 싱글 웃으며 손짓으로 좀 있다 얘기하자는 시늉을 해보였고, 동시에 소파 씨에게는 잘 알겠다는 뜻의 멋쩍은 미소를 지어보였다. 폴로는 다시 고개를 돌려 TV에 열중하기 시작했다. TV에서는 나비넥타이를 한 중년의 신사가 뭔가를 열심히 청중에게 말하고 있었다.

"……여러분도 아마 깜짝 놀라셨겠지만, ARS 시스템을 슈퍼엘리트선발대회 같은 미인대회에 도입한 건 사상 유래가 없었던 일입니다. 저희는 시청자들의 자발적인 참여를 통해, 공정해야 할 심사 과정에 단 한 점의 의혹도 비치지 않게 하고, 또 폭넓은 의견을 더욱 잘 반영하여 더욱더 객관적이고 엄격한 심사를 가능하게……."

"재가 지금 말하고 있는 ARS라는 게 뭐지? 도대체 뭐의 준말이지?"

그새를 참지 못하고 폴로가 누구랄 것도 없이 질문을 했다.

"글쎄, Automatic Randomized System(자동 무작위 추출 방식)이 아닐까?"

소파 씨는 오리나무의 이죽거림은 귀에 들리지도 않는다는 듯 철저히 무시한 채, 계속해서 그에게 질문을 해대는 폴로에게 면박을 주기 시작했다.

"너는 도대체 아는 게 뭐냐? ARS란, 그 뭐냐, Audio Response system의 약자라고. 말 그대로 전화 자동응답 서비스란 말이지."

"실은…… 저도 금시초문인데요."

K는 그 단어의 뜻을 모르는 자신이 자못 큰 죄인이라도 되는 것처럼, 겸연쩍은 얼굴을 해가며 소파 씨에게 물었다.

"시청자들의 참여라니, 그게 도대체 무슨 말이죠? 저 같은 사람도…… 저 선발 과정에 참여할 수 있단 말인가요?"

"왜, 그 법정을 빌려 쓰고 있던 그 타락한 여자를 닮았다는, 그 15번 여자에게 한 표 던지려고?"

오리나무는 거의 놀리는 듯한 표정을 지으며 K에게 말했다. 모로 자빠져 있던 거대한 몸뚱아리를 일으키며 소파 씨는 한심하다는 듯한 말투로 말했다.

"K 씨, 당신도 여태 모르고 있었단 말이야. 도대체 당신들은 이 세상이 돌아가는 원리에 대해 아는 게 뭐가 있나?"

"오호라, 그 ARS란 게 세상이 돌아가는 가장 주요한 원리였나 보군. 그건 또 금시초문인걸."

소파 씨는 저도 모르게 열에 받혀 끙 하는 한숨소리를 내기는 했지만, 계속 오리나무의 말은 무시한 채, 그들에게, 세상에 대해 그저 철부지일 뿐인 그들에게 차근차근 설명해 주기 시작했다.

"그러니까, 그건 전화를 걸어서…… 그러니까, 쉽게 말하자면 전화를 통해서 투표를 하는 거나 마찬가진 거지. 한 표를 던지는 거야, 오리나무의 말대로."

소파 씨는 혹시라도 또 끼어들지 않을까 오리나무를 한 번 흘끔 쳐다보며 말을 마쳤다. K는 정말로 놀랐다는 듯 작은 입을 벌리고는 다물지 못했다.

"전화로 한 표를 던진다고요? 그게 어떻게 가능하죠."

TV에서는, 모델들은 잠시 막 뒤편으로 사라지고, 이제 막 초대가수의 초청 공연 시간이 시작되려 하고 있었다. 볼거리도 사라진 데다, 자포자기한 심정으로 소파 씨는 K에게 설명하였다.

"아까 사회자가 이야기할 때, 화면 하단으로 전화번호가 나왔잖아? 어, 그래, 지금 또 나오는군 그래, 저기. 응, 그 전화번호로 전화를 거는 거야. 그런 다음…… 아마도, 표를 던지고 싶은 여자의 번호를 전화를 든 채로 누르든지 하겠지. 뭐 상관없어, 전화를 걸면 다 지시해 주니까."

"그럼…… 투표하고 비슷한 거라면…… 수많은 사람이 전화를 걸어올 텐데, 어떻게 단 하나의 전화번호로 그 많은 사람들의 의견을 다 모은다는 거죠? 만약…… 천 명이 전화를 걸게 된다면…… 그렇다면 재수가 없으면, 천 번이나 전화를 건 후에나 간신히 투표를 할 수 있게 된다는 말이잖아요."

"그 새낀 정말 화가 나겠는데."

몸에 짝 달라붙는 옷을 입고 무대를 개처럼 기어다니는 남자가수에게서 채 한 쪽 눈을 떼지 못한 채, 폴로는 K의 말에 맞장구를 쳤다.

"만 명이 투표를 한다면, 그리고 십만 명이 투표를 한다면 그건 정말, 휴…… 제 생각으로 그건 말도 안 되는 것 같은데요. 그런 형태의 소통이 어떻게 이루어진다는 거죠?"

"휴."

소파 씨는 어이가 없어 말문이 막힌다는 듯 자신의 머리를 쥐어 당기며 한숨만 길게 내쉬었다.

"그래, 그건 정말로 불가능해 보이는군, 그리고 어쩌면 그 십만 번째 사람은 자신의 차례를 기다리다 늙어죽을지도 모르는 거구 말이야."

비대한 몸을 어중간하게 지탱하고 있던 소파 씨는 오리나무의 말에 헛웃음을 참지 못하고 잠시 킥킥대다 폴로와 마찬가지로 TV를 향해 시선을 돌려버렸다. 이번에는, 머뭇거리다 바통을 이어받은 무슈가 K에게 차근히 설명하기 시작했다.

"아마도 K 씨, 저 전화번호는 한 회선만을 갖고 있는 게 아닐 거예요. 일반 전화기와는 달리 여러 사람이 아마도 동시에 접속할 수 있도록 어떤 장치가 되어 있겠죠 뭐."

"여러 채널을 통해 동시 접속이 가능하다?…… 그럼, 신(神)이랑 비슷한 거군."

엎드린 채 발만 까딱까딱거리며 TV를 지켜보던 폴로가 지나가는 말투처럼 툭 던졌다. 그러나 여전히 이맛살을 찌푸리며 뭔가에 몰두한 사람처럼 혼자 생각에 빠져 있던 K는 계속해서 무슈에게 질문을 던졌다.

"그렇다면…… 그렇게 접속이 가능하다고 해도, 이럴 땐 어떻게 되는 거죠? 무슈 씨, 예를 들어, 그러니까, 예를 들어, 어떤 사람이 접속을 성공해서 드디어 투표를 하기에 이른 거예요. 그런데, 그만 실수로 다른 번호를 누를 수도 있는 거잖아요? 26번을 누르고 싶었는데 36번을 누르고 만 거예요. 그럼 어떻게 되는 거죠? 고칠 수가 있나요? 아니면 적어도 그걸 무효로 만들 순 있나요? 만에 하나 그걸 고칠 수도 무효로 만들 수도 없다면, 그 사람은 어떻게 되는 거죠? 그렇게 해서 만들어진 오류는 그리고 누가 책임지게 되는 거죠?"

"정말 걱정도 팔자군."

이번에는 소파 씨 쪽에서 이죽거릴 차례였다.

"그리구 말이에요, 만약 제대로 번호를 눌렀다 하더라도 그 다음은 어떻게 되는 거죠? 기계가 고장 날 수도 있는 거잖아요? 또 가운데서 누군가가 악의적인 장난을 치거나 훼방을 놓을 수도 있는 거구요. 어떻게 자신의 의견이 제대로 전달되었는지 확인할 수가 있죠? 36번에게 던져진 수많은 표 중에서 자신의 표를 확인할 수 있는 무슨 장치라도 되어 있는 건가요? 이름이 쓰여 있기라도 한 건가요? 동명이인인 경우에는요? 한 사람이 두 번 누를 수도 있는 거잖아요? 그럴 땐 또 어떻게 되는 거지요?"

자신의 목소리가 평소 때보다 조금 높아졌다는 것을 느끼고 문득 열없어진 K는 코를 만지작거리며 이렇게 덧붙였다.

"우리들 중, 누가 이 ARS라는 제도에 참여해 보신 분 안 계신가요? 아무래도 직접 참여해 보신 분이 제일 잘 알고 있을 것 같은데……."

"K 씨, 나는 당신 왜 거기에 그렇게 집착하는지 도무지 알 수가 없어."

소파 씨는 거의 울상을 지으며 K를 향해 고쳐 앉았다. TV 수상기 위로 다시 나타난 나비넥타이를 맨 사회자가 이전보다 훨씬 그 수가 더 줄어든 여자들 앞에서 말장난을 하고 있었다.

"K 씨, 나는 정말 당신이 이 세상 물정에 어두운 건지, 무슨 다른 이유 때문에 이러는 건지는 모르겠어…… 하, 참, 정말 답답해 미치겠군, 벌거벗은 방송국인지, 성(城)인지를 내게 말해 줄 때는 세상 돌아가는 뒷면 시시콜콜히 다 아는 것처럼 굴더니…… 잘 봐, 정신 좀 차려, 아무도 저런, 저런 어리석은 일을 믿거나, 참여하려 들지 않아, 이제는. 더 이상. ARS? 누가 그런 델 참여하려 들겠어? 저건, 애시당초 참여하고, 믿고, 확인하고, 뭐 그런 절차나 목적을 위해 세워진 게 아니야. 막말로 저걸 방송국에서 조작을 하는지 한 사람의 기술담당자가 지 꼴리는 대로 찍어대는지 우리가 알게 뭐야. 근데, 사실은 그래도 상관이 없다 이거야. 사실인지 아닌지 그런 건 이제 중요하지 않아, 왜냐구? 왜냐구? 저건 그저 단지 놀이일 뿐이거든. 재미만 있으면, 그 형식이 새롭기만 하면 그걸로……."

"딩동."

작고 단단한 벨소리 하나가 소파 씨의 말허리를 끊어 채고 말았다. 사람들은 동시에 흠칫 어깨를 움츠리며 긴장했고, 영문을 모르겠다는 눈빛으로 서로를 멀뚱멀뚱 쳐다볼 따름이었다. 가장 먼저 정신을 차린 오리나무가 천천히 일어나 발소리를 죽이며 문 앞으로 살금살금 다가갔다. 방 안에는 아나운서의 꾸민 듯한 말투와 그와 함께 폭포수처럼 와 하고 부서지는 청중들의 웃음소리만이 요란할 뿐, 누구도 감히 입을 열 엄두를 내지 못했다. 현관 앞에 도착한 오리나무는 잠시 문에 달린 작은 감시용 돋보기에 눈을 대고 밖에 있는 사람을 확인하더니만 다시 발소리를 죽여 조심조심 돌아오기 시작했다. 벨을 누른 손가락의 주인을 묻는 8개의 말없는 눈빛에게 대답하는 대신, 오리나무는 문갑 위 연필꽂이에서 볼펜 한 자루와 신문지 한 장을 들고 돌아왔다. 자리에 앉자 주위를 한 번 둘러보며 집게손가락을 곧추세워 입에 갖다 대고 모두에게 침묵을 강요한 후, 신문지 한쪽 빈 자락에 뭔가를 써내려가기 시작했다. 소파 씨, K, 폴로, 무슈는 제각기 고개를 삐뚜름히 하고는 오리나무가 하는 양을 쳐다보고 있었다.

'이상한데, 첨 보는 여자야, 예상에 없던 일인데.'

아무도 대답을 찾지 못한 채, 멍한, 일종의 공백 상태가 조금 더 지속되었다. 그러다 갑자기 소파 씨가 오리나무가 들고 있던 볼펜을 낚아채 써내려가기 시작했다.

'여자라고?'

이렇게 써놓고서는 소파 씨는 오리나무를 쳐다보았다. 오리나무는 고개를 끄덕였다.

'아내다!'

소파 씨는 머릿속으로 이렇게 소리를 지르며 상상할 수 없을 정도로 재빨리 벌떡 일어나 현관으로 달려갔다.

"여보? 자기지."

헐레벌떡 소파 씨는 문을 열었고 거기에는 수줍은 듯 아니면 겁에 질린 듯 목을 움츠리고 서 있는 한 명의 젊은 여자가 서 있었다. 소파 씨의 아내는 아니었다.

"정말인가? 디노가 죽었다구?"

오리나무는 주인인 소파 씨를 비롯한 15층의 무위도식배들과 함께 낯선 여자가 앉아 있는 **비닐로 된 가짜 가죽을 뒤집어** 쓴, **젖통이 무지무지하게 큰 구석기 시대의 다산성 여인상**을 연상시키는 소파 주위를 빙 둘러싸고 있었다. 질문인지 탄식인지 아리송한 말을 뱉고 난 그의 입은, 다시 닫히지 못한 채 시꺼먼 암흑을 고스란히 내보이고 있었다.

"예."

"가만 있어봐, 난 아가씨, 응…… 거기, 채…… 채……."

"채칠리아."

백설공주와 일곱 난쟁이에 나오는 공주처럼 호기심 가득 찬 남자들의 눈빛에 사방을 에워싸인 채로 소파에 다소곳이 앉아 있던 낯선 여자가 소파 씨의 말더듬을 풀어주었다.

"채칠리아, 그래, 채칠리아…… 아가씨가 한 말은 그야말로 뒤죽박죽이군 그래, 그러니까…… 첨엔 웬 낯선 남자가, 외판원? 뭐 그 딴 걸로 속이고 아가씨 아파트로 들어왔다?"

"전기수리공인지, 가스검침원인지 그랬던 것 같아요."

"응, 좋아, 그러고 나서…… 그러고 나서 총으로 위협하며 거짓 전화를 걸게 했다? 아가씨의 애인에게?"

"예."

채칠리아는 여전히 메마르고 들릴락 말락 한 목소리로 소파 씨의 질문에 느릿느릿 답을 하고 있었다.

"그런 후에 아가씨의 애인, 디…… 디노? 그래, 디논가 뭔가가 왔고, 전기수리공인지 뭔가가 애인의 머리에 바람구멍을 내버렸다?"

"그게 아니에요. 그 자식이 응접실에서 디노에게 총을 쏘려고 했는데, 제가 홱 카펫을 낚아채 버렸거든요."

"채칠리아, 아까는 당신의 애인이 죽었다고 하지 않았나요?"

눈을 휘둥그레 치켜뜨며 다섯 난쟁이 중의 하나, K가 끼어들었다.

"예, 결국엔 죽었지요. 우선, 제 말을 좀 끝까지 들어주세요. 그래요, 제가 카펫을 홱 잡아당기자 총을 든 자식이 넘어졌어요. 그리고 제가 멍해 있는 디노를 향해 도망가라고 고래고래 소리 지르자 디노는 뒤도 안 쳐다보고 내빼기 시작했죠. 그랬는데 넘어져 기절이라도 한 줄 알았던 그 자식이 다시 일어나선 디노를 쫓아 갔어요."

"그러고는?"

역시 침이라도 흘러내릴 것 같은 입을 멍하니 벌린 채 채칠리아의 얘기에 빠져 있던, 또 한 명의 난쟁이, 폴로가 재촉해 댔다.

"그러고는…… 아까도 말씀드렸었잖아요. 쾅하는 소리가 났어요, 그게 총소리인지 뭔지는 모르겠지만, 여하튼 무지 큰 소리였어요. 저는 무서워 오들오들 떨면서 창가로 다가가 밖을 내다보았죠. 그 자식이 이상한 모습으로 쓰러져 있는 디노에게 몸을 숙이고 뭔갈 확인하는……."

"잠깐, 아가씨는 그때 묶여 있었다고 했잖아, 응접실에."

4개의 고개가 동시에 오리나무의 입 쪽으로 돌아갔다 다시 채칠리아 쪽으로 돌아왔다.

"그랬죠…… 제가 그랬나요?…… 아마 칼이나 뭐 그딴 걸 손에 들고 있었던 것 같아요. 몰래 숨기고 있다간 감시가 느슨해진 틈을 타서 살짝 끈을 풀었던가 봐요. 어쨌든 그땐 아무 정신도 없었으니깐요…… 제가 어디까지 하다 말았죠? 아 그래요, 디노는 죽은 것 같았어요. 갑자기 그걸 알 수가 있었죠. 문득 '디노가 시체가 되어 버렸구나' 하는 생각이 들었던 거예요."

"그러고는, 영화에서나 나올 만한 깜찍한 트릭을 써먹었다? 돌아오는 그 자식, 냉혹한 살인자에게?"

소파 씨는 채칠리아에게 질문을 던지면서도 어느 정도 그 내막을 알고 있는 것처럼 보이는 오리나무의 눈치를 살폈다. 하지만 오리나무는 소파 씨의 말에는 별 관심 없는 듯 콧등에 몇 겹의 주름만을 만든 채 고개를 수그리고 혼자 생각에 빠져 있었다.

"예, 그때 막 그 자식이 총을 들고 다시 위로 올라오고 있었고, 전 무서워 죽을 것만 같았죠. 그런데 어디서 봤는지 모르겠지만, 갑자기 그런 장면이 머릿속에 떠오르는 거예요. 저는 한달음에 뛰어가 뒷문을 큰소리 나게 발로 쾅 차고 신발 한 짝은 계단 밑으로 던져버렸어요. 급히 도망가다 한 짝만 벗어진 것처럼 보이게끔 말이죠."

"마치 신데렐라처럼 말이지?"

폴로는 싱글싱글 웃으며 채칠리아의 말을 방해했다.

"신데렐라요? 무슨 말씀을 하시는 건지 잘 모르겠군요. 어쨌건 전 남은 신발 한 짝을 들고 급히 붙박이장 속으로 숨어들었지요. 거긴 잘 보지 않으면 벽인지 아닌지 구분하기 힘들거든요. 뒷문 열리는 소리를 들었는지 허겁지겁 놈이 올라오더군요. 밖을 볼 수는 없었지만, 제겐 그 자식의 콧김 소리, 몸짓 하나까지도 다 들리고 다 보이는 것 같았어요. 너무 무서웠어요, 가슴이 뛰는 소리가 너무 커 밖으로 새나갈까 두려울 지경이었죠, 전 가슴에 신발을 꼭 부여잡은 채 붙박이장 안에서 시체처럼 꿈쩍도 않고 쭈그리고 있었드랬죠. 그 자식이, 그 개새끼가 이렇게 말했던 것 같았어요, '개 같은 년, 날 골탕 먹이고…… 도망을 가?' 가래가 잔뜩 끓는 듣기 싫은 목소리였죠. 그러고는 그가 뒷문 밖으로 뛰어나가는 소리가 들렸어요. 발소리는 차츰 들리지 않게 되었지만 전 손가락 하나 제대로 움직일 수 없었어요. 믿을 수 없겠지만, 전 쭈그려 앉은 채로, 그 자세 그대로 잠이 들었던 거예요. 얼마가 지났는지도 모르겠어요, 웅성웅성 하는 소리에 잠을 깼죠. 그때는 좀 겁도 사라지고, 또 될 대로 되라는 기분도 들었던 거죠. 장 밖으로 나왔어요. 굉장히 밝더군요. 첨엔 눈을 뜰 수 없을 정도였어요."

"그렇게 죽었다가 살아난 것까지는 좋은데, 도대체 여긴 어떻게 오게 된 걸까?"

폴로가 입을 쭈삣 내밀며 혼잣말처럼 말했고, 소파 씨는 그 말이 내 말이라니깐 하는 표정을 지어보이며 고개를 까닥거렸다.

"기억이 났던 거죠. 혹시라도 그 자식이 기다리고 있을까 봐, 살금살금 빠져나오는데 용케도 기억이 나더라구요. 요 근래 한 번, 디노는 정색을 하고 자기가 갑자기 소식이 없어지면, 이리로 찾아가라며 여기 주소를 적어주었지요. 그래서, 전 마땅히 갈 데도 없고, 그 자식이 또 올까 봐 무섭기도 하고 그래서……."

"가만, 가만, 여기 주소? 여기 주소를 아가씨 애인이 가르쳐주었다구? 어떻게 내 집 주소를 안 거지, 아가씨 애인은?"

소파 씨는 짐작이 가는 데가 있다는 듯 입을 앙 다물고 오리나무를 한 번 힐끗 노려보았다.

"그래, 미안해, 소파. 미리 얘기해 두지 못해서. 지금쯤 대강 눈치챘겠지만, 디노 그도 여기에 오기로 되어 있던 사람 중 하나였어. 이젠 뭐, 이 아가씨의 말에 의하면, 불가능한 얘기가 되고 말았지만."

"그으래? 그도 여기에 오기로 된 사람이라고? 니 맘대로 말이지?…… 좋아, 좋아, 사람이 죽었다는데, 그래 그만두자, 다음에 얘기하는 거야, 오리나무, 이…… 근데, 채칠리아라고 했나? 아가씨한텐 별안간 소식이 끊길지도 모른다는 당신 애인의 말이 이상하게 들리지 않았나?"

"예, 좀 이상했어요."

"이유를 물어봤나?"

"아니오, 그저 이상한 일이다 하고 말았죠."

소파 씨는 한숨을 내쉬며 어이가 없다는 듯 고개를 설레설레 흔들었다.

'여자라고 해서, 뭐 좀 다를까 했더니, 똑같은 년이군 그래.'

예기치 않았던 소동이 일어난 사이, 슈퍼엘리트모델 선발대회는 완전히 끝이 났는지, TV에서는 뉴스가 한창 진행 중이었다. 별 관심 없는 말투로 이제까지 잠자코 있던 일곱 난쟁이 중의 한 명, 무슈가 채칠리아에게 물었다.

"애인이 죽어서 슬프겠군요."

채칠리아는 어깨를 으쓱하며 아무렇지도 않다는 듯 대답했다.

"예, 조금은요."

"휴…… 앤 그럼 도대체 어떻게 되는 거지?"

폴로는 이 질문을 던지면서, 동료 난쟁이들의 눈치를 죽 훑었고, 아무 생각 없어 보이는 그들의 얼굴을 지나 마지막으로 채칠리아를 바라보았다. 그녀는 나와는 별 상관 없다는 표정으로 어깨를 한 번 으쓱해 보였다.

"어떻게 되긴 어떻게 돼. 우리하고 비슷한 처지인 것 같은데 덜 위험해질 때까지 여기에 처박혀 있는 거지 뭐."

무슈의 말에 소파 씨는 방금 전 것보다 두 배는 긴 한숨을 재차 내쉬었다.

"이상해, 아무래도 뭔가 이상해."

"뭐가 이상하다는 거죠, 오리나무 씨?"

이번에는 채칠리아를 포함한 모두 10개의 눈이 오리나무를 향했다.

"……뭔가 아귀가 딱 들어맞지 않는 부분이 있어, 입 안의 가시처럼, 걸리는 데가 있단 말야…… 열려져 있는 뒷문과 신발 한 짝이라…… 그런 뻔한 속임수에 성에서 나온 암살자가 간단히 속아 넘어갔으리라 생각해, 다들?"

"제 말을 못 믿으시겠다는 건가요? ……하긴, 저도 믿기 힘든 얘기니까요."

"아냐, 아냐, 채칠리아, 당신을 의심한다, 뭐 그런 얘기는 아니야. 내 얘기는, 이게 왠지…… 조작된 것처럼 보인다 그거야."

"조작이요?"

길어지는 얘기에 조금 지루해졌는지, 무슈가 한 손으로 터져 나오는 하품을 가리며 오리나무에게 물었다.

"생각해 봐, 뭔가 좀 냄새가 나지 않아? 이런 가정을 해봐, 성이 실수를 한 게 아니라, 일부러 이 아가씨를 놓아주었다면…….”

“일부러 놓아준 거라면? 일부러 놓아준 거라면…… 왜지? 이유가 없잖아? 잴 놔준다고 그들한테 무슨 이득이 있나?”

“……혹시, 이런 게 아닐까요? 소파 씨. 그러니까 만약 그들이…… 성이 이 여자가 이리로 올 것을 알고 있었다면…… 우리의 거처를 알아내기 위해서…….”

“그래, K, 바로 그거야. 설사 첨에는 잠깐 속아 넘어갔다 하더라도, 이렇게 이 아가씨가 여기에 고이, 아무런 상처도 없이 여기까지 오도록 내버려두었을까? 과연? 성(城)이? 그런 실수를?”

“너는…….”

주거니 받거니 잘도 이어지던 오리나무와 K의 대화를 소파 씨가 자르고 나섰다.

“오리나무, 너는 그 성(城)이라는 집단의 능력을 언제나 과대평가하려고만 드는데……. 그들도 실수를 할 수 있는 거잖아.”

“아니야, 소파, 넌 그들을 잘 몰라서 그래, 지금까진, 적어도 지금까진, 그들이 하는 일 앞엔 실수나 뭐 그런 비슷한 것 따윈 없었어.”

“그야말로 신(神)이랑 비슷한 거군 그래.”

“잘 들어봐, 폴로 너두. 이건 결코 웃기는 얘기가 아니야. 좋아 소파, 니 말대로 내게 그들의 능력을 걸핏하면 과대평가하려고 하는 경향이 있다는 건 내 인정해. 그렇지만, 정말 만에 하나 이게 나의 추측처럼 그들의 실수가 아니라 첨부터 끝까지 미리 계획되어 있었던 거라면 어쩌지? 그 다음에 일어날 일들을 한 번 생각이나 해봤나?"

"넌 그렇다면 디노가 이 여자에게 우리의 주소를 알려준 사실까지 성(城)이 죄 알고 있었다고 가정하는 건가?"

"그래, 못 믿을지 모르겠지만, 정말 그랬을 수도 있어."

"뭐든지 그랬을 수 있다, 그랬을 수도 있다, 애인 간의 밀담을 들을 수도 있고, 이 여자가 다음엔 어떻게 행동할지 예측할 수도 있다. 뭐든지, 뭐든지, 성은 뭐든지 할 수 있다? 신(神)처럼? 그래, 좋다구, 좋아, 그렇다고 치고. 그럼, 오리나무, 우린 이제 뭘 어떻게 해야 하지?"

"떠나는 거지."

"그게 무슨 말이죠?"

무슈가 난데없는 오리나무의 말에 놀랐다는 듯 이렇게 물었지만 아무도 선뜻 나서려 들지 않았다.

"난 떠날 수 없어."

"왜지? 아내 때문인가?"

오리나무의 말에 약간 당황한 듯 소파 씨는 코를 한 번 씰룩하며 대답했다.

"아내 때문이기도 해, 하지만 보다 근본적으로는, 난 네 우려가 현실화되지 않으리라고 봐. 그리고 솔직히 말하면 난 아직도 왜 성(城)이 우리를 죽이려 한다는 건지 모르겠어. 잠깐, 내 말을 끊지 마. 거기에 대해 토론하고 싶은 맘은 전혀 없으니까. 내 말을 끝까지 들어봐. 그래, 오리나무, 자네의 말이 전적으로 다 맞는다 해도 난 여기만큼 안전한 곳이 또 있으리라고는 생각하지 않아. 당장 여길 나간다면 어딜 가겠나? 또 어찌 보면, 어디서 당하든 결국 마찬가지가 아닐까? 오리나무, 니 말대로 성(城)이 그토록 전지전능하다면, 그리고 우릴 죽이고 싶어한다면 어차피 우리는 죽게 마련일테고, 도대체 숨는다, 피해 다닌다 하는 게 무슨 의미가 있겠나?"

"자네 말은 찍소리도 안 내고 고대로 앉은 자리에서 당하겠다는 거야. 자네, 지금 자네가 하는 말이 어떤 건지 알고나 있는 건가?"

"좋아, 오리나무, 자네가 그렇게 떠나고 싶다면, 다른 사람들도 마찬가지야. 떠나라구. 언제라도 좋아. 아무도 막지 않아. 보라구, 니네들이 내게 아무런 허락도 받지 않고 내 집에 들어와서 맘대로 살기 시작했을 때, 내가 언제 막았나? 내가 언제 싫은 소리 한 마디 한 번 하던가? 그래 좋아, 그렇지만, 그렇지만 날 여기서 나가게 할 순 없어. 맘대로 들어왔으니까, 맘대로 나가는 건 좋아, 막지 않겠다구. 하지만 나까지 끌어들이려 하지는 마. 여기는 내 집이야. 난 한 발짝도 나가지 않아."

평소의 그답지 않게 매몰찬 소파 씨의 말에 다들 조금씩은 놀란 듯했다. 폴로와 무슈는 서로의 눈치만 보기에 바빴고, 오리나무는 뭔가 대꾸를 하려다 아예 입을 다물어버렸다. K가 주저주저하다 말문을 꺼냈다.

"하지만, 소파 씨, 당신의 말뜻은 잘 알겠지만…… 갈 사람은 가고 남을 사람은 남으라는 식으로는 아무 문제도 해결할 수 없다고 봐요. 그들이 원하는 게 바로 그게 아닐까요? 제 생각엔…… 우리가 뿔뿔이 흩어진다면 문제는 더 커질 거예요. 제이, 제삼의 디노가 그리고 로캉탱이 우리들 중에서 다시 나오지 말라는 법이 어디 있겠어요."

"요약해서 말하자면, 뭉치면 살고 흩어지면 죽는다, 이런 말씀이군 그래……."

폴로가 과장된 목소리로 말머리를 꺼냈다.

"들어봐, 내게 좋은 생각이 있어. 우선은 나도 K의 말에 전적으로 공감이야. 그래, 같이 있는 편이 아무래도 좀 낫겠지. 그런데 의견은 이렇게 두 개로 쪼개져 있다는 말씀이지. 여길 떠나자, 그리고 한 편은 싫다, 여기에 남자. 그럼, 이게 어때? 투표를 해서 다수결로 정하는 게? 여기는 민주주의 국가가 아닌가? 그리고 난 말이지, 이제껏 한 번도 투표라는 걸 해본 적이 없거든. 재미있을 것 같은데. 어때, 이 자리서 당장 투표를 해서 우리의 갈 길을 정하는 게?"

"폴로, 거 좋은 생각인데. 다른 분들은 어떠세요? 제 생각엔 폴로의 말이 유일한 해결책이 될 수 있을 성싶은데……."

무슈의 말에 다시 좌중은 침묵에 빠졌다. 사람들의 반응을 살피는 무슈의 눈과 마주친 채칠리아는 다시 어깨를 으쓱하며 자신은 상관할 바가 아니라는 제스처를 취해 보였다.

"좋아요, 모두 찬성하시는 거죠? 그럼 누가 먼저 하시겠어요?…… 뭐, 아무도 없으면 저부터 시작하죠…… 전 반대예요. 그니까…… 여기에 남겠다는 말이죠. 전 사실, 누구의 말이 더 맞는 건지 잘 모르겠어요. 전 그저…… 이곳이 맘에 들어요. 이젠 나와 버렸지만, 욕조도 맘에 들구요. 죽는다는 건…… 결국 언제 어디에서건 다 비슷한 게 아닐까요? 여하간 전 잘 모르겠어요. 하여튼 전 남는다는 편에 한 표 던지겠어요. 끝."

양 손바닥을 하늘로 향하게 들어보이며 무슈는 자신의 차례가 끝났음을 익살스럽게 알렸다.

"전 떠나야 한다구 생각해요. 이 아가씨가 여기까지 별 탈 없이 찾아오게 된 데엔 성의 의도가 짙게 배여 있을 거라는 오리나무 씨의 의견에도 원칙적으로 동의하구요. 왜 그렇게 소극적으로들 생각하시는 거죠. 우리 앞엔 분명, 어떤 형태의 위험이 기다리고 있다구요, 여길 한시바삐 떠나야 해요, 더 큰 위험이 닥치기 전에."

"나도 K와 마찬가지야."

오리나무는 무릎 사이에 고개를 푹 파묻은 채 별 이유도 대지 않고 이렇게 말했다.

"그럼, 내가 떠나는 걸 반대한다면 2 : 2 동점이 되는군 그래. 난 반대야. 이전에도 얘기했다시피 난 오리나무와 K가 과민반응하는 거라고 봐. 더 이상 사족은 필요 없겠지?"

소파 씨의 짧은 의사표명이 있은 후, 폴로가 자기에게 닥친 사정을 깨닫는 데에는 그리 오랜 시간이 걸리지 않았다.

"그런 식으로 쳐다보지 말라구. 나만 남았군. 이건 너무 가혹한 걸. 좋아, 어쨌건, 나도 한 표를 던져야지. 간단히 말해…… 난 여기에 남자는 쪽이야. 나는 이곳에서의 공동생활이 맘에 들어. 사실

그전까지 난 뭐랄까, 한 곳에 정착하지 못하고 너무 떠돌기만 했다고 생각해. 이렇게 어렵게 찾아온 좋은 기회를 괜히 깰 필요는 없는 거잖아. 죽는다는 건…… 정말 난 모르겠어, 그건 상상도 되지 않아. 여하간, 난 이곳에 남고 싶어."

몇 명의 한숨소리가 들렸다. 그중 어떤 것은 낙심의, 걱정의 한숨소리였고, 그중 어떤 것은 안도의 한숨소리였다.

"내가 시작했으니, 이렇게 내가 결말을 지어야겠군, 잘 될지 모르겠지만."

폴로는 들고 있던 누런 연습장을 돌돌 말아 오른손에 쥐고는 자못 엄숙한 말투로 얘기하기 시작했다.

"여길 떠날 것인가 말 것인가를 결정하기 위해 오늘 열린 투표는, 다섯 명 전원 참석에, 세 명의 반대로 여길 떠나지 않는 걸로 최종 결정 났다. 차후 또 다른 투표 제청 요건이 발생하기 전까지 오늘의 결정 사항은 유효하다. 그럼 이만 쾅, 쾅, 쾅."

폴로는 연습장이 의사봉인 양 마룻바닥을 두드리며 익살을 부렸다.

"그러면…… 얘기가 다 끝난 건가요? 전 대체 어떻게 되는 거죠?"

"아가씬 귀가 없나? 방금 전에 결정이 났잖아. 여기에 남는 걸로. 미래에 아가씨의 존재가 어떻게 될지 그건 아무도 몰라. 하지만 한 가지 확실한 건 당분간은 여기서 우리와 같이 살게 된다는 거야."

오리나무는 말을 마치고 일어나서 골방 쪽으로 걸어가기 시작했다. 골방 문을 닫는 그의 귀에 채칠리아의 무관심한 목소리가 들렸다.

"그럼, 제 방은 어디죠?"

10장

아무도 등장하지 않다, 아무도 퇴장하지 않다

그리고 아무 일도 없었다. 아무 일도 없다는 듯 시간이, 단순하고 지리하기만 한 불연속적인 숫자의 행렬이 꾸역꾸역, 앞으로, 아니, 어딘지 알 수 없는 곳으로 밀려가고 있었다.

아무 일도 일어나지 않았다. 오리나무의 경고가 단순한 기우라는 걸 증명이라도 하는 것처럼 더는 아무 일도 일어나지 않았다. 이제는 거꾸로 K마저 '이건 좀 따분한걸.' 하고 말할 만큼, 그렇게 아무 일 없는 하루하루가 지나가고 있었다. 독이 든 초콜릿의 배달도, 강도로 위장한 성의 암살자도, 갑작스레 창문을 깨뜨리며 날아들어오는 수류탄도 없었다. 불규칙한 식사와 하품과 경우에 따라서는 한도 끝도 없이 연장되는 수면과 널따란 창문으로 내다보이는 뿌옇기만 한 하늘이 전부였다.

채칠리아가 이들, 다섯 무위도식배의 거처에 예고 없이 찾아든

후에는, 더 이상 그곳을 찾아오는 사람도 없었다. '식사요.', 거기다 덧붙여 '그릇은 꼭 저한테 주세요.'라는 말과 더불어 나타났다가는 쿵 하고 문 닫히는 소리와 함께 금세 꽁지가 빠져라 사라지는 노랑머리 중국집 배달원이 전부였다. 아니, 무생물까지 포함시킨다면 채칠리아가 아침마다 꼬박꼬박 챙겨먹는 우유도 있었다. 자연스레, 성(城)이니 권태니 암살이니 하는 이야기들은 그들의 대화 밖으로, 관심 밖으로 슬금슬금 밀려나게 되었다. 어느 누구도 '다음엔 누가 올 거지?', 혹은 '성(城)이 슬슬 움직일 때가 된 거 같은데, 왜 이렇게 조용하지?' 하는 따위의 질문을 하지는 않았다. '저녁은 누가 차리지?', '계란이 다 떨어졌는걸.', 또는 '닭갈비가 먹고 싶은데.' 같은 음식과 관련된 이야기나 '오늘 저녁엔 채널 11에서 뭐 하지?', '머리 좀 흔들지 말아주시겠습니까? 화면을 가리는데요.' '그 드라마 지금 내가 보는 거야, 돌리지 마.' 같은 TV와 관련된 아주 짤막짤막한, 대화라고 부르기도 부끄러운 분절음들만이 오고 갈 뿐이었다.

귀에 늘 이어폰을 꽂고 다니는 중국집 배달원이 좀처럼 벨을 사용하려 들지 않았기 때문에—그는 늘 문 밖에서 식사요 하고 소리를 쳤다—, 벨은 제 목소리를 잊어버릴 지경이 되어버렸다. 문 안 쪽에서 생활하는 여섯 명의 게으름뱅이처럼 벨 또한 개점휴업 상태였다. 벨은 결코 울리지 않았다. 하지만 나름의 역할을 망각의 시간 속에서 서서히 퇴화시키고 있는 건 그뿐이 아니었다. 수족관 속의 열대어마저 죽었는지 살았는지 꿈쩍도 않은 채 부동의 세월만을 보내고 있었고, 창가의 행운목은 보기에도 애처로울 정도로 축축 늘어지더니 급기야는 이파리 끝부터 누렇게 타들어가기 시작해 거지반 부스러져 나가고 말았다. 벽지 위에는 날마다 못 보던 주름이 하나둘씩 늘어만 가는 것 같았고, 개수대의 수도꼭지는 언제인가부터 힘껏 잠가놓아도 물방울들이 똑똑 한 방울씩 떨어지고 떨어지고 하였다.

이곳 15층, 소파 씨의 아파트를 떠날 것인가 말 것인가를 결정하는 투표가 있었던 날 이후로, 다시 한 자리에 모이는 일은 거의 없어져 버렸다. 아니, 한 자리에 모이기는커녕, 모두가 잠에서 깨어 눈을 뜬 채로 동시에 뭔가를 하는 걸 본다는 것조차 아주 드문 일이 되어 버렸다. 처음에는 그저 미미하기만 했던 그들 간의 시차(時差)는 갑자기 무시 못할 정도로 커져, 소파 씨가 지겨운 TV 시청을 마치고 늘 누군가의 체온으로 따뜻하게 데워져 있는 잠자리에 들라 치면, 무슈가 입이 찢어져라 하품을 하며 자리에서 일어나고, 다시 하루의 고단한(?) 일상을 마친 무슈가 '이봐, 밥도 좀 먹어가면서 자지.' 하며 소파 위에서 아무렇게나 누워 자고 있는 폴로를 깨우고는 그 자리서 안방 이부자리에 풀썩 쓰러져 이내 코를 골며 잠이 들고 하는 식이 되고 말았다. 게다가 채칠리아가 아내의 방을, 오리나무는 더께가 잔뜩 앉은 잡동사니들로 가득 찬 골방을 이미 차지한 후였기 때문에, 결국 나머지 네 명에게 주어진 방이라고는 안방 단 하나뿐이었고, 네 명이 동시에 들어가 자기에는 그곳은 너무 좁기도 했다. 그래서 별 생각 없이 안방 문을 열면, 한 명

내지 두 명이 이부자리 위에 곤히 잠들어 있는 모습을 낮이건 밤이건 언제라도 쉽게 발견할 수 있었다. 어쩌다 세 명 모두가 이미 안방을 차지하고 잠들어 있을 때면, 마지막 한 명은 거실에 내팽개쳐져 있는 이불을 몸에 두르고는 소파 위에서 잠이 들어야만 했다.

반대로 오리나무는 잠이 없어졌다. K나 소파 씨가 무료함에 못 이겨, 때로는 뭘 하고 있나 궁금해져 골방 문을 두드리고 안으로 들어가 보면, 오리나무는 언제나 비슷한 자리에 등을 기댄 채 두 무르팍을 세워 가슴에 붙이고는 초점을 잃은 멍한 눈으로 작은 들창을 바라보고 있는 것이었다. 어쩌다 거실에서 TV를 보거나, 책을 뒤적거릴 때도 그는 뭔가에 홀린 사람처럼, 아니면 자신의 내부로 깊이 침잠해 들어가 밖으로 향한 문을 모두 닫아버린 사람처럼 그렇게 멍한 동공을 그저 열고만 있었다. 밥만 축내던 다른 게으름뱅이들도 차츰 오리나무가 눈을 붙이는 일을 본 적이 없다는 사실을 깨닫기 시작했다.

'저 새끼는 잠도 안 자나?'

"요즘 오리나무 자는 거 본 적 있어?"

"글쎄요, 저도 좀 그게 이상하던데, 최근엔 한 번도……."

"눈을 뜨고 있기는 하는 것 같던데, 그게 정신을 차리고 있는 건지, 아닌 건지……."

'저 새낀 눈뜨고 자나?'

"그게 별 게 아니야. 서서히 미쳐 가는 거라고, 내 할머니가 어렸을 때, 내게 말해 주었지, 사람이 미칠 때 일어나는 첫 번째 증상이 바로 그거라구, 잠이 없어진다는 거야. 이건 진짜라구, 증조부도 머리가 완전히 돌아버리기 두 달 전부턴 전혀 잠을 자지 않았어, 할아버지하구 할머니가 눈 좀 붙이시라고 성화셨지만, 결국 손쓸 수 없는 지경에까지 이르고 말았지, 그것도 금세라구. 하긴, 그다음부턴 더 가관이었지. 우주인과 대화를 해야 한다구 하루 종일 옥상에 올라가 하늘만 쳐다보질 않나, 밀가루에 독이 들었다며 햇빛에 내놓고 말려야 한다구 떼를 쓰질 않나."

오리나무가 미쳐가고 있다는 폴로의 말이 전혀 근거가 없는 것은 아닌 것이, 폴로의 추측을 뒷받침해 줄 만한 몇 가지 이상한 소문들이 오리나무의 주위에서 모락모락 피어나기 시작했던 것이다. 그중 하나가 그가 몰래 종이를 먹고 있다는 소문이었다. 사실, 잠이 없어진 것과 함께 그의 식사량도 눈에 띌 만큼 줄어, 두 명씩, 세 명씩 모여 간단한 식사를 할 때도 그는 늘 자리에 없었고, 누가 먹을 걸 갖다 건넬 때도, 들릴락 말락 한 목소리로 괜찮다고 말하거나 아니면 고개만 내젓고 말았다. 그러던 어느 날 채칠리아가 주저주저하다 그가 종이를 먹고 있는 걸 몇 번 보았다는 목격담을 무슈에게 말해 주었고, 그 소문은 이내 적지 않은 파문을 일으켰다.

"뭘 잘 못 본 게 아닌가?"

"아니에요, 첨엔 저도 잘못 봤으려니 했는데…… 엊그제엔 무슨 책 같은 걸 보다가 갑자기 책장을 북 찢더라구요. 들키지 않게 가만히 앉아 지켜보고 있으려니깐 조심조심 찢어낸 책장을 입에 넣고 오물오물 씹기 시작하더라니깐요."

"책장을요?"

"이 얘긴 안 하려고 했는데…… 아무래도 요즘 오리나무 씨가 이상하기도 하고 해서……."

'지가 뭐 염손 줄 아나?'

"책장을 뜯어먹는다?…… K, 오리나무가 최근에 보던 책이 뭐지?"

"질툰가 뭔가, 그 누런 표지로 된 거 있잖아요. 요 며칠 동안 줄곧 그 책만 들고 있는 것 같던데."

"아, 그거."

소파 씨는 당장 그 자리에서 한달음으로 일어나 표지가 헤어져 누런 테이프로 더덕더덕 얽어놓은 책 한 권을 들고 오며 채칠리아에게 흔들어 보였다.

"이거였나?"

"그것까진…… 잘 모르겠는데요. 어쨌든 비슷한 거 같긴 한데……."

오리나무가 정말로 종이를 먹었느냐 안 먹었느냐, 더 나아가선 그가 정말로 미쳐가는 중인가 아닌가 하는 문제의 답은 책장을 엄지손가락으로 훑어내리는 간단한 실험만으로도 쉽게 확인되고 말았다. 반쯤 넘기자 난폭하게 찢겨진 몇 장의 책장이 연속해서 나타났다.

"진짜네…… 질투라고 했지…… 어디 보자……."

과연 찢겨진 책장이 나타난 바로 앞장에는 **[〈앙띠·로망의 代表長**

篇〉 / 질투(嫉妬) / 아랭 로브—그리예 作 / 박 이 문 譯 / 二八八]이라는 속표지가 달려 있었다. 그리고 찢어진 몇 장의 종이 뒤 바로 **[……밭처럼 장방형이 아닌 이 소농장은 사다리꼴을 하고 있다. 왜냐하면, 이 소농장 저변을 이루고 있는 개천이 서로 평행인 양측—상류와 하류—에 대해서 수직으로 되어 있지 않기 때문이다……三O五]**라는 밑도 끝도 없는 말이 불쑥 튀어나와 소파 씨의 미간을 찌푸리게 했다.

"진짜가 봐. 어떡하지?"

소파 씨는 한편으로는 사태의 심각성을 느끼면서도 고소하다는 느낌과 함께 헛웃음이 이 사이로 새나오는 걸 막을 수 없었다.

"푸…… 삼백오 빼기 이백팔십팔 하면…… 이게 몇 장이야?…… 이 바보 같은 놈, 도대체 몇 장이나 꿀꺽 삼킨 거야? K, 진짜 어떡하지? 오리나무 이 새끼를 어떡하지?"

K 역시 딱히 치유책이 없기는 마찬가지였다. 치유책보다 우선 그에게는 오리나무가 미쳐간다는 사실이 도무지 믿기지를 않았다. 하긴 그 즈음 통 말도 없이 골방에만 틀어박혀 있는 오리나무의 모습이 평소와 좀 다르다는 느낌이 들기는 했지만.

"어떡하긴 뭐 어떡해. 냅두는 거지, 그런 놈한테 가서 너 미친 것 같다구 그럴 거야, 뭐야? 다 소용없는 짓이라구. 하늘에 맡겨야지. 지금 그는 어차피 우리완 다른 대화의 코드를 갖고 있는 거라구. 우리에게 입을 틀어막은 대신 하느님과 대화를 하고 있는 건지, 책장을 잘근잘근 씹으며 아랭 로븐가 뭔가 하는 작가와 대화를 나누고 있는 건지 우리가 알 게 뭐야."

폴로와 달리, K는 오리나무가 좀 이상한 게—K는 '미쳤다' 나 '돌았다' 같은 다른 이들이 사용하는 단어 대신 꼭 이 '이상하다' 라는 단어를 고집했다—틀림없는 사실이라면, 병원—그는 정신병원이란 말은 사용하지 않았다—에 데려가 의사에게 보여야 한다고 했고, 한술 더 떠 폴로는 정신병원에 감금시키는 게 그한테도 좋은 체험이 될 거라고 자신의 경험에 비추어 말했다.

어쨌든 오리나무가 미쳐간다는 스캔들은 15층의 무위도식배들에게는 심심풀이 땅콩으로, 가벼운 자극쯤으로, 받아들여지고 있었다. 오리나무의 광증을—이 말은 폴로가 처음 사용한 말이었다—치유하기 위한 아이디어가 목록으로 작성해도 모자라지 않을 만큼, 충분히 쏟아져 나왔다. K는 의사와 상담하게 해야 한다 했고, 폴로는 아예 정신병원에 감금하거나 목사에게 보이는 게 좋을 거라고 했고, 소파 씨는 어떡해 어떡해만 연발했으며, 무슈는 스포츠나 그림 같은 조금은 동적인 무언가에 열중하게끔 만들어야 한다고 했고, 채칠리아는 종이에 나쁜 냄새가 나는 약품 따위를 발라 입에 못 대게 하는 게 어떻겠냐고 했다. 하지만 늘 그렇듯 아이디어만 무성했을 뿐, 어느 누구도 실제로 옮기려 들지는 않았다.

어느 날 소파 씨는 그 혼자 이 15층, 게으름뱅이들의 기묘한 기숙사 안에 깨어 있다는 사실을 발견했다. 물론 그것은 흔한 일일 수도 있었다. 구성원 누구에게도 마찬가지일 터였다. 그즈음 그들의 평균 수명 시간은 점점 길어지는 듯했으니깐. 창문을 통해 실내로 들어오는 태양광도 이미 그들의 시간을, 뜯어내도 뜯어내도 다시 상처 위에 들러붙는 딱지처럼 반복되는 그들의 일상을, 리듬이라는 명목하에 제 구미에 맞게 재단할 수는 없었다. 소파 씨는 온몸을 비틀어 크게 기지개를 펴고는 창가로 다가갔다.

소파 씨는 창문에 이마를 대고 바깥 풍경을 바라보았다. 눈이 시리게 밝았다. 얼굴을 찌푸리며 소파 씨는 창가에서 물러났다. 창문의 표면, 그의 이마가 닿았던 부분에 불투명한 기름 얼룩 같은 것이 남아 있었다.

'불행하게도…… 불행하게도, 이젠 바깥을 내다볼 수도 없게 되었나 보군. 기껏해야 그걸 시도했다는 알리바이만이…… 저렇게 역겹게 번들거리는군 그래.'

소파 씨는 하품이 비져나오는 입을 무의식중에 한손으로 가리며 천천히 걷기 시작했다. 안방에는 두 명, 폴로와 무슈가 한데 엉켜 세상모르고 쿨쿨 잠들고 있었다.

'하긴, 저들이, 또 내가, 잠에서 깨 뭐 알아두어야 할 것이라도 딱히 있단 말인가?'

K는 보이지 않았다. 소파는 오리나무가 상주하고 있는 골방 문을 열고 K가 혹시라도 그곳에 있는지 확인하려다가 그만두었다. 오리나무와 얼굴을 마주치는 일이 그에게 별로 탐탁지 않았던 것이다. 문고리를 돌리려던 손을 스르르 풀고 돌아서다 소파 씨는 K가 부엌 탁자 위에 엎드려 자고 있는 것을 발견할 수 있었다.

'루즈벨트인가? 처칠인가? 뭐, 어쨌건, 세계사에 이름을 남긴 훌륭한 어르신이 그런 말을 했더랬지. '제 삼차 세계대전이 일어나면 나를 깨워라.' 우리들은? 우리들은 언제 일어나야 하지? 그리고 누가 깨워주지?'

소파 씨는 깨워주고, 먹여주고, 입혀주고, 닦아주던 아내에 대한 기억이 떠올랐다. 처음, 그녀의 부재는 불에 덴 상처처럼 건들기만 하면 눈물이 쏟아질 정도로 아픈 환부였다. 하지만 시간의 흐름은, 아니 정지라고 말하는 게 더 적당할지 모를 불청객들과의 공동생활은 차츰 모든 결핍 앞에서 그를 무뎌지게 했다. 남은 건 불쾌함이나 불편함, 그 이상도 이하도 아닌 감정이었다. 소파 씨는 그녀에 대한 절실함을 애써 되살려보려 했지만, 쉽지 않았다. 소파 씨는 아내의 방 문 앞에 섰다.

채칠리아는 처음부터 이리로 오게끔 되어 있던 게 아닐까 하는 생각이 들 정도로, 나머지 성(城)으로부터 선택된 불청객들과 죽이 잘 맞았다. 그녀 역시 아내의 방 밖으로 나오는 일이 그리 많지 않았다. 이 삼 일에 하루 정도, 소파 씨는 그녀의 얼굴을 볼 수 있었다. 소파 씨는 이번에도 문고리에 살짝 손을 대기만 했을 뿐이었다.

어느새 소파 씨는 **폼으로 갖다 놓고 읽지도 않은 카를 마르크스의 『자본론』(모스크바, 프로그레시브출판사) 양장본 3권이 가로로 쓰러져 있는 서투른 書架** 앞에 있었다. 소파 씨는 주저주저하다 손을 내밀어 「질투」가 들어 있는 『佛蘭西 戰後問題 作品集』을 꺼내들었다. 산성지의 시큼한 냄새가 코를 찔렀다. 누렇게 바랜 책장을 넘기는 동안 소파 씨는 뭔지 모를 불쾌함에 책을 던져버리고 싶다는 충동이 들었다.

[〈앙띠·로망의 代表長篇〉 / 질투(嫉妬) / 아랭 로브—그리예 作 / 박 이 문 譯 / 二八八]. 거기서부터였다, 오리나무의 이상한 행동이 시작된 곳은. 그리고 찢어진 몇 장의 종이 뒤. 소파 씨는 지난번에 그 구절이었으면 하고 간절히 바라고 있는 자신의 속마음을 들여다볼 수 있었다. **[그 그림자는 광원(光源)이 가까와짐에 따라 커진다. 그 그림자는 이등변의(저변이 위로 된) 사다리꼴과, 몹시 꾸부러진 가는 곡선이 위에 올라서 있는 검은 원반형(圓盤形)으로서, 그 곡선은 둥근 옆구리 부분에서 사다리꼴의 정점과 연결되어 있다…… 三三七].**

‘삼삼칠? 삼삼칠 박수? 지난번엔 고작 삼백 페이지를 간신히 넘겼던 것 같은데. 휴우…… 그나저나 머지않아 이 책도 다 없어지고 말겠군. 오리나무, 그놈의 위 속에서 글자 하나하나 없어지고 말겠지…… 근데 이 새낀 왜 책 같은 걸 먹는 걸까?’

소파 씨는 오리나무의 위에서 녹아내릴 운명을 지닌 누런 표지의 책을 접어 서가에 도로 꽂았다. ‘왜 책 같은 걸 먹는 걸까?’라는 의문은 소파 씨의 입 끄트머리에서 계속해서 맴돌고 있었다. 하지만 그게 뭘 그 자신에게 또 오리나무에게 의미하는지 소파 씨는 도무지 알 수 없었다. 금세 그 의문은 결국 껌처럼 아무 의미도 그에게 주지 못하면서 그저 반복적으로 소파 씨의 우뇌와 좌뇌를 왔다 갔다 하며 씹히고 있을 따름이었다.

몇 권의 책을 꺼내서 좀 뒤적거리다 다시 제자리에 두기를 반복하던 소파는 집어든 한 책에서 하얀 쪽지를 발견했다. 팔절지 정도의 크기였는데 두 번 접혀 있었다.

우연히 당신은 이 쪽지를 발견했다?

이건 기가 막힌 우연이라고?

제발 날 좀 웃기지 말도록.

우연을—특히 책을 쓰는 치들에 의해서 선전될 때—믿지 말도록.

절대 믿지 말도록.

삶 속의 우연이란, 일그러진 TV 속에 보이는 별 모양의 점에 불과한 것.

선전되는 확률에 미혹되지 말도록.

수학적으로 사고할 것.

"폴로, 이 새끼."

소파 씨는 저도 모르게 이렇게 내뱉고 말았다. 하지만 거기에는 별반 분노랄 만한 것은 들어 있지 않았다. 심각하지 않은 짜증이거나 의미 없는 허사(虛辭)에 가까웠다. K인지 무슈에게서인지, 소파 씨는 폴로가 시를 써서—이런 걸 시라고 할 만한 사람은 다른 사람이 아닌 폴로 자신일 거라고 소파 씨는 짐작했다—책 속에 집어놓고는 한다는 얘기를 들은 적이 있었다. 소파 씨는 종이를 되접어서 책장 사이에 다시 끼워놓았다. 소파 씨는 또다시 몇 권의 책을 서가에서 뽑아서는 뒤적거렸다. 이번에는 전처럼 별 목적 없이 펼쳤다 닫았다 하는 것이 아니었다. 소파 씨는 자신이 폴로의 또 다른 '시'를 찾고자 하는 목적으로 이 짓을 하고 있다는 사실을 명확히 인식했지만, 얼른 그만두지도, 자신의 행위를 모멸스러운 눈동자로 바라보지도 않았다. 얇은 책, 사진이 많은 책, 오래되어 책장에서 시큼한 김치 내가 나는 책, 글자들이 듬성듬성 있어 여백이 많은 책…… 오래 지나지 않아 소파 씨는 또 다른 폴로의 '시'를 발견했다.

H 원자는 계속적으로 Cl과 같은 양을 지닌 몇몇 원자에 의해 대체될 수 있다. 이것은 빛 아래서 실험해야 한다.

(그리고 브롬도 Br)

$CH_4 + Cl_2 = CH_3Cl + HCl$

$CH_3Cl + Cl_2 = CH_2Cl_2 + HCl$

$CH_2Cl_2 + Cl_2 = CHCl_3 + Cl_4$

$CHCl_3 + Cl_2 = CCl_4 + Cl_4$

우리에겐 우선 더 이상 심리적인 반사는 없을 것이다. 그건 잃어버린 것이다. 한 처녀는 한 처녀다. 거리는 지나가는 한 남자는 거리를 지나가는 한 남자일 뿐이다. 경찰이나 친구 또는 누구의 아버지일 수도 있지만 그러나 무엇보다도 그는 거리를 지나는 한 남자이다. 사람들이 뭐라고 대답하는지 물어보라. "그는 길을 지나는 남자입니다." 우리들은 흩어져 있는 사람이 아니다. 우리는

오히려 공무원이다. 정확히 말하자면 한가한 시간의 공무원이다.

몇 번 되풀이 읽자 눈이 아파오기 시작했다. 어떤 구절은 이해할 수 있었지만 또 어떤 구절들은 전혀 이해할 수 없었다.

'그토록 잘 알고 있으면서…… 이제 우리에게 주어진 모든 장소는 너무 어둡거나 반대로 지나치게 밝기 때문에, 니 말대로 어떤 화학적인 반응도, 심리적인 반사도 불가능한 거야. 근데 왜, 이 좁은 공간에서까지 이런 일을 벌이려는 거지? 너도, 너도 그토록 잘 알고 있으면서도…… 또다시 그런 미련을 못 버리고 있는 건가? 정신건강학적으로 보아도 그건 좋지 않은 일이야. 불가능한 일에 대한 집착은 자칫 자신에게도 또 남에게도 추하게 보이기 십상이거든. 아니야, 아니지…… 어쩌면…… 어느 선만 넘지 않는다면, 오히려 정신건강학적으로 이로울 수도 있지. 너의 계산대로, 나나 무슈가 이걸 발견하고는 수많은 미지의 젊은 여자가 그러하듯 '**아' 하고 소리를 내게** 될 거고, 넌 숨어서 우리가 하는 양을 지켜보면서 내심 즐거워하겠지? 하지만 그런다고 뭐가 달라질까? 우리의 삶이, 사는 꼴이 변할까?…… 그리고.'

"띠리리리릭…… 띠리리리릭."

전화벨 소리란 걸 인식하는 데까지 시간이 좀 걸렸다. 소파 씨는 후다닥 책을 내팽개치고 수화기를 집어들었다.

"…… 여보세요."

"여보세요……."

"말씀하세요."

"거기, 저…… 미현이네 아닌가요?"

"미현이오?"

"예."

"그런 사람 안 사는데요."

"거기…… 871-75XX 아닌가요?"

"아닌데요, 872인데요."

"죄송합니다……."

딸칵, 하며 저 너머에서 숨넘어가는 소리가 난 뒤에도 소파 씨는 수화기를 귀에서 떼어내지 못한 채였다. 소파 씨는 시커먼 침묵의 뒷면에서 누군가 불쑥 튀어 나와 '안녕하세요' 하며 자신에게 짧은 인사말이라도 건네주길 기다리고 있었다.

'헛소리…… 누가 나에게 말을 걸어주겠어? 이제 누가 우리와 대화를 나누겠어? 그래, 정직하게 말하자, 똑바로 보잔 말이야…… 이제 우리에게는 그 어떤 형태건 간에, 외부와의 소통 가능성이라고는 단 일 퍼센트도 남아 있질 않다구. 우리에게 어떤 채널이 남아 있겠니? 고작 이런 잘못 걸려온 전화? 차라리 내가 미현이라고 우겨볼 걸 그랬나?'

잘못 걸려온 전화, 정확히 그게 전부는 아니었다. 폴로는 최근에 장난전화라는 새로울 것도 없는 놀이를 개발해, 이불 속에 파묻혀 있는 동료들을 깨워 그 시답잖은 짓거리에 동참하도록 부추기고는 했던 것이다.

'그걸 외부와 우리를 연결해 주는 끈이라고 할 수 있을까?…… 아냐, 그게 원숭이가 인간 흉내를 내는 것과 뭐가 달라. 폴로 그 새낀…… 왜 그런 걸 흉내 내고 있는 거지?……. 없기 때문에?…… 그래, 실제 생활에서는 외부와의 소통이 전혀 없기 때문에…… 늘 그렇듯, 결핍을 가릴 겸, 부재의 대상이 다시 놀이로 바뀌어가는 거지…… 그렇군, 마치 여긴 섬과 같아, 아무도 우리에게 말을 걸지 않고, 우리도, 바깥 사람들, 육지 사람들에게 전혀 말을 걸지 않아.'

그러나 일부의, 극히 제한된 육지 사람들은 반복해서 그들에게 말을 걸고 있었다. 물론 섬사람들이 말을 할 기회는 주어지지 않았지만. 그 일방적으로 행해지는 대화에 대한 섬사람들의 태도는 이미 멸종해 버린 열광이나 정열의 화석에 비유될 만한 것이었다.

TV였다. 그들에게, 고립되어 있는 무인도 주민들에게, 지치지도 않고 말을 거는 자의 정체는. 그건 그들과 바깥을 이어주는 공식적인 유일한 통로였다. 가끔 섬의 주민들은 이렇게도 표현했다.

"영혼의 창을 닫는 소리가 들리는군."

TV가 꺼지는 소리에 소파 위에서 반쯤 잠들어 있던 K가 내뱉은 말이었다.

"영혼의 창이라…… 그거 멋진 표현인데…… 근데, 그게 무슨 뜻이지?"

리모컨을 오른손에 들고 있던 폴로가 물었다. K는 기지개를 펴며 자리에서 일어났다.

"이제 눈 좀 붙여야겠군요."

영혼의 창인지 육체의 창인지는 몰라도, 어쨌건 TV는 그들이 바깥 세상과 접촉하는 통로나 매질의 구실을 하고 있었다. 반대로 실제의 창은 그 고유의 기능을 잃어버린 지 오래였다. 그 누구도 창을 밖을 내다보게끔 만들어진 도구라고, 바깥 세상과의 한 꺼풀 아슬아슬한 경계라고 생각지 않았다. 그들에게 그건 벽에 걸려 있는 풍경화와 다름없었다. 단지 시시때때로 그 색깔과 밝기가 변해 간다는 것만이 풍경화와의 유일한 차이점이라면 차이점이었다.

외부와의 끈이니 통로니 하고 거창하게 말하는 게 어쩌면 애초부터 무리일지도 몰랐다. 소파 씨를 비롯한 15층의 구성원이 TV를 통해 시청하는 건 드라마나 코미디, 스포츠 중계, 쇼나 어린이를 대상으로 한 프로그램, 그것도 아니면 기껏해야 연예인들의 추문이나 모으고 다니는 보도 프로그램 정도가 고작이었다. 마치 불문율처럼 뉴스나 다큐멘터리 같은 것들이 방영되고 있는 채널은 단 1초도 머무르지 않고 다른 채널로 꼬박꼬박 옮겨졌으며, 드라마도 역사물을 다루거나 조금이라도 심각한 내용을 건드릴라치면 마치 못 볼 것이라도 본 사람들마냥 피하려고만 했다.

"돌려, 따분한 건 질색이야."

섬 주민들의 지속적인 수면 시간의 증가와 더불어, 깨어 있는 시간 중에서 TV 시청이 차지하는 비중은 높아만 갔다. 낮 시간에 유선방송을 통해 앵무새처럼 반복되는 재방송, 재재방송의 드라마들에까지 그들은 입을 헤 벌린 채 눈길을 떼지 못했으며, 특별히 찾는 프로그램이 있건 없건 간에 그들은 눈을 뜸과 동시에 TV의 전

원 스위치를 켜놓아야 했다. 좀처럼 입을 열지 않는 오리나무가 한 번은 자신의 방으로 들어가며 이렇게 중얼거리기도 했다.

"K 말대로…… 저건 정말로 영혼의 창이군 그래. 저걸 닫으면 모든 걸 어찌해 볼 수 없게 어두워지니깐 말이야."

각자마다 정도는 달랐겠지만 그들 모두에게 TV는 눈을 뜨고 있는 동안만큼은 열어두어야 하는 영혼의 창과도 같은 것이었다. 가끔은 눈을 감은 사람에게도 적용되었지만.

"K, 나 잠든 거 아니란 말야. TV 다시 켜놓고 들어가."

소파 위에서 이미 잠들어 있던 소파 씨는 '영혼의 창'이 찰칵 닫히는 소리와 동시에 어리바리 잠에서 깨어나 자신의 알리바이를 주장하기도 했다.

TV 시청에 대한 그들의 태도를 기준으로, 15층의 무위도식배들은 다시 두 그룹으로 나누어질 수 있었다. 그 첫 번째 그룹에 속하는 사람은 K, 무슈, 채칠리아 등으로, 그들은 이를테면 능동적인 시청자, 즉 TV 프로그램을 그래도 골라서 보고—고른다고 해봤자 실은, 근친상간을 다루는 드라마냐 직장상사와의 불륜을 다루는 드라마냐, 그런 정도의 선택에 불과했지만—미리 챙겨놓기도 하고, 그 시간에는 꼭 일어나서 TV 앞에 자리를 잡고 앉는 부류에 속하는 사람들이었다. 두 번째 그룹은 수동적인 시청자들로, 오리나무, 소파 씨, 폴로, 이들은 자리에서 일어나 눈을 부비며 어슬렁어슬렁 돌아다니다가, 남들이 TV를 시청하고 있으면 아무 생각 없이 슬그머니 옆으로 다가와 함께 TV 시청에 동참하는 정도의 열의를 지닌 사람들이었다. 그들은 드라마든 뭐든 연속적으로 이어지는 이야기 구조에 익숙하지 않았기 때문에—불규칙적인 생활은 도저히 이런 연속적인 구조의 파악을 용납하지 않았다—항상 첫 번째 부류의 사람들에게 시청하고 있는 프로그램의 이전 줄거리를 물었으며, 지치지도 않고 첫 번째 그룹의 사람들은 그들에게 반복해서 설명해 주었다.

"그러니까, 재가 실은 재 엄마였다 이거야. 근데 그걸 아는 사람은 저 여자 말고는 아까 본 칼자국이 있는 남자, 왜 KBS에서도 자린고비로 나오는 그 영감탱이 있잖아, 그래 그래 다리 병신, 걔가 걔 진짜 아빠거든, 그렇지, 그 여자의 진짜 남편이 되는 거지, 그래 그놈 혼자 알고 있었다 이거야, 근데 아들 새끼란 놈이 그 여자의 딸, 그러니까 배다른 동생이 되는 거지, 가출한 뒤 술집에서 호스티스를 하던 그년하고 눈이 맞은 거야, 운명처럼. 근데, 그 딸년의 옛날 애인, 저기 나온다, 기둥서방 노릇 하는 저, 눈만 커다란 저 새끼가 알고 보니까 칼자국 있는 놈하고……."

공익광고의 그 바보스러운 문구 바로 그대로, 지나친 TV 시청은 그들에게서 그렇지 않아도 제한되어 있는 대화 시간을 거의 고갈시켜 버렸다. 사람들은 점차 TV가 아닌 다른 것들로부터 주어지는 자극에 못 견뎌 했으며, 쉽게 신경질적으로 변해 갔다.

"K 씨, 왜 꼭 축구할 시간만 되면 오늘은 꼭 놓치면 안 되는 드라마가 방송된다는 거죠? 전 이해할 수가 없는데요."

무슈는 광적인 축구팬이었다. 코미디나 드라마도 가끔씩 보고 어느 정도 줄거리를 꿰찰 정도는 되었지만 축구나 그 밖의 몇몇 스포츠, 예를 들면 볼링, 테니스 등에 비하면 거기에 쏟는 관심은 그야말로 새 발의 피만큼도 안 되었다. 자연스럽게 그의 머릿속에 쌓여가는 데이터의 양도 늘어갔고, 얼떨결에 그의 곁에서 TV를 보게 된 사람은, 관심도 없는 선수들의 경력이나 기나긴 숫자들로 이루어진 기록에 관한 그의 강의를 들어야만 했다. 어쩌다 별 생각 없이 맞장구를 쳤던 불운한 학생에게는 별도의 심화수업이 덤으로 주어지고는 했다. 반면, 스포츠 중계 시청을 방해하는 행동에 대해 무슈는 발작에 가까운 극도로 민감한 반응을 보였다. 특히 K와의 불화는 차츰 그 빈도수나 질적인 면에서도 심각성을 띠기 시작했다.

"질질 짜기만 하는 저런 드라마가 정말로 그렇게 재미가 있을까?"

"무슈 씨, 지금 저한테 뭐라고 그랬나요?"

"아니에요, 그냥 혼잣말이었는데⋯⋯ 드라마가 참 재미있겠다고 했어요."

"무슈 씨, 그렇게 말만 빙빙 돌리시지 말고 보고 싶은 프로그램이 있으면 직접 채널을 돌려서 보시죠. 제가 돌려드릴까요? 뭐죠? 이번엔 볼링인가요? 아 저거죠? 만날 똑같은 코스로 공을 던져서 허연 막대기를 넘어뜨리기만 하면 되는 저 단순한 놀이. 전 지겹게도 반복되는 저 놀음의 어떤 부분이 당신 같은 지식인의 관심을 끄는지 이해할 수가 없군요."

"K 씨."

"선수라는 사람들도 매일 똑같이 저 짓만 하다 보면 바보가 아닌 이상, 지겨워질 텐데, 게다가 시청자들은 또 어떻게 저런 걸 견디어내는지…… 신경이 굉장히 무뎌야 하겠어요, 저걸 지켜보고 있으려면요."

"K 씨…… 하지만…… 저 순수한 형태의 구(球)로 이루어진 공이나, 질서정연하게 늘어서 있는 흰 핀들은, 특수한 목적을 위해 상황을 과장하거나 왜곡하진 않는다구요. 직선과 곡선, 빠름과 느림, 충격과 분산 같은 실제적이고도 우주적인 요소들만이 레인 위에 존재하게 되는 거죠. 적어도 저 공과 핀들은, 항상 말도 안 되는 상황이나 성격 아래서 허우적대는 드라마 속의 등장인물처럼 우리에게 역겨움이나 일그러진 안타까움 같은 걸 주진 않잖아요?"

"무슈 씨, 전 당신이 인간의 세계에서 살고 있는지, 막대기들과 원호의 운동 속에서 살고 있는지 모르겠군요. 당신의 얘기를 듣노라면 당신은 마치 저 공이나 핀들과 대화라도 나누고 온 사람처럼 느껴지는군요."

"드라마 속의 선남선녀들이 하는 얘기들에 귀를 기울이는 것보단, 공과 핀의 대화를 듣는 편이 더 쉽지 않을까요? K 씨, 전 연속극 속의 그 시시껄렁한 상황 설정에 푹 빠져 있는 사람들을 볼 때마다 이런 생각이 들고는 해요."

"어떤 생각이 공들과의 대화로 지친, 무슈 씨 당신 머릿속으로 뛰어든다는 거죠?"

"그들의 머리를 열어본다면, 뇌세포도 대뇌피질도 신경섬유도, 아무것도 없고, 그저 비둘기 두 마리만이 후드득 날아오르지 않을까 하는 생각."

이 정도면 양반이었다. 아주 자주 그들의 토론은—좋게 말해서 토론이라는 거지, 말하는 사람도 자신의 말이 무얼 의미하는지 모르는 인신공격에 차라리 가까운 편이었다—일정 수위를 넘어 저러다 주먹다짐이라도 오고 가는 게 아닐까 할 정도로 공격적이고 격하게 진행되었다. 토론의 빌미를 제공하는, 그러니까 상대방을 먼저 물고 넘어지는 쪽은 대부분 무슈였고, 먼저 얼굴이 벌겋게 상기되는 쪽도 무슈였다. 그들의 설전을 적당한 선에서 끝날 수 있게 하는 사람은 채칠리아였다. 아주 지혜롭게, 늘 비슷한 레퍼토리로, 그녀는 무슈와 K의 소모적인 토론을 마무리 짓고는 했다.

"저, 프로그램 일정을 보니깐 십 분만 있으면 결승전까지 싹 끝나거든요. 그때 연속극으로 돌려도 아직 삼분의 일도 안 했을 거예요. 그리고 내일 또 재방송을 하니까 못 본 부분은 그때 볼 수도 있어요. 일단 볼링부터 보죠, K 씨."

그러던 어느 날이었다. 그날은 좀 특별한 날이었다. 모든 구성원들이, 15층 무위도식배 클럽의 전 회원이, 동시에 깨어 있었던 것이다. 물론 그건 우연은 아니었다. 자연스러운 일이라고 보기에는 너무도 확률이 낮은 사건이었으니깐. 오후였다. 창으로 햇살이 쨍쨍 내리쬐는 오후에 그들은 **비닐로 된 가짜 가죽을 뒤집어 쓴, 젖통이 무지무지하게 큰 구석기 시대의 다산성 여인상**을 연상시키는 소파가 있는 거실에 모여 있었다. 오리나무까지. 그의 손에는 「질투」 대신 다른 책이 들려 있었다.

"도대체 무슈는 어딜 간 거지?"

"글쎄 말이야. 이렇게 죄 불러놓고 정작 저 혼자 어딜 간 거지?"

"밖에 나갔나 봐요. 방금 전에 보니까 화장실에도 없고, 아무 데도 없던데요."

채칠리아는 심드렁하게 말하며 매니큐어가 칠해진 자신의 손가락을 눈앞으로 들어 빛에 비추며 이리저리 돌려보고 있었다. 소파 씨는 채칠리아가 제멋대로 아내의 화장품을 바르거나, 아내의 옷을 입고는 한다는 사실을 최근 들어 눈치채기는 했지만, 그저 지켜볼 뿐이었다. 자신의 권리를 주장한다거나 남에게 화를 낸다거나 하는 정신머리는 이미 소파 씨에게 남아 있지를 않았다.

"밖엘 나갔다고? 무슨 일이지?"

이리저리 오가는 대화에도 아랑곳없이 오리나무는 여전히 등을 한쪽 벽에 등을 기댄 채 독서에 전념하고 있었다.

전날, 무슈는 방마다 돌아다니면서, 잠든 사람을 깨워 가며, 이날 오후 모시에 거실로 모이라며 신신당부를 했던 것이다. 이 이례적인 소집에 15층의 구성원들은 한 사람도 빼놓지 않고 무슨 일로 그러냐고 물었지만, 무슈는 그저 비밀이라며 내일 거실에 모이면 자연히 알게 될 거라고만 했던 것이다.

"무슨 재미있는 일이라도 준비하는 것 같던 눈치던데."

"볼링공하고 핀이라도 사오려는 걸까요?"

그즈음 무슈와 유독 사이가 좋지 않던 K가 비꼬는 어조로 말했다.

"그러고 보니까, 우리가 이렇게 한 자리에 모인 것도 참 오랜만이군 그래."

하지만 소파 씨의 말에 아무 대꾸도 없었다. 잠시 후에 소파 씨의 말을 고의로 무시하기로 작정이라도 한 듯 채칠리아가 자리에서 일어나며 이렇게 말했다.

"전 잠시 들어가서 좀 쉬다 나올게요. 어제 늦게까지 주말의 명화를 보는 바람에요. 제 방에 있을 테니깐, 저…… 나중에 무슈 씨가 돌아오면 불러주세요."

채칠리아가 엉덩이를 흔들며 제 방으로 돌아갔고, 다시 불편한 침묵이 감돌았다. 뜬금없이 그렇게 한 자리에 모여 있는 것은 이제 그렇게 그들에게는 조금 불편한 의식이 되고 말았던 것이다. 소파 씨는 계속 마른기침을 해댔고, 폴로는 한 군데에 가만 두지 못하고 TV 채널을 이리저리 옮겨 다니며 다른 사람들의 정신까지 사납게 만들고 있었다.

"야아, 다 모였나?"

무슈가 허연색 커다란 쇼핑백을 흔들며 15층 현관에 나타난 것은 그들의 지루함이 그야말로 극에 달해 산산이 폭발하기 일보직전인 때였다.

"우리의 산타클로스께서 드디어 입장이로군. 어이 산타, 날도 춥지 않은데, 도대체 무슨 일이지? 우리들을 한 자리에 불러놓고 벌린 손 위에 초코파이라도 하나씩 떨어뜨려 주려고?"

소파 씨는 무슈를 기다리며 조금씩 누적된 조급함을 숨기느라 코를 후비며 일부러 느릿느릿 말했다. 자신이 거의 모든 시선을 독점하고 있다는 사실이 약간 계면쩍은 듯 마루로 올라서던 무슈는 머뭇머뭇 뒷머리를 벅벅 긁으며 말했다.

"별 건 아니고……."

"별 게 아니긴요, 그런 거 같지 않은데요. 혹시 축구공이라도 사오신 건 아닌가요? 이곳이 꽤 높은 것만은 사실이지만, 뭐, 높다고 해서 축구를 할 수 없는 이유가 되는 건 아니니……."

"그렇지만 K 씨, 제 생각엔……."

무슈는 쇼핑백을 한쪽 벽에 아무렇게나 기대 세워놓더니만 다소 도전적인 몸짓으로 K의 이죽거림에 응수했다.

"……여기서, 이런 고지대에서 축구를 하느니, 차라리 드라마나 한 편 찍는 게 더 현실감 있는 아이디어가 아닐까요? K 씨, 당신 머릿속에는 이미 삼류 드라마의 문법들이 완벽하게 정리되어 있을 테니 연출이야 따로 정할 필요 없을 거고 말이죠."

"요즘 둘이 왜 그렇게 티격태격대지? 몰래 사귀기라도 하는 건가?"

폴로의 실없는 농으로, K와 무슈의 작은 벅적거림이 슬그머니 중단되고 말았다. K의 얼굴 위로 벌건 기운이 아직 사라지지 않았지만.

"이러니 저러니 말만 하지 말고, 꾸러미나 풀어보지 그래?"

'오리나무 저 새끼 벙어리 다 된 줄 알았더니, 얼씨구, 말문이 다 트였네.'

"짜짜짜잔."

요란한 효과음과 함께 무슈의 손에 들려 쇼핑백을 빠져나온 것은 **동심원 줄무늬가 있는 아주 간단한 원판**과 검은 비닐 꾸러미였다.

"그게 뭐죠, 원반던지기라도 하시려는 건가요?"

"그게 아니잖아, K. 어째서 그런 바보 같은 말만 골라서 하는 거지? 저건 그, 그, 그…… 그렇군, 화살촉 놀이, 5개국 화살촉 놀이, 그거라고. 자넨 기억 안 나나?"

"5개국 화살촉 놀이? 오리나무, 그게 뭐지? 5개 국어로 된 주문을 외고 나서 해야 되는 놀인가?"

"왜, 소파, 자네도 기억 안 나? 무슈가 파리에 있을 때 혼자 하던 놀이. **나는 신문장사로부터 편지지 한 묶음을 사 커다란 원탁에 앉아 종이 위에 두 칸을 나누어 그렸다. 첫 번째 칸에는 벨기에, 프랑스, 스웨덴, 이탈리아, 미국 등 5개국명을 써 넣었고 그 옆의 두 번째 칸에는 나의 화살촉 게임의 결과를 적어 넣었다. 이번 일차전 선발전에서 나는 가장 많은 점수를 얻은 두 팀의 시합을 주선했다. 결승전에는 벨기에와 프랑스가 맞붙었다. 첫 번째 던지기가 시작되자마자 우리 동포(벨기에인들)는 매우 정신을 집중하여 쉽사리 그 어설픈 프랑스인들에 대해 우위를 차지했다.**"

"그래, 폴로. 제대로 기억하고 있군. 바로 그거야. 게다가 이번엔 나 혼자 할 필요가 없어. 우린 이미 충분한 선수들을 보유하고 있잖아."

"무슈, 당신은 지금 여기서 당신이 파리에서 했던 그 바보짓을 똑같이 재현해 보자는 건가요?"

"그래서 안 될 게 또 뭐람. 게다가 다섯 명이 참가한다면, 그래서 한 사람이 한 나라씩 떠맡게 된다면 이젠 공정함까지 더해져 훨씬 더 재미있지 않겠어요?"

"K, 나도 무슈의 말에 동감이야. 게임이란 공정하면 공정할수록 재미있는 법이지. 좋아, 난 프랑스야. 일차전에서 패배한 복수를 단단히 해야겠는걸."

"좋아, 폴로는 프랑스. 또 다음은요?"

"나도, 해도 되나? 그럼 난…… 양키 고홈, 에라 모르겠다 미국이다."

"소파 씨는 미국, 오리나무 당신은요?"

"어디가 남았지…… 좋아, 난 스웨덴이야."

"그럼 말하나마나 난 내 고향 벨기에니까, 딱 한 나라만 남은 셈이군요. K 씨, 당신은 이탈리아인데요."

나머지 넷의 험상궂은 눈이 일시에 K에게로 몰렸다. 그건 새롭게 발견한, 그리고 이제 막 시작되려는 이 재밋거리가 K의 보이코트로 인해 망쳐지는 꼴은 가만두고 보지 않겠다는 협박성의 눈초리였다.

"좋아요, 모두가 그렇게 이 놀이에 참여하시고 싶다면…… 저 혼자만 빠질 수도 없는 노릇이겠죠. 이탈리아라…… 좋아요, 까짓것 저도 하지요, 뭐. 헌데…… 경기 전에 무슈 씨로부터 한 가지 다짐을 받아두고 싶은 것이 있네요."

"다짐이요? 무슨 다짐을 말씀하시는 거죠?"

"파리에서…… 당신의 애인, 에드몽송에게 당신이 저질렀던 일을 벌써 잊어버리신 건 아니겠죠. 왜요, 당신은 당신의 애인의 이마를 향해 화살촉을 날렸었잖아요. **에드몽송은 내가 답답한 사람이라고 생각했다. 난 개의치 않고 화살촉 놀이를 계속했다. 그녀는 멈추라고 요구했고 난 대꾸도 하지 않았다. 화살촉을 표적에 보내고 찾으러 갔다. 에드몽송은 창가에 서서 날 노려 보았다. 그녀는 다시 한 번 내게 멈추라고 요구했다. 난 온 힘을 다해 그녀에게 화살촉을 날렸고 그것은 그녀의 이마에 꽂혔다. 그녀는 쓰러져 바닥에 무릎을 꿇었다. 나는 그녀에게 다가가 화살촉을 뽑았다.** 이게 당신이 했던 일 아닌가요? 무슈 씨."

"그…… 그건……."

갑작스러운 공격에 일격을 맞은 무슈는 대답도 제대로 못하고, 보기 민망스러울 정도로 애처롭게 더듬대고 있었다.

"그건…… 물론 실수였겠죠, 무슈 씨. 너무 당황해할 필요는 없잖아요? 그저 한 번 확인만 해놓자는 거니깐요. 자 그럼 경기 규칙은 어떻게 되는 거죠?"

"저…… 저는……."

"됐어요, 무슈 씨. 제발 더 이상 마음에 두지 마세요. 그렇게 얼어서야 어디 벨기에가 2연패를 할 수 있겠어요? 자 모두들 그럼 이제 시작해 보죠."

K의 경기 개시 선언과 함께 5개국 화살촉 놀이가, 파리에서의 1회 경기에 이은 제2회 경기가, 화려하게 시작되었다. K와 무슈 간

의 떨떠름한 분위기도 경기가 시작되자 온데간데없이 사라지고, 모두들 무슈가 제안한 새로운 놀이에 푹 빠져 믿기지 않을 정도로 쉽게 열중하기 시작했다. '아' 하는 자책 실린 탄성, 짤막하고 괴기한 갖가지 환호성, 방금 전의 시도에 대한 다양한 각도의 논평들—자세가 틀렸다느니, 거리 측정이 잘못되었다느니, 손이 삐뚤어졌다느니, 순전히 재수였다느니 하는 등등의—속에 경기는 서서히 흥분의 도가니 속으로 빠져 들어가고 있었다. 역시 경험이 말을 한다고, 1회 대회의 유일한 참가자이며 일인오역(一人五役)의 배우였던 무슈가 연속해서 표적의 정중앙에 화살촉을 꽂으며 무리 중 선두로 나섰다. 그 다음이 폴로와 K였고, 소파와 오리나무는 높은 점수는커녕, 아예 표적을 벗어나는 화살촉이 더 많을 정도로 형편없는 솜씨를 보이고 있었다. 표적에서 50센티미터 정도 떨어진 벽에 부딪친 후 맥없이 떨어지는 화살촉을 보며 폴로는 말했다.

"거 봐, 소파. 아무리 뜸을 들여도 소용없어. 니 손이 원래 삐뚤어진 거래니깐."

경기 규칙은 단순했다. 가위바위보로 순서를 정한 다음, 번갈아가며 한 사람씩 모두 합쳐 10번을 던져, 총 100점 만점에 최상위 득점을 기록한 두 명이 다시 결승전을 갖는 그런 방식이었다.

벨기에 87 점 ………… 1위

이탈리아 77 점 ………… 2위

프랑스 74 점 ………… 3위

스웨덴	58 점	…………	4위
미국	43 점	…………	5위

"와우, 미국이 단연 꼴등이잖아."

"농구나 아이스하키는 세계 최강인데 말이죠."

"강력한 우승후보라고 점쳤었는데……."

"게다가 홈그라운드의 이점도 안고 있었는데 말이지."

"뭐 탓할 거 있겠나, 선수 선발이 잘못된 거지."

최하위를 기록한 미국 선발, 소파 씨에 대한 농 섞인 비난 속에, 결국 벨기에와 이탈리아, 공교롭게도 무슈와 K가 결승전에 진출하게 되었다. 결승전은 휴식 없이 곧바로 진행되었으며, 평소 때와 달리 무표정한 얼굴로 별 말수 없이 진중하게 경기에 임하던 무슈는 연속으로 10점을 기록하며 게임을 이끌어가기 시작했다. K도 나름대로 진지하게 한 촉 한 촉 신중을 기해 던졌지만 역부족이었다. "벨기에, 10점."

"와, 또 10점이야, 연속 세 번째로군. 역시 뭐니 뭐니 해도 전통의 강호 벨기에로군."

관중석에서 감탄의 환호성이 절로 터져 나왔다. 자신이 던질 화살촉을 고르던 K는 대수롭지 않다는 듯 무슈에게 다시 비꼬는 말을 던졌다.

"무슈 씨, 혹시 표적 위에다가 당신의 애인, 에드몽송의 이마를 머릿속으로 그려보며 화살을 던지는 건 아닌가요? 이건 정말 제가 신하고 경기를 하고 있는 기분인데요."

자신의 차례를 마치고 관중석에—이미 예선 탈락한 미국, 프랑스, 스웨덴의 대표가 앉아 있는—자리를 잡던 무슈는 한결 침착해진 목소리로 대답했다.

"적어도…… 전 화살을 입으로 던지지는 않으니깐요. 그리고 전…… 어떻게 해야 좋은 점수를 얻을 수 있는지 잘 알고 있어요. 적어도…… K 씨 당신처럼 이유도 모르고 법정에 이리저리 불려 다니는 일 따윈, 제게 없거든요."

K가 불편한 얼굴을 뒤로 하며 표적을 향해 화살촉을 던졌다.

"이탈리아, 6점."

"갑작스러운 난조로군요, K 씨. 역시 이탈리아 사람들은 쉽게 발끈한단 말이야."

다시 한두 순번이 더 진행되었을 즈음, 표적 맞은편 아내의 방문이 열리며 결승전이 한창 점입가경으로 진행되고 있는 경기장에 채칠리아가 등장했다.

"무슨 파티라도 열린 건가요?"

가장 형편없는 점수를 기록, 관중석에서도 가장 상석을 일찌감치 맡아놓고 있던 소파 씨가 손짓으로 채칠리아를 불렀다.

"잠자코 여기 앉아서 지켜봐. 5개국 화살촉 놀이의 결승전이 벌어지고 있거든."

"5개국 화살촉 놀이요?"

"이탈리아, 9점."

심판 격인 폴로가 표적이 꽂힌 화살을 뽑으며 큰소리로 외쳤다. 오리나무는 관중석 끄트머리에 앉아 종이 위에 열심히 숫자를 적고 또 더하고 있었다.

"이탈리아요? 도대체 뭐가 이탈리아란 말이죠?"

"지금 결승전에 오른 무슈가 벨기에 대표, K는 이탈리아 대표지. 여기에 이렇게 쭈그리고 앉아 있는 사람들은 예선에서 탈락한 나라의 대표들이고."

"아하, 다섯 명이서, 각각 한 나라의 대표가 되어 다트놀이를 하는 거군요. 그럼, 전…… K 씨를 응원해야 하겠는데요, 저도 이탈리아 사람이니깐."

채칠리아가 관중석에 자리를 잡으며 말했다.

"벨기에…… 4점?…… 4점. 벨기에 4점."

무슈가 형편없는 실수를 저지르고 말았다. K가 그때를 놓치지 않고 결승전 처음으로 10점을 잡아내며 근소한 차로 따라붙었다.

"파이팅, 이탈리아. 와 대단한데요. 화살이 중앙에 정확히 박혔다구요."

채칠리아의 일방적인 응원 속에 무슈는 계속해서 벌어놓은 점수를 야금야금 까먹고, 한편에서는 K가 끈질기게 추격하여, 관객들의 애를 태우게끔 경기는 그렇게 진행되고 있었다.

"벨기에, 6점."

"벨기에가 막판에 흔들리는데."

"오리나무 씨, 지금까지 점수가 어떻게 되었지요? 여길 보라구요, 와우, 이탈리아가 1점 차이로 역전했어요. 이제 마지막 한 발 남은 거네요. 한 발만 잘 던지면 이탈리아가 우승할 수 있어요. K 씨, 마지막이에요, 힘내라 이탈리아."

K는 이마에 맺힌 땀을 쓱 훔치며 금에 발을 정확히 맞추어 섰다.

"이탈리아…… 9 점."

K의 화살촉이 중앙의 가장 작은 원을 살짝 벗어나며 9점을 기록했다. 치어리더라도 된 양, 이탈리아의 응원에 정신없던 채칠리아는 흥분에 들뜬 목소리로 말했다.

"그럼, 그럼…… 무슈 씨가, 그러니까 벨기에가 만점을 얻지 못하면, 이탈리아가 우승하는 거네요."

"그렇지. 벨기에가 10점을 기록하면 공동우승이 되는 거고."

무슈는 초조한 듯 입 주위를 왼손으로 쥐어뜯으며 화살촉을 들고 표적 앞으로 나섰다.

"10점이라, 10점이 그리 쉬운 건 아니죠. 물론, 예전 그대로 신의 솜씨를 발휘한다면 그 정도는 식은 죽 먹기겠지만……."

"K…… 입 좀 다물 수 없을까…… 막상 화살촉을 던지려는데 뒤에서 떠드는 행위는 비겁한 짓이라고 생각하는데…… 물론 그게 성(城) 앞에서 벌벌 떠는 너 같은 겁쟁이한테는…… 어울리는 짓이겠지만."

얼굴이 시뻘게진 무슈가 입을 앙 다물고 K에게 반말 투로 말했다.

"오호, 하지만 위험이 다가와도 모르는 바보보단 겁쟁이가 낫지 않을까요? 지금 같은 상황에서도 남을 비난하기에 바쁘다니, 정말

대단하군요. 좋아요, 방해가 된다면 내, 입에 지퍼를 물려놓을 테니 어서 던지기나 하시죠."

"K, 이 비겁한 새끼."

느닷없이 무슈가 K를 향해 홱 돌아서며 화살을 던졌다. 화살은 K의 이마가 아니라 발치에, K의 왼발에서 10센티미터도 떨어지지 않은 바닥에 45도 각도로 박히고 말았다. 갑작스러운 상황에 누구 하나 입을 뗄 엄두를 내지 못했고, 채칠리아는 옆에 앉아 있던 소파 씨의 팔을 꼭 부여잡은 채 오돌오돌 떨고 있었다. K는 완전히 겁에 질린 듯 입을 쩍 벌린 채 마치 얼어붙은 듯 시선을 발치에 고정시킨 채 미동도 않고 있었고, 자신이 저지른 행위에 자신도 깜짝 놀란 듯 무슈는 고개를 부자연스럽게 숙인 채 역시 아무 말 없이 서 있기만 했다. 이윽고 무슈가 입을 열었다.

"미안해…… 내가 졌어."

무슈는 K의 발치에 박힌 화살을 뽑고는, K를 지나쳐 욕조가 기다리고 있는 화장실로 향했다.

11장

K, 퇴장하다

창밖을 내다보았다. 밤이다. 희뿌연 밤 하늘에는 드문드문 별이 떠 있다. 지상의 불빛에 반사되어 얼룩덜룩해 보이는 구름만 없다면 더 많은 별을 볼 수도 있었을 것이다. 까마득한 아래를 내려보았다. 현기증 나는 15층의 거리를 두고 **밤에는 강이 긴 비닐띠처럼 스스로 광채를 낸다.**

소파…… 그리고 그 나머지 바보 같은 새끼들, 지금쯤은 수면제에 취해 모두 정신없이 곯아떨어져 있을 것이다.

의문, 의문, 의문.

대답할 수 없는 의문들이 나를 괴롭힌다.

나는 질문을 했고, 그들은, 성(城)의 천사들은 거기에 대해 답을 했다. 하지만 나는 그들의 말을 이해할 수가 없었다. 마치 외계인들의 말인 것처럼. 그들이 사실을 숨김없이 말했지만 내가 미처 알아듣지 못한 것일 수도 있고, 그들이 모든 것을 다 얘기하지 않은 것일 수도 있다. 만일…… 진실이 후자 쪽에 가깝다면…….

만에 하나…… 그렇다면, 나는 땅에 떨어져 있는 몇 점의 단서들을 주워 모아 하나의 답을, 하나의 건물을 지어야 할까? 그게 가능한 일일까? 머리를 쓰는 것은 싫다. 생각하고 궁리하고 고민하여 무언가를 얻어내는 것, 도무지 내게 어울리지 않는 일이다.

하지만, 또 의문, 의문, 의문. 나는 도저히 이해할 수가 없다. 왜?

왜? 왜?

왜 이 바보 같은 새끼들을 죽여왔던 건지 나는 도무지 이해할 수가 없다. 왜 이 바보 같은 새끼들을? 죽일 가치나 있었던 걸까? 살아 있을 만한 가치가 없는 인간들은 스스로, 자동적으로, 죽어야만 할 가치를 획득하게 된다는 건가? 그렇다고 나까지 동원해서 이렇게 거창하게 일을 꾸밀 필요가 있었던 걸까?

생각하는 것은 정말 싫다. 그렇지만 머릿속을 떠도는 '왜 이깟 새끼들을?'이라는 의문은 내 리듬을 헝클어놓는다. 사소한 일상의 흐름을 끊어놓는다. 예고 없이 아무 때고.

소파, 이 씹새끼, 폴로, 그 개애새끼……. 하고 말해 보아도 마찬가지다. 나는 그들이 싫다. 그들과 함께 생활해야 한다는 사실이 견딜 수 없이 싫다. 그들의 나태한, 권태로운 모습들을 도리 없이 지켜봐야만 한다는 것이 끔찍이 싫다. 혐오스럽다. 하등한 것이 싫은 것은 인간의 본능이다. 적응하지 못하면 도태된다. 그것이 자연의 법칙이다. 적응하지 못한 것들은, 자연히…… 자연히, 자연의 힘에 의해서 도태되고 말 것이다…….

그런데 왜?

왜 성(城)이 직접 나서야만 했을까? 왜 나까지 동원되어야만 했을까?

이런 병신 같은 놈들을 처리하는 데…… 왜 하필 나를?

기사(騎士)는 고급 인력이다. 나는 고급 인력이다. 내가 움직여야만 한다면, 그 일 자체가 극도로 까다롭다는 걸 의미한다. 잔손이 많이 가고, 숙련된 기술과 침착성을 요구하는 일이 대부분이다. 그래서 나를 움직이기 위해서는 많은 돈이 든다. 헌데 이 일의 어떤 점이, 성의 주머니에서 이처럼 많은 돈을 빠져나가게끔 만드는 걸까? 왜 이깟 일에?

빈대를 잡는 데 초가삼간을 다 태운다는 그 오류를, 성은 지금 범하고 있는 게 아닐까?

그게 아니라면……. 이건 좌천의 의미일까? 아니다. 절대 그럴 리 없다…… 액수면에서도 이번 일은 저번 일에 그리고 저저번 일에 비해 월등한 크기의 덩치이다. 지금껏 나는 꽤 잘해 왔다. 이건, 여태 실수 없이 맡은 일을 깨끗이 처리해 온 나에 대한 믿음이 없었다면, 불가능한 액수이다. 이번 일은 나에게 최상의 대우를 제공했다. 하지만, 앞으로는…… 앞으로는 점점 더 커질 것이다. 나를 움직이기 위한 돈은 점점 더 커질 것이다. 2, 3년 뒤면 지금의 나로서는 상상도 할 수 없는 금액이 일에 대한 대가로 내 손아귀에 쥐어질 것이다. 그리고 금세 나는 그 액수를 아주 당연히 여기게 될 것이다.

그렇다, 지금 내가 이렇게 고민하고 있는 대상도, 훗날 알고 보면 그다지 중요한 일이 아니었던 걸로 밝혀질 수도 있는 거다. 이유? 어쩌면 내가 지금 집착하고 있는 그 이유라는 것이 실제로는 존재하지 않을 수도 있다. 존재한다 하더라도, 거기에 내가 모르는 숨은 이유가 있다 할지라도, 정작 그것이 내게는 중요하지 않을 수도 있다. 그건 천사들의 몫인 거다. 나는 지금껏, 그 '이유'라는 것 없이도 잘해 왔다.

지난번 일도 그랬다. 내가 생각해도, 나는 정말 채칠리아 역을 잘 해냈던 것 같다.

지난번 사건 하면 우선 내 머릿속 작은 스크린에 디노의 그 놀란 얼굴이 떠오른다. 그는 매우 놀랐을 것이다. 채칠리아의 집에 있었던 것은 그녀의 아버지도, 그녀의 어머니도, 그렇다고 채칠리아 본인도 아니었다. 가짜 채칠리아와 가짜 기사 앞에, 두 명의 낯선 남녀 앞에, 그는 경악했다. 마치 하품하는 사람처럼 그는 크게 입을 벌렸다. 내가, 채칠리아 분(扮)의 한 연기자가, 디노, 도망쳐요, 당신을 죽이려고 해요 하고 소리쳤을 때, 아주 잠깐 동안 그의 입은 일그러지는 것처럼 보였다. 나는 성(城)의 지시대로 살인의 무대를 실내가 아니라 바깥으로 만들기 위해, 디노에게 시간을 주어야 했다.

또 하나의 바보, 자신이 진짜 기사라고 알고 있던 그 바보는, 내가 카펫을 잡아당기자 보기좋게 넘어졌다. 하지만 미련한 곰처럼,

충직하게 그는 자신의 임무를 다하기 위해, 엉금엉금 일어나 권총을 줍고는 다시 디노를 쫓아 아파트 계단을 뛰어내려갔다. **구식 엘리베이터 창살에는 〈고장〉이라고 쓴 패가 달려 있다.** 내가 생각해도 그건 정말 완벽한 무대 장치였다.

그 바보, 자신을 진짜 기사라고 알고 있던 그 바보.

그는, 자신 대신에 성(城)의 번호판 없는 차가 디노를 처치했을 때도 별 의문을 품지 않았다. 그는 몰랐던 것 같다. 그것이 그에게는 사신(死神)의 전령일 수도 있다는 것을 미처 생각하지 못했던 것 같다. 다시 돌아온 채칠리아의 집. **사층십삼호**에서, 그의 가슴에 총탄이 박힐 때도 그는 그 이유를 알 수 없었을 것이다. 아마도…… 아마도 그 편이 그에게도 성(城)에게도, 그를 죽여야만 했던 나에게도 더 나은 길이었을 게다.

나는 지금까지 잘해 왔다.

채칠리아의 목소리를 흉내 내는 것은 결코 쉬운 일이 아니었다. 성대모사는 애초부터 나의 전공과는 거리가 멀었다. 하지만 나는 해냈다. 성대모사뿐만 아니라 그 밖의 모든 일까지도 완벽하게 해냈다. 성은 내게 그것은 그저 하나의 준비 작업일 뿐이라고 했다. 그러나 그게 준비 작업이건, 완결 작업이건, 내게 별로 중요하지 않았다. 나는 그 일의 성격도, 그 이유도, 그 역할도 알지 못했다. 그게 중요한 건 아니었다. 그 일은 나를 충분히 흥분시켰고, 나는 예전처럼 아무 실수 없이 깔끔히 맡은 일을 처리해냈다.

그리고, 결정적으로, 나는, 돈을 받았다. 그걸로…… 그걸로 된

게 아닐까?

나는 또 뭘 바라는 걸까? 이제 와서…… 난데없이.

목이 마르다.

소파 씨는 갑자기 잠에서 깨어났다. 소파 씨는 잠시 상반신만 그렇게 간신히 이부자리에서 일으킨 채로, 자신을 한밤의 단잠에서 몰아낸 꿈의 끄트머리를 더듬고 있었다. 그 뿌옇기만 한 꿈의 한 자락 속에서 소파 씨는 뒤뚱거리며 뛰고 있었다. 그는 낯선 목조 건물 안에서 누군가에게 한창 쫓기는 중이었다. 소파 씨는 그 연습장의 낱장처럼 북 찢어진 의미 없는 영상을 앞으로 그리고 뒤로 확장시키기 위해, 그의 발치에 있던 각목, 창문을 통해 보이던 호수, 벽에 그려져 있던 비둘기 문양 등, 꿈의 변두리에 위치해 있던 온갖 자질구레한 사물들에까지 정신을 집중시키고 있었다. 하지만 그것들은 한데 모여 하나의 통일된 서사로 잘 뭉쳐지지 않았다.

'에이 썅, 대체 지금이 몇 시야, 참…… 자정도 벌써 넘었는데, 물은 또 왜 켜고 난리지. 아까 채칠리아 그년이 주스를 갈아주었을 때, 빨리 마셔버리는 건데. 채칠리아 그년이 그런 일을 하는 건 천 년에 한 번이나 있을까 말까 한 일인데 말이지. 에이, 그 새끼, 폴로 씹새끼가 내 주스까지 도둑괭이처럼 가로채 가는 바람에, 이렇게 달밤에 체조까지 한 차례 하게 생겼군 그래.'

소파 씨는 전등도 켜지 않고 더듬더듬 벽을 짚어가며 거실 옆 식당으로 향했다. 냉장고를 열자 비로소 주위가 환해졌다. 확 끼쳐

드는 한기에 소파 씨는 조금 정신이 들었다.

'한밤중에 이게 무슨 꼴불견이람, 힘이 뻗치면 꿈이나 더 열심히 꾸지, 자다가 깨긴, 또 왜 깨는 거야. 그나저나 저녁에 뭘 좀 잘못 먹었나? 목은 또 왜 이렇게 마른 거야.'

소파 씨는 냉장고 속에 있는 몇 가지 음료수, 유리병에 든 보릿물, 폴로가 사놓고 가끔 가다 마시는 캔맥주, 그리고 주스, 콜라 등속을 물끄러미 바라보다 소주병 쪽으로 손을 뻗쳤다. 소주병은 매우 차가웠고, 병 표면에 글썽글썽 맺혀 있는 물방울 때문에 '眞露' 라고 쓰여 있는 종이 라벨은 쭈글쭈글해져 있었다.

'네 인생의 차운 살갗 위로 땀이 다 나나 부다. 그래, 니나 나나…… 니나 나나, 똑같은 꼴이지, 똑같은 꼴이야. 형제야, 네 날카롭게 빛나던 레테르도 이젠 니 한 몸의 한기를 견디지 못하고 누덕누덕해지고 말았구나. 처음부터 니가 니가 아니었다면…….'

소파 씨는 왼손 검지로 '眞露' 라벨을 몇 번 문질러 결국 병에서 떼어내 버렸다. 라벨이 떨어져나간 병 표면은 접착제 찌꺼기가 군데군데 엉겨 붙어 흉하게 얼룩이 져 있었다. 소파 씨는 흐릿한 소주병을 통해 잠깐, 저 심해 속 야광물고기의 눈깔처럼 보일 듯 말 듯 희끄무레하게 번쩍이는 냉장고의 불빛을 바라보다가, 소주병 주둥아리를 한손에 쥐고 휘청휘청 자리에서 일어났다.

'가자, 어디로든, **길은…… 가면 뒤에 있**는 거니까…… 쿡쿡쿡…….'

이러구러 베란다로 나서게 된 소파 씨는 요즈음 그가 그곳을 찾는 일이 부쩍 잦아졌다는 사실을 깨달았다.

'오, 베란다, 또 너로구나. 어제 밤인가, 그제 밤에도 내 널 찾았었지. 근데, 왜지? 왜 내가 여길 자꾸 찾게 되는 거지? 그래, 베란다 니가 한 번 말해 봐…… 왜 대답이 없지?…… 도대체 뭘 더 보여주려고 그러는 거지?…… 뭘 또 보겠다고 그러는 거지?…… 저 아래, 저 더러운 세상에, 아직도 미련이 남아 있나? 미련? 제길, 나는 왜 이 지긋지긋한 과거로부터의 연(緣)에서 한 발자국도 못 벗어나는 거지? 나는 헛, 살아온 거야. 그건, 이미 너도 인정했잖아. 그래, 나는 헛, 살아왔어, 헛, 살았다구. 이젠 제발 좀 지나간 일들 속으로, 지나간 방식으로 날 개입시키려 들지 마. 제발 좀. 잊자고. 이젠 좀 그게 아무것도 아니었다는 걸 인정하자구.'

소파 씨는 고개를 숙인 채, 창밖의 야경에는 눈길 한 번 주지 않고 베란다 바닥에 철퍼덕 퍼질러 앉고는 급하게 소주병 마개를 돌려 깠다. 소파 씨에게는 자신의 식도를 타고 중력이 시작되는 곳, 항문 쪽으로 신나게 달려가고 있을 쓰디쓴 소줏물이 마치 맹물처럼 느껴졌다.

"카아."

소주병을 바닥에 내려놓고 소파 씨는 술트림을 했다. 동시에 뜨거운 기운이 아래로부터 돼지같이 살이 붙은 그의 얼굴 쪽으로 사정없이 몰려왔고, 자극을 받은 눈물샘은 찔끔 눈물 몇 방울을 지리고 말았다. 소파 씨는 두 눈을 꾹 감았다. 눈물방울이 기름으로 번들거리는 그의 볼을 타고 내려가 턱께에 대롱대롱 매달렸다. 그치만 소파 씨는 왠지 그것들을 닦아내고 싶지 않았다.

'도대체 여기는 어디지?'

소파 씨는 물기에 젖어 무거워진 눈꺼풀을 재삼 깜박거리며 자신에게, 결코 대답을 얻지 못할 게 뻔한 질문들을 다시 던졌다.

'여긴 도대체 어디냔 말야. 여긴…… 여긴, 내 집이었어. '나의'라는 소유격을 쓸 수 있는 공식적으로 인정받은 공간이었단 말야. 한데, 지금은 왜 이렇게 낯설지? 여긴 어디야. 이건 뭐야. 나와 아내가 만들어놓은 안락함은 다 어디로 가고…… 이놈들은 다들 어디서 온 거지? 조용히, 이제 아무 세상에 대한 미련 없이, 아무 집착도 없이, 남은 인생 격조 있게 아무것도 하지 않으며 살기로 결심한 내게, 이건 또 뭐지? 누가 이 자식들을 이리로 보낸 거지? 왜 나와 내 아내가 만든 일상을 파괴하고, 그것도 모자라 내 귀에 끊임없이 불손한 말들을 소싹대고, 날 지치게 하고, 날 비참하게 만드는 거지?'

소파 씨는 거푸 꺼억꺼억 신트림을 하고는 결심이라도 한 듯, 재차 술병을 잡아 입에다 부었다. 하지만 입 안으로 들어오자마자 확하고 퍼지는 역한 비린내에 소파 씨는 이내 술병을 거두어야 했다. 게다가 갑자기 속을 뒤흔들어놓으며 목구멍까지 치밀어 오르는 헛구역을 참느라, 소파 씨는 연신 단내 나는 침을 삼켜야만 했다.

'이제 똥폼도 못 잡겠군. 끄윽…… 오바이트가 쏠리는데. 그냥 해버려? 그냥 참아볼까? 아냐, 도저히…… 도저히 안 되겠는 걸……'

한창 올라오는 토사물을 게워내기 위해 목욕탕으로 향하려다,

문득 소파 씨는 5개국 화살촉 놀이에서 K를 향해 화살을 던진 후 다시 욕조로 들어가 꿈쩍도 않고 처박혀 있는 무슈의 존재를 상기했다.

'아, 그렇지. 무슈가 거기에 있었지. 한창 뻗어 있을 텐데, 그 앞에서, 게워댈 수도 없는 노릇이지. 참자, 참으면 뭐, 없어지겠지.'

5개국 화살촉 놀이에서 그런 불상사가 있은 후로 15층, 이 무위도식배의 삶터는 더욱 황량해졌다. 무슈는 두꺼운 담요감으로 된 커튼을 욕조에 쳐놓고 그 속에 틀어박혀 두문불출이었고, 나머지 구성원들 간에도 서로 간단한 말을 나누는 일마저 드물어졌으며, TV를 볼 때나 가끔 모일까 식사도 제각각 알아서 해결하는 실정이었다. 끼니를 거르는 일도 예사였고, 신경은 또 날카로워질 대로 날카로워져, 며칠 전 소파 씨가 현관 우유 봉다리에 들어 있는 아침 우유를 꺼내 갖고 들어오자 채칠리아가 제 거라고 꽥 소리를 지르며 수리가 토끼를 낚아채듯, 그렇게 소파 씨의 손에 들려 있던 우유팩을 홱 채간 일도 있었다.

'더 이상, 더는 참을 수가 없어. 이 끊이지 않고 솟구치려고 발버둥대는 오바이트 기운만이 아냐. 내 모든 삶이, 내 모든 분노가, 이제 견딜 수 없는 지경에까지 다다른 거라고.'

요동하는 속을 삭이기 위해 계속해서 침을 삼키던 소파 씨는 불현듯 뭔가에 홀린 것처럼 나지막이 입을 열어, 절규하듯, 노래하듯 조용히 읊조렸다.

"엄마, **난 견딜 수가 없어요. 아니, 나는 견딜 수가 없는 것을 견디**

고 있어요."

소파 씨의 그 낮고 음울한 목소리는 느릿느릿 컴컴한 밤의 실내 속으로 퍼져갔다. 자신의 목소리가 만들어내는 작은 음파의 진동이 소파 씨의 눈에는 또렷이 보이는 것만 같았다.

그때였다. 소파 씨의 목소리가 꾸미는 거대한 주기운동을 깨고, 거실 저편 소파 씨 아내의 방문이 빠끔 열렸다. 몇 초인지 짐작할 수도 없는 암흑의 정지 뒤로, 온통 어둠을 뒤집어쓴 물체가 소리 없이 부엌 쪽으로 움직여가는 것이 보였다.

'저게 누구지? 저 방에서 나왔다면…… 채칠리아인가? 내 목소리를 듣고서 나온 걸까? 설마?…… 설마 그렇진……'

소파 씨는 안방에 면한 베란다 쪽으로 얼른 몸을 숨기고 눈만 내놓은 채, 채칠리아일 것으로 짐작되는 커다란 그림자가 하는 양을 지켜보고 있었다.

냉장고에서 꺼낸 캔 맥주의 꼭지를 땄다. 갑자기 솟아오르는 거품이 식탁 위로 흘러내리지 않도록 입을 캔 주둥아리로 가져다 대고 갈색 거품을 황급히 빨아들여야만 했다. 기침이 났다. 그래서 입 안으로 털어넣듯이 맥주를 부었다. 한 모금 삼키고 나자 기침 기운은 싹 가시고 몸이 부르르 떨려왔다.

목이 말랐던 거다. 목이 마르다니.

아침마다 500밀리리터짜리 우유를 꼬박꼬박 마셔야 하는 일은 내게 심리적으로도 육체적으로도 부담이 되었다. 마치 하루의 시작을 맞이하는 통과의식처럼 치러내야만 했던 우유 마시기가 끝나면 왠지, 그 남은 하루의 여분 동안은 평소와는 달리 그리 잘 물을 찾지 않게 되는 것이었다. 그런데 이렇게 다시 목이 마르다니. 하긴 지금은 새벽이다, 약 기운이 떨어져가는 거겠지…….

미친놈들과의 합숙에다 덤으로 평생 입에 대지도 않던 우유까지 매일 아침마다 거르지 않고 한 팩씩 마셔야 하는 것은 정말 고역이었다. 나는 우유를 좋아하지 않는다. 어렸을 때부터, 우유는 내게 기껏해야 생선 비늘을 연상시키는 비릿함만을 가져다주었을 뿐이다. 하지만 어쩔 수 없었다. 성은 명령했다.

우유를 마시도록 해,

그 자리서 먹어치우도록 해,

마시는 척하면서 베란다나 수챗구멍에 버리거나, 좀 두었다 먹을 요량으로 냉장고에 넣어두거나 해서도 안 돼,

하고 그들은 말했다. 그 자리서 당장 먹어치울 것, 이것이 그들이 내게 원하는 바였다. 그들이 내게 원하는 것은 늘 단순했다.

괜히 의심 살 만한 짓을 부러 할 필요는 없는 거니까, 하고 그들은 덧붙였다. 그들은, 성(城)은 그렇게 매사에 철두철미했다. 꼭 그렇게까지 해야만 하나 하는 반감 같은 게 목구멍까지 치밀어 올랐던 게 사실이었지만, 언제나 그렇듯, 다시 거꾸로 삼켜야만 했다.

꼭 그렇게 해야만 하는 걸까?

처음 그렇게 소화기관을 역류하며 올라오는 질문들을 다시 저 아래로, 위산이 날뛰고 있는 바다로 돌려보내는 일은 쉬운 일이 아

니었다. 가래처럼, 목구멍 바로 뒤, 손을 넣으면 걸릴 것도 같은 그런 곳에 들러붙어서, 그들은 요지부동이었다. 며칠씩 지속된 적도 있었다. 하지만 나는 이제 안다. 그런 질문들을 빨리 머릿속에서 지워버릴수록, 실수할 확률이 줄어든다는 것.

꼭 이렇게까지 해야만 했을까?

쿨럭쿨럭 맥주는 목을 타고 잘도 내려간다. 아마도 폴로, 그 새끼가 사둔 것이겠지. 지치지도 않고 이십 평 남짓한 이 좁은 공간에서, 별의별 미친짓을 만들어내는 그에게도 맥주는 필요했나 보다. 설령 한 캔 정도가 없어져도, 그는 눈치채지 못할 것이다. 아니, 한 박스가 통째로 없어진다 해도 멍청해 보이는 눈만 꿈뻑꿈뻑거리는 게 전부일 거다. 성(城)이 안다면?…… 물론 펄쩍 뛸 일이겠지만.

꼭, 꼭 이렇게까지 해야만 했을까?

맥주 한 캔 비우는 데도 눈치를 봐야 하는 것이다. 다른 일은, 다른 일은 어땠던가? 그 일들에 비하면 이 일은 정말 식은 죽 먹기가 아닌가? 나는 한 번도 성이 내게 제시한 과제에 대해 불평하지 않았다. 도저히 성사 가능해 보이지 않는 과제나, 너무 가혹한 작업 조건 등을 그들이 제시할 때도, 기껏해야 목울대로 넘어오려는 무언가를 꿀꺽 삼키는 게 다였다. 그렇다, 이번 일은 지금까지의 일들과 비교할 때, 말 그대로 식은 죽 먹기다. 자폐증에다 과대망상증에다 두손 두발 다 들 게으름까지, 어디 한 군데 곱게 미친 구석 없는 이들 속에 섞여 그저 먹고 자고, 먹고 자고 싸고, 그리고 아침에 우유 봉지에 담아져 있는 우유를 꺼내어 마시고, 팩을 뜯어 매일매일 별 다를 것도 없는 성(城)의 명령을 살피고, 그러고는 또 먹고 자고 싸고, 이게 전부인 거다. 이렇게 쉬운…… 이런 일은 한 번도 없었다.

일을 하다 술을 마신 일도 없었다. 맥주 캔이 한결 가벼워졌다. 설령 한 캔 정도 더 없어진다 해도 틀림없이 폴로 그 새낀 눈치채지 못할 것이다.

'아무 일도 하지 말 것.'

다 마신 우유팩의 모서리를 가르고 이중으로 된 종이벽 사이에서 꺼낸 메시지의 대부분은 고작 이리 짧고 어이없는 것들이었다. 거기다가 가끔 '아무 일도 하지 말 것, 수면 시간을 두 시간 정도 더 늘일 것.', '아무 일도 하지 말 것, 특히 TV 시청을 금할 것.'과 같은 조금 더 길어진 형태의 지시들이 여러 번 종잇장 속의 글귀이고는 했다. 오늘은 뭐였던가?…… '웃지 말 것.' 이런 명령 앞에 어떻게 웃을 수 있겠는가? 웃지 말라…… 웃지 말라…… 정말이지 웃을 이유는 없다. 반대로 화를 내거나 힘 빠지거나 그럴 까닭 또한 없는 거다. 성이 돈을 버리건, 날, 이 비싼 인력을, 그들의 소중한 자산을 형편없이 놀리건, 그건 내가 상관할 바가 아닌 거다.

하지만…… 정말 이렇게, 이렇게 버텨나가듯…… 이래야만 할 필요가 있는 걸까?

벌써 두 캔째가 바닥나 간다. 여기까지만이다. 한 캔을 더 집어 든다 해도 폴로 그 새낀 필시 눈치채지 못하겠지만…… 일이 우선이다. 문제가 될지도 모른다. 어찌 되었건 일을 하다 술을 마신 일은 이번이 처음이다. 성이 안다면 문책감이다. 무엇보다 일이 우선이다.

일본 밀정들의 눈을 피해 연심의 남편을 암살하기 위해 나는 술집 작부 노릇도 해야 했다. 근접 사격의 기회를 얻기 위해 나는 꼬박 3주간이나 낯선 남자들의 술시중을 들어야 했다. 로캉탱 독살 건은 또 어땠는가? 성은 그를 그가 즐겨 찾는 박물관에서 독물로 암살해 줄 것을 요구했다. 서재도 아니고 술집도 아니고 극장도 아니고 박물관에서. 박물관에서 독살의 기회를, 전문적인 용어로 말하면 독살에 필요한 심리적인 공간을 만들라니. 하지만 나는 해냈다. 아, 그렇지! 자크, 미치광이 과학자 자크를 잡기 위해서 난, 아파트 관리인의 딸이었던 수다쟁이 계집을 세 시간 동안이나 붙잡고 앉아 있어야만 했다. 하나도 쉽지 않았다. 그 어떤 일도 나를 방심하도록 내버려두지 않았다. 하나도 빼먹지 않고, 순서에 맞게, 헛갈리지 않고, 나는 그렇게 수많은 일을, 수많은 시체들을 치워야만 했다.

여기까지만.

나는 다 비운 캔 두 개를 검은 비닐봉지에 넣고 주둥아리를 묶어 다시 쓰레기 봉지에 처넣었다. 벽에 걸린 시계가 이제 한 시간하고 삼십 분이 좀 못 남았다는 것을 일러준다. 나는 일어났다.

처음에는 그저 까맣고 막막하기만 한 어둠뿐이었던 거실과 부엌의 윤곽이 차츰 소파 씨의 눈에 들어오기 시작했다. 소파 씨는 암흑 속에서 미묘한 농담의 차이를 가지고 움직이는 거대한 검정색 덩어리를 눈에 쥐가 나도록 뚫어지게 바라보고 있었다.

'채칠리아인가? 엉덩이는 툭 튀어나오고 허리는 짤록한 게 채칠리아가 틀림없는 거지?'

어둠을 가르며 스물스물 전진하는 검정색 덩어리의 움직임은 지극히 느리고 또 조심스러워 보였지만, 헤매거나 망설이는 기색은 없었다.

'적어도 저 도깨비 같은 놈의 목표가 부엌이라는 것만은 확실한 듯한데…… 한밤중에 부엌이라……. 나처럼 오밤중에 부엌을 찾는 미친놈이 또 있군 그래. 오라 너도 목이 마른가? 아님 배가 고픈가?'

부엌으로 들어간 그 검정색 덩어리는 완전히 어둠 속에 녹아버린 것처럼, 잠시 소파 씨의 시력 밖으로, 암흑 속으로 사라졌다. 예기치 않은 증발에 불현듯 머리카락 끝이 삐죽 곤두서며 으스스해진 소파 씨는 자기도 모르게 침을 꼴깍 삼켰다. 그때 갑자기 냉장고 문이 열리고, 멀리에서 보면 그저 따뜻할 성만 싶은 엷은 노란색 조명이 그 검정색 덩어리의 전면을 잠시 비추었다가는, 잔상이 남아 있을 만한 아주 짧은 시간만을 허용한 채 다시 암흑 아가리 속으로 빨아들여 버렸다.

'채칠리아다.'

묘하게도, 노란 조명 속에서 잠시 점멸했던 그녀의 얼굴이 소파 씨에게는, 현실 속의 실상이 아닌 것처럼 느껴졌다. 맥주 깡통을 집어들며 약간 찡그리는 표정을 짓던 그녀의 얼굴에도, 평소와는 다른 묘한 엄숙함 같은 것이 서려 있었다.

'아름답다…… 나처럼…… 그녀도 외로운 걸까?…… 그녀도 나처럼 두 개의 서로 다른 얼굴을 가지고 있는 걸까? 말을 해야 할까? 다가가서 같이 술을 마시자고 해야 하는 걸까?…… 내 외로움을 털어놓을 수 있을까? 그녀도 내게 말을 할까?'

맥주가 목을 울리며 넘어가는 소리가 끝나자, 탕 하고 가볍게 금속과 나무가 부딪치는 소리가 났다. 소파 씨는 갑자기 간절히 담배를 피우고 싶어졌다. 하지만 그의 주머니에는 성냥도 담배도 없었다.

'담배를 피우면서 그리고 또 술을 마시면서 그녀와 얘기하고 싶은…… 그런 건가?…… 그럴 수 있을까?…… 그럴 필요가 있는 걸까? 외로움이 존재한다면…… 그리고 그것이 정말 절실한 것이라면, 타인이 그걸 풀어줄 수 있기라도 한 걸까? 다 눈속임 같은 게 아닐까?'

소파 씨는 어느새 빈손으로 담배를 피우는 시늉을 하고 있었다.

'애초부터 어림없는 얘기인 거야. 타인에게 다가서 봤자 남는 것은 자신의 외로움을 재확인하는 절차일 뿐…… 하지만, 한때는 난 외롭지 않았어, 그렇다고 생각했지. 그땐 많은 사람들이 기꺼이 나의 노래를 들어 주었어, 어쩜 내 생각만 그랬던 건지도 모르겠지만. 하아, 일대다(一對多) 커뮤니케이션이 만들어내는 그 마력. 거기에 난 머리 꼭대기까지 취했었지…… 한데, 지금 여기, **아아, 옛날에 내 노래를 들어주던 아이들은 어디로 갔는가?** 흐흐흣, 좋아하고 자빠졌네. 어디로 가기는 어디로 가, 그들은 그대로 있다구, 대신 니가 그들을 피한 거잖아. 그래 니 입으로 니가 똑바로 말했잖아, **나는 그들을 피해 여기까지 왔다.** 여기, 이 사막까지, 소파가 있는 이 밀실까지.'

"휴……."

부엌 쪽으로부터 채칠리아의 한숨소리가 나지막하게 들려왔다. 낮고 가느다란 그 소리에는 소파 씨의 고막을, 그리고 심장을 진동시키는 무언가가 실려 있었다. 소파 씨는 그 소리 속에 묻어 있을 시큼한 맥주내가 실제로 자신의 코를 자극하는 것 같은 기분을 잠시 맛볼 수 있었다.

'이젠 한숨까지…… 그녀도, 지킬 박사와 하이드 씨의 주인공처럼, 그리고 여기 한심하게 혼자 소주잔이나 빨면서 청승을 떨고 있는 나처럼 두 가지 얼굴을 가지고 있는 건가? 한숨이라?…… 단호하게 내뱉는…… 한숨이라…….'

소파 씨의 기억 속에 남아 있는 채칠리아의 모습들은 방금 전 자신의 귀와 코를 자극했던 한숨소리와는 도무지 어울리지 않는 것들이었다.

'하품이라면 또 모르겠지만.'

그녀는 늘 멍한 표정이었다. TV를 보거나 밥을 먹을 때도 그녀는 늘 자신이 하는 일에 별 관심이 없다는 듯한 얼굴이었고, 둘 셋씩 모여서 잡담을 할 때도 딴 데 정신을 팔고 있는지, 입을 열어도 화젯거리와는 좀 겉도는 그런 썰렁한 말들을 짧게 던져놓고는 다시 그 예의 멍한 얼굴로 돌아가기 일쑤였다. 소파 씨는 그럴 때마다 저년은 정신을 어디 딴 데 버리고 온 거야, 아니면 원래부터 정신이란 것 자체가 없는 거야 하며 속으로 이죽대고는 했다. 그래서 더 그런지, 이 좁은 공간에서도 그녀는 늘상 외톨이였다.

'아니면…… 여자여서…… 여자여서 그렇게, 외톨이였던 건 아닐까?'

소파 씨는 당연히 한 번쯤 머릿속에 떠올렸을 법한 의문을 던져 놓고도, 그 의문문 속에 들어 있는 한 단어에 새삼스러워하고 있는 자신을 볼 수 있었다.

'여자?…… 그래, 채칠리아는 여자지, 여자라고. 그래서 그녀나 그년이라고 부르는 게 아닌가?…… 하지만 왜, 나는 그녀가 여자라는 이 자명한 사실을 전엔 한 번도 의식하지 못했던 거지?'

언젠가 무슈가 노크를 하지 않고 욕실 문을 여는 바람에 아무것도 걸치지 않은 채칠리아의 가슴을 그리고 엉덩이를 보았노라고 소파에게 자랑스럽게 얘기할 때도—굉장하던데 하고 무슈는 음흉한 목소리로 말했었다—, 소파 씨는 칠칠치 못한 년, 다 큰 년이 문도 안 걸어 잠그고 목욕하나 하며 무슈의 면전에서 비아냥거렸을 뿐이었다.

다시 한 번 냉장고의 노란색 조명이 점멸했다. 소파 씨의 기분 탓인지는 몰라도 채칠리아의 얼굴은 이전보다 더 발그레 상기되어 보였다.

'외로운 거야…… 틀림없이…… 그녀는 외로운 거야. 하긴 여자의 외로움은 남자보다 더 깊게 마련이래잖아…… 얼씨구, 끝에 남 걱정까지, 점점 더 가관이구나 가관이야. 난 뭐냐? 나도 결국 똑같잖아, 이렇게 언제나 혼자 떠들기밖에 더하냐 이거지. 것도 큰소리를 지르는 것도 아니고 이렇게 머릿속으로만 궁시렁대는 게 다잖아. 지금 여기서 도대체 누가 나의 노래를 들어줄까? 언젠가 내 노래를 들어주던 그들, 그들은 지금 뭘 할까? 그들도 나처럼, 지금 괴로워하고 있을까? **한때 내 노래를 들었던 귀들이여 제발, 그대들 마음이 편하기를! 자신을 미워하지 않기를**…… 지금 그들은 뭘 하고 있을까?…… 넥타이를 매고, 작은 차 안으로 혹은 큰 차 안으로 그러고 나선 다시 작은 건물로 혹은 큰 건물로 제각기 들어가겠지. TV 광고에 나오는 것처럼 그들도 한 손엔 핸드폰, 한 손엔 노트북을 들고 정신없이 뛰어다니고 있을까? 정신없이 인사하고 정신없이 밥을 먹고, 정신없이 계획을 짜고, 정신없이 보고를 하고…… 그러는 게 아닐까?…… 그들이…… 그들이 정말 슬퍼하기나 하는 걸까? 슬퍼할 시간이 있을까? 그들이 내 노래를 기억하기나 할까? 모르겠어. 이젠, 정말로 뒤죽박죽이야…… 내가 그들을 증오하는 걸까? 그게 아니라면 그들을…… 그들을 부러워하는 걸까? 아아, 모르겠군, 진짜 모르겠어. 다시, **다시 탄압이나 받았으면!**'

부스럭 소리가 나며 채칠리아가 자리에서 일어나는 기척이 들렸다. 소파 씨는 일순 긴장하여 놀란 자라처럼 베란다 벽 뒤로 고개를 후다닥 숨겼다. 잠시 뒤 치치직거리는 소리가 거실에서 들렸다.

'어이구, 이젠 TV 시청까지 하시려구, 이 밤중에…… 그래, 하긴

외로움을 가리는 데엔 TV가 최고지. 쉬지 않고 말을 걸어주긴 하니깐.'

용기를 내어 살포시 거실 쪽으로 고개를 다시 내밀었을 때, 소파 씨는 **비닐로 된 가짜 가죽을 뒤집어 쓴, 젖통이 무지무지하게 큰 구석기 시대의 다산성 여인상**을 연상시키는 소파에 앉아 있는 채칠리아의 뒤통수를 볼 수 있었다. 그 너머 외눈박이 괴수처럼 TV가 어둠 속에서 커다란 눈을 묵묵히 껌벅거리고 있었다.

이 집에서 유일하게 내 맘에 드는 것이라고는 이 소파와 TV 정도일 것이다. TV에서는 한창 CF가 나오고 있다. 마치 영사기처럼 어두운 거실을 TV 혼자 밝게 비추고 있다.

CF 속에서 남녀가 뛰고 있다.

그들이 왜 뛰는지 나는 모른다. 그들이 왜 뛰는지 그들도 아마 모를 것이다. 어쩌면 그들을 그렇게 뛰도록 시킨 그 누군가도 그 이유를 모를지 모른다. 어쨌건 그들은 뛰고 있다. 흑백의 다리 위를, 흑백의 구름과 흑백의 바다를 자꾸자꾸 뒤로 보내며 그들은 뛰고 있다. 그들은 둘이다. 손을 꼭 잡고 뛰고 있다.

K와 무슈를, 그 둘을 이간질시키는 것, 이것이 일차적인 성(城)의 목표였다.

왜 그래야만 되죠?

그 수많은 왜들. 앞으로 나아가기 위해선 머릿속에서 삭제해야 될 그 수많은 왜들. 진공의 머리 안에서 이리 튕기고 저리 튕기다

결국 제풀에 지쳐 희미해져 버리고 말 그 수많은 왜들.

차라리 그들을 죽이는 편이 더 낫지 않을까요?

그랬다, 그 편이 편하지 않았을까? 예전처럼, 늘 그래왔던 것처럼 그들을 죽이는 편이 훨씬 더 쉬운 길이 아니었을까?

'쓰레기 봉투를 들고 아침 X시까지 XX동 앞 공터로 나올 것. 거기서 빨간색 등산화를 신고 검은 단장을 든 할아버지를 따라올 것.'

혹은

'쓰레기 봉투를 들고 아침 X시까지 XX동 앞 공터로 나올 것. 거기서 노란 막대 사탕을 들고 검은 야구모자를 쓴 소년을 따라올 것.'

이런 내용의 쪽지가 짧게는 일 주일에 한 번, 길게는 이 주일에 한 번 정도 우유 팩 속에 들어 있었다.

나는 X시에 XX동 앞 공터에서 성의 지시대로 등산복 차림의 할아버지를, 고등학생도 채 안 되어보이는 소년을, 완장을 둘러찬 아줌마 선거운동원을, 그리고 그 밖의 수많은 사람들을 따라갔다. 안내원들은 모두 달랐지만 그들은 모두 헤어지기 전, 똑같이,

차에 타세요, 이 차예요,

하고 말했다. 운전석에는 늘 한 손에만 가죽장갑을 낀 앳된 소년이 앉아 있었다. 장갑을 끼지 않은 손으로 그는 초콜릿의 은박지를 벗기고 있었다.

이걸 써요,

눈가리개를 건네주며 그는 말했다. 그리고 풀라고 말할 때까지 잠이나 푹 자둬요. 나는 얌전한 양처럼 그의 말을 따랐다. 눈가리

개가 다시 풀려지면 그곳은 컴컴한 지하실이었다. 자, 일어나야죠, 아가씨.

어둠 속에서 혼자 깜박거리고 있는 TV를 지켜보고 있노라니 눈이 아파오기 시작한다. 눈물이 나올 것 같다. 하지만 누군가 다른 이가 깨어 있을 때는 TV조차 내 맘대로 볼 수 없다. 거기에도 규칙은 있다.

'드라마만 볼 것, 그 밖의 프로그램을 시청하지 않도록 할 것.'

성(城)이 말한 그 밖의 프로그램 속에 아마 CF도 포함될 것이다. 한데 나는 CF 시청하기를 좋아한다. 드라마를 꾸준히, 그것도 요일과 시간까지 맞추어가며 한 편도 빠짐없이 보아야 하는 것은 매일 아침 니글거리는 우유를 마시는 것 못지않은 고역이다.

구질구질하고 상투적인 전언들을 가득 쥚어진 드라마에 비한다면 CF는 아주 노골적으로 솔직하거나 혹은 아무것도 전하지 않는다. 나는 가끔 CF 속의 대사가, 그리고 상품을 선전하기 위한 모든 문자가 내 모국어가 아니라, 차라리 내가 전혀 모르는 그 어떤 언어로 구성되어 있으면 어떨까 하는 생각을 해본다. 그건 훨씬 더 멋질 것이다. 아무것도 전할 것 없음과 솔직함이 거기서 아주 행복하게 결합될 수 있을 것이다.

CF 속에서는, 한창 파티가 진행 중이다. 야외의 풀장 앞에서 많은 사람들이 술병을 들고 저마다 즐겁게 웃고 있다. 갑자기 수영복을 입은 두 여자가 풀로 텀벙 뛰어든다. 주위 사람들은 놀라고 흑백의 물방울이 천천히, 슬로 모션으로, 그녀들의 주위에서 튀어 오른다. 그리고 여자들의 머리가 물 속에 채 다 잠기기도 전에 다시 필름이 거꾸로 감기기 시작한다. 여자가 풀 속에서 밖으로, 역시 슬로 모션으로 뛰어오르고 물방울들은 사라진다. 모든 건 그 끝을 보면 알 수가 있다. 그건 맥주의 선전이었다. 왜 필름을 뒤로 돌렸을까? 그 여자들은 시간을 역전(逆轉)시키고 싶어한 걸까? 질문들은 여기서 필요 없다. 질문들, 자주 '왜'로 시작되는 그 어색한 헐떡거림들은, 여기서 사라진다. 벌거벗은 채 물 밖으로 비상하는 여자들 주위에서 사라지던 그 물방울처럼.

운전사가 나가고 얼마 안 있어 노란색 조명이 켜지며 사람들이, 아니 천사들이 들어왔다. 반 정도는 아무 표시도 없는 회색 유니폼을 입고 있었고, 나머지들은 제각각이었다. 정장 차림의 천사도 있었고, 헐렁헐렁한 운동복을 걸친 천사도 있었고 청바지에 티 차림의 천사도 있었다.

그들은 대체로 즐거워 보였다. 쉴 새 없이 떠들고 있었다. 이곳 미친놈들 소굴로 들어오기 전에 내가 참석했던 회의들과는 그 분위기가 너무 달랐기 때문에, 나는 내가 어디 다른 곳을 잘못 찾아왔나 하는 생각이 들 정도였다.

중앙에는 디귿 자 모양의 커다란 목재 테이블이 있었고, 많은 수의 칠판이 디귿 자의 내부에 또 외부에 흩어져 있었다. 천사들은 적게는 둘씩, 많게는 여남은 명씩 칠판 앞에 모여 서로 떠들고 있었다. 그들은 진지해 보였다. 칠판에다 그들은 뭔가를 열심히 쓰거나 그렸고, 또 다른 이들은 그걸 지웠다.

그들이 말하고 또 칠판에 끄적대던 언어 중 일부는 나의 모국어였지만, 가끔은 내가 전혀 알 수 없는 말들을 그리고 문자들을 그들은 사용했다. 한 사람이, 아니 한 천사가 나에게 다가오더니 말을 걸었다. 하지만 나는 그의 말을 전혀 알아듣지 못했다. 내가 이해하지 못하겠다는 표정을 짓자 그는 어깨를 한 번 으쓱하더니 내게서 떠나갔다.

그리고 또 몇 명이 다가왔지만 그들은 내가 누구인지조차 잘 모르는 것 같았다.

어떤가, 요즘 벌이는 잘 되는가? 경기가 안 좋아서 덩달아 물장사도 잘 안 된다고 하던데. 하긴 그쪽은 아가씨 같은 영계가 좀 있으니깐 그럭저럭 입에 풀칠을 하겠구먼 그래.

결국 나는 내가 왜 거기에 와 있는지 모르게 되었다.

그러다 유니폼 차림의 약간 뚱뚱한 천사가 무방비 상태인 내게 다가와 일방적으로 지시를 내렸다. 무슈라고 있지, 그를 유혹해. 나는 좀 멍해 있다가 정신을 차리고 되물었다.

유혹이라면 섹스를 의미하는 건가요?

그 천사는 인상을 찌푸리고 고민하는 듯한 표정을 짓더니, 잠시 기다리라는 말과 함께 하나의 칠판을 차지하고 있던 작은 그룹으로 되돌아갔다. 그들 속에서 그 뚱뚱한 천사는 웃는 것 같아 보였다. 좀 있다 그 그룹에서 다른 천사가 왔다. 그는 종이를 보며 나에게 천천히 읽어주었다.

세부사항은…… 후에 다시 지시하겠어요…… 전과 똑같은 방식으로. 그리고 명심할 것은…… 응…… 우리의 목적은 우선…… 무슈와 K를 이간질하는 것이에요. 그들이…… 일종의 약한 고리이니까요…… 그들을 우선 공격하면…… 그러면…… 그다음은 쉬워요, 자연히…… 마치 도미노 블록처럼…… 모두 무너지게 될 거예요. 물론 그 외에도 지시가 있을 거예요. 무슈와 K 이외에도…… 다른 부분도 우리는 공략해야 돼요. 명심하세요……. 우리의 최종 목표는 그들을…… 그들을…… 사분오열시키는 것이라는 것을.

나는 그 천사가 들고 있는 종이를 넘겨다보았다. 거기에 적혀 있는 글은 내가 읽을 수 없는 것이었다. 그는 일종의 번역 작업을 하고 있었다. 그는 30대 중반쯤 되어보였고, 잘생긴 얼굴이었다.

왜 그들을 죽이지 않는 거죠?

내가 생각해도 당돌하게 나는 그에게, 천사에게 물었다.

그가 난처한 표정을 짓더니 다른 그룹이 모여 있는 칠판 앞으로 돌아갔고, 다시 토론이 진행되었다. 확실히 그들은 토론을 즐기는 것 같아보였다. 한참 만에 변호사 같아 보이는 인상의 다른 천사가 내게 다가왔다.

죽이는 건 위험해요, 위험이 뒤따르죠, 조용히, 조용히 사라지게 해야 해요. 우린 잔잔한 수면을 유지하길 바라요. 그게 우리의 전략이에요.

그 천사는 친절해 보였다. 듣기 좋은 음성이었고, 자신의 말을 마치자마자 안경을 한 번 고쳐 잡더니 내가 뭐라 대꾸할 겨를도 주지 않고 자신의 그룹으로 돌아갔다. 그것이 마지막이었다. 누구도 내게 말을 걸어주지 않았다. 천사들이 일제히 박수를 치고는 지하실을 뜨고 다시 앳된 얼굴의 운전수가 들어와,

뭐 해요? 나오지 않고선,

하고 말해 줄 때까진.

다음 회의도 다다음 회의도 모두 비슷했다, 가끔씩은 15층에서의 그 끔찍한 공동 생활에 대한 보고를 꼼꼼히 체크하는 천사들도 있었지만, 대부분의 경우, 내 눈에는 그건 진지한 회의라기보다는 떼거리로 모여 만드는 연극이나 작은 파티처럼 보였다.

라면 CF인가 보다. 한 남자가 한 다발의 라면을 입에 물고 후루룩 소리를 내며 열심히 삼키고 있다. 나는 소리가 듣기 싫어 리모컨의 소리 줄임 버튼을 눌렀다. 정말 소리가 없어졌다. 라면을 먹는 남자의 주위로 많은 사람들이 모여들었고, 제각기 입을 놀리느라 바빴지만 아무 소리도 들리지 않았다. 소리를 내지 않을 때가 소리를 낼 때보다는 몇 배나 더 유쾌하고 활기차 보였다.

'금주 내에 무슈와 섹스를 할 것.'

창녀라고 해도 이런 식은 아니지 않을까?

섹스를 할 것. 말은 쉬었다. 아주 짧고 간단했다. 하지만 내 전공은 섹스가 아니었다. 살인이었다. 나는 창녀가 아니었다.

내가 이래서 많이 놀랐나요?

무슈는 아주 수동적이었다. 첫 번째 섹스는 그가 좋아하는 욕조 안에서였다.

아, 아니오.

그는 지나치게 당황해 있었지만, 귀엽지는 않았다. 덩치만 큰 초등학생하고 하는 느낌, 말하자면 뭐 그런 것이었다.

'이번 주에는 단 한 차례만 무슈와 섹스를 할 것.'

친절하게도 그들은 내 성생활의 스케줄까지 일일이 지시해 주었다. 그리고 어느 정도 그 숨어서 하는 아슬아슬함에 재미를 느끼게 되었을 때쯤,

'무슈와의 더 이상의 섹스는 금지. 대신 K에게 접근하여 무슈로부터 질투를 유발할 것.'

이런 명령이 있었다. 나는 언제나처럼 충실히, 해냈다. 성(城)의 지시대로 무슈를 부추겨 5개국 화살촉 놀이라는 한 편의 촌극을 멋지게 꾸미게끔 했고, K의 편을 들어 자연스레 무슈의 질투심을 자극했다. 그 병신들.

나를 사랑해요?

그건 예상치 못한 질문이었다. 무슈는 나에게 자신의 성기를 물린 채 괴로워 보이는 커다란 눈동자를 깜빡거리며 물었다. 나는 대답할 수가 없었다. 성(城)은 그런 질문에 대해 어떻게 대답하라고 지시해 주지 않았다. 나는 대답할 수가 없어서 애꿎은 엉덩이만 더욱 격렬하게 흔들어대었다.

왜 나를 선택한 거지?

나는 최대한 정직해지고 싶었다. 절정에 가까워진 것 같았다.

그 물음에, 헉…… 대답해 줄 수 있는 사람은, 흐억…… 따로…… 있을 거예요.

아마도 술을 먹어서 그럴 거다. 그건 결코 추억거리가 될 수 없다.

미친년…….

여긴 지옥이다. 이들은 스스로 지옥을 만들고 그 속에서, 그 진흙탕 속에서 허우적댄다. 문제는 거기에서 벗어나려는 의지를 그들에게서 찾을 수 없다는 데 있는 것이 아니라 그들이 오히려 그걸 즐기는 것 같아 보인다는 데 있다. 나는 이들과 함께 도저히 살아나갈 수가 없다. 빨리 끝나길, 이 지겨운, 쓰레기 더미에서 빨리 벗어날 수 있길.

'K를 유혹할 것. 다른 놈들은 수면제로 재울 것. 가능하다면 섹스를 할 것.'

이것이 오늘 아침의 메시지였다.

이제 한 십 분 정도 남았다. K는 아직 나오지 않는다.

K 씨, XX일 밤 12시 30분까지 제 방으로 와주시겠어요?

둘만이 할 이야기가 있으니, 다른 분들에겐 비밀로 해주세요.

꼭이에요.

—채칠리아

한 천사가 회의 도중 쪽지의 내용을 불러주었고 나는 맞춤법을 확인하며 받아 적어야만 했다. 다시 생각하기만 해도 구역질이 나는 이런 쪽지를, 나는 K에게 보내야 했다. 내가 진짜 직업 창녀가 된 건가?

차라리 방으로 들어가서 기다리는 게 나을 성 싶다.

이건 또 무슨 개수작이람.

거실은 어둠의 포화 상태였다. 채칠리아가 떠나버린, 밤바다 등대처럼 불빛을 쏘아대던 TV마저 그 눈꺼풀을 내려버린, 그 거실을 소파 씨 혼자 넋 놓고 바라보고 있었다. 다시 찾아온 어둠은 이번에는 아주 오랫동안 소파 씨에게 아무것도 보여주지 않았다.

'바다…… 그래 바다야…… 보이는 건 없지만, 그 깊이는 느껴지는 게 마치 바다 같군 그래.'

진공 같은 어둠 속에서 소파 씨의 시선이 가 앉을 곳은 없었다. 소파 씨는 자신이 눈을 뜨고 있는 건지 감고 있는 건지 자신이 없어져 눈을 몇 번 깜박거려 보았다. 하지만 눈꺼풀 안이나 바깥 할 것 없이 똑같은 밀도의 어둠으로 꽉 차, 둘을 구분할 재간이 없었다.

'들어가 버린 건가?…… 채칠리아……나쁜 년.'

소파 씨는 채칠리아가 앉아 있었던 소파 쪽으로 어림잡아 시선을 주었지만, 역시 마찬가지였다. 잔상도, 환영도 없었다. 그저 조용한 어둠만이 거실의 주인인 양 떡 버티고 앉아 빛이라는 모든 빛은, 하다못해 채칠리아의 방문 열쇠구멍을 통해 빠져나올 법한 작은 빛줄기까지 죄 빨아먹어 버린 듯했다.

'방으로 들어가버리기 전에 한 번 말이라도 걸어볼 걸 그랬나? 그랬다면 어떻게 되었을까? 좋아요, 같이 술이나 한잔 하지요 뭐…… 그랬을까? 아님…… 됐어요, 전 잠이나 자러 갈래요 하고 매몰차게 돌아가버렸을까? 아니야, 가만 있길 잘했지 뭐. 베란다에서 혼자 궁상맞게 소주나 까고 있는 놈하고, 뭐 할 일이 없어서 시퍼렇게 젊은 년이 같이 술을 마시려 들겠어? 게다가 난 또 유부남인데다가 똥배도 이렇게 불룩 나왔잖아. 뭐 볼 게 있다구…… 그래도…… 채칠리아 그년 팔자도 여기에 이렇게 처박혀 썩고 있는 걸 보면, 결국 매한가지긴 매한가진데…… 지도 젊은 년이네 뭐네 해봤자, 나랑 별 다를 바 없는 처지잖아. 한 번 다가가서 술친구나 하자 그럴 것 그랬나?'

갑자기 찌익 하고 기분 나쁘게 늘어지는 소리가 어둠의 풀을 건너 소파 씨의 고막을 건드렸다. 그건 순수한 파동이라기보다는, 소파 씨의 청신경을 날카로운 모서리로 긁어대는, 일정한 형태를 띤 물질만 같았다. 소파 씨는 귓속 저 깊은 곳에서 느껴지는 예리한 통증에 어금니를 앙 다물며 얼굴을 찡그렸다. 찌그러진 눈으로 소파 씨는 소리의 진원지일 것으로 여겨지는 곳을 바라보았지만, 역시 컴컴한 어둠 외에는 아무것도 인지할 수 없었다. 하지만 소파 씨는 그것이 문이 열릴 때 나는 소리란 걸 단번에 알 수 있었다.

"채칠리아."

한껏 그 성량을 줄인 쇳소리가 어둠 속에서 다시 들려왔다.

'어라, 이건…… K의 목소린데. 요것 봐라.'

목소리의 주인공은 자신의 부름에 대한 답이 없자 천천히 움직이기 시작하는 듯했다. 소파 씨는 눈 대신 귀를 쫑긋 세우고 거실 위를 사뿐사뿐 내딛는 발자국 소리를 열심히 듣고 있었다.

‘K, 이 새끼 봐라. 이 오밤중에 채칠리아는 또 웬 채칠리아? 어허, 이것 봐라.’

“채칠리아.”

다시 한 번 K의 작은 속삭임이 있었고, 금세 망설이는 듯한 작은 노크 소리가 뒤따랐다. 아주 잠깐 동안 채칠리아가 들어갔던, 피아노가 있고, 베란다로 향한 큰 창이 있는 소파 씨 아내의 방문이 열렸다. 문 틈 사이로 희미한 형광등 불빛이 새어나왔다. K의 커다란 등이 그 틈새 속으로 잽싸게 들어가고 다시 문이 닫혔다. 소파 씨는 자신의 눈앞에서 돌아가는 상황을 도저히 믿을 수가 없었다.

‘이럴 수가…… K와 채칠리아가……. 이 개새끼…… 이 개새끼들…… 얌전한 고양이가 부뚜막에 먼저 오른다더니…… 허, 참…… 도대체…… 이게 도대체 어떻게 된 거지? 이 밤중에, K 이 자식…… 둘이 뭘 하겠다는 거야.’

갑작스레, 살의에 가까울 정도의 증오가 소파 씨의 가슴패기를 날카롭게 후볐다.

‘이 개새끼들.’

소파 씨는 베란다에서 일어났다. 채칠리아와, K를 그리고 파르스름하게 빛나던 형광등 불빛을 먹어치웠던 아내의 방을 향해 소파 씨는 밤바다 같은 어둠 속으로 발을 내딛었다.

“솔직히 말해서, 여긴 너무 심심해요. 그렇지 않나요? 저처럼 젊은 여자가 하루 종일 이런 데에 갇혀 있어야 한다니, 너무 심하다는 생각이 들지 않아요?"

"날 이 밤중에 불러낸 이유가 고작 그 얘기를 하기 위해서였던가요?"

K가 내게 말한다. 그가 내 눈을 바라본다. 내 눈이 그의 눈과 마주친다. 나는 씽그레 그에게 웃어준다. 그러자 그는 내 눈을 피한다.

"심심해서, 절 불러낸 거란 말인가요?"

K의 눈은 얇고 옆으로 길고, 그리고 깊다. 나는 그의 눈을 볼 때마다 현기증을 느낀다. 깊은 우물 속을 허리를 구부리고 바라볼 때나 느끼는.

"꼭, 대답을 해야만 되나요?"

싫다, 나는 그의 눈이 싫다. 그의 눈을 바라보는 것이 싫다. 그 어지럼증이 싫다. 하지만, 나는 그의 눈을 쳐다보고 웃음을 지어야 한다. 이런 경우를 두고 아마 웃음을 판다라고 말하겠지. 적절한 표현이다. 나는 창녀가 되어가고 있다.

"이유를 말하지 않겠다면…… 좋아요. 난 돌아가겠어요."

"좋아요, 얘기할게요. 얘기하면 될 거 아니에요. 아이, 그렇게 서 계시지 마시구 거기 쿠션에라도 좀 앉으세요. 앉아야 무슨 얘기를 꺼내도 꺼낼 거 아니겠어요. 그렇게 자꾸 딱딱하게만 나오시면 제가 무슨 말을 할 수 있겠어요? 거기요, 거기 좀 앉으시라니깐요."

K는 여전히 엉거주춤 서 있다. 나는 K의 등 너머 펼쳐진 창문 밖 풍경을 바라본다. 비슷한 높이의 고층 아파트 한 동이 있고, 그 위로 꺼먼 하늘이 보인다. 지금 내가 저 아파트 옥상에 있을 수 있다

면. 여기가 아니라.

"책상 위에 있는 콜라도 좀 드시구요."

거기에는 약이 들어 있지 않다. 저녁나절, 모두에게 주스를 만들어 돌릴 때도, K, 너의 잔에는 수면제를 넣지 않았다. 콜라를, 약이 들어 있지 않은 콜라를 그에게 건네주기 위해 나는 책상 쪽으로 다가간다.

"됐어요, 목마르진 않아요."

"……그 쿠션 참 편하죠?"

"……네."

"그러고 보니까 제 방에 들어오신 적이 거의 없는 것 같네요."

내 방? 우스운 말이군……. 이제 나는 창을 등지고 서 있다. 왠지 불안하다. 창밖을 보고 싶다. 검은 하늘을 그리고 검은 옥상을 보고 싶다. 거기는 지금 차가운 바람이 불 거다.

"어쩔 땐 정말 미칠 것 같아요. 이렇게 좁고 답답한 데에 갇혀 있어야 한다니, 게다가 언제 여기를 나갈 수 있을지도 모르잖아요…… 그리고 다른 사람도 그렇구, 특히 K 씨는…… 저를 피하는 것 같구요."

나는 책상에 걸터앉는다. 한 손으로 콜라병을 쥐고 들이마신다. 콜라는 차갑지 않다. 그는 콜라를 마시는 나를 보고 있을까?

"정말 갇혀 있는 건가요?"

"네?"

"당신은 여기에 정말로 갇혀 있는 건가요, 아니면 갇혀 있는 척하는 건가요?"

뜨뜻미지근한 콜라는 잘 넘어가지 않는다. 넘어가도 속이 편하지 않다. K는 무엇 때문인지 갑자기 나의 눈을 똑바로 쳐다본다. 데워진 콜라와 K의 눈, 이 두 가지가 내게 어지럼증을 불러일으킨다. 속이 메슥거리기 시작한다.

"무슨 말씀인지…… 잘 못 알아듣겠는데요."

내가 듣기에도 내 목소리는 약간 떨리고 있다. 내 말에 한동안 K는 답하지 않는다. K는 다시 고개를 무릎에 파묻었다. 우리 둘 중 누구도 말을 하지 않는다. 먼저 말을 꺼내기가 두려운 거다. 나는 무의식중에 오른손 아귀로 콜라병을 쥐고는 세게 움켜쥐었다 놓았다 하기를 반복한다.

"제가…… 갇혀 있는 척한다구요? 난 도무지 무슨 말인지……."

이 방은, 결코 내 방이 아닌, 한때 소파 씨의 아내가 사용했다는 이 방은, 너무 좁다. 피아노에, 장롱에, 책상에, 이곳은 너무 좁다.

"……하나만 더 물어볼게요, 당신은 왜 오리나무를 미친놈으로 만들려고 했죠?"

"그건 또 무슨……."

"오리나무를 미친놈으로 만들면, 당신에게 돌아오는 건 뭐죠? 그가 미치면 당신이 어떤 득을 보길래, 그를 그렇게 만들려고 했던 거죠?"

게다가 여긴 시큼한 식초 냄새 같은 것이 난다. 사과껍질이나 귤껍질이 썩어갈 때 나는 그런 냄새. 공기는 또 너무 후덥지근하다.

옷을 벗고 싶다. K에게 양해를 구하고 웃옷을 벗는 게 어떨까?

"나도 첨엔 그가 정말 미친 줄로만 알았어요. 그가 책을 찢어 먹는다는 얘길 들었을 때, 난 너무 놀랐죠. 도저히 믿을 수 없는 일이었어요. 그치만 그건 사실이었죠. 명백한 증거인 찢어진 책이 우리 눈앞에 있었고, 또한 당신의, 순진한 당신의 증언도 있었으니깐요."

아, 그 책, 그 책 말이로구나.

'오리나무가 최근에 읽었던 책의 10 페이지 정도를 찢어낼 것, 그리고 그가 책장을 찢어 먹는 것을 보았다고 거짓말할 것, 그를 미친놈으로 만들 것.'

그 책, 너무 오래되어 금방이라도 부스러질 것 같던 그 책장들, 나는 그걸 찢었다. 그걸 찢은 건 나다. 미친 건 오리나무가 아닐지도 모른다. 정작 미친 건 나일지도 모른다.

"잠, 잠시만요, K 씨…… 지금 대체 어떤 얘기를 저한테 하고 싶으신 거죠? 제가 K 씨에게 무슨 잘못이라도 저질렀나요? 왜 절 그렇게 몰아대는 거죠?"

내가 너무 과민반응을 보였던 걸까 하고 되물어보지만, 이미 너무 늦었다. 어느새 내 눈에는 눈물이 고여 있다. 왜 눈물이 나는 걸까?

"첨엔 저도 몰랐어요. 채칠리아 당신이 남의 눈을 피해 몰래 오리나무가 읽던 「질투」를 들고 당신 방으로 가져갈 때도. 그날을 기억해요? 당신은 바로 외출을 했고, 난 청소를 했죠. 당신의 방을 청소하다 난 찢어진 책장들을 휴지통에서 발견했어요. 그때도 난 몰랐죠, 그게 뭘 의미하는지."

휴지통에? 그럴 리가 없을 텐데…….

"그러다가 갑자기 모든 것이 한꺼번에 끼워 맞추어지기 시작한 거예요. 당신의 쓰레기통에서 발견한 찢어진 책장을 들고 나는 얼른 오리나무가 찢었다는 그 책 「질투」를 넘겨보았죠. 아니나 다를까 바로 그 책이었어요. 자 여기, 이게 바로 오리나무가 아니라, 당신, 채칠리아 당신이 찢었던 그 부분이에요."

K는 주머니에서 꺼낸 꼬깃꼬깃 접힌 종잇장들을 내게 내민다. 나는 받아든다.

[장식 없는 벽에는 으깨진 지네의 자국이 아직도 또렷하게 눈에 보인다. 광택 없는 아름다운 뺑끼를 뭉개면 못 쓰기 때문에 그 벌레 자국을 흐리게 하려는 생각을 해선 전혀 안 된다. 아마도 그것은 씻어낼 수 없는 것이리라…… 三一四]

조금 읽어본다. 어리석은 일이다. 거기에는 아무 뜻도 없다. 내가 찢은 종이쪽지라는 것밖에는. 어리석은 일이다. 그걸 쓰레기통에 버렸다니. 이런 낭패가…….

"자 이젠 사실대로 이야기해 줘요. 왜죠? 왜 오리나무를 바보로 만들려고 했던 거죠?"

"전…… 전, 정말 모르는 일이에요."

"끝까지 잡아떼겠다는 건가요?"

나는 어리석었다. 그걸 쓰레기통에 그대로 두다니, 머리가 어떻게 돼도 한참 어떻게 되었던 것이 틀림없다. K는 나를 보고 있다.

웃는 것도 아니고 화가 난 것도 아니다. 이상한 표정. 너무 훤히 비쳐 거꾸로 그 속내를 더 알기 힘든 표정. 이 남자는 내게 뭘 바라고 있을까?

"난 당신이 진짜 채칠리아인지 그것조차 의심스러워요."

짜증이 난다. 목이 마르지만 콜라는 너무 따뜻하다. 콜라는 차가워야 제 맛인 거다. K에게 함께 거실로 나가 맥주라도 한 잔 하자고 제안해 볼까? 아니면 맞은편 아파트 옥상으로 같이 가보자고 말해 볼까?

"당신은 가짜 채칠리아예요, 그렇죠? 어떤 목적을 가지고 그녀인 척 이리로 들어온 거죠? 그 목적이란 것은 아마도 뻔하겠죠. 오리나무가 전에도 한 번……."

더 이상 그의 말이 내 귀에 들어오질 않는다. 그만큼 여기는 너무 덥고, 속은 또 속대로 말썽이다. 토할 것 같다. 그리고 콜라는 너무 뜨뜻하다. 콜라병도 마찬가지이다.

'웃, 차거라…… 깜짝이야, 흐유, 큰일 날 뻔했네.'

무릎을 꿇은 채로 아내의 방문에 귀를 바싹 갖다 대고, 안에서 나는 소리를 들어보려던 소파 씨는 방문의 차가운 감촉에 깜짝 놀라 하마터면 소리를 지를 뻔했다. 열쇠구멍을 통해 안을 들여다보려 했지만 뜻대로 잘 되지 않아서였다.

'이건 뭐야, 사람 소리는 들리지도 않구, 왜 이상한 소리만 들리는 거야.'

아기가 징징거리는 소리, 물 흐르는 소리, 소 같은 큰 초식 짐승이 소화를 마치고 꾸르륵대는 소리, 모터 돌아갈 때 나는 소리, 합창단의 허밍 소리, 이 모든 소리가 한데 뒤섞인 듯한 기묘한 소리가 차가운 문을 통해 소파 씨의 귀에 전해지고 있었다. 소파 씨는 귀를 더 잘 문에다 밀착시키기 위해 자세를 바꿀 요량으로 몸을 바둥거려 보았다.

'이 새끼들. 안녕하세요, 잘 계셨어요, 인사 한마디도 안 하고 막바로 본론으로 들어가겠다, 그건가? 피차 예의 따지고 격식 차리고 할 시기는 이미 지났다 이 말이지. 그렇더라도 옷 벗는 소리나, 쪽쪽 빠는 소리라도 나야 하는데.'

차츰 시간이 지나자 소파 씨의 귀를 어지럽히던 소음들이 걷히고 인간의 음성에 유사한 소리가 들리기 시작했다.

'톤이 높은 걸로 봐선, 채칠리아 말소리인데, 이년만 말을 하나? K, 이 새낀 뭐야, 벙어리라도 된 건가? 아깐 깜깜한 데서도 채칠리아, 채칠리아 발정난 암고양이처럼 잘도 부르더니만, 왜 이제 꿀 먹은 벙어리처럼 조용한 거야…… 근데 이년도 좀 더 크게 말하지, 잘 안 들리잖아. 뭐? 이러지 마요? 이러심 안 돼요?…… 이게 도대체 뭐라고 씨불이는 거야? 이거 정말 장님 문고리 잡기니 원. 혈압 올라서 이 짓도 못해 먹겠군.'

소파 씨는 안의 광경을 듣고 또 볼 수만 있다면 억만금이라도 낼 수 있을 것 같은 심정이었다. 하지만 환한 조명으로 밝혀져 있을 실내와 이 암흑의 거실을 가르는 문의 존재는 어떻게 해볼 도리가 없는 실재였다. 아이스크림처럼 녹아 없어지지도 물처럼 뚫고 들어갈 수도 없었다. 소파 씨는 문 밖에서 몸만 달아오르고 있었다.

'쌍놈의 새끼들, 이것들이, 내 집인데, 허락도 안 받고 어디서 흘레붙고 난리야. 이 새끼들, 내 그냥 해결사들처럼 확 현장을 덮쳐서 족을 쳐버려?…… 흐이우…… 그래도 꼴에, 또 처녀 총각이니, 뭐 법적으로 문제 될 것도 없구. 어쨌건 정말 분통 터지네. 근데, 여제 시작을 안 한 건가? 어째 채칠리아 말소리만 들리고, 이렇게 조용해?'

소파 씨는 모음과 자음의 구분도 잘 안 되는 채칠리아의 음성을 억지로 억지로 따라잡고 있었다.

'이건 뭐, 정말 한 편의 소설을 쓰겠군 그래…… K 씨, 절 너무 가벼운 여자로 보지 마세요, 이래봬도…… 채칠리아, 너의 유두가 추위에 머리를 집어넣고 꼭꼭 숨어버렸군. 정말 귀여워…… K, 당신의 눈길이 처음 제 얼굴에 닿고 있다는 것을 느꼈을 때 전, 그냥, 막, 한꺼번에…… 하우, 이것들을…… 야 이년아, 좀 더 큰소리로 말해 봐. 그렇게 말해서 제대로 들리겠냐?'

"퍽."

그때였다. 실내에서 무언가 둔탁한 소리가 들렸다. 그 끝 부분에는 짤막한 신음소리도 섞여 있는 것 같았다.

'이게 아닌데.'

소파 씨는 그제서야 사태가 자신이 생각하는 것처럼 돌아가고 있지 않다는 것을 깨달았다.

'뭔가 잘못된 거 같은데…… 하다가 저런 소리가 날 리는 없잖아.'

"채칠리아, 괜찮아?"

소파 씨는 자신도 모르게 소리를 내질렀다. 그러나 안에서는 아무 대꾸도 없었다.

'왜 기척이 없는 거지? 도대체 무슨 일이지?'

"채칠리아, 무슨 일이 있는 거야? 대답 안 하면 지금 들어간다."

소파 씨는 황급히 문고리를 돌리고 몸으로 문을 밀어붙였다. 갑자기 망막으로 들이닥친 빛다발에 소파 씨는 잠시 갈피를 잡지 못하고 멍해 있었다. 발밑에 무언가 기다란 물체가 쓰러져 있다는 걸 깨닫는 데까지 별로 오랜 시간이 걸리지 않았으나, 그 물체를 확인하기도 전에 소파 씨는 뒤통수를 불로 지지는 듯한 통증을 느꼈다. 그리고 소파 씨는 쓰러졌다.

12장

모두 퇴장하고 소파 씨만 남다

소파 씨는 눈을 떴다. 명과 암, 농과 담의 구분이 전혀 없는 2차원 구조의 하얀 막이 소파 씨의 길고 찢어진 눈앞에 내려져 있었다. 여기는 어디지? 지금이 언제지? 잠의 세계에서 실제의 세계로 귀환할 때, 뇌가 그 주인에게 늘상 묻고는 하는 이런 식의 익숙한 질문들에 소파 씨는 쉽게 대답할 수 없었다. 전후 사정을 기억해낼 것, 그리하여 '여기'와 '지금'에 대한 구체적인 데이터를 뽑아낼 것, 이런 명령을 다시 돌려보냈지만, 소파 씨의 뇌는 마치 기계에다 모래를 뿌린 것처럼, 버석거리기만 할 뿐 매끄럽게 돌아가지 않았다.

소파 씨는 하는 수 없이 무거운 몸뚱아리를 일으켰다.

뒤통수가 띵 하며 울려와 손으로 더듬어보았더니, 상처가 거기에 있었다. 가운데는 피딱지가 앉은 듯 거칠거칠했고, 주위는 도도

락하게 솟아올라 있었다. 소파 씨는 집게손가락으로 그중 유난히 솟아오른 부분을 살며시 눌러보았다. 예상치 못했던 심한 통증이 빠른 속도로 몸 구석구석까지 퍼져나가며, 아직까지 반쯤 잠에 취해 있는 소파 씨를 마구 흔들어놓았다.

소파 씨는 정신을 차렸다. 소파 씨는 **비닐로 된 가짜 가죽을 뒤집어 쓴, 젖통이 무지무지하게 큰 구석기 시대의 다산성 여인상**을 연상시키는 소파에 앉아 있었다. 그리고 그전에는 거기에 누워 자고 있었던 것이 분명한 듯 보였다. 고개를 들어 벽에 걸린 시계를 보려 하자 다시 통증이 거미줄처럼 퍼져 있는 신경계를 타고 온몸으로 전파되었다. 소파 씨는 자신의 몸 밖으로 마구 비집고 나가려는 신음소리를 막기 위해 이를 앙 다물었다.

'충분히 밝군, 대충 …… 1시? 2시? 아직도 오전인가?'

소파 씨는 자리에서 일어나 창문 쪽으로 슬금슬금 걸어갔다. 뇌뿐만 아니라 몸의 다른 부분도 기름칠이 덜 되었는지 온통 삐그럭대었다. 발바닥이 땅에 닿는 감각은 소파 씨에게 생소하다 못해 불쾌감까지 주었고, 무릎, 팔꿈치, 손목, 발목 할 것 없이 관절이라는 관절은 죄 시큰거렸다. 갖가지 꼴로 몸속에 기생하고 있는 피로의 찌꺼기를 죄 몰아내 볼 셈으로 소파 씨는 양 손으로 뒤통수를 둘러싸고 고개를 한껏 뒤로 젖혀 기지개를 폈다.

'하아, 음. 10시 50분? 아, 11시 50분이로구나. 그럼 아직 오전이긴 오전이란 얘긴데.'

소파 씨는 천천히 동심원으로 그리며 거실을 몇 바퀴 돌았다. 소파 씨의 눈에 비친 거실은 마치 폐허를 방불하게 할 만큼 난장판이었다. TV는 바닥에 내동댕이쳐져 있었고, 서가의 책들도 제자리를 떠나 거실 바닥이나 문갑 위 같은 곳에 아무렇게나 흩어져 있었다. 소파 씨는 아픈 허리를 찬찬히 숙이고는 뒤집어져 아래로 향하고 있는 TV 브라운관을 손으로 만져보았다.

'천만다행히, 깨진 데는 없는 것 같군.'

열려 있던 현관문을 걸어 잠그고 다시 거실로 들어오던 소파 씨는 **비닐로 된 가짜 가죽을 뒤집어 쓴, 젖통이 무지무지하게 큰 구석기 시대의 다산성 여인상**을 연상시키는 소파의 머리맡에 놓여 있는 작은 탁자 위에서 하얀 종이를 발견했다. 그것은 본디 16절지 크기의 종이로 세 번 접혀 있었다. 그것은 편지였다. 접힌 부분의 안쪽에 글씨가 적혀 있었다.

소파,

니가 이 편지를 읽게 된다면 그건 니가 아직 죽지 않고 살아 있다는 뜻이겠지.

시체가 편지 따위를 읽거나 할 리는 만무하니까.

'오리나무, 그눔의 필체인데. 말로 하면 될걸, 또 웬 편지를 다 보내고 지랄이지? 시작하는 폼부터 심상찮은 게, 이 새끼가…… 또 무슨 수작을 부리려고…….'

다행히 자네 쪽은 별 이상 없어 보였네, 몸에 지방을 많이 쌓아 둔 덕에 충격이 좀 덜 했던 게 아니었을까?

뒤꼭지에서부터 정수리 쪽으로 소파 씨의 손이 가만히 상처를 훑었다. 딱지의 꺼슬꺼슬한 면이 소파 씨의 신경을 건드렸다.

'이 새낀, 왜 이런 상처가 난 건지 알고 있다 그건가?'

안타깝게도 폴로는 그렇지 않았지. 폴로는 어떤가? 깨어났는가? 깨어났다면 안부를 전해 주게. 이젠 남의 주스를 빼앗아 먹거나 하는 일 따윈 관두겠지, 그 정도 식겁을 했으면.

소파,

우리도 무슨 일이 벌어졌던 건지 정확히 알진 못하네. 밤중에 뭐가 깨지고 넘어지고, 하여튼 시끄러운 소리가 나서 거실로 나가 보았던 거야. 채칠리아는 도망가고 없었네. 무슈에 의하면, 그는 거실에서 채칠리아를 보았다는 거야. 욕실 문을 열고 거실로 나오는데 한마디로 겁나게 내빼더라 이거지. 소파를 엎고, 서가에 넘어질 뻔 하며, 허둥지둥.

소파 너는, 니가 아끼는 ***24핀 도트식 EPSON 프린터****에 머리를 한 대(두 대인지 또, 세 대인지도 모르는 거지만. 아마 채칠리아만이 거기에 대답해 줄 수 있겠지. 물어볼 기회가 또 있을지는 장담할 수 없는 거지만) 정통으로 맞았는지 큰대자로 뻗어 있더군. 무슈가 마치 의사라도 된 것처럼 이리저리 자네를 뒤집고 만지고 하더니 괜찮을 거라*

고 하더군. 그래서 이렇게 또 편지를 자네한테 남기게 된 거고. 폴로는 죽은 듯이 누워 있었어. 아무리 깨우려고 해도 일어나야 말이지.

소파,

자네도 지금쯤이면 채칠리아가 가짜였단 걸, 아마도 성(城)에서 보낸 첩자나, 뭐 그 비슷한 년이었다는 걸 깨닫게 되었겠지.

한 번 생각해 보게. 우습게도 우리는 투표를 했었네. 그 잘난 다수결 원칙에 따라. 여기에 남을 것인가? 말 것인가? 즉 다른 말로 풀어보자면, 위험이 우리에게 존재하는가? 아닌가? 우리는 사실의 여부를 놓고 다수결이라는 우리의 훌륭한 관례를 시험해 보았던 거지. 2 더하기2의 결과를 놓고 논쟁이 붙자 다수결로 그 답이 5라는데 합의를 보았다는 그 바보 형제의 일화와 똑같은 짓을 저질렀던 거야, 바로 우리가, 잘난 우리가. 그 벌을 받은 거야. 시험의 대가치고는 좀 호된 것 같네만. 어이, 폴로 듣고 있나? 소파, 그가 만일 깨어난다면 이 부분을 큰소리로 좀 읽어주게나.

또 폴로 얘기로군. 그는 수면제 같은 걸 좀 많이 처먹었던 것 같아. 약한 듯하지만 심장도 그럭저럭 뛰고 있고, 몸에는 별다른 이상도 없는데 당최 아무리 흔들어대도 잠만 자고 있으니 말이지. 기억 나나, 오늘 저녁께에(아니, 아니군. 오늘이 될지, 어제가 될지, 그저께가 될진 자네가 언제 깨어나느냐에 달려 있을 테니 말이야) 채칠리아가 주스를 갈았다며 마셔보라고 안 하던 짓을 하지 않았나. 내 생각인데 아마도 거기에 수면제가 들어 있었던 게 아닌가 해. 채 주인이 먹기도 전에 폴로가 다 해치워 버렸지, 니 것도 아마 폴로에

게 뺏겼겠지? 그래서 너도 깨어 있었던 게고. 그러니까 폴로의 식도를 타고 정량의 몇 배나 되는 수면제가 내려갔던 거야. 아마도 주스 안에 들어 있던 수면제는 처음부터 치사량과는 좀 거리가 있었을 거야. 채칠리아 그년은 그저 우리를 조용히 잠만, 말 그대로, 잠만 재우고 싶었던 게 아닐까? 뭐 남 몰래 할 일이라도 있었던 거겠지. 약 같은 걸로 우릴 죽이려 했다면 더 독한 거 썼을 거고, 더 확실한 방법을 동원했을 테지. 결국 폴로의 경우는, 정말, 사소한 욕심이 화를 부른 거지.

소파,

이 일련의 코미디 같은 시리즈물 속에는 마치 중세의 마녀 사냥을 연상시키는 데가 있다는 생각이 들지 않나? 자넨 예전에 물었지, 왜, 왜 성이 우리를, 권태로운 놈들을 잡아 죽이려 하는지. 아 그렇지, 자넨 그땐 우리의 말을 믿지도 않았었지. 이젠, 어떤가? 글쎄, 그만하면 믿기야 하겠지, 제 눈앞에서 벌어진 일이니까. 그럼, 왜? 정말 왜일까? 왜 우리를 죽이려 할까? 거기에 대해선 자네 스스로 찾아보게. 찾고자 하지 않아도 금세 떠오를 거야. 그 살의의 근원이.

어쨌건 우리는 떠나기로 했네. 이번에는 투표 같은 건 거치지 않았지. 한데 막상 떠날려니까 좀 서운하군 그래. 좋은 추억도 있었고, 기분 나쁜 추억도 있었지. 우리는 자넬 깨워서 데려가고 싶었지만, 그랬다면 아마 자넨 싫다고 했을 거야. 아내를 기다려야 할 테니깐. 자네에겐 마치 신앙과도 같은 아내. 나는 가끔 이런 생각이 들고

는 하네, 자네에게 아내라는 존재가 정말로 있기나 했던 건가?

우리가 어디로 갈지, 우리도 모르네, 신만이 알겠지, 그리고 아마 신이 알게 되자마자 즉시 성(城)도 알게 될 거고. 우리의 처지가 마치 유배를 떠나는 것 같지 않나? 아니면 뭘까? 순교도 아니고 게다가 선교는 더더욱 아니고, 박해? 탄압? 도대체 뭐라고 해야 하는 걸까? 이 우스꽝스러운 유랑길을.

소파,

여하간 우리는 지금 떠나려네. 자네는 소파 위에, 폴로는 안방에, K는 채칠리아가 잠시 묵었던 자네 아내의 방에 남겨놓고. 자네만이라도 깨어나길 진심으로 빌겠네. 내기라도 건다면 나는 자네가 제일 먼저 일어난다는 쪽에 걸 텐데.

아무래도 K 쪽은 가망 없어 보이네. 안된 일이지만, 뭐 어쩌겠나. 뒤집어보면 안된 쪽은 정작 살아남은 우린지도 모르는 거니까. K 그 자식이 저승에서 좋은 자리나 맡아놓고 우릴 기다리길 함께 비는 수밖에.

한 가지, 내가 궁금한 건 왜 하필이면 K만이었느냐 이거야. 소파 너도 아니고, 나도 아니고, 무슈도 아니고(폴로는 그저 사고였다고 치고), 게다가 모두 다를 한꺼번에 죽일 수도 있는 거잖아? 아니면 원래는, 수면제 같은 걸로 우릴 모두 다 잠재우고 뭔가 흉악한 일을 꾸미려 했는데 폴로가 그걸 다 먹어버리는 바람에 수가 틀리게 됐고, 어찌어찌하다 재수 없이 채칠리아와 마주친 K만 콜라병에 맞고 죽었다? 그런 건가? 잘 모르겠어, 지금으로선 딱히 설명할

도리가 없군 그래.

소파,

도대체 우리 앞에 뭐가 기다리고 있을까? 인생의 각 단계에서 우린 뭘 해야 할까? 아니, 뭘 할 수 있을까? 아니, 뭘 하게 될까?

성은 알고 있을까? 그렇다면 성에게 자진해서 생포되어 우리가 뭘 하게 될지 물어보고라도 싶은 심정이군.

무슈가 안부 전하라는군. 안녕, 소파.

마지막으로, 우리가 없어도 꼬박꼬박 밥 좀 챙겨 먹고. 아차, 그리고 하나 더. 낯선 음식을 보더라도 바로 입에 갖다 넣으려 하지 말고. 버리든가, 옆집에 주거나, 개를 키우면서 니가 먹기 전에 조금씩 먹여보거나. 여하간 조심하라구. 하긴 똑같은 방법을 두 번 쓰려고 하진 않겠지만. 그래도 또 알 수 없는 거니깐.

그럼 이만.

—오리나무

소파 씨는 편지를 내려놓았다. 누가 시킨 것도 아닌데 소파 씨는 그 편지를, 펼 때와는 반대방향으로 다시 정성스레 꾹꾹 접은 다음, 탁자 위에 내려놓았다.

'폴로 새낀, 안방에 있다고 했지.'

소파 씨는 안방 문을 열었다. 방문을 열자 독특한 냄새가, 조금 진하게 볶아진 커피향 같은, 소파 씨의 코에 익숙지 않은 냄새가 확 끼쳤다. 폴로는 방 한가운데 이부자리 위에 누워 있었다. 소파 씨가 보기에는, 폴로 자신과 그를 둘러싼 모든 것이 정상과, 그러니까, 자다 깨보니 상처가 생기고, 오리나무로부터 떠난다는 편지를 받고 하는 그런 말도 안 되는 일들이 일어나기 전의 상태와 전혀 다를 것이 없어 보였다. 단지 조금 부자연스러운 건 목의 각도였다. 그의 목은 창문을 향해 반쯤, 정상인이라면 설사 정신없이 자는 중이라도 유지할 수 없는 그런 각도로, 꺾어져 있었다. 마침 창문으로 쏟아지는 빛에 가려, 그의 얼굴 윤곽은 소파 씨가 서 있는 곳에서 쉽게 확인되지 않았다. 소파 씨는 다가가 그의 목을 바로잡아 주었다.

'지가 뭐, 해바라기인 줄 아나?'

폴로의 눈은 흰자위를 드러낸 채 반쯤 떠져 있었고 입 주위에는 침을 흘린 자국인지, 하얀 가루가 말라붙어 있었다. 기계적으로, 소파 씨는 심장이라고 생각되는 근처에 손을 얹어보았지만, 심장이 뛰고 있는 것인지 아닌지 잘 알 수 없었다.

'의사가 있었으면, 좋았을 텐데.'

소파 씨는 다시 허리를 펴고 이마에 집게손가락을 댄 채, 인상을 다 써가며, 잠시 고민하다가 마침내 결정을 내렸다.

'아내의 방에 K 그놈이 누워 있다 그랬지, 아니, 이젠 K가 아니라, K의 시첸가, 뭐 어쨌든 좋아. 자리도 줄일 겸, 폴로 이 자식을 그리로, K 옆으로 옮겨다 놓자. 거기 갖다 놓으면, 괜스레 할 말도 없으면서 매일 어색한 얼굴을 마주치지 않아서 좋고…… 공간도 더 넓게 활용할 수 있고…… 만에 하나 그놈들이 계속해서 자란다거나 수염이나 머리가 길어진다거나 해도, 문만 잠가놓으면 따로 귀찮게 신경 쓰지 않아도 되고 말이야. 그야말로 일석삼조군 그래.'

소파 씨는 폴로의 양 발을 들어 겨드랑이 사이에 낀 후, 무 토막 같은 다리를 어렵사리 부여잡고는 천천히 끌어 옮기기 시작했다. 문지방을 넘어갈 때 폴로의 뒤통수가 바닥에 걸려 두어 번 쿵쿵 찧기는 했지만, 생각보다 그리 무겁지는 않아 쉽게 옮길 수 있었다. 아내 방, 문 앞에서 소파 씨는 폴로를 내려놓고 잠깐 숨을 골랐다. 그리고 문을 열었다.

K도 폴로와 비슷한 자세로, 얼굴은 정면, 하늘을 향하고 두 팔은 가슴에 가지런히 모은 채 누워 있었다. 목의 각도도 훌륭했다. 하지만 그의 모습은 너무도 잘 정돈되어 있어, 오히려 인공적인 분위기를, 이를테면 관 속에 들어 있는 방부제로 처리된 진짜 시체와 같은 느낌을 주었다.

'그렇게 보니까, 정말 시체 같기도 하군 그래.'

소파 씨는 슬며시 자신의 발로 그의 어깨 근처를 툭 차보았다. 그러나 아무 반응도 없었다.

'정말인가 보군.'

소파 씨는 시선을 딴 쪽으로 돌렸다. K의 몸이 차지하는 용적이 그의 사후에 더 불어난 건지, 방은 그의 존재로 인해 꽉 들어차 남는 곳이 없어 보였다.

'아니야, 그래도 저놈, 저 프린터만 치우면 그럭저럭 폴로를 집어넣을 공간을 만들 수 있겠는걸.'

소파 씨는 K의 옆구리에서 약 30센티미터 정도 떨어진 곳에 K의 시체와는 수직방향으로 길쭉하게 누워 있는 **24핀 도트식 EPSON 프린터**를 들어올려 책상 한구석에 되는 대로 처박았다.

'이걸로 날 쳤단 말이지, 채칠리아 그년, 정말 대단한 년이군. 난 그래도 지 걱정 해준답시고 술 먹고 베란다에서 혼자 꼴값 떨고 있었는데. 지 년이 이걸로 내 뒤통수를 쳐? 이런 급살 맞을 년.'

소파 씨는 다시 아까와 같은 방식으로 폴로를 방 안으로 옮겨놓았다. 폴로를 들여놓기 위해 K의 시체를 벽 쪽으로 약간 밀어붙여야만 했다. 폴로의 얼굴은 K의 발치에, K의 얼굴은 반대로 폴로의 발치에, 그렇게 누인 방향이 서로 반대인 모양새가 소파 씨에게는 그리 탐탁지는 않았지만 그대로 두기로 했다.

'그냥 그대로 두지 뭐. 하긴, 폴로, 저 새끼 만에 하나 깨어나기라도 한다면 K 놈 발 냄새부터 맨 처음 들이켜야겠는데. 하긴 그도 뭐, 다 지 복이지.'

안 쓰던 힘을 써서 그런지, 아니면, 한 십 년 만에 처음 시체를 봐서 그런지 소파 씨는 배가 무척 고팠다. 소파 씨는 방문 손잡이 중 안쪽 손잡이의 단추를 누른 채로 문을 닫아 잠그고 부엌 쪽으로 향했다. 소파 씨는 그렇게 해두면 혹시 누가 안에서 깨어난다 해도 안에서 나오는 데에는 별 문제가 없을 거라고 생각했다.

부엌에는 라면을 빼고는 별달리 먹을 것이 없었다. 냉장고를 연다 찬장을 뒤진다 부산을 떨던 소파 씨는 결국 찬장 한구석에 숨어 있던 라면 두 봉지를 식탁 위에 올려놓은 채, 냄비에 수돗물을 붓고 가스레인지를 틀어 라면으로 끼니를 때울 준비를 하기 시작했다. 마름모꼴의 식탁 앞에 앉아 라면 봉지를 뜯으면서 소파 씨는 자신에게 일어났던 일을, 엄밀히 말하자면, 일어났다고 분명히 기억되는 일과, 일어났다고 말해지는 일들을 조합해 가며 정리하기 시작하였다.

'그러니까, 채칠리아, 고것이 딴 놈들에겐 수면제를 다 타 먹이고, K 그놈하고 한밤중에 생쥐 새끼마냥 몰래 만나려 했다는 건데. 거기까진 좋았다 이거야, 근데, 지 주스만 마시고 조용히 곯아떨어지기만 하면 될 폴로 이 자식이, 괜히 설쳐가면서 남들 수면제까지 홀라당 다 마시고 뻗어버렸다 이거지. 참, 아무리 생각해도 대단한 놈이야. 폴로 이 새낀 칭찬을 해주어야 되나? 아님 바보 같은 놈이라구 흉을 봐야 되나? 어쨌건 결국엔 그 어처구니없는 행동이 살신성인의 좋은 본보기가 되었으니, 참 웃기는 일이지. 그리고 그 다음부턴 내가 본 그대로지 뭐…… 그런데 그 안에서는 도대체 무슨 일이 있었던 걸까?…… 잘 생각해 봐. 원래부터 채칠리아 그년이 콜라병인지 뭔지로 K를 두들겨패 죽이기로 계획을 세웠던 거라면, 무슈의 말처럼 그렇게 허겁지겁 달아날 건 없었잖아. 그렇담…… 뭔가 원래의 계획에는 들어 있지 않던 돌발적인 일이 일어났다고 볼 수 있을 테고…… K가 예기치 않게 겁탈을 하려고 덤벼드는 바람에 채칠리아가?…… 아니야, 그년도 산전수전 다 겪은 년일 텐데, 그만한 일로 그랬을 리도 없구…… 또 밤중에 만났다면 그런 걸 뻔히 예상할 수도 있었을 거 아니야…… 반대로 생각해 보

면, 정작 그게 목적일 수도 있었을 거고 말이야…… 아이구, 엉킨다 엉켜, 내 머리론 도저히 안 되겠군.'

냄비 뚜껑이 덜그덕대기 시작하였다. 소파 씨는 반으로 뽀개진 라면을 풍덩 끓는 물 속으로 집어넣고는 행여 남을까 손가락으로 빈 봉지를 탈탈 털어가며 수프를 풀어넣었다.

'게다가 일이 꼬이려면 한도 끝도 없는지, 역시 수면제를 마시고 잠이나 자고 있어야 할 내가 오밤중에 깨어나, 괜히 그 방으로 들어가다 덤으로 한 대 맞았다? 그러구, 그래서 이런 상처가 생겼다? 말이 되는군, 말이 돼…… 근데 도대체 그 안에선 무슨 일이 일어났던 거야? 또 채칠리아는 K 그 자식을 왜 때려죽여야만 했던 거지? 이 두 가지 질문만 빼면 모든 건 이치에 들어맞는데 말이지…… 한데 난 그년한테 두드려 맞고 얼마만큼이나 정신을 잃고 누워 있었던 거야? 그게 바로 어제 일인가? 기억이 어슴푸레한 걸 보면 더 오래된 일인 것도 같고, 또 기분상으로는 며칠 누워 있었던 것 같지도 않고. 근데, 오늘이 며칠이지? 신문이라도 찾아볼까?'

오늘의 날짜를 알아보기 위해 신문을 찾으려고 자리에서 일어나던 소파 씨는 갑자기 일어나다 말고 뭔가에 홀린 듯이 엉거주춤 그 자리에 선 채로 아무도 들어주지 않는 헛웃음을 흐흐흐 흘렸다.

'신문? 지랄 꼴값하고 있네. 우리가…… 아니 이제 나 혼자군, 그래 내가 요즘 들어 언제 신문을 본 적이 있던가? 보급소에서 나온 새파란 놈이 매일 찾아와선 신문값 안 낸다며 며칠 투덜거리다가 어느 날부턴가 딱 끊겨버렸잖아. 한두 달 전인가?…… 그동안 세상은, 나를 제외한, 내가 빠진, 세상은, 잘 돌아가고 있는 건가? 나 없이도 모든 게 그 전처럼, 모든 게, 그렇게…… 움직이고 있을까? 내가 너무 생각 없이 살았던 걸까? 하긴 예전엔 하루만 신문을 안 봐도 세상에 뒤처진 것 같고, 마땅히 해야 할 일을 빼먹은 것 같고, 왠지 똥 누고 뒤 안 닦은 것처럼 개운찮고, 그랬었는데. 지금은 몇 달 동안 신문이라고는 쳐다보지도 못했는데, 아무렇지도 않으니…… 바깥 세상엔 아무 일도 없는 건가? 혹시라도 혁명 같은 게 일어나진 않았을까? 기껏해야 TV 드라마나 가끔 흘낏흘낏 쳐다보는 정도니 뭐, 세상 돌아가는 사정을 따라잡을 수나 있나. 혹 군부가 다시 집권하지는 않았을까? 계엄령을 선포하고 학생들을 죽이고 그러지는 않았을까? 아직도 민주주의네 뭐네 떠들어대며 선거 같은 걸 계속 하고 있을까? 국민투표도 하고, 국회의원 선거도 하고 여전히 그럴까? 아직도 선거일엔 관공서, 학교, 각급 기업체가 다 놀까? 김문수 그놈은 계속 여당에 있을까? 이주일은 아직도 국회의원 배지를 달고 있을까? 휴…… 하긴, 이제 와서…… 이제 그런 게…… 뭐, 나하고 상관이나 있으려고. 밥 먹고 똥 누고 사지 쭉 펴고 누워 자는데 지장만 없으면…… 혹시나 짜장면을 시키는 데 문제가 생기는 것도 아닐 테고…… 새로운 독재자가 나타나 모든 중국집을 폐업시켜 버린다면 또 모를까…….'

소파 씨는 김이 모락모락 나는 라면 냄비와 젓가락을 상 위에 올려놓고 후다닥 거실로 들고 나갔다. TV를 켜고 첫 젓가락을 뜨려던 소파 씨는 김치가 빠진 걸 발견하고는 뭐라고 투덜투덜거리며 다시 자리에서 일어났다. 부엌으로 가다가 소파 씨는 현관 가까운 거실 바닥에 떨어져 있는 하얀 편지봉투를 발견했다. 아직 아무도 개봉하지 않은 듯 말짱해 보였다. 소파 씨는 봉투를 집어들고 코로 가져가 킁킁 냄새를 맡아보았다. 은은한 박하향이 나는 것 같기도 했다. 겉면에는 소파 씨의 이름과 주소가 분명히 적혀 있었다. 프린터나 타이프라이터로 인쇄한 글씨였다. 그리고 그 위, 보낸 사람의 이름을 적는 난에는, 역시 비슷한 활자체로, 단지 그 크기만 조금 줄어든 채로,

社團法人 韓國 映畵振興 公社 社長

△△△ 拜上.

이라고 쓰여 있었다. 소파 씨는 고개를 갸웃하고는 한 손에 편지를 쥔 채로 냉장고에서 김치를 꺼내와 다시 상 앞에 앉았다. 소파 씨는 자신의 이름과 주소가 겉면에 인쇄된 편지봉투를 **비닐로 된 가짜 가죽을 뒤집어 쓴, 젖통이 무지무지하게 큰 구석기 시대의 다산성 여인상**을 연상시키는 소파에 던져놓고는 라면가락을 집어들었다.

입에는 뜨거운 라면발을 한 다발 쑤셔 넣은 채, 소파 씨의 눈길은 자동적으로, 무조건반사에 의한 것처럼 지극히 자연스럽게, TV 수상기를 향했다. 브라운관 위로 '비디오 아티스트 백남준'이라는 하얀 자막과 함께 여러 가지 화면들이 빠른 속도로 지나쳐갔다. 젊은 남자의 얼굴을 담은 몇 장의 흑백 사진과, 수십 수백 대의 TV가

산더미마냥 쌓인 무대를 뒷배경으로 한 채 조그만 의자에 앉은 얼추 50대쯤 되어보이는 남자의 모습이 1초에도 몇 번씩 서로 뒤바뀌며, 소파 씨의 망막에 현란한 무늬를 그려내고 있었다. 기껏해야 20초 남짓한 짧은 시간 동안에 벌어지는 그 화려한 명멸의 춤사위에, 흑백과 컬러의 정신없는 교차에, 소파 씨는 완전히 매혹당해 있었다. 젓가락은 몇 안 되는 라면 가락만을 걸친 채 공중에 정지해 있었고, 슬그머니 벌어진 입에서는 어느새 가느다란 침줄기가 흘러내리기 시작했다.

"우린 청년이야. 창조할 수 있는 한 우린 청년이지. 청년에겐 한계란 없어. 내 인생이 다하는 날까지, 창조, 창조, 창조(*crescendo*, 점점 세게, <)."

어눌한 듯하면서 힘으로 가득 찬, 갈라지고 탁한 듯하면서 깊은 울림이 있는 남자의 목소리가 소파 씨의 귓전을 휘갈겼다. 특히 '창조, 창조, 창조(*crescendo*, 점점 세게, <).'라는 반복구는 마치 뇌에서 기생한다는 이름도 복잡한 기생충처럼, 소파 씨의 뇌수 속에서 이리저리 유영하며, 이미 공기 중에서 사라져 실체가 없는 그 목소리를 더욱더 생생한 것으로, 점점 더 뚜렷한 것으로 만들어놓고 있었다. '청년 정신 한솔'이라는 마지막 자막이 다 지나갈 때까지, 소파 씨는 정확히 세 번 반복되던, '창조, 창조, 창조(*crescendo*, 점점 세게, <).'에 홀리기라도 한 듯, 서서히 불기 시작하는 라면발을 입으로 집어넣을 생각도 못한 채, 그렇게 잠시 멍하니 있었다.

'창조라…… 휴…… 그게 언제였던가?…… 내가 뭔가를 창조하고 있던 때가…… 그 속에서 철부지 애들처럼 기뻐 날뛰던 때가…… 그를 위해 고행자처럼, 순교자처럼, 힘들어, 제 스스로 만들어가며, 힘들어 하던 때가. 그런 때가 있었지…… 창조?…… 언어로, 언어를 도구 삼아 나도 뭔가를 만들고는 했지. 하지만 다 옛날 얘기지, 옛날얘기야. 난 이제 여기서 아무것도 창조할 수 없어. 언젠가부터 난 내 속에 있는 또 다른 나로부터 들려오는 이 목소리를, 음침하고 끈질긴 목소리를 들을 수 있었지. 늘, 아침나절, 잠이 덜 깬 채로 세면을 하러 화장실을 찾은 내게, 거울 속, 잠에 지친 표정을 짓고 있는, 한 마리 짐승 같아 보이는 나를 마주하며 역겨워 하고 있는 내게, 무방비 상태인 내게, 늘, 그맘때에, 내 속의 나는 이렇게 속삭였지, 난 이제 여기서 아무것도 창조할 수 없어. 난 그의 말을 아주 쉽게 믿었지, 아무 의심도 없이, 아무 반론도 없이, 그냥 그렇게 받아들였지…… 하지만 저 중늙은이도 저렇게 외치잖아. 우리에겐 한계란 없대잖아. 혀 빼물고 저 세상으로 갈 때까지 창조를 할 수 있대잖아, 아니 해야만 한대잖아…… 나도…… 다시 창조를 시작할 수, 그냥 거창한 거 말고, 간단한 거라도 해볼 수 없을까? 왜 안 되겠어?…… 한데 뭘 만들란 말이지? 뭘 창조할 수 있지? 저 양반이야, 저기서 저렇게 자신의 도구인, 언어인, 화폭인, 붓인, 끌인, 대리석인, 음표인, TV 무더기를 쌓아놓고 청년 한솔을 위한 세련된 기업 광고를 창조할 수 있다지만, 난, 대체, 난…… 뭘 할 수 있지? 내겐 TV 한 대 제대로 살 돈도 없을 텐데, 그런데, 사정이 그런데, 난 뭘 창조해야 되지?…… 하지만, 하지만, 누가 지시해 준다면…… 대사도 작가가 짜주고, 분장도 전문가가 해주고, 의상도 다 협찬해 주고, 의자도 빌려주고, 표정도 감독이 지도해 준다면, 나도…… 나도 저 정도는 할 수 있지 않을까? 저게 또 어렵다면 얼마나 어렵겠어. TV에 나오는 놈들, 목소리도 다 마이크 조작이래며. 테크놀로지의 위대한 승리래잖아.'

소파 씨는 젓가락을 식탁 위에 내려놓고 크게 숨을 들이쉬어 아랫배에 공기를 모은 다음, 천천히 그 남자가 했던 대사를, 그 일부를 따라해 보았다.

"창조, 창조, 창조(*decrescendo*, 점점 약하게, >)."

하지만 그 목소리는 소파 씨의 귀에도, 선전 속에서의 남자 목소리와는, 그것이 아무리 테크놀로지에 의해서 윤색된 것이라 할지라도, 차이가 나도 너무 차이가 났다. 발성도, 발음도 뒤로 가면 갈수록 점점 더 불분명해지다가, 끝에서는 거의 얼버무리는 수준에서 그 짧고도 어려운 여정을 마쳐야만 했다.

'관두자, 미친 짓 관두고 탱탱 불어터지기 전에 라면이나 먹자고.'

소파 씨의 입은 다시 라면 가닥을 씹고 삼키느라 바빠지기 시작했고, TV 속에서는 어느새 광고 방송의 기나긴 행렬이 끝나고 본방송이 방영되기 시작했다. 그것은 아동용 만화영화였다. 단순하고, 이해하기 쉬운 이야기 줄기를 곁눈으로 따라가던 소파 씨는, 문득 지금 자신이 처해 있는 상황이, 왠지 전혀 낯설지만은 않다는 생각이 들었다.

'아, 그거군. 그게, 그게 벌써 언제야? 꽤 오래전이었지, 그때도 이렇게 라면을 먹으면서…… 그때도 저런 만화가 TV에 나오고…… 아, 맞다. 그놈, 오리나무가 옆에 있었구나. 내가 라면을 삶아 상에 차려서 오리나무 놈 무릎 앞에 갖다 바쳤지, 그리구 같이 라면을 씹으면서 만화를 보았지…… 맞어, 그날이 K 저놈이 여길 처음 찾은 날이군. 좀 있다 그놈이 들이닥쳤었지. 아무런 예고도 없이.'

소파 씨는 K의 시체가 누워 있는 아내의 방을, 힐끗 바라보다가 금세 눈길을 다시 거두었다.

'그땐, 이곳도, 지금은 태풍이라도 한 차례 휩쓸고 간 폐허마냥 조용하기만한 이곳도, 그 자식들로 가득 차 퍽이나 시끌벅적했었지. 폴로 그놈의 미친 짓으로, 하루 종일 정신 제대로 차리기도 힘든 날이 많았지. 그놈의 미친 짓은 도저히 예측할 수가 없었어. 또 어디서 뭘 가지고 날 놀래킬지…… 한데 지금은…… 휴…… K는 저렇게 영혼은 콜라병에 뺏긴 채 빈 껍데기 신세고, 폴로 이 새끼도 죽었는지 살았는지 누워선 꼼짝도 안 하고, 라면을 같이 먹던 오리나무 이 개새낀, 그리구 무슈 그놈도 같이, 편지랍시고 이렇게 달랑 한 장 던져놓고 지들끼리 잘살아 보겠다고 사라져버렸으니…… 없다, 없어. 이젠 없어. 모두 떠나고…… 나 혼자…… 정말 아무도 없긴 없군 그래.'

소파 씨는 깨끗이 비운 상을 한쪽으로 밀어놓고 **비닐로 된 가짜 가죽을 뒤집어** 쓴, **젖통이 무지무지하게 큰 구석기 시대의 다산성 여인상**을 연상시키는 소파 위에 던져두었던 편지봉투를 집어들었다. 소파 씨는 **빗으로 봉투를 뜯었다**. 그 안에서 나온 건 두 겹으로 접힌 두꺼운 종이였다. 겉면에는 금박 입힌 글씨로 '招待狀'이라고 쓰여 있었다.

'초대장? 영화진흥공사에서 내게 뭔 놈의 초대장이람? 얘네들이 무슨 약을 잘못 먹었나?'

소파 씨는 궁서체로 찍힌 활자를 한 줄 한 줄 따라 읽기 시작했다.

招待의 글

家內의 두루 平安과 吉함을 祝願하옵니다.

下記와 같이 第三回 <韓國 映畵 振興을 위한 主題 討論會>를 開催합니다.

今番 討論會는 無分別하게 氾濫하는 外畵의 洪水 속에서 韓國 映畵의 足跡을 再照明하고 또 나아갈 길을 確立하고 邁進하게 하는 데 작은 礎石이 될 뜻깊은 자리가 될 것입니다. 부디 遑忙한 渦中에도 꼭 參席하셔서 자리를 빛내주시기 부탁드립니다.

會費 : 50,000원

日時 : 19XX年 10月 14日

場所 : 韓國 映畵振興 公社 二層 세미나室(下記 略圖 參照)

公社 社長 △△△ 拜上

소파 씨는 한글 반 한자 반인 그 '招待狀'을 두 번 정도 읽고 나서야, 간신히 편지를 보낸 이가 의도한 바를 알아먹을 수 있었다. 하지만 그건 단지 韓國 映畵振興 公社 社長 △△△라는 사람이 누군가에게, 소파 씨 자신이 아닌 타인에게 보내는 편지라는 가정하에서의 가능한 이해라는 거지, 자신이 받도록 되어 있는 편지라면 문제는 좀 달랐다.

'웃기는 일이군. 이게 뭐지? 한국 영화 진흥을 위한 주제 토론회? 이렇게 거창한 이름의 모임에 왜 내가 초대받아야 하지? 한국 영화라?…… 아무리 생각해 보아도 난 한국 영화하고는 별 관계가 없는데 말이지. 아마도 단순히 韓國 映畵振興 公社 비서실이 착오로 내게 보낸 것이지 않을까?'

영화진흥 공사도 그 사장도 모르는 소파 씨는 아마도 그것은 실수일 것이라 생각했다. 하지만 그렇다면 소파 씨 자신의 주소를 쓰는데 실수가 없었다는 점을 설명하기 힘들었다.

'혹시 이 비서실에서 나의 신상을 알기 위해 내 주변사람에게 수소문한 것은 아닐까? 그럴지도 모르지. 최근까지 나는 시인이랍시고 출판인이나 소설가, 시인들과 친분이 있었으니까.'

또 소파 씨는 처음에는 소설가였다가 나중에 감독으로 변신한 이 모씨와 친분이 있었고, 그가 헌팅을 다닐 때 따라나서기도 했던 기억들을 떠올렸다. 소파 씨의 생각에는 한편으로는 이런 것들이 그들이 소파 씨를 만나고 싶어하는 훌륭한 이유인 듯 싶었으나 그렇다고 그 어느 것도 명확하게 韓國 映畵振興 公社의 초청을 정당화하

는 데 결정적인 이유가 되지 못하는 것처럼 보였다.

'도대체 **韓國 映畫振興 公社는 무슨 생각이었을까? 아무 생각도 없었으리라.**'

한 장의 이상한 초대장으로부터 시작된 상념을 소파 씨는 그만 떨쳐버리려 하였으나, 새끼에 새끼를 치는 상상은 의외로 끈질기게 소파 씨를 붙잡고 놓아주지 않았다. 소파 씨는 韓國 映畫振興 公社 主催 〈韓國 映畫 振興을 위한 主題 討論會〉에 **가야 할지를 생각했다.**

'**무엇을 기대할 수 있을까? 나는 검은 넥타이에 칙칙한 색의 양복을**[*] 입고 그곳에 도착하겠지. 입구에서는 날 알아보는 행사 요원에게 초대장을 내밀겠지. 선생님께서 정말 와주실 거라고는 기대도 못했습니다. 난 그의 말을 서둘러 끊기 위해 사람 좋아 보이는 웃음을 지으며 황급히 실내로 들어가지. 그러고는…… 그러고는 뭐가 기다리고 있을까? 실내는 환할 거야, 객석은 이미 만원일 테고. 여기저기 아는 사람들의, 그리고 TV에서만 보았던 이들의 얼굴도 군데군데 눈에 띄겠지. 토론회가 시작하려면 몇 분이 남았지. 한 젊은이가 쭈뼛대다간 용기가 났는지 내게 다가와서 공손히 인사를 하며 자신의 이름을 말하지. 난 그를 모르지만, 혹은 알았다가 잊어버린 걸 수도 있지, 어쨌건 난 그를 아는 척하지. 선생님, 못 뵌 동안 얼굴이 많이 좋아지셨는데요. 그와 동시에 여기저기서 많

---

* 장 필립 투생, 『욕조』에서. 죄송합니다.

은 사람들이 나를 알아보고 반가워할지도 모르지. 그동안 어떻게 지내셨어요. 도대체 어떤 대작을 만드시느라 그렇게 두문불출이셨나? 나는 그저 한 손을 들어 보이며 엷은 웃음으로 대답을 대신하지. 그러고는…… 초대장에 적힌 대로, 시간에 맞춰 〈韓國 映畫振興을 위한 主題 討論會〉가 시작되겠지. 회의의 의장인 듯 보이는 무슨무슨 대학의 교수가 **위엄이 있고 여유만만하게 연설을** 하겠지. **난 그의 말을 경청할** 거야. **각종 제안의 조화를 이룬다는 취지하에서 고안된 이 계획안은 사전 연구의 면밀한 정의를 통해 지난 회합에서 수립된 조치의 실현을 강력히 추구합니다. 뿐만 아니라 이러한 조치는 능력의 실천적 효율성을 향상시키기 위해 보다 엄정한 연구활동 방안은 참석자에게 촉구할 것입니다. 이러한 고무적 상황을 배경으로 제각기 다른 현안이 검토될 수 있을 것입니다, 라고 그는 설명**하겠지. **유익한 토론을 거쳐 회의 중 수많은 문제점이 밝혀질 것이며 이를 통해 각 관련 분야의 문제점도 정리될 것입니다. 이제부터 드러나는 문제는 물량적 측면에서 새로운 것입니다. 목표에 대한 현실주의, 모든 역량의 조합**, 전 분야에서의 끊임없는 창조 정신이**라는 새로운 명칭을 지닌 문제입니다.** 창조, **이 단어가 날 미소 짓게** 하겠지.'

TV에서는 만화영화가, 악당의 처절한 죽음, 역경 뒤에 펼쳐지는, 그래서 더욱더 감동적인 주인공의 승리 등의 마치 공식인 듯 되풀이되는 뻔한 결말과 함께 끝이 나고, 다시 광고 방송이 이어지기 시작했다. 소파 씨의 눈은 분명, 브라운관에 고정되어 있었으나, 정신은 계속 딴 데, 韓國 映畫振興 公社에 가 있었다.

'각기 연설자들이 차례차례 주제 발표를 마치고 요란한 박수 소리와 함께 회의가 끝이 나면, 지하 대강당에서는 빽적지근한 파티가, 무슨무슨 영화인의 모임 같은 명칭의 간친회가 열리겠지. 난 사람들을 피하기 위해 구석에 처박혀 한 손에는 술잔을 다른 손에는 담배를 끼운 채 韓國 映畵振興 公社가 내게 베풀어준 여흥을 즐기겠지. 그때 누가 다가오는 거야. 그는 감독이지…… 가만, 누구로 하는 게 좋을까?'

가뜩이나 오랜 잠 뒤에 깨어나 퉁퉁 부어 있는 소파 씨의 얼굴이 한층 더 일그러지기 시작했다.

'그래, 이거다, 이 감독은 데뷔작부터 해서 몇 편의 예술영화를 찍었으나 관객이 계속 외면하는 바람에 이젠 마땅한 제작자조차 구하지 못해 고생하고 있는 젊은 감독인 거야. 그는 내게 인사를 하고 자신의 사정을 말하지. 그때야, 바로 그때라고. 내가 그를 도와주겠노라고 하는 거야. 내가 각색도 하고, 시나리오도 쓰고, 까짓 뭐 주연도 하지 뭐, 뱃살만 좀 빼면, 못할 건 또 뭐야. 그러니까, 그러니까 말이지, 그한테 함께 영화를 만들자고 제의하는 거야. 먼저 선수를 치는 거지. 오 주여, 이게 정말 제 머리에서 나온 아이디어란 말입니까?'

소파 씨는 이제 거의 흥분 지경이었다. 엉거주춤 자리에서 일어난 소파 씨는 오른손을 턱 밑에 고인 채 한쪽으로 밀어두었던 상을 훌쩍 뛰어넘고 거실을 천천히 배회하기 시작했다.

'보란 말야. 잘 들어봐. 충무로 판에서, 할리우드의 축소판, 그 사생아쯤 되는 충무로에서 처녀작부터 아트무비 찍겠다고 깝죽대다 제작자 주머니 홀라당 말아먹고 나자빠진 놈을 누가 곱게 봐주겠어. 결국 능력은 있으되 시대가 안 받쳐준다 이거지 뭐. 그때 짜안 하고 내가 나타나는 거야. 생각해 봐. 이젠 시대가 좋아진 건지, 잘만 만들면, 아니 운때만 맞으면 예술영화도 장사가 꽤 된다고. 전략이야 별 어려울 것도 없다구. 관객을 적당히 무시해 가면서 지적 호기심을 자극하는 거지. 사실 영화를 보러 찾아올 놈들한테 지적 호기심이 있는지 개뿔이 있는지 내가 알 게 뭐야. 그저 자극만 해주면 된다구. 바야흐로 민감성 시대니까. '당신의 지적 호기심을 일백 퍼센트 만족시켜 줄 영화' 이따위 문구만으로 만사 오케이지. 그럼 관객들이야, 어, 그래? 어디 한 번 나의 지적 호기심을 자극해 볼까? 하면서 구름처럼 몰려드는 거지. 비잉신들…… 게다가 나도 한때는 잘 나가던 시인이었잖아, 시대의 폭압에 온몸으로 맞서 싸운 지식인이었다구. 아, 아니, 사실, 온몸으로 뭐 어쩌구 할 정도는 아니었구, 그래, 어쨌건 나도 시대의 불의에 내 나름대로, 내 방식대로 저항했다구, 보라구 나보다 훨씬 더 조신스럽게 행동했던 놈들도 이제 와선 그게 무슨 간판이나 되는 것처럼 민주투사였었네 뭐네 하며 떠들고 다니잖아. 젊은 청년 예술 영화감독과 나이 든 민주화 시대의 저항 실험 시인의 결합. 야 이거, 말만 들어도 대박 터질 것 같지 않냐? 관객들의 호기심을 끌기 딱 좋은 조건이지 뭐. 근데, 근데…… 어차피 뭘로 영화를 만드냐는 별 중요한 문제가 아니긴 하지만, 그래도 뭔가 기본적인 구상은, 이야기의 줄거리는 있어야 하지 않나? 근데 정말 뭘로 영화를 만들지? 오, 또다시 창조, 창조, 창조가 문제구나, 창조가 문제야.'

커다란 원을 그리며 빙빙 제자리를 돌던 소파 씨의 걸음이 딱 멈췄다.

'이거 어때, 내 얘기로, 내가 여기서 겪었던, 바로 이 황당한 얘기로 영화를 만드는 거야. 이런 말도 안 되는 얘기를 들어본 사람이 어디 있겠어? 오, 말도 안 된다?…… 이왕지사 말이 나온 김에 제목을 말도 안 되는 이야기라고 짓는 게 어떨까?…… 말도 안 되는 이야기…… 야, 그거 제목 되네. 야, 이거 오늘따라 내 머리가 왜 이렇게 잘 돌아가지? 채칠리아 그년한테 한 대 맞은 게 약발이 좀 듣나? 좋아, 결정했어. 제목, 말도 안 되는 이야기, 감독, 젊은 예술 영화 감독, 시나리오, 민주화 시대의 저항 실험 시인, 주연, 역시 민주화 시대의 저항 실험 시인…… 그런데 여배우는 누구로 하지? 채칠리아 역이 필요하긴 필요한데 말이야…… 누구로 하건 간에 어쨌건 섹시한 애로 하자구. 바야흐로 섹스가 부끄러움의 대상이었던 시대는 지났다구, 당당히 내놓고, 화끈하게 벗길수록 관객들도 부담스러워하지 않는다구. 떳떳하게 보러 왔다가, 침 삼키며 보구, 돌아가선 주위 사람들한텐 이렇게 말하겠지, 그 영화에서 섹스는 그저 말초적인 부분을 자극하는 데 그 목적이 있는 게 아니라, 극 전체가 내 보이고자 하는 메시지와 유기적으로 결합되어 한 단계 높은 예술로 승화되고 어쩌구 저쩌구. 미친놈들. 메시지는 무슨 얼어 죽을 놈의 메시지. 바보 같은 놈들, 흐흐흐.'

소파 씨는 무엇이 그리 통쾌한지 목젖이 툭 튀어나오도록 고개를 젖혀가며 소리 없는 웃음을 웃었다. 소파 씨는 털썩 연극적인 동작으로 **비닐로 된 가짜 가죽을 뒤집어 쓴, 젖통이 무지무지하게 큰 구석기 시대의 다산성 여인상**을 연상시키는 소파에 앉았다.

'오 소파, 나도 이제 뜨는 거야. 바야흐로, 본격적으로, 대중들 앞에 나서는 거지. 변덕스럽고, 민감하고, TV나 신문에서 무슨무슨 영화가 재미있다고 하면 기를 쓰고 봐야 하는 대중들 앞에. 온몸이 성감대인 민감성 세대 앞에. 봐, 나라고 지난 세월의 구렁 속에 몸도 마음도 다 저당 잡힌 채 이렇게 찌그러져 살아야만 된다는 법이 있냐 이 말이지. 나도 한 번 떠보자구. 누가 날 욕하겠어. 그래, 새파란 어느 젊은 평론가 겸 소설가의 말대로, 남자라면, **수치를 안고 치욕을 참으며, 하기 싫은 일도** 해야 되는 것 아니겠어? **올바른 삶에 대해 잘 모르겠다면, 그 차선으로 좋은 삶을 선택하여 살아남는 것이 진정 옳은**[*] 일이라잖아. 그래, 나도 뜰 수 있다구. 나도 좋은 영화를, 잘 팔릴 영화를 만들 수 있다구. 근데 왜 나만 언제까지나 똑같은 그 자리에 앉아 있어야 하냐 이거야. 왜 창조, 창조, 창조, TV 광고까지 이렇게 떠들어대는 마당에 내 능력은, 마치 그것이 몹쓸 병균이라도 되는 양 묻어두어야만 하냐 이거야. 이제 나도 햇빛이 내리쬐이는 곳으로 나서고 싶다구. 그래, 이제부터 나도 달라지는 거야. **대국을 볼 줄 아는 안목**을 키우기 위해 그 젊은 평론가 겸 소설가의

* 장정일-이인화 대담, 「UR시대의 문화논리」(《상상》)에서. 죄송합니다.

말대로 **날마다 아사히나 요미우리를 읽고 주[*]마다 시사지를 보고 그리고 다달이 외국의 여러 문예지를 접하면서** 수양을 쌓는 거야. 예전의 나쁜 버릇, 게으름으로 가득 찬 내 생활을 이젠 싹 청산해 버리는 거야'

소파 씨는 제 흥분에 겨워, 머리칼을 쥐어뜯었다. 눈은 벌겋게 충혈되고 콧구멍은 씩씩대며 더운 김을 몰아 뱉어내는 꼴이 아무래도 정상 상태와는, 게으르고 나태한 그의 정상 상태와는 좀 거리가 있었다.

'자, 가만, 이성적으로 생각하자. 무조건 흥분만 한다고 되는 일이 아니야. 차분히 생각하자구. 뭔가 빼먹은 게 있을 거야. 처음부터, 그 초대장부터 다시 생각해 보자. 빠진 데가 있을 거야…… 아 그렇다. 회비, 회비가 있었지, 5만 원이랬단 말이야…… 내가 5만 원이 있나? 아니야. 5만 원뿐이 아니지. 우선 韓國 映畵振興 公社까지 교통비가 들 거고. 그럼, 왕복 택시비가 한 3만 원 잡고. 아니야 올 때는 심야 할증이 붙을 테니까 4만 원. 그리고…… 거기서 1차만 하고 끝내겠어. 파티가 끝난 뒤에는 모처럼 의기투합도 되었겠다, 그 젊은 예술 영화감독하고 2차 가야지. 아무래도 돈은 연장자가 내는 게 모양새가 좋겠지. 술값 한…… 요즘은 얼마쯤 하나? 밴드 부르고, 양주 먹고, 영계들도 한 두어 명 부르면…… 15만 원 정도면 되려나? 에이, 쩨쩨하게 15만 원이 뭐야, 15만 원이. 옜다 기분이다,

---

* 장정일-이인화 대담, 「UR시대의 문화논리」(《상상》)에서. 죄송합니다.

술값 20만 원. 어차피 영화 한 편 뜨면 20만 원이 문제겠어?…… 그러면, 다 합쳐서, 차비하고 술값, 그리구 회비까지…… 얼마인가? 보태고 더하면, 한 30만 원 정도는 기본으로 들겠군. 그래, 어찌 되었든 지금 생각해 낸 게 얼마나 다행이야. 좋아, 쇠뿔도 단김에 빼랬다구, 우선 가지고 갈 돈이나 확실히 챙겨보자. 없으면 예전 친구 몇 놈한테 전화해서 좀 긁어내는 거지 뭐.'

소파 씨는 **비닐로 된 가짜 가죽을 뒤집어 쓴, 젖통이 무지무지하게 큰 구석기 시대의 다산성 여인상**을 연상시키는 소파에서 일어나 안방으로 뛰어들어갔다. 쾅 하고 문이 닫히는 소리가 났다.

소파 씨가 안방으로 들어간 후, 안방 문은 약 5센티미터 정도의 틈을 보이며 열려 있다. 차라리, 약 5센티미터 정도의 틈을 보이며 불완전하게 닫혀 있다. 바닥에는, 문에서 조금 떨어진 거실 바닥에는, 양탄자가 깔려 있다. 그것의 색은 대체로 붉다. 양탄자 위에는 과자 부스러기로 보이는 조그맣고 하얀 알갱이들이 군데군데 떨어져 있다. 양탄자 위, 소파 가까운 쪽에는 밤색 상이 있어, 그 네 개의 상다리로 양탄자를 눌러 움푹 들어간 자국을 내고 있다. 상 위에는 냄비 하나와 작은 유리 그릇 하나가 있고, 붉은색 나무젓가락이 냄비 속에 삐뚜름하게 놓여 있다. 둘 다 비어 있다. 비어 있다지만 냄비 벽에는 짧은 라면 가닥 몇 개가 붙어 있고, 바닥에는 라면 국물이 좀 남아 있다. 상 바로 옆에는 소파가 있다. 그것은 낱개의 소파 세 개를 옆으로 모아 놓은 형태로, 두 번째, 그러니까 중앙의 소파 위에는 하얀 종이가 놓여 있다. 그것은 두 겹으로 접혀 있던 것을 거꾸로 펼쳐놓은 것으로, 옆에서 보면 소파의 쿠션을 밑변으로 한 작은 이등변삼각형을 볼 수 있다. 겉면에는 금박의 글씨로 '招待狀'이라고 쓰여 있고, 그 안쪽에는, 삼각형의 내부에는 더 많은 글씨들이 쓰여 있다. 그 중에는

日時 : 19XX年 10月 14日

이라는 문구도 들어 있다.

소파의 오른편에는 두 개의 방문이 있다. 그중 베란다에 가까운 쪽의 문 안에는 두 명의 사람이, 남자로 보이는 두 명의 사람이 누워 있다. 그들은 서로 방향을 반대로 한 채 누워 있다. 즉, 벽 쪽에 붙어 있는 사람은 머리를 방문 쪽으로 발은 피아노 쪽으로 하고 누워 있고, 그 옆에 누워 있는 사람은 머리를 피아노 쪽으로 발은 방문 쪽으로 하고 누워 있다. 그들은 움직이지 않는다. 숨을 쉬는 기색도 없다. 벽 쪽에 붙어 있는 사람의 입은 한일자로 다물어져 있다. 입술은 좀 까칠까칠해 보인다. 옆에 누워 있는 사람은 고개를 왼쪽으로, 벽 반대편으로, 벽 쪽에 붙어 있는 사람의 반대편으로, 돌린 채, 입을 약간, 약 1센티미터가량 벌리고 있다. 입 바로 옆에는, 약 10센티미터 떨어진 곳에는 그의 손이, 왼손이 있다. 주먹을 쥐고 있다.

그 속에는 아무것도 없다. 그의 반대편 손은, 오른손은, 기묘하

게 뒤틀린 오른팔의 끝에 붙어 있다. 벽에 붙어 있는 사람의 등판에 반쯤 깔려 있다. 다른 사람들과 달리, 시계는 그의 오른손 팔목에 채워져 있다. 그것은 전자시계다. 표시판은 바닥을 향해 있다. 표시판은 위 아래 두 부분으로 크게 나누어져 있으며 윗부분에는 아래와 같은 문자와 숫자를 표시하고 있다.

Date : 10 / 15

이 소설에 인용된 작품들

1장	장폴 사르트르, 『구토』
2장	황지우, 「살찐 소파에 대한 日記」, 『겨울 나무에서 봄 나무에로』
	하일지, 『경마장의 오리나무』
3장	알베르토 모라비아, 『권태』
4장	황지우, 「살찐 소파에 대한 日記」
	하일지, 『경마장의 오리나무』
	프란츠 카프카, 『심판』
5장	르 클레지오, 『조서』
	프란츠 카프카, 『심판』
6장	이상, 「날개」, 『오감도』
7장	프란츠 카프카, 『심판』
	르 클레지오, 『조서』
	황지우, 「살찐 소파에 대한 日記」
	장 필립 투생, 『욕조』, 『씨(氏, *Monsieur*)』

8장 마르그리트 뒤라스, 『온종일 숲속에서』

9장 황지우, 「살찐 소파에 대한 日記」

장정일, 「그것으로부터의 분리」

프란츠 카프카, 『심판』

10장 알랭 로브그리예, 「질투」

황지우, 「살찐 소파에 대한 日記」

르 클레지오, 『조서』

장 필립 투생, 『욕조』

11장 알베르토 모라비아, 『권태』

황지우, 『나는 너다』

알랭 로브그리예, 「질투」

12장 황지우, 「살찐 소파에 대한 日記」

장 필립 투생, 『욕조』

장정일 · 이인화 대담, 「UR시대의 문화논리」

인터뷰

"저는 이렇게 세상을 만들어 봤습니다. 자유롭게 생각해 주세요."

조형래(문학평론가)

90년대에게

8월의 어느 주말 오전이었다. 소설가 이치은 씨를 만나러 홍대로 향했다. 새롭게 재출간될 『권태로운 자들, 소파 씨의 아파트에 모이다』에 관한 이야기를 나누기 위해서였다. 맑았지만 몹시 무더운 날이었다. 대구에서 올라가는 길은 제법 멀었다. 내내 그가 이 소설을 들고 세상에 나왔던 1998년의 홍대 거리에 대해 생각했다.

그해에는 비가 많이 왔다. 나는 대학을 휴학했고 군복무 중이었다. 휴가를 받아 이따금씩 들렀던 홍대 거리는 IMF 구제금융 사태와 세기말의 우울한 그림자가 깊이 드리워져 있었음에도 불구하고 북적거렸다. 홍대 권역은 급격히 확장 중이었고 주차장길 양쪽으로 늘어선 상점들은 나날이 면모를 일신했다. 주택을 상가로 개조

하는 공사도 이곳저곳에 벌여져 있었다. 아직 남아 있는 과거의 주택가와 놀이터, 한창 번성하는 상점, 이제 막 들어서고 있는 라이브클럽들이 구역별로 조합되어 여러 시공간을 가로지르는 듯했다. 매순간 타임리프하는 기분이었다. 그렇게 혼재되어 있는 시대가 무국적의 패치워크처럼 기묘한 일체감을 형성하고 있는 곳이 홍대거리였다. 어느 도시나 그렇겠지만 90년대부터 활력을 얻기 시작한 그 번화가 일대에서 유독 그런 복합적 느낌이 더욱 강렬하게 느껴졌다.

『권태로운 자들, 소파 씨의 아파트에 모이다』는 어쩐지 오랫동안 잊고 있었던 그때 그곳을 떠올리게 하는 소설이었다. 80년대 리얼리즘 소설의 잔영, 동구권의 몰락에 의한 운동권 후일담, 누구나 자연스럽다고 여기는 인지의 형식을 근본적으로 뒤흔드는 다양한 소설적 글쓰기의 실험, 나르시시즘적 자기 연민에 몰입한 고백, 백만 부씩 팔리던 시대착오적 내셔널리즘과 가부장적 이념으로 점철된 소설들이 폭우처럼 쏟아져 내려 그 어떤 단정도 불가능했던 시대. 그러므로 그러한 규정 불가능성 자체를 한 시대의 특성으로 지목할 수밖에 없었던 90년대 소설의 분위기 전체가 일제히 소환된 듯한 느낌이었다.

길가에 즐비하게 들어선 주상복합 마천루들을 올려다보면서 약속 장소로 걸어갔다. 홍대 권역은 여전히 확장 중이었고 곳곳이 공사 중이었다. 다시금 90년대의 풍경이 겹쳤다. 저 주상복합 빌딩 어딘가에 권태로운 자들이 모여든 소파 씨의 아파트가 있을지도 모른다는 당치도 않은 잡념을 떨쳤다. 오랫동안 근황을 듣지 못했던 이치은 씨는 쾌활했고 하고 싶은 말이 많아 보였다. 나도 마찬가지였다.

거대한 소설에 대하여

조형래 만나뵙게 되어 반갑습니다. 『권태로운 자들, 소파 씨의 아파트에 모이다』(이하 『권태』)는 참 거대한 규모의 소설이라는 것이 첫인상입니다. 상호텍스트적으로 참조하고 따라서 연결되어 생성되는 소설 속 세계의 규모가 그렇다는 것입니다. 사실 읽어보고 아찔했습니다. 내가 과연 이 소설의 깊이와 넓이를 감당할 수 있을까, 기억 저편에 남아 있는 참조/인용되고 있는 텍스트 전체를 내가 과연 완전히 장악한 상태에서 접속시키고 있는 것일까라는 두려움과 불안에 계속해서 사로잡혀 있었습니다. 이것은 독자이면서 비평가로서의 불안이라고 할 수 있겠습니다. 그러나 의뢰받은 취지와 달리 정연하거나 다이내믹한 인터뷰는 이 소설의 내용과 형식에 부합하지 않을 듯합니다. 그것은 제 성정이나 문장에도 맞지 않습니다. 그럼에도 불구하고 친절한 안내서를 작성해야 하는 의무를 무겁게 여깁니다. 저는 한 사람의 비평가일 뿐 인터뷰 전문가가 아니라 다소 의례적인 질문부터 시작하도록 하겠습니다. 재출간에 즈음하여 소회가 남다르실 것 같은데요. 특히 『권태』는 이치은 선생님을 소설가가 되도록 한 소설이라 더욱 그럴 것 같습니다.

이치은 이번에 다시 읽고 또 당시의 심사평을 읽다 보니 『권태』로 인해 공식적인 작가가 된 것이 대단히 운이 좋았구나라고 생각했습니다. 이전에도 소설을 쓰지 않았던 것은 아니었습니다만, 완결시킨 것은 이 소설이 처음이었거든요. 사실상 첫 완성작으로 소설가가 된 셈입니다. 물론 그 이후에 개인적인 이유로 인해 적극적으로 활동할 수는 없었지만, 이 소설이 아니었더라면 과연 지금도 소설을 쓰고 있었을까 생각해 봤을 때, 비록 많은 독자분들께서 읽어주시는 것은 아니지만, 재미있게 글을 계속해서 쓸 수 있는 계기가 되었다는 점에서 정말 다행이다, 운이 좋았구나, 감사한 일이었구나라고 여기고 있어요.

물론 이 소설을 쓰면서 상을 받을 것이라고는 전혀 생각지 못했습니다. 작가로서 계속해서 글을 쓰며 살아갈 수 있으리라는 확신도 없었습니다. 그렇기 때문에 『권태』의 수상은 의외였고 대단히 특별하고도 소중한 기회를 얻었던 것이구나라고 생각하고 있습니다.

조형래 『권태』가 세상에 나온 지 정확히 20년이 흘렀습니다. 지금 여기의 독자들에게 새삼스럽게 도착하는 일과 관련하여 선생님의 생각과 느낌은 어떠신지요?

이치은 대학에 다닐 때 박재동 화백의 시사만화책이 출간되었던 적이 있었습니다. 당시에 무척 재미있으면서도 강렬한 분노에 사로잡혀 읽었던 기억이 있습니다. 몇 년 후에 읽어봤더니 그때의 느낌과 많이 달랐어요. 기억과 문맥이 달라지니 그렇게 느껴졌던 것입니다. 시대를 넘어선다는 일이 얼마나 어려운 일인지 그때 실감했죠. 제가 좋아하는 것은 카프카나 보르헤스처럼 시대를 넘어서 읽히는 책입니다. 제 소설이 과연 그런 글일 수 있을까 하는 두려움이 앞서죠.

조형래 처음에 소설을 어떻게 쓰게 되신 건가요?

이치은 고등학교 때 글, 시를 쓰고 싶어했죠. 이과여서 주변에서 의외라고 여겼죠. 저는 오래 살 거라고 생각하지 않았거든요. 쓰다 죽는 거지라고 그냥 생각했어요. 그렇게 시를 읽고 쓰다가 대학에 들어와 제임스 조이스, 귄터 그라스 등의 소설을 읽으면서 문득 더 거대한 세계를 구축해 보고 싶다는 느낌에 사로잡혔습니다. 그렇다고 해서 작가로서 유명해지거나 성공해야겠다는 야망 같은 건 없었기 때문에 쓰고 싶은 거대한 세계를 마음대로 쓰고 만들어 봐야겠다, 그래서 긴 소설을 혼자 쓰기 시작했습니다. 물론 후에 보르헤스를 읽으면서 짧은 분량의 글에 대한 관심도 생기기 시작했지만요.

권태에서 욕망으로

조형래 이제 본격적으로 『권태』에 대한 이야기로 들어가 보죠. 먼저 '권태' 자체에 대해 이야기하지 않을 수 없는데요. 몇 년 전 장기하와 얼굴들의 「싸구려 커피」에 나타난 그야말로 권태로운 상황을 청년 세대의 좌절과 관련하여 시대에 대한 저항으로 읽고자 하는 지배적인 담론이 있었던 것이 사실입니다.

이치은 권태는 시대에 대한 적극적인 저항이나 반동이라기보다는 선택받지 못한 자들, 비자발적으로 내쳐진 자들이 수동적으로 처해 있는 상황 내지는 정신 상태 같은 것이라고 생각합니다. 글쎄요, 권태로운 자들의 연대에 의해 어떤 변화를 불러올 수 있다는 생각에 대해 저는 좀 회의적입니다.

조형래 다소 공격적인 질문일 수도 있는데요. 이 소설에는 권태로운 자들이 등장하잖아요. K와 무슈, 아담 폴로 등. 그런데 이들 간 어떤 차이가 있을까요. 난상토론을 벌이고 장광설을 늘어놓는 권태로운 인물들이기 때문에 오히려 서로가 서로를 명료하게 구별하는 것이 무의미할 것 같습니다. 그렇게 겹쳐지기도 하고요.

이치은 그래서 초판에 각 작품을 인용하는 대목의 각주에 "죄송합니다"라는 문장을 덧붙인 거예요. 어떤 소설에서 가져온 인물들은 원작에 비추어 잘 형상화되었다고 생각하는데 어떤 소설의 경우에는 그렇지 않거든요. 원작에서 저마다의 개성을 가지고 살아 있었던 인물들을 굳이 제 소설로 가져와 평범하게, 서로 차별화시키지 못한 것이 아닌가, 제가 잘못한 것이 아닌가 하는 걱정을 항상 하고 있었어요.

조형래 하지만 제 생각에는 원작들의 오마주로서 그 인물들을 가져오기는 하셨지만 그 인물들은 어디까지나 『권태』의 서사적 맥락에서 나름대로 의미를 갖고 형상화되고 있습니다. 굳이 원작의 권위에 종속시킬 필요가 있을까요. 이 소설의 '무슈'는 원작에 빚진 것이긴 하지만 어디까지나 『권태』라는 독자적인 평행 세계에 존재하는 무슈라는 사실만큼은 틀림없어 보이는데요.

이치은 그래서 제가 열광하는 작품들에 대해 거리를 두고 보는 인물로서 기사를 등장시킨 것이죠. 물론 원작들의 분위기, 상황, 개성 등등을 잘 살리고 싶어서 실내극이라는 형식을 취했고 그런 인물들을 모아놓은 것 자체는 저 스스로 너무 재미있었지만 항상 잘 살리지 못한 것이 아닌가, 다소 내공이 부족하지 않았나 하는 안타까움이 있습니다.

조형래 그렇다면 "죄송합니다"라는 문장은 원작들에 대한 헌사이기도 하지만 동시에 선생님 스스로의 안타까움에 대한 것이기도 하네요.

이치은 네, 더 잘 쓰고 더 잘 살리지 못해서 그런 것이죠.

조형래 한편 그러한 인물들을 말살하려 드는 기사 역시 「날개」의 주인공 '박제가 되어버린 천재'에게 잠시 매료된다든가, 답지 않게 계획대로 움직이지 못하고 실수한다든가 하는 식으로 그러한 상태에 전이됩니다. 그 결과 소파 씨는 영화 즉 창조, 정확히 말하면 글쓰기에 관한 망상을 품게 됩니다. 물론 어이없이 좌절되지만.

이치은 먼저 소파 씨의 아파트에 모여든 권태로운 자들은 90년대 후반 당시 소비와 생산에 매몰되어 있었던 개인들을 그리고자 한 것은 맞아요. 하지만 욕망이라는 것에 대해서 다시 한 번 이야기해 보고 싶었습니다. 소설의 말미에 장정일과 이인화의 대담을 거론한 대목에서 나타나듯이 권태는 하나의 징후이고 상징이지만 동시에 사람들이 시스템에 적극적으로 편입되고자 하는 욕망도 있을 수 있음을 보여주고 싶었어요.

조형래 이 소설은 역사와 시대의 맥락과 직접적으로 접속되지는 않습니다. 그런데 그 대목에서 유독 당대 소설가나 비평가의 실명을 직접적으로 거론합니다. 그들의 대담 「UR 시대의 문화논리」가 각주를 통해 언급되는 부분에서 이 소설 역시 역사적 과거의 소산일 수밖에 없구나라는 느낌이 유독 돌출하게 되거든요.

이치은 그 부분은 저 개인의 강렬한 분노와 혐오, 선망 등의 정념에서 나온 것일 수도 있습니다. 그 시대에 국한되는 크지 않은 사건처럼 보이기도 합니다. 하지만 사람은 쉽사리 권태에서 욕망의 세계로 이행할 수 있는 존재입니다. 그렇지 않다면 권태에서 벗어나기 위해서는 자살하거나 운둔할 수도 있지만, 시스템 내부에 편입되어 상승하고자 하는 욕망에 들리는 사람들의 모습은 시대를 초월하여 존재하는 것이라는 사실을 염두에 두고 쓴 것입니다. 특히 기사는 그러한 시스템에 이미 편입되어 있지만 그러한 전이에 들리게 되는 인물로 처음부터 설정하고 썼던 것이죠.

조형래 그렇다면 소파 씨의 변화는 어떻게 생각해야 할까요. 다소 비판적으로 보신 건가요?

이치은 일종의 애증이죠. 권태는 하나의 징후고 누구나 처할 수 있는 상태지만, 제 주변의 인물이 그러한 상태에 한없이 빠져 있다면 몹시 고통스럽고 안타까울 것 같아요. 누구나 그러한 상태로부터 벗어나고 싶어하는 것이 일반적이라고 생각하는데, 어떻게 해야 될지 쉽게 확정할 수 없다는 복잡한 마음에서 그렇게 쓰게 되었습니다.

조형래 그런데 왜 하필 소파 씨는 글쓰기를 선택하게 된 것일까요?

이치은 원래 글 쓰는 사람이었으니까요.

조형래 실패가 예정되어 있어서 다시금 권태의 상태로 회귀할 수 있다는 점에서, 그리고 글쓰기가 본래 체제에 편입되고자 하는 욕망을 부추기거나 생산적인 측면이 있지만 동시에 한없이 자기를 소진시키는 탕진의 지난한 과정이라는 점에서 저는 소파 씨의 최종적인 선택이 제게는 전혀 (비록 미망에 지나지 않지만) 의미가 없어 보이지는 않습니다. 무엇보다도 모든 글쓰기는 본래 작가 자신을 가리킨다는 측면에서 소파 씨의 마지막 선택은 텍스트 내외의 경계를 넘어서 어떤 재귀적인 의미를 갖게 된다고 보는데요.

이치은 정확하게 보셨어요. 글쓰기가 파멸을 불러올지도 모른다는 저 자신의 불안을 재귀적으로 가리키고 있는 것일지도 모르죠. 탕진이라는 단어를 말씀하셨는데요. 데뷔 직후에 소설가 백민석 씨와 통화한 적이 있었습니다. 그때, "많이 쓰지 말고 천천히 쓰라"는 충고를 들었죠. 글쓰기에 있어서 탕진은 크게 두 가지 현상을 생각해 볼 수 있을 것 같습니다. 작품을 써서 자기 세계를 창출해 내는 일을 거듭할수록 탕진되어 간다는 것. 그것은 보르헤스가 얘기했던 것처럼 누구나 작가가 써내는 모든 작품은 초기작의 아류일 수밖에 없다는 근본적인 딜레마와 관계될 수밖에 없는 것일 테죠. 반면 독자 또는 시대의 구미에 부합하는, 쉽고 재미있는 작품을 적극적으로 많이 다양하게 써내고자 하는 욕망과도 관계될

터입니다. 그것이 가능한 것도 엄청난 능력이긴 하죠. 하지만 그것에 대한 섣부른 욕망을 품는 것 자체가 자기 글쓰기의 파멸의 계기가 될 수 있다는 점도 항상 염두에 두고 있었어요.

저는 이렇게 세상을 만들어 봤습니다
자유롭게 생각해 주세요

조형래 솔직히 읽기 쉽지는 않았습니다. 20세기 대표작으로 꼽을 만한 여러 탁월한 소설들의 주요 인물들이 소파 씨의 아파트에 집결하는 일종의 권태로운 인물들의 어벤져스라 할 만한 이름들이 모이고 난상토론하는 설정 자체가 몹시 두근거렸고 흥미로웠으나 몰입이 어려웠습니다. 저만 그랬던 것은 아니었던 것 같습니다. 죄송하지만 〈오늘의 작가상〉 심사평에서 심사위원들도 유사한 부분에 대해 말하고 있습니다. 그런데 제 생각에 선생님께서 심사평을 보셨을 당시 회심의 미소를 지었을 것 같습니다. 보다 정확히 말하면 이 소설은 시간의 지연과 단절, 장광설과 독백, 다양한 텍스트의 돌연한 끼어듦과 브리콜라주적 교착 등의 소위 모더니즘 소설의 주요 장치를 적극적으로 활용하고 있습니다. 독자를 어떤 정연한 서사 속에 포섭하여 시각-내면에 비치는 리얼리즘적 환상에 몰입시키기보다 부단히 독자의 몰입을 방해하고 그로부터 일어나는 독서/인지의 단절을 통해 독자를 어떻게든 더 지루하게 만들려는,

그렇게 하여 주요 인물들이 사로잡혀 있는 권태의 상태를 독자에게까지 전이시키는 의도로 쓰인 것 같다고 감히 짐작해 봅니다. 참조되고 있는 문학의 정전들에 등장하는 주인공들 역시 그러한 대표주자들이니까요.

이치은 저는 제 소설이 읽기 힘들다는 반응에 대해서는 그리 많이 생각해 보지 못했습니다. 단절이 발생하고 몰입을 방해하는 측면이 있다고요?

조형래 『권태』를 비판하려는 의도에서 드린 말씀은 아니었습니다. 브레히트의 소외효과를 염두에 두고 드린 말씀입니다. 장절의 배치가 소파 씨와 기사의 시점이 교차하는 방식으로 되어 있어서 애초부터 수미일관하고 그럴듯한(verisimilitude) 현실을 환기하는 서사로서 몰입하기에는 계속해서 단절이 발생하거든요. 무엇보다도 옴니버스 형식의 단막극으로 구성되어 있어서 드라마를 구성하려는 욕망을 숨기지 않고 있기도 합니다. 이 점에서 저는 현실로부터의 부단한 이격(離隔)을 촉구하는 픽션으로서의 인위적 형식을 전경화하는 소외효과를 의식하고 쓰신 게 아닌가 추측해 봤을 따름입니다. 제일 궁금했던 부분 가운데 하나였습니다.

이치은 이 소설을 썼던 당시, 한 대목만 봐도 모든 이야기가 파악되는 드라마 같은 걸 염두에 두었던 것은 아니었습니다. 많이 보지도 못했지만요. 그러나 이 사람은 나쁜 사람, 저 사람은 착한 사람이 한눈에 구별되는 식의 쉽고 뻔한 이야기를 쓰고 싶지는 않았습니다. 움베르트 에코는 독자들이 추리소설 자체가 아니라 잘 짜이고 다음에 무엇이 이어지는가에 관한 장치를 완벽히 이해할 수 있는 구조에 의해 놀라게 된다고 했는데 그것을 가능하게 만드는 전형적인 구조 같은 것을 좋아하지는 않았습니다.

보르헤스는 책이 세상의 재현이 아니라 세상에 덧붙여지는 것이라고 말한 바 있습니다. 그러한 미학적 관점을 오래전부터 염두에 두고 있었습니다. 드라마를 짜고 싶다는 생각은 종종 들었지만, 시대가 요구하고 그것에 부합하는 문법 같은 것을 따르고 싶지 않았던 마음이 강했습니다. 말씀을 듣고 보니 제게 있어서 소외효과는 지극히 당연한 것입니다. 그래서 이 소설을 쓸 당시 글쓰기의 전략으로서 특별히 의식하지는 않았습니다. 오히려 소설을 통해 제시되는, 그럴듯한 현실이라는 환영에 몰입하는 방식에 애초부터 익숙하지 않았다고 하는 편이 옳겠죠.

조형래 씨의 평론을 읽었을 때 들었던 느낌인데요. 비평의 정신분석은 현실의 작가가 아니라 화자를 분석하는 것이 아닐까, 현실이 아니라 구조를 대상으로 하는 것이 아닐까 싶습니다. 저도 원래 후자에 관심이 많았습니다. 구조나 형식 자체 그리고 어떻게 이야기를 만들어낼까 같은 문제 말입니다. 처음과 끝이 있고, 인간의 희로애락 등의 감정을 따라 움직이는 이야기가 아니라, 문학에 대한 이야기 또는 권태 그 자체에 대한 이야기 같은 것이죠. 물론 지금은 전자를 써보고 싶은 마음이 들기도 합니다만, 『권태』를 쓸 당시에는 문학 자체에 대한 이야기를 써보고 싶었습니다. 특별히 소외효과를 의식했던 것은 아니었지만요.

조형래 제가 좀 다르게 읽기는 했네요. 전략적 선택이기도 했겠지만, 기본적으로 이런 종류의 소설을 워낙 좋아하셨기 때문에 자연스럽게 그렇게 된 것이 아닌가 하는데요.

이치은 좋아하는 소설의 좋아하는 구절을 가져온 거죠. 다만 제가 좋아했던 이유를 지금 조형래 씨가 분석해 주신 것 같네요. 그럴 수도 있었을 것이라는 생각이 듭니다. 그러나 전략이라고까지는 생각하지는 않았어요.

조형래 원래부터 체화되어 있으셨던 것 같은데요? 사실 『권태』에서도 오마주되고 있는 하일지의 소설을 비롯하여 90년대 초중반에 이런 종류의 (흔히 포스트모더니즘으로서 단순히 통칭되었던) 글쓰기적 실험이 왕성하게 이루어졌던 것도 사실이구요. 많이 좋아하고 읽으셨을 것 같은데요. 그런데 이야기가 나온 김에 화제를 전환하자면 이 점에서 98년의 『권태』는 다소 뒤늦게 도착했던 소설이 아니었겠는가 하는 생각도 들었습니다. 그런 글쓰기 실험이 이루어지고 있었던 시기에 발표되어 그러한 맥락 속에 포함되었으면 어땠을까 하는 상상을 해보기도 했어요.

하지만 동시에 너무 일찍 도착한 소설이라는 느낌이 들기도 합니다. 카프카적 구도에 입각해 설정된 '성(城)'은 그리고 그의 지시에 따라 권태로운 자들을 살해하는 기사의 독백은 출간 당시 인터뷰에서 제기하신 "조직화된 자본주의"의 문제와 관련하여 흥미롭습니다. 알다시피 IMF 구제금융 사태로 인해 한국은 국가 주도의 개발경제 체제에서 신자유주의-세계화 체제로 급격히 이행합니다. 그런데 권태로운 자들을 용납하지 않고 살해하고자 하는 성과 기사는 어쩐지 관료제로 대표되는 전자의 시스템을 연상하게 합니다. 도리어 제 생각에 고도로 발전한 후기 자본주의 체제는 어차피 발생할 수밖에 없는 사회의 잉여로운 인간들을 방임하거나 심지어 용인하는 방식으로 치워버리죠. 그게 가장 비용이 적게 드는 방식이니까요. 그런데 소파 씨를 둘러싸고 있는 권태로운 자들, 그리고 그들 사이에 이루어지는 권태의 전이는 사실 무한경쟁과 각자도생의 경로에서 낙오한 이들이 스스로를 용납하고 보존하는 전유의 방식이라는 점에서 사실 지금의 시점에서 시사하는 바가 많은 문제라고 할 수 있다는 것입니다.

이치은 지금 와서 생각해 보면 『권태』를 쓸 당시에 저는 이미 자본주의가 고도로 발전되어 있었다는 문제의식을 갖고 있었고 특히 소비지상주의에 대해 염증을 느끼고 있었던 것 같습니다. 하지만 이미 20세기 초 그러니까 1930년대에 이미 이상 같은 작가에 의해 권태의 문제가 중요하게 제기된 적이 있었죠. 한편으로 사회에서 전반적으로 이데올로기라든지 구체제를 변혁하려는 운동이 발생했다가 좌절했을 때나 극적으로 다이내믹하게 발전한 시대의 끄트머리에 나타난 징후로서 권태의 문제를 생각할 수 있지 않을까 합니다. 고도로 발전한 자본주의 시대에만 나타나는 것은 아니라고 생각합니다.

둘째로 자본주의와 기사의 문제에 대해서는 다음과 같이 말씀드릴 수 있을 것 같습니다. 기사는 자본주의 내지는 그것의 폐해를 빌런으로서 형식화한 것이 아닙니다. 말씀하신 대로 자본주의의 통제 방식은 상상 이상으로 다양할 뿐만 아니라 서로서로 알아서, 구성원들의 자율적 관계에 입각하여 방임적으로 이루어지죠. 하지만 기사는 자본주의의 악한 면모나 억압 방식을 비유한 것이 아니라 제가 쓰고 싶었던 인물이었을 뿐입니다.

또한 한편으로 아까 말씀하셨던 소외효과와 관련하여 다시 생각해 보니 제가 읽으면서 좋아했던 방식이 아니라 그런 책을 읽었을 리 없는 일반인이 읽었을 때 느끼는 방식을 보여주고 싶었던 것 같습니다. 저 자신과 전적으로 무관하게 말이죠. 제가 읽는 방식은 중요하지 않습니다. 다른 사람이 이상 같은 소설을 읽으면 어떻게 생각할까 하는 호기심이 작용했던 것 같습니다. 하지만 기사에 관한 조형래 씨의 말씀을 듣고 보니 역시 다른 사람들은 저처럼 읽지는 않는구나, 너는 이렇게 읽었지? 다른 사람들은 다르게 읽을 수도 있어, 라는 문제를 의식하면서 썼던 것 같습니다.

조형래 그렇다면 소설을 쓰실 때 중요하게 염두에 두는 점은 있으신가요?

이치은 특별히 일부러 의식하지는 않습니다. 한 사람의 독자로서는 가령 하일지나 들뢰즈의 『카프카—소수적인 문학을 위하여』 같은 책을 통해 소설의 다양한 형식적 요소에 대해서 이렇게 볼 수도 있구나, 라고 생각하면서 읽기는 하지만요.

조형래 쓰실 때는 굉장히 신나게 몰입해서 쓰실 것 같아요. 독자들도 즐겁게 읽을 거야, 라고 생각하면서.

이치은 읽기 어렵다, 가독성이 떨어진다, 라는 이야기를 들을 때마다 제가 독자들을 그렇게 고려하지 않고 쓰는구나, 라고 생각하죠. 그도 그럴 것이 저는 책을 읽으면서 하나의 세상이 만들어지고 제시되는 것 자체에 흥미를 느끼는 편입니다. 구태여 독자로서 작가를 따라가야겠다는 생각을 하지는 않죠. 소설을 쓸 때도 마찬가지인 것 같아요. "저는 이렇게 세상을 만들어봤습니다. 자유롭게 생각해 주세요"라는 태도인 것이죠. 독자들에게 이렇게 따라오라고 할 수는 없는 거잖아요? 해석의 방향을 제시한다는 것도 안 될 말이고요. 오히려 도저히 해석되지 않는 상황에 더 재미를 느낄 때가 많습니다. 그런 소설이 더 흥미롭구요. 그 점에서 본다면 독자와의 소통을 중시하는 편은 아니죠. 하지만 모리스 블랑쇼 같은 이

들이 말했듯이 책이 완성되는 순간 작가는 내쳐지는 것이고 소유권을 주장할 수 없으며 모든 독서는 오독이라고 생각합니다. 제가 소설에 의도를 숨겨두고 독자로 하여금 따라와서 해석하도록 하는 것은 아무래도 어불성설일 테죠.

조형래 말씀하셨다시피 선생님께서 『권태』를 쓰시면서 참조하고 오마주한 모든 소설들이 그런 고유한 단독성의 세계를 구축하고 있죠. 하지만 『권태』는 일견 대단히 복잡해 보이지만 제가 보기에 서사 자체는 의외로 심플해요. 무엇보다 기사와 소파 씨의 관점에서 모든 사건은 거의 선형적으로 시간 순으로 진행되죠. 심지어 이 소설의 설정에 대해 소파 씨가 K에게 설명하는 친절한 자기 지시적 대목까지 발견됩니다. 독법을 달리 하여 디테일을 다소 간과하면 오히려 굉장히 빨리 읽히기까지 합니다.

이치은 언제나 제 소설을 읽고 의견을 말해 주는 친구가 있어요. 그 친구에 따르면 제 소설은 지나치게 친절하다고 합니다. 모든 사항을 설명하려고 한다고 지적해요. 그런 측면에 대해 이따금씩 고민해 본 적은 있지만, 단일한 구심점을 가지고 수미일관한 플롯에 입각하여 정리된 이야기를 하고자 하는 소설은 저 외에 다른 많은 작가들이 쓰고 있다고 생각합니다. 앞서 이야기한 것처럼 그렇지 않은 소설도 많고 각기 나름의 의의와 가치가 있는 것이겠구요. 물론 『권태』의 경우는 제가 쓰고 싶고 쓸 수 있는 소설을 썼던 것이고 그것에 의해 만들어진 세계가 다양한 원전과 관계되는 일종의 원심력에 의해 분산된다는 점에서 그러한 중심 지향의 소설과는 근본적으로 달라요. 이 소설이 심플한 서사구조에도 불구하고 잘 읽히지 않는다고 한다면 묘사가 길고, 원전에 대한 배경지식이 없으면 이 소설의 등장인물들의 행동과 심경을 이해할 수 있을까 하는 생각에 설명을 많이 덧붙이게 된 데서 비롯된 것이라고 생각합니다.

조형래 저는 앞서 드린 말씀을 통해 『권태』의 독자들에게 심플한 서사구조에 입각하여 읽으시라는 일종의 주제넘은 권유를 제안한 것인데 선생님의 생각은 조금 다르신 것 같아요.

이치은 이 텍스트를 이렇게 해석해야 된다든가 명확한 의미로 치환할 수 있다든가 하는 관념에 구애되지 말고 소설의 이해할 수 없는 부분을 그 자체로 내버려두고, 소설이라는 미지의 미로 속에서 기꺼이 길을 잃으셨으면 좋겠습니다. 저도 그 안에 들어가 길 잃는 것을 무척 좋아하거든요. 물론 제 소설이 그렇게 길을 잃을 만한 텍스트인가에 대해서는 말씀드리기 조심스럽지만, 그럼에도 불구하고 전혀 새로운 텍스트가 나왔을 때 그것을 기성의 관념이나 범주에 끼워 맞추거나 정답을 찾으려고 하기보다 그러한 낯설고 새로운 미지의 책이 출현했을 때 그 속에서 길 잃기 자체를 즐기시기를 바랄 뿐입니다. 한국 사회에서 그런 길 잃기의 문화가 더욱 저변을 확대했으면 좋겠습니다.

◇◇◇

인터뷰어인 내가 말이 많았다. 그도 그럴 것이 좋아하는 책, 사진, 그림 등에 대한 이야기가 나오면 눈을 반짝이며 서로 얘기하기 바빴다. 대화가 잘 통한다고 생각했고 따라서 무척이나 즐거운 시간이었다. 하지만 나중에 인터뷰를 정리하면서 보니 서로의 말이 엇나가거나 충돌을 일으키는 대목이 꽤나 많았다. 작가는 『권태』의 미로 속에서 방황했던 나름의 궤적에 기초하고 다양한 담론을 참조하여 개진한 나의 여러 의견에 대해 어떤 부분에 대해서는 동의하기도 했지만 반론을 제기한 부분이 더 많았던 것 같다. 인터뷰어로서의 본분을 제대로 지키지 못한 부분에 대해 나 또한 『권태』에 대해, 작가에 대해, 그리고 나 자신에 대해 "죄송합니다"라는 문장을 쓰고 싶어진다. 하지만 소설가 이치은의 권유처럼 우리는 불가해한 서로 그리고 서로의 말이라는 낯선 텍스트 속에서 좀 더 길 잃고 방황할 필요가 있고, 그 방황을 더욱 존중해야 할 필요가 있다. 그러한 길 잃기의 향유를 통해 우리는 『권태』를 포함한 보다 다양한 낯선 세계와 즐겁게, 기꺼이 조우할 수 있을 것이다.

2018년 여름에 만나 이야기하고, 가을날 정리하다.

작가의 말

20년.

시간은 바삐 흘러가고 내가 아주 오래전에 썼던 글이 다시 나를 소환한다. 그리하여 나는 이제 막 '불가능한 독서'를 다시 한 번 성공적으로 마쳤다. 되풀이해서 말하지만, 자신이 쓴 글을 읽는 행위는 '불가능'하다. 책이란 쓸 수 있거나 읽을 수 있을 뿐이다. 그 둘을 다 할 수 없다는 것, 그것이 작가에게 주어진 유일한 형벌이다. 형벌을 마친 나는 무엇을 변명하려는 것인지도 모른 채 여하간 무엇인가를 변명하기 위해 이 소설의 제작자였던 과거의 나 대신 죄 없는 타인들을 소환해 보려 한다.

보르헤스의 『또다른 심문(Otras Inquisiciones)』이란 책을 보면, 그가 『청정도론』에서 인용했다는 (과연 믿어도 되는 걸까?) 다음과 같은 글이 나온다.

> "과거의 사람은 과거에 살았지, 현재나 미래에는 살지 않는다. 반대로 미래의 사람은 미래에 살 것이어서, 과거나 현재에 살지 않는다. 현재의 사람은 현재를 살고 있기에, 과거에 살았던 사람도 미래에 살 사람도 아니다."

과거의 '내'가 이 글을 썼다는 것만은 확실히 나는 '기억'하고 있지만, 기억 말고 나는 어떤 권리를 이 글에 대해 주장할 수 있는 걸까? 과거의 나와 현재의 내가 별개의 존재라면 나는 무엇을 변명해야 하는 걸까? 자크 데리다는 『문학의 행위』에서 다음과 같이 말했다.

> "저자가 텍스트에 기록하는 것은 자신의 소멸뿐이다."

그의 말대로라면 이 글을 썼던 (아주 가느다란 내 기억에 훌륭히 입증되는) 과거의 '나'는 이제 완전히 소멸되었을 거다. 그리고 지금의 나는 또 다른 글들에 나를 소멸시키느라 충분히 바쁘다. 그런데 나는 지금 여기서 무엇을 변명하고 있는 걸까? 내가 변명하려는 건 이 책에 대한 것일까? 아니면 과거의 나에 대한 것일까, 아니면 지금의 나에 대한 것일까? 물론 셋 다 간단한 변명으로는 씻기지 않을 큰-많은 혐의를 지고 있을 것이다. 나의-우리의 죄는 천국에 있는 어머니의 책에 적혀 있을 것이다.

랭보는 시집 『지옥에서 보낸 한 철』에 실린 시, 「불가능한(L'impossible)」에서 다음과 같이 노래했다.

"아, 내 어린 시절. 언제나 큰길을 쏘다니고, 초자연적으로 검소하고, 거지의 왕보다 사리사욕이 없고, 나라도 친구도 없는 것을 자랑으로 삼았었다. 얼마나 우둔한 일인가!"

성(城) 안의 바쁜 생활 핑계에 '권태'를 느끼기에도 그리워하기에도 지쳐버린 현재의 나는, 무모하게도 이런 글을 쓰려고 생각했던, 이미 소멸해 버렸다는 20년 전의 '우둔한' 나에게 안부 인사를 보내고 싶다. 그는 지금의 내가 존재하는 방식에 아주 큰 영향을 미쳤을 거다. 하지만 입이 떨어지지 않는다. 과거의 나를 호명하는 것만으로도 모든 것이 단번에……

내 소멸을 믿지 않고, 내 알리바이를 나 대신 증명-변명하기 위해 이 글을 다시 복간하기로 결정해 주신 알렙의 주인장 조영남 형에게 감사의 말씀 드린다.

2018년 10월

이치은

권태로운 자들, 소파 씨의 아파트에 모이다

1판 1쇄 발행 2018년 10월 1일

지음 | 이치은
펴낸이 | 조영남
펴낸곳 | 알렙

출판등록 | 2009년 11월 19일 제313-2010-132호
주소 | 경기도 고양시 일산서구 중앙로 1455 대우시티프라자 715호

전자우편 | alephbook@naver.com
전화 | 031-913-2018, 팩스 | 02-913-2019

ISBN 979-11-89333-04-1 03810

* 책값은 뒤표지에 있습니다. 잘못된 책은 바꾸어 드립니다.